민씨낭자전

민씨 낭자전 2

초판 1쇄 펴낸 날 | 2018년 8월 2일

지은이 | 몰도비아
펴낸이 | 서경석

편집책임 | 조윤희 **편집** | 이은주, 이예진   **디자인** | 디자인그룹 헌드레드
마케팅 | 서기원 **경영지원** | 서지혜, 이문영

임프린트 | (MUSE)
주소 | 경기도 부천시 부일로 483번길 40 서경B/D 3F (우) 14640
전화 | 032-656-4452 **팩스** | 032-656-4453
이메일 | roramce@naver.com **블로그** | bolg.naver.com/roramce
홈페이지 | http://www.chungeoram.com

발 행 처 | 도서출판 청어람
출판등록 | 1999년 5월 31일 제387-1999-000006호
어람번호 | 제11-0090호

ⓒ 몰도비아, 2018

ISBN 979-11-04-91783-7 04810
ISBN 979-11-04-91381-3 (SET)

도서출판 청어람은 언제나 여러분의 소중한 작품 투고와 도서 출간 기획 등 다양한 제안
을 기다리고 있습니다. chungeorambook@daum.net

민
씨
낭
자
전

2

몰도비아 장편소설

MUSE

목차

6.

너무나도 쉽기에
너무나도 어려운 (2)

환한 햇살에 다해는 눈을 떴다. 포근한 이부자리에서 몸을 일
으킨 다해는 잠시 멍한 얼굴로 이불을 쓸어보았다.

목화솜으로 속을 채운 비단 이불이 아닌 깃털을 넣어 누빈 이
불이었다. 고개를 들어 주위를 둘러보았다. 샛노란 원색의 가구
들이 별당을 채우고 있었다. 그제야 다해는 이곳이 조선이 아니
란 사실을 깨달았다.

자리에서 일어난 다해는 이부자리를 정돈했다. 밖에서 인기척
이 들려왔다.

"일어나셨습니까?"

젊은 아낙의 목소리였다. 다해가 문을 열자 아낙이 환히 웃었
다.

"일찍 일어나셨네요. 세숫물이에요."

조선의 별당을 흉내 내어 만든 대청마루에 어울리지 않는 세숫

대야가 다해를 맞이했다. 새하얀 사기에 붉고 노란 꽃 두어 송이가 그려진 커다란 세숫대야였다. 대야엔 찬물이 반쯤 담겨 있었다. 그 옆엔 김이 모락모락 올라오는, 마찬가지로 새하얀 도자기 재질의 주전자가 있었다.

"여기 수건이요."

중년의 아낙이 새하얀 수건을 내밀었다. 다해는 미소 지으며 수건을 받아들고 감사를 표했다. 아낙은 금방 식사 준비가 될 것이라 말하곤 종종종 사라졌다.

다해는 기분 좋게 세수를 하고 몸단장을 시작했다. 고향 별당처럼 생긴 방에서 조선과 관계없는 진나라의 의복을 걸치자니 기분이 묘했다.

몸단장을 마치자 할 일이 없어진 다해는 멍하니 대청마루에 앉았다. 살랑살랑 불어오는 바람은 상쾌했지만 다해의 기분까지 어루만져 주지는 못했다.

천경이 정성 들여 꾸민 안뜰이 눈에 들어왔다. 문득 다해는 저도 모르게 조선의 별당 안뜰에서 무연과 깔깔거리고 웃던 기억들을 떠올렸다. 세차게 고개를 흔든 다해가 벌떡 일어났다.

"안 돼. 뭔가 할 일을 찾아야 해."

초조하게 대청마루를 이리저리 오가며 다해는 손톱을 깨물었다. 할 수 있는 일이 뭐가 있을까…….

"천손?"

세숫물을 가져다주었던 아낙이 걱정스러운 얼굴로 다해를 불렀다. 다해가 우뚝 멈추어 섰다.

'천손…….'

다해가 번쩍 고개를 들었다.

애초에 저주를 풀기 위해 달빛을 넘지 않았던가? 무연의 임무 또한 진나라의 저주 해제가 아니었던가? 그렇다면 무연의 임무를 완수해야 하지 않을까?

생각을 마친 다해가 아낙에게 물었다.

"어르신은 어디 계십니까?"

"어르신이야 어르신의 처소에 계시죠."

아낙의 답을 듣기 무섭게 다해는 신을 신고 빠른 걸음으로 천경의 처소로 향했다. 고개를 갸우뚱하던 아낙은 볼일이 끝난 세숫물을 뜰에 뿌리고 빈 대야와 주전자 그리고 수건을 챙겨 들고 사라졌다.

천경의 처소 문은 활짝 열려 있었다. 좁지만 천장이 높은 전형적인 진나라식 방이었다. 기다란 창문이 활짝 열려 있어 밝은 햇살이 가득 비쳐 들었다. 창 아래 단을 높인 마루 위에서 천경은 차를 마시고 있었다.

"이른 아침부터 어쩐 일이신가요?"

다해는 정중히 허리 숙여 인사를 하고는 조심스럽게 방으로 들었다. 천경이 자신의 맞은편 자리를 권했다.

"저주를 풀기 위한 좀 더 구체적인 방법이 알고 싶습니다."

천경은 느긋한 자세로 차를 마시며 답했다.

"여유를 가지세요. 아직 때가 되지 않았으니 서두르셔도 소용이 없답니다."

"소용이 없다니요?"

"우선 천손께서 진짜인지 아닌지를 확인부터 해야 하니까요."

다해는 천경을 뚫어져라 바라보았다. 가만히 찻잔을 들어 올리던 천경이 다해의 반응에 들었던 것을 도로 내려놓았다.

"모르셨습니까?"

"예. 그런 이야기는 한 번도 들어본 적이 없습니다."

"이런……. 난감하군요."

천경은 실로 난감한 표정을 짓고 있었다. 다해의 시선을 슬쩍 외면한 그녀는 목이 타는지 조금 다급하게 차를 한 모금 마셨다.

다해 또한 당황스럽기는 마찬가지였다. 자신이 가짜라면 죽은 가족들은 뭐가 될 것이며 모든 걸 다 버리고 이렇게 넘어온 자신은 또 뭐가 되는가? 자신을 지키기 위해 목숨을 잃은 무연은 또 뭐가 되는가?

순간 다해는 무연을 처음 만났던 날, 활짝 피어나던 옥 연꽃을 떠올렸다. 꽃봉오리 모양을 하고 있던 연꽃은 다해와 무연이 만난 그날 향기를 뿜어내며 활짝 피어났었다. 그 기억을 떠올리자 다해의 마음은 놀랍도록 차분해졌다.

"저는 천손이 맞을 겁니다."

천경의 시선이 슬쩍 다해에게로 돌아왔다.

"그것은 오직 하늘만이 아실 일입니다. 어찌 그리 확신하십니까?"

천경의 질문을 듣자 묘하게도 다해는 더욱 큰 자신감을 얻었다.

"무연님은 단 한 번도 제게 가짜 천손일 수도 있다는 말씀을 하신 적이 없습니다. 제가 진짜일 거라 확신하셨기 때문이겠지요. 제가 보아온 무연님은 한 번도 그릇된 선택을 하신 적이 없었습니다. 하니, 저 또한 틀림없는 천손일 것입니다."

스스로 뱉어낸 그 말에 다해는 한 점 의심 없이 자신이 진짜 천손이라 믿게 되었다. 그 마음은 그녀의 눈빛에 고스란히 담겨 있었다. 가만히 바라보던 천경이 비어버린 자신의 찻잔을 다시 채우곤 다해에게도 차를 권했다. 다해는 묵묵히 앉아만 있었다.

드디어 천경이 다시 입을 열었다.

"우선은 진짜 천손인지 아닌지를 확인해야 합니다."

"저는 필시 진짜 천손일 것입니다."

천경이 작은 소리로 웃음을 터뜨렸다. 백발에 어울리지 않는 소녀 같은 소리였다.

"예. 압니다. 천손께선 진짜 천손이실 겁니다. 전 우선 절차에 대해 말씀드리고 있는 겁니다."

무안해진 다해는 냉큼 찻잔을 들어 올렸다. 천경은 눈치채지 못한 척 다시 말을 이었다.

"의식을 통해 진짜임이 확인되시면 이후는 간단합니다. 천손께서 윤회의 굴레에 끼어버린 신의 환생을 찾아내시어 황제로 만든 후, 두 분이 함께 하늘에 제를 올리면 됩니다."

"신의 환생은 어찌 찾습니까?"

"천손께서 간택하신 분이 신의 환생입니다."

"만약 제가 잘못된 사람을 선택하면 그땐 어찌 되는 겁니까?"

다해는 진지했다. 혹여 실수로라도 엉뚱한 사람을 뽑게 되면 그때는 무슨 일이 벌어질지 알 수 없었다. 신의 저주라고 했다. 신을 기만했다 하여 더 큰 벌이 내려진다면 그땐 어쩐단 말인가?

천경이 빙그레 웃었다.

"닭이 먼저입니까 달걀이 먼저입니까?"

다해는 침묵을 지켰다. 천경이 다시금 말을 이어나갔다.

"천손께서 이 사람을 다음 황제로 선택하신다면 이 사람이 신의 환생일 겁니다. 만약 이 집을 나서 가장 처음 만나는 사람을 황제로 선택하겠다고 결정하신다면 예, 그 사람이 바로 신의 환생이 될 겁니다."

"어찌 그게 가능하단 말입니까?"

"운명을 마음대로 할 수 있다 여기십니까?"

다해는 말을 잃었다. 계속 자신에게 존대를 해왔고 종종 소녀 같은 모습을 보이는 통에 천경이 백발의 노파라는 사실을 잊고 있었다. 비록 수백 년을 사는 천룡의 후예는 아닐지라도 살아온 세월이 한두 해는 아닐 터…….

살짝 뒤로 물러난 다해가 천경에게 큰절을 올렸다.

"큰 가르침을 받았습니다."

"아니, 제가 무얼 어쨌다고……."

천경이 다급하게 자리에서 일어났다. 동시에 문밖에서 집안일을 돕는 아낙의 목소리가 들렸다.

"어르신. 아침 준비가 다 되었는데……."

문을 밀고 들어온 아낙은 방 안의 기묘한 풍경에 말을 잇지 못했다. 천경은 다해를 일으켜 세웠다.

"자, 어차피 당장 천손이 해야 할 것은 딱 하나입니다. 그러니 일어나세요."

"그게 무엇입니까?"

"아침식사 말입니다. 설마 이 늙은이와 함께하기 싫으시다거나 그런 건 아니겠죠?"

천경의 능청에 다해가 곱게 미소 지었다.

"그럴 리가 있겠습니까?"

"자, 그럼 저와 함께 가십시다."

천경이 다해의 손을 잡았다. 다해는 자리에서 일어나 천경과 함께 식당으로 향했다.

천경과의 식사는 무척이나 즐거웠다. 잠시나마 다해는 저주도 무연도 모두 잊었다. 달빛을 넘은 이후 처음 맞는 마음 편한 식사였다.

칼바람이 훌쩍 뛰어내리자 작은 배가 요란하게 출렁거렸다. 그러거나 말거나 칼바람은 성큼성큼 하얀 돌계단을 올랐다. 활짝 열린 문 앞에서 잠시 주춤한 그가 누구 없느냐 크게 소리쳤다. 중년의 아낙이 모습을 드러내자 칼바람이 물었다.

"천손은?"

제 버릇 개 못 주는 모양인지 칼바람은 거리낌 없이 하대를 했다. 칼바람에 대한 이야기를 이미 들어 알고 있던 아낙은 씩 웃더니 다해의 서재를 향해 고갯짓을 했다.

"아침부터 내내 저기 계시오."

아낙의 태도가 썩 맘에 들지 않았는지 칼바람이 눈살을 찌푸렸다. 하여간 진나라는 마음에 드는 구석이 하나도 없었다.

칼바람은 휙 아낙을 지나쳐 다해의 서재 문을 벌컥 열었다. 확 끼쳐 드는 햇살에 순간 눈이 부셨다.

오래 묵은 책 냄새가 덮쳐 왔다. 빛에 익숙해지고 돌아보니 창

가의 작은 책상에 앉아 있는 다해가 보였다. 칼바람이 들어온 것
도 모르고 독서 삼매경이었다. 무안해진 칼바람이 손 닿는 책장
에서 아무 책이나 하나 꺼내 펼쳐 보았다.

"어라? 조선 책이네? 어디서 구한 거야?"

다해의 관심을 끌기 위한 말이었기에 제법 큰 목소리였음에도
그녀는 미동도 하지 않았다. 사락, 책장 넘어가는 소리가 들렸다.
칼바람은 들고 있던 책을 제자리에 내려놓고 뚜벅뚜벅 다가가서
는 통통, 책상을 두드렸다. 다해가 깜짝 놀란 얼굴로 칼바람을 올
려다보았다.

"어? 오셨어요?"

다해가 활짝 웃었다. 너무나 밝은 미소에 순간 칼바람이 당황
한 표정을 지었다.

"뭐야? 너 이제 괜찮은 거야?"

환했던 다해의 미소가 조금 슬프게 변했다.

"괜찮지 않다면 거짓말일 겁니다. 하지만 언제까지 슬퍼만 할
수는 없는 노릇이니까요."

칼바람은 무슨 말을 해야 할지 몰랐다. 그래서 이리저리 훑어
보다가 다해가 읽고 있던 책을 가리켰다.

"무슨 책을 보는 거야?"

"한비자입니다."

"한비자?"

"예. 조선에서는 한비자를 왕 될 자의 교본으로 삼곤 했지요."

"황제라도 되기로 한 거냐?"

"예?"

다해가 눈을 동그랗게 떴다.

"그 왜, 진나라는 남녀노소 신분고하 상관없이 황제가 될 수 있다며. 그래서 황제가 되기로 한 거야?"

그제야 다해는 살며시 미소를 지었다.

"제가 감히 황제가 될 깜냥이나 되겠습니까? 전 그저 천룡의 후예들에게 내려진 저주를 풀기 위한 공부를 할 뿐입니다."

"단순히 황제를 간택하기만 하는 거 아녔어?"

"정확히는 신의 환생을 찾아야 한다더군요. 인간에 의해 죽임당한 신의 환생을 찾아 신의 자리에 버금가는 높은 자리 즉, 황제의 위에 올려 위로하고 그 사실을 하늘에 고하면 저주가 풀린다고 들었습니다."

"그럼 신의 환생을 어찌 찾는지 그 방도를 찾아야지?"

다해는 조용히 천경에게 들은 것을 말해주었다. 가만히 듣고 있던 칼바람이 피식 웃었다.

"그게 사실이면 더더욱 공부할 필요 없는 거 아냐? 그냥 맘에 드는 사람 아무나 골라 황제에 올리면 되잖아."

다해는 조용히 고개를 흔들었다.

"그럴 수는 없지요. 어떤 사람이 황제가 되느냐에 따라 백성의 행불행이 밀접하게 관련되어 있으니까요. 당장 려나라만 보더라도……."

다해가 입을 다물더니 칼바람의 눈치를 살폈다. 다해도 칼바람에 대해 얻어듣는 이야기들이 있었다. 때문에 그가 진나라에 적응하지 못한 것을 잘 알고 있었다. 그것을 눈치챈 건지 칼바람은 부러 아무렇지 않은 척 입을 열었다.

"그럼 아무나 황제를 만들어 저주를 풀고 실질적인 황제는 따로 두면 되는 것 아닌가?"

"과연 하늘이 그리 허술할까요?"

"나도 그냥 말만 해본 거니 그리 보지 마라."

민망한 얼굴로 뱉어낸 칼바람의 말에 다해가 작게 웃었다. 오랜만에 듣는 다해의 웃음소리가 마음에 들었는지 칼바람의 얼굴에도 흐뭇한 미소가 떠올랐다.

갑자기 서재 바깥이 소란스러워졌다. 이내 벌컥, 문이 열리고 아름달이 뛰쳐 들어왔다. 아름달은 칼바람을 보자마자 잠깐 멈칫하는 기색을 보였다. 칼바람 또한 아름달을 외면했다.

다해가 두 사람의 어색함을 감지하기 무섭게 아름달은 곧 심각한 얼굴로 다해에게 다가와 바닥에 무릎까지 꿇고 앉아 그녀의 손을 잡았다.

"도망가셔야 합니다."

"무슨 소리를 하는 거야?"

대뜸 뱉어진 도망이라는 말에 칼바람이 홱 고개를 돌리더니 물었다. 잔뜩 찌푸린 얼굴이었다. 아름달은 칼바람을 무시했다.

"지체할 시간이 없습니다. 보름이 얼마 남지 않았습니다. 최대한 멀리 진나라의 손이 미치지 않는 곳으로 도망가셔야 합니다!"

"그러니까 대체 그게 무슨……."

칼바람이 매섭게 쏘아붙이려는 것을 다해가 만류했다. 칼바람은 칫, 하더니 팔짱을 끼고 고개를 돌려버렸다.

다해가 아름달의 손을 부드럽게 감싸며 물었다.

"우선 마음부터 가라앉히시고 차분하게 설명해 주세요. 제가 왜 도망을 가야 하는 겁니까?"

두 눈을 감고 몇 번이나 크게 심호흡을 한 아름달이 드디어 눈을 뜨고 다시 입을 열었다.

"저들이 천손을 죽일 겁니다."

칼바람이 답답하다는 듯 자신의 가슴을 주먹으로 퍽퍽 때려댔다. 다해가 눈짓으로 그러지 말라는 표현을 하고는 다시 아름달을 보았다.

"진나라에서 저를 왜 죽인단 말입니까? 저는 진나라의 저주를 풀 열쇠가 아닙니까?"

"혹시 진짜인지 아닌지 확인해야 한단 사실, 알고 계십니까?"

"예. 들어 알게 되었습니다."

"그 확인하는 의식이 무엇인지도 아십니까?"

"아니요. 보름달이 뜨는 날에 가능하단 사실 정도만 들어 알고 있습니다."

"바로 그게 문제입니다."

"그 의식에 무슨 문제가 있습니까?"

"그들이……. 그러니까 그들이……."

"아, 그들이 뭐!"

답답했던 칼바람이 버럭 소리를 내질렀다. 아름달이 두 눈을 질끈 감고 소리쳤다.

"그들이 천손을 도시 아래 호수로 던져 버릴 거란 말입니다!"

정적이 찾아왔다. 한참이나 굳어 있던 셋 중, 그 정적을 깬 것은 칼바람이었다.

"그들이 왜 천손을 호수로 내던져? 좀 말이 되게 설명을 해봐."

침착한 말투에 아름달도 덩달아 침착해진 것인지 아까와는 달리 조금 차분하게 말을 꺼냈다.

"신당 한가운데 연못이 있습니다. 바닥이 없는 연못입니다."

"바닥이 없다는 게 무슨 소리입니까?"

"말 그대로입니다. 이 하늘도시엔 뻥 뚫린 구멍이 하나 있고 그 위에 신당이 지어졌습니다. 그 구멍은 물로 차 있는데 떨어지지도 그렇다고 솟구치지도 않고 그렇게 맺혀 있지요. 그것을 신성한 연못이라 한답니다. 그렇게 떠 있는 것은 오직 물뿐, 그 안에 뭔가를 던져 넣으면 그대로 호수까지 떨어진답니다. 그런데……."

아름달이 입술을 깨물었다. 금방이라도 눈물을 흘릴 것처럼 보였다. 칼바람이 대신 말을 이었다.

"설마 그 연못에 천손을 던져 넣는다 그거냐?"

아름달은 기어코 눈물을 쏟아냈다.

"예! 그 연못에 투신하여 호수 아래로 떨어지지 않으면 진짜 천손이고 그렇지 않으면 가짜 천손이랍니다!"

아름달의 울음소리밖에 들리는 것은 아무것도 없었다. 다해의 무릎에 얼굴을 묻고 흐느끼는 아름달을 한참이나 쳐다보던 칼바람이 어이없어했다.

"아니, 자애롭고 인자하고 평화롭고 뭐, 이것저것 좋은 건 다 가져다 붙이며 신의 나라라 칭송받는 진나라에서 그런 식으로 인신공양을 한단 말이냐? 뭐 이런 개떡 같은……."

묵묵히 그 말을 듣고 있던 다해가 아름달을 조심스럽게 일으켰다. 다해의 손길에 이끌려 머리를 든 아름달은 여전히 눈물이 가득했다. 다해가 빙그레 미소 지었다.

"전 도망가지 않을 겁니다."

"천손!"

아름달은 도무지 이해할 수 없는 눈치였다. 칼바람은 다해의 말을 귓등으로도 듣지 않고 차갑게 말했다.

"헛소리하지 말고 당장 짐이나 싸. 도망가자."

고개 돌린 다해가 칼바람에게 물었다.

"려나라와 진나라의 손이 미치지 않는 곳이 과연 존재할까요?"

칼바람은 물러서지 않았다.

"조선으로 간다."

순간 다해의 눈동자가 흔들렸다. 조선, 그리운 고향. 그러나 이 내 고개를 흔들었다.

"조선의 가족들에게 폐를 끼칠 수는 없습니다. 려나라 하나로 도 그리 큰 고초를 겪어야 했는데 진나라까지 합세한다면 어찌 되겠습니까?"

칼바람과 아름달은 다해의 눈을 보지 못했다. 방황하는 두 사람의 시선을 보고 다해가 얼른 말을 이었다.

"덫을 원망하는 토끼는 없습니다. 두 분은 그저 명령에 따른 것뿐이 아닙니까?"

다해의 위로에 용기를 얻은 아름달이 다시 눈을 맞췄다.

"마나라나 해나라로 가면 됩니다. 바닷길이 험해 좀 어렵겠지만……."

다해는 고개를 저었다.

"전 아무 데도 가지 않을 겁니다."

"천손!"

드디어 칼바람도 다시 입을 열었다.

"그렇게 목숨을 버리겠다는 거냐?"

"두 분 다 왜 제가 죽을 거란 생각만 하십니까? 제가 진짜 천손이라 살아남을 확률도 있지 않습니까?"

"생과 사, 반반뿐인 확률이라면 당연히 죽음을 염두에 두어야 하는 법이다."

"아뇨. 전 삶에 걸겠습니다."

"대체 너의 그 자신감은 어디서 나오는 거냐?"

"무연님입니다."

칼바람이 자신도 모르게 헛웃음을 터뜨렸다.

"죽어버린 녀석이 가호라도 해준다 그거냐?"

"아뇨. 살아생전 무연님의 판단을 믿는 겁니다. 제가 아는 한, 무연님은 저를 진짜라 믿고 계셨으니까요."

칼바람이 눈살을 찌푸리고 한참이나 다해를 뚫어져라 쳐다보다가 힘겹게 입을 열었다.

"녀석을 따라갈 생각인 것은 아니고?"

다해가 험악한 얼굴로 답했다.

"저를 모욕하시는군요."

"지금 상황이 딱 그렇잖아. 넌 저주 해제를 빌미 삼아 네 목숨을 버리려고 하는 거야. 그 뭐냐, 심청이처럼!"

험악한 눈으로 한참이나 칼바람을 노려보던 다해가 차갑게 말했다.

"됐습니다. 이제 두 분께 저를 이해해 달라 하지 않겠습니다. 그럼 안녕히 가세요."

꾸벅 고개 숙여 인사를 마친 다해는 성큼성큼 서재를 나가 버렸다.

"천손!"

아름달이 다급하게 뒤를 쫓았다. 그러나 다해가 쾅, 문을 닫아 버린 탓에 더 쫓아갈 수 없었다. 그 기세가 어찌나 서슬 퍼런지 차마 쫓아가야겠단 생각조차 할 수 없었다.

"내일 다시 오자. 시간이 지나면 생각이 달라지겠지."

칼바람의 말에 아름달이 고개를 끄덕였다. 두 사람은 함께 귀가했다. 그리고 다음 날 다시 찾았다. 그러나 두 사람은 다해의 그림자도 보지 못했다. 천경은 천손이 원하지 않는다며 두 사람의 방문을 허락하지 않았다. 답답해진 칼바람이 담까지 넘어 몰래 침입했지만 다해는 방문을 굳게 걸어 잠그고 아예 쳐다보지도 않았다. 똑같은 일이 매일 벌어졌지만 다해는 요지부동이었다. 결국, 그렇게 보름이 되었다.

찬란하게 빛나는 보름달이 한층 더 가까운 탓인지 사방이 환했다. 아침 일찍부터 신당에 와서 대기하고 있던 다해는 보름달이 하늘 높이 떠오르자 목욕을 했다.

다해가 생각했던 그런 거창한 의식은 없었다. 다해는 홀로 조용히 목욕을 끝내고 신관들이 건넨 옷을 입었다. 신관들이 입고 있는 것과 같은 진줏빛 의복이었다. 어린 견습 신관들이 다가와 다해의 치장을 도와주었다. 다해는 놀랍도록 평온해 보였다.

치장을 마치고 인도된 곳에 황제와 대신관이 있었다.

"참으로 곱습니다."

황제가 먼저 입을 열었다. 다해가 생긋 웃으며 감사를 표했다. 황제가 다시 말을 걸었다.

"려나라에서 함께 빠져나온 두 분에게 이미 모든 사실을 접해 알고 있다고 들었습니다. 맞습니까?"

다해는 그저 고개를 끄덕이는 것으로 답을 대신했다. 황제가 천천히 다가와 다해의 손을 잡았다.

"도망가자는 두 사람의 청을 거절해 주어 얼마나 감사한지 모를 겁니다."

"전 그저 제가 해야 할 일을 했을 뿐입니다."

황제가 고개를 저었다.

"천손 이전에 다른 몇몇 천손들이 있었습니다. 그들은 미지의 세상에 건너오는 것까진 동의했지만 다들 이 의식 앞에서 좌절하고 고향으로 돌아갔지요. 보름까지 기다려 연못 앞까지 왔다가 돌아간 사람도 있었습니다. 당연합니다. 세상에 자신의 목숨만큼 귀한 것이 어디 있겠습니까?"

다해는 그저 빙그레 미소를 짓는 게 다였다. 그러나 황제는 근심 걱정이 가득한 얼굴로 말을 이었다.

"지금이라도 늦지 않았습니다. 원하지 않는다면 돌아가셔도 됩니다. 고향으로 돌아갈 수 있도록, 원한다면 이곳에서 진나라의 백성이 되어 살 수 있도록 모든 것을 보장하겠습니다."

말하는 것과 달리 황제의 눈동자에는 간절함이 담겨 있었다. 그러나 그럴 필요는 없었다. 다해가 가만히 고개를 저었다.

"저는 이곳에 천룡의 후예들에게 내려진 저주를 풀기 위해 왔습니다. 그런 저를 위해 희생한 많은…… 사람들이 있습니다. 전 그분들의 희생을 무의미하게 만들고 싶은 생각은 없습니다."

드디어 황제도 미소 지을 수 있었다.

"고맙습니다."

간결한 그 한마디에는 많은 것이 담겨 있었다.

대신관이 다가와 다해를 향해 허리를 숙였다. 황제가 옆으로
비켜섰다. 다해는 사뿐사뿐 대신관을 따라 걸었다. 덩굴 무늬 가
득한 나무문이 열렸다. 뻥 뚫린 지붕을 타고 환한 달빛이 가득
비쳐 들었다. 들꽃이 피어 있는 그 방의 가운데에 잔잔한 은빛 연
못이 달빛을 받아 반짝이고 있었다. 연못 주위에는 어린 신관들
이 동그랗게 줄 맞춰 서 있었다. 다해가 등장하자 그들이 일제히
노래를 부르기 시작했다.

대신관이 앞서 걸었다. 다해는 그 뒤를 숨죽여 따랐다. 연못에
다다르자 대신관이 옆으로 비켜서더니 바닥에 꿇어 엎드렸다. 노
래가 끝이 나고 어린 신관들도 모두가 바닥에 꿇어 엎드렸다.

다해가 성큼, 연못의 가장자리로 다가갔다. 울퉁불퉁 회색 바
위 위에 올랐다. 잔잔한 거울처럼 투명한 물은 무연의 눈동자와
같은 짙푸른 청록색을 띠고 있었다. 다해는 가만히 눈을 감았다.

무연의 환히 웃는 낯이 떠올랐다. 그게 다였다. 거창한 의식도
다짐도 필요 없었다. 다해는 일말의 망설임도 없이 그대로 연못
속으로 뛰어들었다.

따뜻했다. 어미의 뱃속이 이러했을까 싶을 만큼 편안했다. 연
못 속이라 믿을 수 없을 만큼 편안해서 다해는 눈을 떴다. 천천히
가라앉고 있었다. 숨을 쉬지 않고 있다는 것을 알겠는데 어째선
지 숨이 막히지 않았다.

저 멀리 뭔가가 움직였다. 드디어 바닥에 도달한 것인가 싶었다. 불안감이 엄습했다. 이대로 떨어져 버리면……. 다해는 죽음이 두렵지는 않았다. 그저, 무연의 희생이 무의미해질 것이 두려웠다.

움직인다 여겨졌던 그 무언가가 가까워졌다. 다해는 안도했다. 은빛 머리칼을 부드럽게 흔들며 뱅글뱅글 춤추듯 다가온 그것은 다해였다.

솟구치는 다해가 말했다.

「청천…….」

그 목소리를 듣고 다해는 자신도 모르게 화답했다.

「유화…….」

다해와 다해가 서로를 향해 팔을 뻗었다. 내뻗은 둘의 손이 맞닿은 순간 새하얀 빛이 서서히 온 사방을 물들여 나갔다.

◈

투박하고 커다란 나무잔에는 투명한 액체가 담겨 있었다. 나는 물끄러미 잔에 비친 얼굴을 바라보았다. 갑자기 이유 모를 그리움이 왈칵 밀려들었다. 눈물이 날 것만 같았다. 그러다 문득 투명한 액체 속에 휘도는 야릇한 안개를 발견했다. 한참 쳐다보던 나는 뒤늦게 그게 뭔지 알았다.

"이것은 독약이 아닌가?"

나는 실로 이해할 수 없었다. 내게 이런 게 먹힐 거라 여겼단 말인가? 꿇어 엎드려 있던 려사가 몸을 일으키더니 성큼 다가왔다. 그가 겉으로 뒤집어 쓰고 있는 제사장의 몸 냄새가 느껴질 만큼 가까운 거리였다.

"토 달지 말고 그냥 좀 마시지? 내 딴엔 자네를 배려한 건데."

삐뚜름하게 고개를 들고 말을 내뱉은 려사의 목소리엔 뱀 특유의 비린내가 섞여 있었다.

"내게 왜 이러는 거지?"

려사가 천천히 팔을 들어 사방을 가리켰다. 나는 그의 손끝을 따라 사방을 둘러보았다. 나의 백성들이 모두 바닥에 꿇어 엎드려 있었다. 려사가 무슨 짓을 한 것일까? 나와 려사의 대화가 다 들릴 텐데 내게 독을 먹이려는 그의 행동에 왜 누구도 반발도 하지 않는단 말인가?

"봐, 저들도 원하고 있어."

머리부터 발끝까지 찌릿했다. 나의 백성들이 나의 죽음을 원한단 말인가? 대체 왜? 려사가 성큼 한발 더 다가왔다.

"저들의 두려움이 느껴지지 않는가? 네가 떠나고 나면 남겨질 백성들의 두려움이!"

나는 눈살을 찌푸렸다.

"나는 모든 것에 대비해 두었다. 저들은 더는 두려워할 필요가 없어."

"맞아. 넌 모든 것을 대비해 두었지. 하지만 하나 빼먹었어."

나는 갑자기 숨을 쉴 수 없었다. 옆구리에서 뜨거운 통증이 느껴졌다.

"저들이 진정 두려워했던 공포는 헤아리지 못했거든."

더듬거리는 옆구리에서 뜨끈하고 끈적한 것이 만져졌다. 려사가 비릿하게 웃었다.

"네가 떠나면 뱀 부족이 습격할 거라는 소문이 퍼졌지. 저들의
심정이 어땠을까? 안타깝지만 넌 그것도 대비했어야 했어."

차갑게 클클거리는 려사의 웃음소리와 함께 나는 서서히 정신
을 잃었다.

※

내내 다해를 지켜보던 아름달이 다급하게 소리쳤다.

"천손!"

다해는 숨을 쉬지 못하고 있었다. 별당 한구석에서 꾸벅꾸벅
졸고 있던 칼바람이 그 소리에 놀라 다가왔다.

"뭐야?"

"천손이 숨을 쉬지 못합니다!"

다해는 마치 물속에 있기라도 한 것처럼 숨을 쉬지 못하고 있
었다. 이러다 큰일 나지 싶어 다급해진 칼바람이 다해를 일으켜
앉히더니 얼굴을 마주했다.

"이봐! 일어나! 이제 물속이 아니라고!"

다해가 번쩍 두 눈을 떴다. 컥, 하는 소리와 함께 숨이 터졌다.
그러나 다해는 여전히 옆구리를 붙잡고 식은땀을 흘리고 있었다.

"천손! 정신을 차려보세요! 천손!"

다해의 시선이 출렁이며 끼어든 붉은 머리칼을 따라 움직였다.
거친 숨을 몰아쉬며 고통스러워하던 다해의 숨결이 조금 잦아들
었다. 다해가 주위를 둘러보았다. 뒤이어 칼바람과 아름달의 눈

을 한 번씩 쳐다보았다.

"려사……."

"려사?"

칼바람이 되물었다. 마치 난생처음 듣는 목소리라도 되는 듯 어리둥절해한 다해가 옆구리를 짚고 있던 손을 들어 살폈다.

"피가……."

"피? 너 건질 때 상처 같은 건 없었는데?"

멍한 얼굴로 몇 번이고 옆구리를 더듬거리던 다해가 고개를 들었다.

"칼바람님……?"

"그래, 나 칼바람. 여기 이 녀석은 누군지 알겠냐?"

칼바람이 아름달을 가리켰다. 다해가 고개를 돌렸다.

"아름달님……."

아름달이 눈시울을 붉혔다.

"천손! 잘못되신 줄 알았잖습니까!"

여전히 멍하니 앉아 있던 다해의 눈에 비로소 생기가 돌았다.

"꿈…… 에서 깨어나질 못하여……. 걱정을 끼쳐 죄송합니다."

"제정신으로 돌아왔으면 됐어. 대체 무슨 꿈을 꾼 거야?"

다해는 고개를 숙였다. 이해할 수 없는 꿈이었다. 잔에 비친 건 분명 무연이었다. 그러나 잔을 들고 있던 건 바로 자신이었다.

"왜? 기억이 안나?"

칼바람이 재차 묻는 순간 문이 열렸다. 세숫대야를 든 아낙과 함께 천경이 서 있었다.

"천손!"

천경이 눈물 젖은 얼굴로 다가와 앉았다.

"깨어나신 모습을 보게 되어 얼마나 반가운지 아십니까?"

"걱정을 끼쳐 죄송합니다."

"걱정이랄 게 무에 있겠습니까? 전 천손께서 깨어나시리라 믿어 의심치 않았답니다."

천경의 눈에는 눈물이 가득했다. 다해는 그저 미소를 짓는 것밖에 할 수 있는 게 없었다. 천경의 지시에 따라 아낙은 들고 온 것을 내려놓고 물러났다. 그제야 칼바람이 다시 입을 열었다.

"그래서 무슨 꿈을 꾼 건데?"

가만히 생각하던 다해가 비로소 입을 열었다.

"내가 나비의 꿈을 꾼 것인지 나비가 나의 꿈을 꾸고 있는 것인지 모르겠습니다."

"그게 무슨 헛소리야?"

말만 하지 않았지 아름달이나 천경도 칼바람과 같은 얼굴이었다. 장자의 이야기는 달빛 너머까지 전해지지 않은 모양이었다.

다해가 생긋 미소 지었다.

"꿈과 현실을 제대로 구분 지을 수 없었단 말이지요."

"그만큼 생생한 꿈을 꾸었단 건가?"

"글쎄요, 전 아직도 꿈이었는지 현실이었는지 모르겠습니다."

말을 마친 다해가 한 번 더 옆구리를 쓸어보았다. 상처 따위 있을 리가 없었다. 어째선지 아직도 욱신욱신 쑤시는 기분이었다. 그러다 문득 자신이 연못에 뛰어들었었다는 것을 기억해 냈다.

다해가 고개를 들었다.

"제가 어찌…… 이곳에 있는 것입니까?"

"참 빨리도 물어본다."

칼바람은 정말로 어이없는 얼굴이었다. 다해가 원하는 답을 한 것은 아름달이었다.

"지켜봤던 신관들의 증언에 의하면 천손께서는 끝없이 가라앉으셨답니다. 그래서 다들 가짜로구나 한탄을 했다더군요. 그런데 난리가 났습니다. 그대로라면 도시 아래로 뚝, 호수까지 떨어져야 하는데 나타나지 않은 거지요."

"그래서 사흘 내내 무척 시끄러웠다. 떨어지지 않았으니 진짜다, 나타나지 않으니 가짜다, 진짜면 뭐 하냐 사라졌는데, 찾아봐야 하는 거 아니냐 등등."

"그럼 사라진 저를 어찌 찾아낸 겁니까?"

"네가 스스로 모습을 드러낸 거다."

"제가요?"

"그래. 스스로 뛰어들었던 그 연못에 잠자는 것처럼 둥실둥실 떠 있었단다."

아름달이 뒤를 이었다.

"여전히 잠든 것처럼 평온해 보이는 얼굴로 물 위에 떠서 주무시고 계셨답니다. 하여 신관들이 다급하게 건져 냈지요. 하지만 깨어나지 않으셨습니다. 대체 뭐가 문제인지 몰라 며칠 신전에 계시게 했다가 별당으로 옮긴 지 이제 이틀째이옵니다. 저는 정말 천손께서 죽는 줄만 알았습니다."

아름달이 또 금세 눈물이라도 흘릴 듯 눈시울을 붉혔다. 다해가 빙그레 미소 지어 아름달을 위로했다. 한참 세 사람을 지켜보던 천경이 조심스럽게 끼어들었다.

"연못에 뛰어든 후 무슨 일이 벌어졌습니까?"

천경에게로 시선을 돌린 다해가 근심 어린 표정으로 답했다.

"모르겠습니다."

"모르시겠다니요? 기억나지 않으십니까?"

다해가 슬프게 웃었다.

"아뇨, 기억은 나는데 무슨 의미인지 모르겠습니다."

"그냥 보신 대로만 말해보세요. 생각은 이 늙은이가 한번 해보 겠습니다."

다해는 물끄러미 천경을 바라보았다. 천경은 인자한 미소를 머 금고 고개를 끄덕였다. 다해는 용기를 얻었다.

"그것이…… 물속에서 저를 보았습니다."

"그게 무슨……."

칼바람이 끼어들려는데 천경이 팔을 들어 막았다. 칼바람은 불 쾌한 얼굴이었지만 입 밖으로 터뜨리진 않았다. 천경이 다해에게 물었다.

"그게 정확히 무슨 의미입니까?"

"그러니까 저와 똑같이 생긴 또 다른 여자를 보았습니다. 그녀 의 이름은 유화였습니다."

"유화라……."

한참을 고심하던 천경이 다시 고개를 들었다.

"이후엔 또 무엇을 보셨습니까?"

"꿈을…… 꾸었습니다. 꿈속에서 저는……. 저는……."

다해는 말을 잇지 못했다. 그녀는 누가 툭 건들기라도 하면 당 장 울음이 터질 것 같은 얼굴을 하고 있었다. 천경이 부드러운 목소리로 말했다.

"어려우시면 말씀하시지 않아도 됩니다. 방금 깨어나셨으니 힘겨우실 겁니다. 회복이 좀 된 연후에……."

"아뇨. 지금 말해야 합니다. 늘 그랬듯 시간이 지나면 잊어버릴 것입니다."

"평소에도 자주 꾸셨습니까?"

다해가 눈 주위를 꾹꾹 눌러 매만지더니 고개를 끄덕였다.

"예. 무연님을 만난 다섯 살 이후로 종종 꾸던 몇몇 꿈들과 하나로 연결되는 게 아닌가 싶어요. 한데……."

다해가 눈을 감았다. 눈가가 붉게 물드는가 싶더니 주룩, 눈물이 흘러내렸다.

"우리 천손, 어찌 또 우십니까?"

다해가 힘겹게 입을 열었다.

"무연님에 대한 그리움을 떨치지 못한 모양입니다. 꿈속의 저는 무연님이었습니다. 그럴 수 있을 리가 없는데 제 그리움이 모든 것을 망친 것은 아닌지……."

끝끝내 다해는 두 손으로 얼굴을 가려 버렸다. 소리 내지 않기 위해 애쓰고 있었지만 가늘게 떨리는 어깨까지는 감추지 못했다. 다해의 등을 몇 번 토닥인 천경이 그녀를 천천히 자리에 눕혀주었다. 다해는 말 잘 듣는 어린아이처럼 도로 자리에 눕더니 세 사람에게 등을 돌렸다.

천경이 일어나 조심스럽게 문을 열고 밖으로 나가 버렸다. 아름달이 다해에게 다가가서는 가늘게 흐느끼는 어깨를 토닥토닥 두드려 주었다.

칼바람이 다가와 아름달의 어깨를 툭 쳤다. 아름달이 고개를 돌렸다. 칼바람이 손가락을 입술에 세우며 쉿, 하더니 고갯짓으로 창밖을 가리켰다. 어느새 두런두런 말소리가 들리고 있었다. 아름달은 칼바람의 의도를 이해하고 가만히 눈을 감더니 주문을 읊조렸다.

"어찌 생각하는가?"

황제가 물었다. 천경은 슬프게 웃었다.

"위 장군에 대한 사랑이 너무 큽니다. 마음의 상처를 먼저 치유해야 할 듯합니다."

"분명 유화라 했지?"

"예, 그리 답하셨습니다."

"그녀에게 천녀에 대해 말해준 이가 혹 있는가?"

"제가 알기론 없습니다."

"위 장군에게서 들었을 확률은?"

"주고받았던 서신에 의하면 위 장군은 천녀에 대해선 말씀하신 적이 없는 것으로 압니다."

"꿈속에서 자신이 위 장군의 얼굴을 하고 있었다고?"

천경은 말없이 머리를 조아리며 긍정을 표했다. 한참을 고심하던 황제가 나지막하게 입을 열었다.

"계나라의 소문에 대해선 어찌 생각하는가?"

천경이 크게 머리를 조아렸다.

"천손을 위해서라도 확인은 해봐야 한다고 사료 되옵니다."

"그렇겠지?"

"예. 만약 거짓 소문이라 해도 한 번은 가봐야 합니다. 위 장군이 죽었다는 증표라도 찾지 않는 한, 천손께서는 위 장군의 죽음을 받아들이지 못할 테니까요."

천경의 대답을 들은 황제의 시선이 슬쩍 별당 쪽으로 향했다. 몰래 지켜보며 조곤조곤 칼바람에게 전해주고 있던 아름달이 깜짝 놀라 주문을 거두었다.

"뭐야, 왜 놀래?"

"황제와…… 눈이 마주쳤어요……."

"그게 말이 되냐? 소리만 들은 거잖아?"

"그러니까 저도 믿을 수가……."

장지문 밖에서 인기척이 느껴지더니 이내 문이 열렸다. 칼바람과 아름달은 도둑이 제 발 저린다더니 흠칫 놀라는 얼굴들이었다. 그러나 문을 열고 들어온 것은 집안일을 하는 아낙이었다.

아낙은 작은 쟁반에 다해를 위한 식사를 받쳐 들고 있는 참이었다. 아름달이 얼른 일어나 쟁반을 받았다. 칼바람이 조심스럽게 다해를 달래서 일으켜 앉혔다. 체력이 쇠한 다해는 두 사람의 도움으로 겨우겨우 죽을 떠넘길 수 있었다.

식사를 마친 다해는 이내 잠이 들어버렸다. 칼바람과 아름달은 다해가 곤히 잠든 것을 확인하곤 빈 그릇을 들고 밖으로 나갔다. 조용히 장지문을 닫는 아름달을 보며 칼바람이 말했다.

"대신관이 너를 아낀다 들었다. 가서 계나라에 퍼진 그 소문이란 게 뭔지 한번 알아봐라."

"하지만……."

아름달이 걱정스러운 얼굴로 다해가 잠든 방을 돌아보았다. 칼바람도 따라 돌아보며 입을 열었다.

"내가 맡으마."

"병 수발을…… 하시겠단 말입니까?"

칼바람이 어깨를 으쓱했다.

"별수 있나? 진나라에 왔으니 진나라식으로 해야지."

아름달은 한참을 말이 없었다. 연신 칼바람을 흘깃거리는 눈빛이 의미심장했다. 칼바람이 눈살을 찌푸렸다.

"뭐지, 그 눈빛은?"

려나라였다면 단박에 머리를 조아리며 복종했을 힘 있는 목소리였으나 아름달은 들고 있던 쟁반을 내려놓고 꼿꼿이 허리를 세워 칼바람을 마주했다.

"천손은 어찌하시겠습니까?"

"뭘 어찌해?"

"위 장군께서 돌아가셨습니다. 이제 장애물은 아무것도 남지 않은 것이 아닙니까? 한데 어찌 그리 아무것도 안 하십니까?"

똑바로 마주해 오는 아름달의 눈빛을 칼바람이 슬그머니 피했다. 려나라였다면 있을 수도 없는 일이었다. 그 덕에 자신감을 얻은 것인지 아름달이 재차 다그쳤다.

"어찌 된 일입니까?"

"곁을 지키고 있는 거면 충분한 거 아닌가? 여기서 뭘 어찌 더 해?"

"그러시군요."

감정 따위 눈곱만큼도 섞이지 않은 아름달의 목소리에 뒤늦게 정신 차린 칼바람이 팔짱까지 끼고서는 쏘아붙였다.

"그 녀석이 사라지니 이번엔 네 녀석이냐? 이미 진나라에 도착까지 한 마당에 대체……."

아름달은 칼바람의 말을 듣고 있지 않았다. 한참 품을 뒤적이던 아름달이 작은 주머니 하나를 불쑥 내밀었다.

"이것은 어찌하시렵니까?"

"그것은 호패 주머니가 아니냐? 그것이 왜?"

"제 것이 아닙니다. 대장의 것입니다."

칼바람이 얼굴을 구겼다.

"대장이 도통 나타나질 않으니 제게 대신 전해달라더군요. 받으세요."

칼바람은 손을 내밀지 않았다. 아름달이 재촉했다.

"어서 받으세요. 이제 려나라로 돌아갈 수 있는 것도 아니잖습니까? 한데 어찌 받지 않으십니까? 혹 켕기는 게 있으십니까?"

칼바람이 버럭 소리를 내질렀다.

"나라고 좋아서 이러는 게 아니라고!"

아름달은 물러서지 않았다.

"전서옥은 아직도 갖고 계십니까?"

칼바람이 매서운 얼굴로 아름달을 쏘아보았다. 아름달은 미동도 하지 않았다. 가슴 밑바닥에서 뼈에 새겨진 공포가 스멀스멀 기어 올라왔지만 꿋꿋하게 이겨냈다. 칼바람이 댓돌 아래로 훌쩍 내려섰다. 다급하게 따라 내려온 아름달이 그의 소맷자락을 붙들고 단호하게 말했다.

"천손께 위해를 가하는 행동, 용납하지 않을……."

칼바람이 팔을 휘둘러 아름달의 손목을 뿌리치더니 잽싸게 그녀의 멱살을 잡았다. 온 힘을 다해 아름달을 끌어당긴 그는 온몸

으로 살기를 뿜어냈다. 내내 잘 버티고 있던 아름달은 굴복하고
말았다. 그녀가 질끈 두 눈을 감았다. 사시나무 떨듯 떨려오는 몸
을 다스리기 위해 애를 써보았으나 코앞에서 뿜어지는 살기를 버
텨내긴 역부족이었다.

칼바람이 피식 웃더니 아름달을 풀어주었다.

"쫄기는……. 너도 진나라 사람이 되려면 이리 멀었는데 난들
오죽하겠느냐? 오지랖 부리지 말고 너나 잘해."

칼바람은 홱 몸을 돌려 별당을 떠나갔다. 온몸을 옥죄던 살기
의 여운에 꼼짝도 못 하던 아름달은 한참이나 더 그러고 있다가
이내 무너져 내렸다. 털썩, 바닥에 주저앉은 아름달이 눈물을 흘
리기 시작했다. 목숨을 걸고 진나라까지 왔건만, 죽을 때까지 려
나라에서 익힌 신분제도의 악습을 벗어내지 못하는 건 아닐까,
억울하고 분통하고 원통하여 자꾸만 눈물이 났다. 무예를 익히지
못한 아름달은 칼바람이 살기를 이용하여 그녀를 옥죄였다는 것
을 알지 못했기 때문이었다.

굳게 닫힌 별당의 문 너머까지 아름달의 울음소리가 새나왔다.
문 앞엔 칼바람이 서 있었다.

"빌어먹을 그깟 노비 년이 뭐라고……."

칼바람은 험악한 얼굴을 했다. 차라리 살아 나오지 말지. 차라
리 연못에 빠져 죽어버리지…….

"그녀를 진나라로 보내야겠다."

"진나라로…… 말씀이시옵니까?"

"그래. 시끄러운 저 귀족들의 입을 좀 막아야겠어. 나야 그녀가

진짜 천손이라 믿고 있지만 그들은 그렇지 않으니 진나라의 공식적인 확답을 받으면 좀 낫겠지. 그러니 네가 동행해라. 아름달 그년은 심지가 약하여 적당히 바람을 잘 넣으면 알아서 움직일 거다."

"하오나 진나라에서 꺼내오기가 쉽지 않을 것입니다."

"하니 네 녀석이 동행해라. 이후는 내가 알아서 할 테니. 그리고 그녀가 다시 내게 돌아올 때까지 머리털 하나 다치지 않게 잘 지켜야 할 것이야. 만약 그렇지 않는다면 네놈부터 목을 벨 테니."

그리매는 다해에 대한 집착을 결코 단 한 번도 내려놓은 적이 없었다. 칼바람은 도저히 이해할 수 없었다. 진짜 천손인 것을 어찌 이미 알고 있었으며 다해에 대한 그 밑도 끝도 없는 집착의 시작은 어디부터란 말인가? 진짜 천손이라 확정을 받는단 것도 그저 귀족들의 입을 다물게 하기 위한 수단임을 잘 알고 있었다. 그리매는 그저 다해를 곁에 둘 명분이 필요할 뿐이었다. 대체 왜?

칼바람은 아름달의 울음소리를 뒤로하고 천경의 집을 나와 정처 없이 걸었다.

하늘 아래 태양은 하나뿐이었다. 한데 언제부터인가 산허리에 숨은 달에게 자꾸만 눈길이 갔다. 자신의 목숨 따위 안중에도 없이 누군가를 신뢰할 수 있는 그 믿음이, 하등 자신과 상관없는 진의 백성을 위해 올바른 황제를 뽑아야 한다며 노력하던 모습이, 피붙이를 살해한 자신의 행동에 시국이 그러하니 어쩔 수 없는 것 아니냐며 이해하던 그 심성이, 천손 천손 하더니 정말로 하늘에서 내려준 사람이기라도 한 것인가 싶었다. 어찌나 그 마음이 넓고 깊은지 절로 고개가 숙여지게 되는 것도 두려웠다.

그런데 그 달님 옆에서 반짝이는 작은 샛별 하나가 자꾸만 칼바람의 마음을 흔들었다. 평생 목석같기만 한 줄 알았던 아름달은 청진의 황궁을 벗어난 이후 그동안 터뜨리지 못한 감정을 뒤늦게 털어내는 것인지 툭하면 울었는데 그 눈물이 자꾸만 칼바람의 가슴에 맺혔다. 대체 왜…….

"천손이 살아 돌아왔다며?"

"그럼 이제 저주가 풀리는 건가?"

"그렇다마다!"

삼삼오오 모여 있던 사람들의 대화가 들려왔다. 이제 둘 이상만 모이면 다들 다해의 이야기를 해댔다. 칼바람의 시름이 깊어졌다. 조만간 이 소식이 려나라에도 전해질 터…….

칼바람은 길게 한숨을 내쉬었다. 진짜로 다해에게 미쳐 버리기라도 한다면 좋겠단 생각이 들었다. 그리 되기만 한다면 차라리 사랑을 핑계 삼아 모든 것을 던져 버리면 그만이건만……. 뼛속까지 려나라 사내인 그는 노비인 아름달에게도 미칠 수 있단 사실을 깨닫지 못하고 있었다.

7.

욕심은 언제나 화를 부른다

　오늘도 청아는 기도를 드리러 신당으로 향했다. 하지만 얼마
전 내린 비 때문에 벌써 사흘째 물에 잠긴 징검다리를 마주하자
화가 났다. 물에 젖은 꼴로 드리는 치성에 효험이 있을 리 만무했
다.

　어쩔 수 없었다. 강을 건너지 않으면 신당에 갈 수가 없었다.
조심스레 신발을 벗은 청아는 신중히 강을 건넜다. 그새 물이끼
가 더 늘어났는지 징검다리는 어제보다 더 미끄러웠다.

　"어어?"

　아니나 다를까, 청아는 그만 징검다리에서 균형을 잃고 말았
다. 넘어지지 않기 위해 중심을 잡으려다 그만, 신발이 저 멀리
날아가 버리기까지 했다.

　청아는 울상을 했다. 가난한 살림에 치성을 드리러 갈 때만 신
는 귀한 신발이었다. 청아는 울며 겨자 먹기로 신발을 따랐다.

한참을 떠내려가던 신발은 점점 개울가로 떠밀렸다. 청아의 발걸음도 빨라졌다. 신발이 풀숲으로 숨어들었다. 옷을 적시느냐 신발을 잃어버리느냐 고민하다 냉큼 개울로 뛰어든 청아는 비명을 지르며 주저앉았다.

낯선 사내가 풀숲에 걸려 둥실둥실 떠 있었다. 자는 듯 보였다. 무연이었다. 그러나 아무것도 모르는 청아의 눈에는 그저 시신일 뿐이었다.

청아의 신발이 무연의 머리칼에 걸려 오도 가도 못한 채 이리 저리 흔들렸다. 청록색이었다. 한참을 멍하니 바라보던 청아는 자신도 모르게 환호성을 내질렀다. 청색이란 그것이 머리칼에 해당한다면 귀하디귀한 색이었다. 타고나는 것은 진나라 천룡의 후예들뿐이요 신비술을 이용해 치장하는 것까지 더한다 해도 려나라 귀족이 한계였다.

어쨌든 이쪽저쪽 귀족뿐이니 청색 머리칼은 곧, 귀족이란 뜻이나 마찬가지. 청아는 벌떡 일어나 성큼성큼 다가갔다. 신발을 먼저 챙겨 신은 청아는 용기 내 무연을 툭 찔러보았다. 청아의 눈이 날카롭게 빛났다. 그는 살아 있었다.

청아는 냉큼 무연의 옷깃을 잡고 끌어당겼다. 어찌나 체격이 건장한지 물 위에 떠 있음에도 끌어내기가 쉽지 않았다. 물가에 간신히 끌어 놓았으나 청아가 할 수 있는 건 별로 없었다. 때마침 숲에서 약초꾼이 모습을 드러냈다.

"아저씨!"

청아가 헐레벌떡 달려가 약초꾼의 팔목을 잡았다.

"저 좀 도와주셔요!"

청아는 어리둥절해하는 약초꾼을 물가로 끌고 갔다. 뒤늦게 죽은 듯이 누워 있는 남자를 발견한 약초꾼도 얼른 달려가 숨소리를 확인하고는 냅다 들쳐 업었다. 청아가 따로 요구할 필요도 없었다. 빠르게 걷다 보니 저 멀리 커다란 나무의 화려한 장식이 보이기 시작했다. 마을 입구였다. 약초꾼은 업고 있던 무연을 한 번 더 추스르고는 속도를 냈다.

"잠깐만요! 그쪽 말고 이쪽이요."

청아가 갈림길의 한쪽을 가리켰다. 약초꾼이 눈살을 찌푸렸다.

"네년은 이 와중에도 그 생각밖에 없냐?"

"그럼 치료비는 아저씨가 댈 건가요?"

"그걸 내가 왜……."

"그러니까 제 집으로 데려간 후 의원을 부르는 것까지만 하세요. 나머지는 제가 알아서 할게요."

약초꾼은 잠시 망설였다. 집에서 기다리고 있는 처자식이 생각났다. 치료비를 내게 되면 앞으로 한 사흘은 굶어야 할 터였다.

"아저씨!"

청아가 소리치자 약초꾼은 질끈 입술을 깨물고 그녀가 가리키는 쪽으로 방향을 틀었다. 당장 이름도 모르는 낯선 사내가 시간이 지체되어 죽을지 모른단 상황보다는 피붙이들이 쫄쫄 굶을지도 모른다는 사실이 그로선 더 중요했다.

청아의 집은 작은 초막이었다. 후다닥 먼저 뛰어 들어간 청아는 방문을 활짝 열더니 얼른 방 안에 있던 짚풀 자리를 끌어내 마당에 두어 번 펄럭여 털어내고는 다시 깔았다.

약초꾼은 사내를 업은 채 잠시 기다리다가 청아가 일을 마친 후에야 방에 들어 사내를 눕혀주었다. 이불 같은 것은 따로 없었다. 흙바닥 위에 짚풀 자리 하나 덜렁 깔면 그게 바로 이 마을 사람들의 잠자리였다. 목침이 있으면 그나마 좀 있는 형편이라 할 지경이었다.

"어서 의원 좀 불러다 주세요."

무연을 자리 위에 눕힌 약초꾼은 고개만 한번 끄덕이고는 바로 길을 나섰다. 의원이 환자를 돌보는 동안 약초꾼은 곁에서 기웃기웃했다. 그 또한 청록색 머리칼이 무엇을 의미하는지 잘 알고 있는지라 뒤늦게 호기심이 동한 모양이었다.

"허허, 기이한 일이로고……."

의원은 한참 동안 무연의 여기저기를 살피기도 하고 만져 보기도 하더니 깊은 생각에 빠져들었다. 새살이 돋기 시작한 상처들이 있었다. 아문 정도를 보아 제법 오래 되었어야 하는 상처이건만 우습게도 옷자락의 찢어진 부위들이 모두 맞아떨어졌다. 의원의 얼굴이 심각해졌다.

"어찌 그러십니까?"

청아의 물음에 의원이 눈살을 찌푸렸다.

"발견된 개울이 신당 초입 부근이라며? 만약 내가 추측한 게 맞다면 얼마 전 암읍에서 난리가 있었던 거랑 관계가 있을 거 같은데……."

려나라의 귀한 부인을 초대한 어느 날, 천룡의 후예가 포함된 무리가 암읍을 침범해 한바탕 소란을 피웠다는 소문은 은밀하게 그러나 이미 모르는 사람이 없을 만큼 파다하게 퍼져 있었다. 그날 함께했던 천룡의 후예가 절벽 아래 강으로 떨어졌단 소문은 덤이었다. 신당 초입 개울은 바로 그 강에서 갈라져 나온 물줄기였다.

의원은 걱정이 가득한 눈치였다. 가난하게 사는 마을이었다. 괜한 일에 휘말려 좋을 게 없었다. 각기 다른 이유에서 세 사람은 모두 낭패한 얼굴을 했다. 그때 무연이 입을 열었다. 세 사람은 모두 석상처럼 굳어서 귀를 기울였다.

"아씨……."

조선말이었다. 무연이 또 무어라 하진 않을까, 가만히 있던 셋 중 청아가 먼저 입을 열었다.

"진나라 말인가요, 려나라 말인가요?"

"둘 다 아니네."

의원의 대답을 들은 약초꾼이 킬킬거렸다.

"둘 다 아니라네? 청아 우짠데?"

자신을 도발하는 약초꾼에게 청아가 매서운 눈길을 보냈다. 그러나 약초꾼은 놀라는 척조차 해주지 않았다. 청아는 화가 났지만 뾰족한 수가 없기에 입술을 잘근잘근 씹으며 누워 있는 무연에게로 시선을 돌렸다.

얼마 전 암읍에서 난리가 났다는 이야기 이전에 청진에서 탈출한 천룡의 후예에 대한 소문이 있었다. 려나라에서 출발한 추적자들이 한바탕 소란을 떤 탓이었다. 뒤이어 얼마 후 암읍의 일이 소문났다. 사람들 사이에 그날 행방불명된 천룡의 후예와 청진에서 탈출한 자가 동일인인 것은 아니겠느냐는 추측들이 나돌았다.

지금 세 사람 모두 그 생각을 하고 있었다.

약초꾼이 다시 입을 열었다.

"청아 네년이 선택할 건 둘 중 하나야. 암읍의 임금님께 고하든가 려나라 황제한테 고하든가. 근데 청진은 멀고 암읍은 가까우니 사실상 하나뿐이지. 정신 차리고 포상이나 챙겨."

청아가 홱 고개를 돌렸다. 매서운 눈빛이었다.

"이 사람이 그 사람이란 증거가 어디에 있습니까? 그저 강물에 휩쓸려 떠내려 온 사람에 불과한 것을요."

"저년 저러다 큰일 나겠네. 턱도 없는 꿈일랑 포기해."

청아가 눈살을 찌푸렸다. 자신의 간절한 꿈을 저리 쉽게 포기하라 하는 약초꾼이 미웠다.

청아는 나면서부터 찢어지게 가난했다. 손발이 부르트도록 일을 해봤자 그날그날 입에 풀칠이나 겨우 하는 삶이었다. 아무리 열심히 일해본들 이쪽저쪽 세금이랍시고 다 걷어가니 남아나는 게 없었다. 그렇게 부모가 병에 걸려 죽고 혼자가 되었다. 그러자 갑자기 여기저기 돈깨나 있단 사람들이 청아를 찔러댔다.

청아는 자신이 제법 반반하게 생긴 것을 깨달았다. 그 순간 그 사실이 제 삶을 구원해 줄 동아줄이 될 것도 깨달았다.

청아는 그날 이후 하루도 빠짐없이 치성을 드렸다. 더 나이 들기 전에 딱 한번만 기회를 달라고, 권세 있는 사람 눈에 들 만한 기회를 꼭 좀 달라고. 그런데 드디어 찾아온 이 기회를 포기하라고? 어림없는 소리였다.

"제 일은 제가 알아서 할 터이니 입단속이나 해주시지요. 자세한 사정을 알아본 연후에 뒷일을 생각할 것이니."

단호하고 매서운 청아의 말에 약초꾼은 한숨을 길게 내쉬었다.

"그래. 내 인생도 내 목숨도 아닌데 내가 무슨 상관이겠냐? 알아서 해라. 난 간다."

약초꾼은 그 말을 남기고 휘이휘이 떠나 버렸다. 그가 떠나는 것을 보며 의원도 자리에서 일어났다.

"치료랄 게 없었으니 돈은 받지 않겠네. 하지만 나 또한 저 사람과 같은 의견일세. 정신 차리면 떠나보내게."

"안녕히 가세요."

청아는 의원을 향해 정중히 허리를 숙이며 작별을 고했다. 그 것이 곧 그에 대한 답이었다. 의원은 길게 한숨을 내쉬고는 길을 떠났다.

의원과 약초꾼을 보낸 청아는 다시 방에 들어 곰곰이 무연을 살폈다. 청록색 머리칼을 차치하더라도 무연은 젖어서 엉망인 몰 골임에도 한눈에 알아볼 법한 비싼 옷을 입고 있었다. 여기저기 찢어지고 뜯어졌지만 한두 푼짜리가 아닌 것은 지나가던 개도 알 아볼 터.

청아는 절대로 이 기회를 놓치지 않으리라 다짐했다. 그런 청아 의 지극정성 간호를 받던 무연이 깨어난 것은 그로부터 사흘 후였 다.

"일어났어요?"

누워 있던 무연은 눈물을 글썽이더니 팔을 뻗어 청아의 뺨을 쓸었다.

"무사하시군요."

조선말이었다. 청아는 난처한 얼굴로 몸을 뺐다.

"무슨 말인지 모르겠어요."

무연은 어리둥절한 눈으로 한참 동안 청아를 바라보았다. 잠시 후, 무연의 눈가에 어려 있던 그리움이 단박에 날아갔다. 그 자리를 채운 것은 혼란이었다.

"여기가 어디입니까?"

다행히 계나라 말이었다. 청아는 안도하며 답했다.

"계입니다."

무연이 일어나 앉았다. 상처가 다 나은 탓에 전혀 거리낌 없는 행동이었다.

"제가 왜 여기에 있는 겁니까?"

"개울에 쓰러져 계신 것을 제가 모셨지요."

"개울이요?"

"예."

무연이 눈을 감았다. 잔뜩 찌푸린 표정이었다. 순간 머리가 아픈지 손으로 이마를 짚은 채 한참 있다가 다시 물었다.

"제가 개울에 왜 쓰러져 있었던 겁니까?"

"저는 그저 혼절해 계신 것을 모셔왔을 뿐, 어찌 거기 계셨는지는……."

"당장 가봐야겠습니다."

무연이 벌떡 일어나서는 방을 박차고 나섰다.

"잠시만요!"

청아가 다급하게 뒤따랐다. 그러나 그럴 필요가 없었다. 무연은 마당 한복판에 우뚝 멈춰 서있었다.

"아직 몸이 성치 않습니다. 조금 더 치료를 받고 난 연후에……."

다급하여 무연의 소맷자락까지 잡았던 청아는 뭔가 이상한 것을 알고 무연의 낯을 살폈다. 그는 혼란스러워하고 있었다.

"어찌 그러십니까?"

청아가 조심스럽게 물었다. 무연의 얼굴이 잔뜩 일그러졌다.

"저는…… 어디로 가야 하는 겁니까?"

무연은 공허하게 허공을 이리저리 훑고 있었다. 청아가 살며시 미소 지었다.

"어딜 가고 싶은지 알려주시면 제가 길을 일러 드릴게요."

"그런 것이 아닙니다."

무연이 고통스러운 얼굴로 머리를 짚었다. 뭔가를 생각하려다 통증을 느낀 모양이었다.

"뭔가…… 할 일이 있었는데…… 기억이…… 나질 않습니다."

청아가 눈을 동그랗게 떴다. 한참이나 고민하던 무연이 고통스러운 얼굴로 청아를 보았다.

"혹……, 제 이름을 아십니까?"

청아는 하마터면 너무 좋아 소리라도 지를 뻔했다. 보통 사람이라면 위기를 먼저 생각했을 터였다. 하지만 청아는 달랐다. 위험 부담 따위 배곯는 경험에 비할 바가 아니었다. 산나물이나 뜯어먹고 사는 처지였다. 가끔 날품팔이할 일이 생기는 걸 행운으로 여겨야 할 수준이었다. 그러다 너무 배가 고플 때면 제법 큰 옆 마을에 가서 사내들을 유혹했다. 가끔 일을 돕는 척 돈 많은 집 노인네들을 홀려 한 푼 두 푼 도둑질도 서슴지 않았다. 사내들 비위 맞추기가 여간 어려운 게 아니었지만 밀고 당기기만 잘하면 굶지는 않아도 되었다. 하지만 계속 그러고 살 수는 없는 노릇이었다.

그렇기에 이것은 기회였다. 그것도 완벽한 기회였다. 청아는 이

기회를 절대로 놓치고 싶지 않았다.

"기억이 돌아올 때까지 이곳에 머무르셔도 전 상관없어요."

청아는 은근슬쩍 무연의 손을 잡으며 눈웃음쳤다. 사내들이 죽고 못 사는 청아가 자신하는 비장의 무기. 역시나, 무연의 눈동자가 흔들렸다.

"혹……, 우리가 아는 사이는 아닙니까?"

사내들이란 늘 이런 법이다. 청아는 깔깔깔 소리 내어 웃었다.

"말씀드렸잖아요. 전 그저 상처 입고 혼절한 사람을 내버려 둘 수 없었을 뿐이랍니다."

"하지만 낯이 익은데……."

"좋은 소식이네요. 저를 보고 누군가를 떠올리신 거잖아요? 그렇게 차근차근 하나씩 되살리다 보면 언젠간 다 기억이 날 거예요."

청아는 자신만만한 얼굴로 환히 웃었다. 물끄러미 바라보던 무연은 또 기시감을 느꼈다. 분명 저런 자신만만함을 어디선가 본 적이 있었다. 그런데 누구였는지 도저히 기억이 나질 않았다.

청아가 한 걸음 더 무연에게 다가갔다. 스칠 듯 말 듯 가까운 거리였다.

"전 정말 괜찮아요."

고개를 들어 저를 올려다보는 청아의 모습이 뭔가, 자꾸 그리운 감정을 불러냈다. 무연은 그 감정을 외면할 수 없었다. 비로소 무연이 빙그레 미소 지었다. ·

"그럼 잠시 신세를 지겠습니다."

"아이, 좋아라!"

청아가 깡충거렸다. 무연은 예상외의 반응에 당혹스러웠다.

"어찌…… 그리……."

"당분간은 적적할 일이 없을 거잖아요."

"제가 기억을 잃은 나쁜 사람이면 어찌하려 그러십니까?"

청아는 그저 미소를 지을 뿐이었다.

기억이 없는 상태에서도 이리 정중하다면, 그것도 청아의 사는 모습을 보고도 정중하다면 필시 진의 귀족일 터. 그렇다면 청아로서는 꼭 붙들어야만 했다. 무연이 그것을 알 리 없었다.

청아는 다시 방으로 들어갔다. 잠시 후 옷 한 벌을 들고 나와 무연에게 내밀었다.

"그럼 우선 옷부터 갈아입으세요. 돌아가신 아버지 옷이에요. 환자를 젖은 채로 내버려 두면 안 된다는 것을 알지만 제가 어찌 할 수가 없어서……."

청아는 살짝 얼굴을 붉혔다. 의도한 것이었다.

사실, 옷을 갈아 입히지 못한 것은 체격 때문이었다. 청아 혼자서 혼절한 무연의 옷을 갈아 입히는 것은 불가능했다. 하지만 굳이 그런 것을 밝힐 필요는 없었다. 그래서 청아는 그 사실을 적당히 각색해서 이용했다. 역시나, 무연도 얼굴을 붉혔다.

"아닙니다. 제가 죄송합니다. 아직 혼전이실 텐데……."

말하던 무연은 청아의 머리 모양을 살피다 고개를 갸웃했다. 청아는 두 갈래로 땋아 동그랗게 말아 올린 머리 모양을 하고 있었다.

"혹 혼인하셨습니까?"

청아는 깜짝 놀란 얼굴로 손사래를 쳤다.

"그럴 리가요. 어찌 그리 생각하십니까?"

"아니, 댕기가 없어서……."

"'댕기'가 무엇입니까?"

청아의 반문에 무연이 혼란스러운 표정을 지었다.

"혼인한 여인은 쪽을 찌고 혼기가 찬 처녀는 붉은 댕기를 드리우고……."

"대체 어느 나라 이야기를 하고 계시는지 모르겠네요."

청아가 아는 한 진나라도 려나라도 그런 풍습은 없었다. 게다가 '쪽'이나 '댕기'같은 말도 난생처음 들어보는 기묘한 단어였다. 청아로서는 따라 하기도 어려울 지경이었다.

청아는 이내 혼란을 정리했다.

"세상 구석구석 가보지 않은 곳이 없으신가 봐요. 이곳 계나라에선 머리 모양으로 혼인 여부를 구분 짓지 않아요."

"그렇…… 군요."

청아가 활짝 웃었다.

"그런 고민 그만하시고 어서 옷부터 갈아입으세요. 그리고 우물은 뒤쪽에 있답니다. 제가 닦는다고 닦았지만 아무래도 저는 계집이라……."

청아는 또 한 번 몸을 꼬며 얼굴을 붉혔다. 무연도 따라 얼굴을 붉혔다.

"죄송합니다."

"죄송해하지 마시고 어서 가세요. 전 방을 정리하고 있을게요."

무연은 고개를 꾸벅 숙여 감사를 표하고는 뒷마당으로 향했다. 무연이 사라질 때까지 미소 짓고 있던 청아는 그가 모퉁이로 완전히 돌아서자마자 소리 없이 쾌재를 부르짖었다.

청아는 가슴 앞에 두 손을 모으고 눈을 감았다.

"감사합니다. 내려주신 기회, 절대로 놓치지 않겠습니다."

결의를 다진 청아는 방으로 들어가 힘차게 청소를 시작했다. 뒷마당으로 향했으나 굳게 닫혀 있는 창문 틈새로 찰방찰방 물소리가 들려왔다. 호기심이 동했다. 살금살금 다가간 청아는 살그머니 창문을 열었다. 가늘게 열린 창문 틈으로 무연의 너른 등을 본 청아는 숨을 멈췄다.

긴 청록색 머리칼이 어우러진 무연의 몸은 아름다웠다.

종종 어울리던 동네 노인네들과는 차원이 달랐다. 절로 미소가 머금어졌다. 청아는 조심스레 창문을 닫았다. 이 거지같은 삶에서 저를 구원해 줄 수만 있다면 배불뚝이 기름진 늙은이여도 심지어 팔다리가 없는 불구나 문둥병 환자여도 상관없었거늘…….

청아는 다시 청소를 시작했다. 절로 콧노래가 나오는 것을 막을 수가 없었다.

청소를 마치고 나와 보니 무연도 뒷마당에서 돌아 나오는 참이었다. 촉촉한 머리칼과 뽀송한 피부를 본 청아는 자신도 모르게 미소를 지었다가 얼른 마음을 다잡았다. 유혹을 해야지 당할 수는 없는 노릇이었다.

빨래까지 하고 나온 것인지 무연은 들고 있던 옷을 털더니 빨랫줄에 널었다. 뒤늦게 정신을 차린 청아가 냉큼 달려갔다.

"이리 주세요. 이런 건 계집이 할 일이지요."

"어찌 여인과 사내의 일이 따로 있단 말입니까? 제 옷이니 당연히 제가 해야지요."

"아이참, 어떤 나라에서 그런지는 모르지만 이곳은 계나라입니다. 계나라에선 계집과 사내의 일을 구분 짓는 것이 법도랍니다."

청아는 활짝 웃으며 무연의 손에서 빨래를 빼앗아 탈탈 털어 반듯하게 널었다. 무연은 무안한 얼굴을 하고 있었다. 마지막 빨래를 널며 힐끗거린 청아는 피식 웃었다. 커다란 덩치에 잘생긴 얼굴 거기에 더불어 순한 양 같기까지⋯⋯.

하늘에서 내려준 복덩이가 아닌가? 달리 노력하지 않아도 저절로 감정이 일어날 판이니 청아는 춤이라도 덩실덩실 추고 싶었다. 그런 청아의 마음도 모르고 무연은 내내 불편한 얼굴을 하고 있었다.

청아가 생긋 웃었다.

"그리 불편하시면 다른 일을 도와주세요."

"무엇을 도와드리면 됩니까?"

"그건 뭐, 살다 보면 하나하나 나오겠죠."

청아의 능청에 무연은 그만 피식 웃음 지었다.

"거봐요. 웃으니까 좋잖아요. 잘생긴 얼굴, 좀 자주자주 웃어주세요."

무연의 얼굴에서 미소가 사라졌다. 당당하게 요구하는 청아의 말과 행동에서 또 기시감이 느껴졌다. 그것도 모르고 청아는 여전히 방긋 웃고 있었다. 무연은 얼른 떠오른 불편함을 지우고 따라 미소를 지었다.

어쨌든 생명의 은인이었다. 당장 어디로 가야 하는지도 몰랐다. 뭔가 중요한 것을 잊은 것 같아 불안함이 가득했지만 서두른다고 될 것 같지도 않았다. 그렇다면 우선은 편안히 기억을 되살리는 게 먼저였다. 무연은 이곳에서 머물기로 마음먹었다.

"그럼, 앞으로 잘 부탁드립니다."

"어머? 이미 결정한 거 아녔어요?"

청아의 너스레에 무연은 부드럽게 미소를 지었다.

그렇게 무연은 청아와 함께 살게 되었다.

"오라버니, 식사하세요."

청아가 음식이 담긴 커다란 쟁반을 가지고 들어왔다. 망가진 덧창을 고치고 있던 무연이 얼른 일어나 음식을 받아 식탁을 차렸다. 청아는 흐뭇한 얼굴로 의자에 앉았다.

"역시 집에는 사내가 있어야 하나 봐요. 가구가 생기니 좋네요."

무연이 따라 웃으며 맞은편에 앉아 젓가락을 건네주었다.

"도움이 되었다니 다행이네. 어서 먹자."

청아와 무연은 다정하게 식사를 시작했다.

"일이 힘들지는 않고?"

"뭐, 맨날 하는 일인걸요."

청아는 어깨를 으쓱했다. 무연이 조심스레 말을 이었다.

"나도 뭔가 할 수 있는 일이 있지 않을까?"

"됐네요. 요즘 소문이 얼마나 흉흉한데요."

"대체 그 소문이 뭐기에 그러는 거야?"

"오라버니는 알아서 좋을 게 없어요."

청아는 단호하게 끝을 맺었다. 무연은 더 물을 수 없었다. 청아는 안도했다. 무연이 알아선 안 됐다. 최근 무연에 대한 소문이 파다하게 퍼져 나가고 있었다.

"청아 늬집에 천룡의 후예가 있다며?"

"누가 그래요?"

"누가 그러긴, 소문이 이미 파다한데? 좋겠네? 이제 곧 팔자 피
겠구나?"

코끝이 빨간 상점 주인이 청아에게 추근거리며 속살거렸다. 청
아는 은근슬쩍 몸을 밀착시키며 투덜거렸다.

"팔자가 피기 전에 굶어 죽게 생겼네요. 요즘 왜 그래요?"

상점 주인이 난처한 얼굴로 슬그머니 몸을 뺐다.

"아, 나라고 땅 파서 장사하는 것도 아니고……."

"아이참, 그래도 우리 사이에……."

다시금 다가든 청아가 슬그머니 상인의 허벅지를 어루만졌다.
흠흠, 헛기침을 하며 주위를 둘러보던 그는 냉큼 청아의 손목을
잡았다.

"나야 청아가 좋지만서도……."

청아는 새초롬 웃음 지으며 은근슬쩍 손목을 뺐다.

"뭐, 싫으시면 어쩔 수 없죠. 안녕히 계세요."

"아니, 내가 언제 싫다고……."

상점 주인은 닭 쫓던 개가 지붕 쳐다보듯 멀어져 가는 청아를
바라보기만 했다.

"무슨 생각 해?"

무연이 묻는 통에 청아는 다시 현실로 돌아왔다.

"아무것도 아니에요."

"심각한 얼굴이던데?"

청아가 활짝 웃었다.

"별거 아니에요."

무연은 물끄러미 청아를 바라보기만 했다.

청록색 눈동자.

시장 상인들이 알고 있다면 근방에 소문이 다 퍼졌다고 봐야
했다. 위험한 일이었다. 만약 천룡의 후예가 집에 있다는 소문이
임금의 귀에까지 들어간다면 자칫 목숨이 위태로울지도 몰랐다.
하지만 청아는 그런 걱정은 하지 않았다. 일이 닥치면 그건 그때
해결하면 되는 일.

청아가 걱정하는 상황은 자칫 소문을 듣고 무연이 기억을 떠올
리는 것이었다.

언젠간 돌아와야 하긴 했다. 하지만 아직은 일렀다. 청아는 아
직 무연을 유혹하는 데 성공하지 못했다.

청아는 그간 목표로 삼은 사내를 쓰러뜨리지 못한 적이 한 번
도 없었다. 그것이 곧 청아의 밥줄이었다. 그런데 무연은 묘했다.

"그래. 네가 그렇다면 그런 거겠지. 얼른 먹자."

무연이 반찬을 청아의 앞으로 하나하나 몰아주었다. 청아는 무
연 몰래 한숨을 쉬었다. 무연은 청아를 살뜰하게 챙기기는 하는
데 이상하게 선을 그었다. 의도했다기보다는 뭔가 본능적인 것처
럼 여겨졌는데…… 젓가락으로 깨작거리던 청아가 주위를 둘러보
았다. 침상 하나와 탁자 하나 의자 두 개 그리고 나무 병풍…….

망할 병풍! 청아는 무연 몰래 속으로 욕지거리를 내뱉었다.

사실 청아가 자신만만했던 것은 잠자리가 하나뿐인 이유가 가장 컸다. 그런데 함께 살기로 결정한 바로 그날 밤. 무연은 짚풀 자리를 쳐다본 채 묵묵히 서 있기만 했다.

"전 괜찮아요."
　무연은 그렇지 않은 얼굴이었다. 청아가 재차 누워 탁탁, 바닥을 두드렸지만 요지부동이었다. 이윽고 무연은 청아가 누워 있는 자리에서 가장 먼 반대편 끝에 정좌를 하고 앉았다.
"그러고 주무시게요?"
"익숙한 일이니 괜찮습니다."
　무연은 그렇게 정좌를 한 채로 잠을 이뤘다. 어찌 인간이 저리 밤을 지새울 수 있는가, 신기할 지경이었다. 그러더니 다음날부터 집 안의 가구를 뚝딱뚝딱 고치기 시작했다. 딱히 청아가 요청한 것도 아니었다. 버리자니 너무 무겁고 고쳐 쓰자니 구질구질한 생각이 들어 내버려 둔 것이었거늘, 무연이 가장 먼저 고친 가구는 침상이었다.
"가, 감사해요."
　무연은 뿌듯해 보였다. 청아는 난감함을 간신히 감출 수 있었다. 그날부터 청아는 침상에서 무연은 짚풀 자리에서 잠을 자게 되었다. 그나마도 청아는 이쪽 끝에 무연은 저쪽 끝에서, 라는 식이었다. 진나라의 풍습에 무지한 청아로서는 도통 이해할 수 없는 일이었다.
'사내들이란 계집을 한번 어찌해 보지 못해 안달 난 짐승들이 아니던가?'

그렇게 무연이 두 번째로 고치기 시작한 것은 청아를 더더욱 기함하게 했다.

"이번엔 또 뭘 하시는 거예요?"

장터에 갔다 돌아온 청아는 마당에 주저앉아 뭔가를 열심히 하고 있는 무연을 보며 진땀을 흘렸다.

계나라에선 휑하니 너른 공간을 응접실과 침실로 구분 짓기 위해 커다란 나무병풍을 사용했다. 청아의 집도 부모님 생전엔 당연히 병풍을 세워두고 사용했다. 그러나 얼마 전 경첩이 고장 나 팽개쳐 두고 있었던 그것을 지금 무연이 만지고 있었다.

청아의 불길함은 적중했다.

"주인의 사적인 공간은 지켜져야 하는 법이지요."

무연은 대단히 뿌듯해 보였다. 그런 그의 행동에 청아는 분통 터지는 얼굴을 감추기 위해 많은 노력을 해야만 했다.

구질구질해서 버리고 싶었던 가구를 다시 사용하게 된 것에 억지로 감사를 표하는 것은 별로 어려운 일이 아니었다. 그깟 것들은 중요한 게 아니었다. 지금 청아에게 가장 중요한 문제는 무연이 자신에게 넘어오지 않고 있다는 사실이었다. 벌써 한 달 가까이 시간이 흘렀다. 그사이 말도 놓을 만큼 친해졌지만 무연은 칼로 무를 베듯 딱 그어놓은 선을 절대로 넘지 않았다.

"씻으러 가세요?"

옷가지를 챙기고 밖으로 나가려는 무연에게 청아가 물었다. 무연은 무미건조한 목소리로 그렇다고 답했다.

"제가 등이라도 밀어드릴까요?"

청아는 기필코 성공하겠다는 의지를 담뿍 담아서 최대한 교태를 부려보았다. 이 방법이 먹히지 않은 사내는 아직 없었다. 하지만……

"목욕 정도는 스스로 할 수 있어. 그리고……."

무연은 잠시 뜸을 들이다가 어렵사리 입을 열었다.

"난 네게 그런 일까지 부탁하고 싶진 않구나. 아무리 오라비라 불린다지만 친오바리가 아닌 것은 분명하니까."

대놓고 들이미는 작전도 통하지 않으니 미치고 환장할 노릇이었다.

무연에 대한 소문이 점점 더 멀리 퍼져 가고 있었다. 심지어 바로 엊그제는 낯선 사내들이 장터를 들쑤시고 다니기까지 했건만……

"혹 푸른 머리칼에 푸른 눈동자를 가진 사내 하나 본 적 없습니까?"

평범한 차림새를 위장하긴 했지만 살결에 윤기가 흐르고 옷에 구김 한 점 없는 것이 귀족이 틀림없었다. 질문을 받은 상점 주인이 청아를 쳐다봤다. 청아는 눈웃음치며 살짝 고개를 저었다. 은근슬쩍 제 가슴을 한번 어루만지는 것도 잊지 않았다. 상점 주인이 얼굴을 붉혔다. 질문했던 자가 휙, 고개를 돌렸다. 청아는 눈이 마주치기 전 얼른 몸을 감췄다.

"이년아, 어쩔 셈이여?"

하필이면 뒤로 돌자마자 마주친 약초꾼 아저씨가 물었다.

"다 되어가고 있으니 입단속이나 하세요. 잘 되면 섭섭지 않게 사례할 터이니."

약초꾼은 청아의 싸늘한 대답에 얼굴을 잔뜩 구길 뿐이었다.

찰방찰방 물소리가 들렸다. 청아는 가서 쳐다보고 싶은 유혹을
참아냈다. 모른 척 등을 밀어주러 갔다가 정색하며 화를 내는 무
연 때문에 무안했던 기억이 있었다. 진나라 귀족들이란 도저히
이해할 수 없었다. 어찌 유혹해야 할지, 방법이 없는 청아는 답답
하기만 했다.

그렇게 하루하루 또 날짜가 흘러갔다. 하지만 무연을 유혹하는
일엔 도무지 진척이 없었다. 그렇다고 포기할 청아가 아니었다.

오늘도 청아는 집을 나섰다. 그런데 무연이 소매를 붙들었다.
갑자기 소맷자락을 잡힌 청아는 은근 기대를 품었다.

무연이 말했다.

"앞으로 같이 다니면 안 될까?"

왜 같이 다니자고 하는 걸까? 기대가 부풀었다. 하지만 청아는
모른 척 새침을 떨었다.

"같이요? 왜요?"

"아니, 그냥……."

무연이 말끝을 흐렸다. 물끄러미 바라보던 청아의 기대는 꺼져
버렸다.

"됐어요. 그냥 혼자 다녀올게요."

"응. 조심해서 다녀와."

무연은 걱정이 가득한 얼굴로 청아를 배웅했다. 하지만 무연은
청아를 보고 있지 않았다. 그는 매서운 눈빛으로 청아의 주위 숲

을 훑고 있었다.

언젠가부터 집 주위에서 얼쩡대는 수상한 사내가 있었다. 그 사내는 무연의 일거수일투족을 살폈다. 무연은 걱정스러웠다. 자신 때문에 청아에게 문제가 생기는 건 바라지 않았다. 그래서 떠나려고 마음먹었는데 바로 그날부터 수상한 사내는 무연이 아닌 청아의 뒤를 밟기 시작했다.

진지하게 떠나는 것을 고려하던 무연은 마음을 접어야 했다.

"무슨 일 있어요?"

어느새 깊은 고민에 빠져든 무연을 청아가 일깨웠다. 무연이 얼른 활짝 웃었다.

"아무것도 아냐. 그냥 혼자서 너무 늦게 다니니까 걱정돼서."

"싱겁기는……. 괜찮아요. 다 동네 사람인걸요."

"그래도 어두울 때까지 있지는 마. 최근에……."

무연은 얼른 입을 닫았다. 아차 싶었다. 사실을 말했다가 청아가 겁이라도 먹으면 큰일이었다. 제 발 저린 청아가 먼저 나섰다.

"알았어요. 앞으론 조심할게요. 어서 식사하세요."

지금 먹고 있는 이 음식들, 새로 장만한 이부자리, 그리고 무연의 새 옷가지 등등 이 모두를 사들이는 데 사용된 돈을 어찌 구했는지 들킬 수는 없었다. 비록 완곡했지만 일말의 여지를 주지 않는 청아의 대답에 무연은 더는 같은 이야기를 하지 않았다.

그렇게 다음 날 아침, 청아는 늘 그랬듯 집을 나섰다.

"다녀올게요."

활기차게 인사까지 마친 청아는 가벼운 발걸음이었다. 무연을 속인다는 죄책감 따위는 눈곱만큼도 찾아볼 수 없었다.

오늘은 누구를 또 어찌 구슬릴까, 고심하며 길을 걷는데 인기척이 느껴졌다. 홱 뒤를 돌아보니 낯선 사내가 있었다. 검은 삿갓에 검은 바지저고리를 입고 기다란 지팡이 하나를 들고 있었다. 딱 봐도 풍기는 기운이 범상치 않은 사내였다.

그래봤자 어차피 사내. 청아는 당당히 고개를 쳐들었다.

"뉘십니까?"

검은 옷을 입은 사내가 입을 열었다.

"너와 대화를 나누고 싶어 하는 분이 계시다."

"무슨 일이신데요?"

이런 일은 한두 번이 아니었다. 권세깨나 있는 양반들은 보통 수하를 통해 연락을 해오기 마련. 그럼에도 청아는 모른 척 시침을 떼보았다. 무연이 손아귀에 있는 이상 이제 고만고만한 동네 유지 따위 관심 없었다.

사내가 인상을 구겼다.

"당돌한 계집이로군."

말과 동시에 들고 있던 기다란 지팡이를 한번 움켜쥐었다. 청아는 그게 지팡이가 아닌 것을 깨달았다.

"앞장서세요."

삐딱한 자세를 얼른 바로 한 청아가 생글거리자 사내가 피식 웃더니 성큼 앞장서 걷기 시작했다. 청아는 엄지손톱을 깨물며 그 뒤를 따랐다.

한참을 깊은 숲속을 향해 걷다 보니 히힝, 말 울음소리가 들려왔다. 한두 마리가 아니었다. 청아는 낭패라는 생각을 했다. 그러다 이내 마음을 고쳐먹었다.

빼곡한 숲을 지나 공터가 나타났다. 이십 여 마리의 말이 여기 저기 흩어져 풀을 뜯고 있었다. 검은 옷을 입은 무사들도 있었다. 그들은 청아가 나타나자 일제히 시선을 돌렸다. 순간 쏟아지는 시선들은 등골이 오싹해질 정도로 날카로웠다.

그 가운데에 홀로 매끄러운 비단옷을 빼입은 중년의 사내가 차를 즐기고 있었다.

청아를 이끌던 사내가 얼른 다가가 예를 취했다. 사내가 고개를 돌렸다. 능글맞은 미소를 머금은 뺨에 기다란 흉터가 남아 있는 그는 자난이었다.

자난이 빙그레 미소 지으며 맞은편의 의자를 가리켰다. 청아는 쭈뼛거리며 다가가 의자에 앉았다. 무사들이 사방을 에워쌌다. 그러나 청아는 당당했다. 어쨌든 그들의 주인이 눈앞에 앉아 있는 이 기름진 사내란 사실은 세 살짜리가 보아도 알 수 있는 사실이었다.

그렇다면 단 한 사람, 그 우두머리만 유혹하면 그뿐.

청아가 생글거렸다.

"소녀를 어찌 보자 하셨나요?"

살짝 휘어지는 눈웃음이 모르는 이가 본다면 가슴이 떨릴 만했다. 그러나 자난은 그저 피식 웃기만 했다.

"너에 대해서도 조사를 좀 했지. 사내깨나 홀리고 다닌다더니 내게도 먹힐 성싶은 게냐?"

청아는 흔들림 없었다.

"의아하군요. 그런 게 아니시라면 어찌 소녀를 이런 곳까지 불러내셨을까요?"

자난은 한참이나 말없이 청아를 바라보았다. 차가운 미소를 머금은 채였다. 청아 또한 꿋꿋하게 미소를 유지했다. 어쨌든 사내는 다 똑같다. 오라버니 빼고.

드디어 자난이 다시 입을 열었다.

"내가 관심 있는 것은 네 집에 기거하고 있는 그 기이한 사내다."

청아가 크게 실망한 얼굴을 했다.

"이런, 남색이셨습니까?"

자난의 곁을 지키던 무사가 바로 칼을 잡자, 자난이 팔을 들어 만류했다.

"뭘 믿고 그러는지 어디 한번 들어나 볼까?"

청아는 한결같이 생글거리는 얼굴로 답했다.

"오라버니를 데려가야겠는데 까막눈인 제가 봐도 오라버니의 몸놀림이 예사롭지 않더군요. 그러니 강제로 데려가는 것은 무리일 테고 한데 오라버니는 제 말이라면 철석같이 들어주시니 저와 거래를 해볼 생각이신 게 아닐까, 하는 생각을 해봤는데 아닌가요?"

"생각보다 대화가 금방 끝나겠군. 불러봐."

청아는 말이 없었다. 여전히 웃는 낯을 하고 있었지만 머리는 그 어느 때보다 빨리 회전하고 있었다.

"청아 네년이 선택할 건 둘 중 하나야. 암읍의 임금님께 고하든가 려나라 황제한테 고하든가. 근데 청진은 멀고 암읍은 가까우니 사실상 하나뿐이지. 정신 차리고 포상이나 챙겨."

약초꾼 아저씨가 했던 말이 떠올랐다. 청진은 멀고 암읍은 가깝다. 그렇다면 틀림없이 계의 임금쪽에서 보낸 사람이리라. 어쩌면 임금이 직접 온 것일지도 몰랐다. 그것을 깨달은 순간 청아는 무연을 유혹해 팔자 피는 것 이상이 가능할 수도 있다는 사실을 알게 됐다. 단순히 배만 곯지 않으면 되는 삶이 아닌 그보다 더 높은 곳, 모두가 우러러보는 자리도 가능할지 모른다는, 더불어 그간 욕심이 났지만 참아야만 했던 무연까지 탐내볼 수도 있을 거라는 사실이 더해지자 번쩍, 기발한 생각이 떠올랐다.

"왕족이 되고 싶어요."

자난의 얼굴이 일그러졌다. 돈 몇 푼으로 해결될 줄 알았건만, 가격을 말해보라는 말에 이런 식의 답변이 돌아오리라고는 꿈에도 생각해 본 적이 없었다.

'고얀 것.'

뒤처리가 번거로워 쉬운 방법을 택한 것이거늘…….

자난이 슬쩍 곁의 무사에게 눈짓했다. 무사가 고개를 끄덕이고 칼자루를 잡으려는 그 순간 숲속에서 무연이 튀어나왔다.

덜컹, 청아의 심장이 떨어졌다.

무연은 가장 가까운 곳에 있던 무사 하나를 제압해 칼을 빼앗았다. 그러곤 눈 깜빡할 사이에 서너 명을 더 쓰러뜨리고 자난을 인질로 잡는 데 성공했다.

"오라버니!"

소리치는 청아의 얼굴은 사색이 되어 있었다.

대체 언제부터였을까? 설마 모든 대화를 들은 것은 아닐까?

청아는 조마조마해 미칠 지경이었다.

"너 뭐야?"

무연이 차갑게 물었다. 자난은 동요하지 않았다.

눈이 마주쳤음에도 무연은 일말의 동요도 없었다. 아니, 아예 누군지도 모르는 듯 보였다. 천손을 취하려던 날 밤, 분노에 이글거리던 눈빛을 되새겨 보자면 있을 수 없는 일이었다.

그렇다면 기억을 잃었다는 말이 거짓은 아닐 터.

삽시간에 차분해진 자난은 팔을 들어 휘하의 무사들에게 무기를 거두라 지시한 후 의미심장한 눈으로 청아를 보았다. 눈이 마주친 청아가 얼른 끼어들었다.

"오라버니! 놔주세요! 저를 찾아오신 거예요!"

"이자를 믿지 마. 방금 너를 죽이려 했으니까."

청아가 흠칫 몸을 떨었다. 그러나 눈빛만은 매서웠다.

'나를 죽이려 한 겁니까?'

청아의 눈이 묻고 있었다. 자난은 모른 척했다.

청아는 일단 무연에게로 관심을 돌렸다. 무연의 수중에 있는 자난의 목숨은 하늘에서 내려준 청아를 위한 동아줄이었다. 기필코 지켜야 했다.

"절대로 그럴 리가 없어요. 착각이에요."

"그렇지 않아."

무연은 단호하게 말을 이었다.

"며칠 전부터 집 근처를 배회하던 자들이 있었어. 바로 저 무사들이지."

"그래서 제 뒤를 밟으신 거예요?"

허를 찔린 무연의 눈빛이 흔들렸다.

"오해하지 마. 방금 발견한 건 그냥 우연이었어."

무연의 반응을 보니 대화를 엿들은 것 같지는 않아 보였다. 청아는 차츰 자신감을 되찾았다. 그래서 이 상황의 주도권을 갖기로 마음먹었다.

"제 뒤를 밟지 않은 거라면 어찌 갑자기 나타나신 건지 설명해 보세요."

무연이 난처한 얼굴을 했다.

"최근에 주변을 맴도는 무사들이 있었어. 그들을 찾을 셈으로 다니다 우연히 보게 된 거야."

"알았어요. 오라버니를 믿을게요. 그러니까 이제 그분을 놔주세요."

"안 돼, 그럴 수 없어. 이자는 분명히……."

"그분은 절대로 저를 해치러 온 게 아니에요."

"청아야. 이자를 믿지 마. 느낌이 안 좋아."

"그렇지 않아요. 그분은 저를 암읍의 왕궁으로 데려가기 위해 오신 거니까요."

무연이 눈살을 찌푸렸다.

"따라가선 안 돼."

"아뇨, 돼요."

"청아야!"

청아는 우아한 미소를 지었다. 한 번도 해본 적 없었지만 어렵진 않았다.

"제가 계나라의 잃어버린 공주라는데 어떻게 죽일 수가 있겠어요?"

무연이 눈을 크게 떴다. 놀라기는 자난도 매한가지였다.

'요망한 년……'

청아는 자신을 매섭게 쏘아보는 자난의 눈빛을 결코 피하지 않았다. 일을 벌여놨으니 이제 어쩌지 못할 거라는 확신이 있었다.

"네가 계나라의 공주라고?"

"저도 거기까지 들었어요. 믿을 수 없어 잠시 멍해 있는 사이 오라버니가 나타난 거라 자세한 상황은 몰라요."

청아가 자난을 보고 생긋 웃었다. 자난은 더욱 험악해진 얼굴로 입술을 깨물었다가 무연의 시선을 느끼고 얼른 표정을 가다듬었다. 무연이 칼을 내렸다. 상황이 어찌 돌아가는지 판단할 수 없어 동요하던 무사들을 진정시킨 자난이 침착한 목소리로 말문을 열었다.

"과거 혼란했던 황권 다툼에 휘말려 잃어버린 아이가 있다. 워낙 은밀한 일이라 아는 이는 많지 않다. 그러나 얼마 전에 승하하신 태황태후마마께선 그 아이를 죽는 날까지 잊지 못하셨지. 그 아이를 봐야겠다는 일념 하나만으로 남편과 자식들이 모두 세상을 떠나고도 질긴 목숨을 이어오셨으나 하늘의 명운을 이길 수는 없으셨다. 결국, 세상을 떠나셨지만 눈을 감던 그 순간에도 그 아이를 찾아내라 하셨다. 난 그 유언을 받들어야 했지. 그렇게 그 아이는 죽고 남긴 딸이 있다는 걸 알게 되었다."

거짓말은 술술 잘도 나왔다. 왕실의 일이니 사실 확인을 하려 한다면 비밀이라 아무도 모른다고 하면 그만이었다.

"그게 청아라고?"

"그렇다."

답하는 자난은 청아를 보고 있었다. 눈초리가 썩 곱지 않았다. 가증스럽게도 청아는 깜짝 놀라는 표정을 짓고 있었다.

"그 말이…… 정말인가요? 하지만 제 아버지는 한 번도 그런 말씀을……."

자난이 피식 웃었다. 그래, 기왕 이렇게 된 것, 어디 장단이나 한번 맞춰보자 싶었다.

"어머니다. 아마 본인도 몰랐을 거다. 아주 어릴 때였으니까. 하지만 몸에 표식이 있었을 것인데 본 적이 없나?"

청아는 잠시 고개를 숙였다. 자난은 무연만 없었다면 그 놀라운 연기에 찬사라도 보내주고 싶었다. 어느덧 청아의 눈에는 눈물이 그렁그렁 달려 있었다.

"점이 참 특이하다 싶었는데……. 꽃처럼 생긴 작은 점이 하나 있었어요."

자난은 터지려는 웃음을 억지로 참고 진중한 표정으로 맞장구를 쳤다.

"그래. 아이를 탈출시키면서 표식으로 꽃 문신을 새겼다더구나."

청아의 눈에서 눈물이 주룩 흘러내렸다.

"그랬군요. 어머니에게 그런……."

청아는 두 손으로 얼굴을 가리고 흐느끼기 시작했다. 그 눈물에 무연의 경계는 완전히 허물어져 버렸다. 무연을 흘깃 살핀 자난은 이제 완전히 마음을 놓고 미소를 머금었다.

"울지 말고 차분히 집에서 대기하거라. 며칠 내로 사람을 보낼 것이니."

"사람이요?"

청아는 영문을 모르겠다는 순진무구한 얼굴을 했다. 자난은 토악질이 나오려는 것을 간신히 참았다.

"태황태후마마의 유언을 받들어 이제 너를 황실의 일원으로 들여야 하지 않겠느냐? 입궁하게 될 테니 채비하거라."

청아는 멍한 얼굴이었다. 놀라운 연기력에도 불구하고 어찌나 기쁜지 눈빛까지는 감추지 못했다. 청아의 가증스러운 눈빛을 발견한 자난은 더 상대했다가는 자신이 먼저 판을 뒤엎겠구나 싶어 벌떡 일어났다.

"자, 그럼 나는 이만 돌아가야겠구나. 며칠 후에 암읍의 황궁에서 보자."

자난이 바삐 주변 무사들에게 손짓을 하자 바로 화려하게 치장한 말 한 마리를 끌고 무사가 다가왔다. 자난은 냉큼 말에 오르더니 슬쩍 뒤를 돌아보았다.

"가져가야 할 게 있거든 빠뜨리지 말고 챙기거라. 입궁 후에 다시 오려면 번거로울 테니."

말을 마친 자난의 시선이 슬쩍 무연에게로 향했다. 눈치 빠른 청아가 그 뜻을 모를 리 없었다.

"걱정 마세요. 빠뜨리는 것 없이 잘 챙기겠습니다."

흥, 콧방귀를 뀐 자난이 이랴, 말을 몰았다. 나머지 무사들이 잽싸게 탁자와 의자 그리고 다기 등을 챙기더니 수레에 실었다. 삽시간에 공터는 텅 비어버렸다.

무연은 물끄러미 청아를 바라보았다. 청아는 아직도 멍하니 실감이 나지 않는다는 얼굴을 하고 있었다. 한참을 보고 있던 무연이 입을 열었다.

"축하해."

청아는 퍼뜩 정신 차린 척 몸을 떨더니 방긋 웃었다.

"고마워요. 오라버니를 만난 후로 이렇게 좋은 일만 생기네요."

"네 복이지. 그게 어찌 내 덕일까."

환히 웃는 무연의 얼굴이 어딘지 모르게 조금 어두웠다. 청아가 냉큼 무연의 손을 잡았다.

"걱정 마요. 우리가 헤어지게 되는 일은 없을 거예요."

"헤어지다니?"

청아가 의아한 얼굴을 했다.

"수심이 가득한데 그거 때문에 걱정한 거 아녔어요?"

"응? 아, 응. 맞아."

무연의 태도가 어딘지 모르게 불편해 보였다. 청아는 모른 척했다.

"오라버니께 청이 하나 있어요."

"내가 들어줄 수 있는 걸까?"

어느덧 무연은 늘 그랬듯 다시 부드러운 미소를 띠고 있었다.

"저와 함께 입궁해 주세요."

"입궁? 내가?"

무연은 다소 의외라는 얼굴이었다. 청아가 슬픈 얼굴로 고개를 숙였다.

"전 겁이 나요……."

청아가 다시 고개를 들었다. 눈시울이 붉어져 있었다.

"왕궁은 무서운 곳이랬어요. 누군가 한 명 의지할 만한 사람이 있으면 좋겠는데…… 같이 가주실 거죠?"

무연의 손을 잡은 청아의 손에 힘이 들어갔다. 무연의 눈빛은 혼란스러워 보였다.

집 주위를 떠돌던 수상한 무사를 잡아 어찌 된 영문인지 알아낼 셈이었다. 아마도 잃어버린 기억과 관계가 있지 싶어서였다. 그렇게 숲을 떠돌던 무연은 심상치 않은 기척들이 모여 있는 것을 느꼈다. 단숨에 기척을 감추고 접근하다가 청아의 목소리를 들었다.

"왕족이 되고 싶어요."

그 말을 들은 청아의 맞은편에 있는 자가 곁의 무사에게 무언의 지시를 하는 게 보였다. 무연은 청아를 죽게 할 수 없었다. 청아에게 많은 것을 묻고 싶었다. 분명히 왕족이 되고 싶다고 했다. 그게 무슨 의미일까?

"싫으…… 신가요?"

무연의 긴 침묵을 견디지 못한 청아가 드디어 눈물을 떨궜다. 무연은 슬픈 미소를 지으며 부드럽게 대꾸했다.

"싫을 리가 없잖아. 걱정하지 마. 함께 가자."

청아와 함께 있던 자는 믿을 수 없었다. 그리고 무연은 청아를 죽게 할 수 없었다. 청아가 했던 말이 무슨 의미인지를 파악하는 것보다 아까 그자가 청아를 죽게 할지도 모른다는 사실이 어째선지 지금의 무연에겐 더욱 중요했다.

연노랑 저고리에 다홍색 치마를 입고 붉은 댕기를 드리운 소녀가 연신 까치발을 했다. 담장 너머를 훔쳐보기 위함이었다.

"무얼 하십니까?"

무연이 다가갔다. 소녀가 홱 고개를 돌리더니 방긋 웃었다.

"사당패가 왔다 합니다. 이리 기웃거리다 보면 혹시 볼 수 있지 않을까 싶어서요."

무연이 빙그레 미소 지었다.

"사당패는 저잣거리에 있을 겁니다. 관아에서는 보이지 않습니다만……."

소녀의 얼굴에 실망하는 기색이 역력했다. 무연의 가슴 밑바닥을 뚫고 작은 새싹 하나가 툭 튀어나왔다.

"구경이 하고 싶으신가요?"

소녀가 활짝 웃으며 고개를 끄덕였다. 싹은 무럭무럭 자라 커다란 꽃망울을 맺었다. 잠시 주위를 둘러본 무연이 소녀를 번쩍 들어 안았다. 소녀의 얼굴이 연하게 물들었다. 청포냄새가 물씬 달려들었다. 꽃망울이 톡 터지더니 활짝 피어났다. 짙은 꽃향기가 무연의 가슴을 가득 채웠다. 앵두 같은 붉은 입술이 눈에 들어왔다. 향기가 더욱 짙어졌다. 반짝이는 눈망울이 무연을 보고 웃었다.

"오라버니?"

무연은 삽시간에 현실로 돌아왔다.

암읍으로 향하는 마차 안이었다. 날이 제법 더워진 터라 사방을 가린 것은 얇은 휘장뿐인 마차였다. 함께 탄 청아가 걱정스러운 얼굴을 하고 있었다.

"미안, 잠깐 잠이 들었네."

"또 그 아씨라는 사람 꿈을 꾼 거예요?"

"응."

청아의 얼굴이 묘하게 굳어졌다. 무연은 애써 그것을 모른 척했다. 무연은 청아를 아꼈다. 동시에 묘한 거부감이 있었다. 그 이유가 뭔지 알 수만 있다면 얼마나 좋을까…….

어색함을 느낀 청아가 얼른 화제를 돌렸다.

"저기 보세요. 암읍이에요."

청아가 가리킨 곳에 바위 도시가 있었다.

무연은 하늘을 새카맣게 덮은 화살비의 환상을 보았다. 순간 등골이 오싹했다. 화살비가 두려워서 그런 게 아니었다. 화살비로 인해 뭔가 중요한 것을 잊은 것만 같아서였다.

반짝반짝 생기 넘치는 눈동자의 주인, 아씨…….

"오라버니?"

청아가 또 걱정스럽게 물어왔다. 무연은 얼른 표정을 가다듬었다.

"별거 아냐. 그냥 참 대단한 도시구나 싶어서. 저 안에 왕궁도 있고 도시도 있다며?"

말을 하는 와중에 무연의 머릿속에 어떤 풍경이 떠올랐다. 줄지은 건물들 골목을 가로지른 빨랫줄과 좌판들 동그랗게 뻗어나가는 길까지…….

"예. 선택받은 사람만 들어갈 수 있는 도시죠. 지금 우리가 그곳으로 가고 있는 거예요. 놀랍지 않아요?"

청아의 눈이 반짝반짝 빛을 발했다. 순간 무연은 비슷하지만 다른 어떤 눈동자 떠올렸다.

마차가 절벽길을 오르기 시작했다.

"저게 뭔가요?"

난생처음 듣는, 하지만 익숙하기 짝이 없는 가슴 뭉클해지는 목소리. 무연은 깨달았다. 바위 도시에 와본 적이 있었다. 그것도 눈동자의 주인과 함께.

바위에 커다랗게 새겨진 문.

그 문이 활짝 열리고 나타난 신기한 도시.

도시를 보고 놀란 마음을 가까스로 추스르던 청아와 무척이나 닮은 아씨.

거리를 마주하자 무연의 기억은 더욱 확실해졌다. 살의를 풍기던 병사들, 그 틈에 끼어 있는 기묘한 마차, 그 마차가 뿜어내던 화살, 혼절한 여인, 뚜렷하게 기억나지 않는 함께했던 또 다른 두 사람. 무연이 사방을 둘러보며 눈을 빛냈다. 커다란 계단처럼 생긴 왕궁을 마주하자 그 빛은 더욱 환해졌다. 반대로 내내 무연을 살피던 청아의 안색은 어두워졌다. 언젠가 돌아와야 할 기억이지

만 지금은 아니다. 덕분에 청아는 한껏 기대하고 있었음에도 왕
궁을 제대로 구경할 수 없었다. 그러나 그렇게 실망만 하고 있을
수는 없었다.

공주의 옷을 입은 청아는 마치 나면서부터 공주인 것 같았다.
태도 또한 의연하기 짝이 없었다. 자난은 혀를 내둘렀다.

"대단하군. 대체 뭐가 너를 그리 만든 거지?"

"배고픔입니다."

자난은 그 말을 믿지 않았다. 그러나 청아는 정말로 스스로가
배고픔 때문에 그런다고 여기는 것처럼 보였다. 굳이 일깨워 주고
싶진 않았다. 아무렴 어떠랴. 자난에게 청아의 이유 따위는 상관
없었다. 욕망에 충실한 자는 그만큼 다루기가 쉬운 법이었다.

"그래서 나를 따로 보자고 한 연유는 뭐지?"

잠시 뜸을 들인 청아가 입을 열었다.

"책봉식과 더불어 혼례식을 준비해 주세요."

자난의 눈가에 경련이 일어났다. 참으로 당돌한 년이었다.

"내가 누군지 아직도 모르는가?"

"압니다. 계의 임금님 아니십니까?"

자난의 입에서 헛웃음이 터져 나왔다.

"그걸 알고도 이리 당돌하단 말인가?"

청아가 생긋 미소 지었다.

"이제 곧 한 가족이 될 텐데 무엇이 그리 두렵겠습니까?"

자난은 무표정했다.

청아를 한 가족으로 받아들일 생각이 애초에 자난에겐 없었

다. 책봉식 따위 차일피일 미루며 어영부영 지내다가 무연을 차지한 후 제거할 심산이었다. 하지만 청아의 말대로 당장의 칼자루를 쥐고 있는 것은 그녀였다.

"그래, 책봉식이야 곧 치를 테지만 혼례식은 또 뭐지?"

"어떤 식으로 오라버니를 곁에 붙들어두실 생각이신지는 모르겠으나 보다 더 확실한 방법이 있습니다. 천룡의 후예를 부마로 두는 것입니다."

천룡의 후예들에게 혼례란 뭇사람들의 혼례와 그 의미가 다르다. 일평생 단 한 명의 반려만을 인정하는 그들이다. 차라리 죽을 때까지 혼자일지언정 섣불리 혼례를 맺지 않는다. 때문에 혼례를 치른 반려에게 죽을 때까지 충실한 것이 천룡의 후예이다. 설령 그 혼례가 기만에 의한 것일지라도…….

자난이 웃음을 터뜨렸다. 방 밖을 지키던 수하들이 깜짝 놀라 방 안을 주시할 만큼 커다란 소리였다.

"내가 그의 반려가 되는 게 아닌 이상 무의미한 것이 아닌가? 한데 어째서 내가 도와야 한단 말인가?"

청아가 크게 예를 올렸다.

"책봉만 해주신다면, 하여 제가 진짜 계나라의 공주가 된다면 걱정할 게 무에 있겠습니까?"

"그래봤자 넌 가짜다."

청아는 여전히 정중히 허리숙인채로 답했다.

"진짜보다 더욱 진짜 같은 공주가 될 것을 맹세하겠나이다."

자난의 얼굴에 차가운 미소가 떠올랐다.

자난은 청아를 믿지 않았다. 단순한 시골 계집이 아니었다. 최초에 무슨 꿈을 꾸었는지는 모르나 희망이 보이기 무섭게 그 꿈을 크게 부풀렸다. 아마 무연과의 혼례는 그것을 위한 발판이리라. 모든 것을 한눈에 꿰뚫었으니 걱정할 건 없었다. 때가 될 때까지 적당히 장단이나 맞춰주면 그뿐이었다.

"그를 유혹할 자신은 있느냐?"

자세를 바로 한 청아의 눈꼬리가 곱게 휘었다.

"이미 제게 비책이 있습니다."

"그게 뭐지?"

"우선, 아무래도 제 용모가 그 '아씨'라는 여인과 닮은 모양입니다."

그 말을 듣고 자세히 뜯어보니 분명 청아는 천손과 닮은 구석이 있었다. 자난의 입술이 크게 호를 그렸다.

"단순히 천손을 닮은 것만으로 무얼 어찌 하겠다는 거지?"

청아는 당당한 태도를 잃지 않았다.

"왕실에만 전해지는 향술(香術)이 있다 들었습니다."

자난이 콧방귀를 뀌었다.

"시골 계집년이 아는 것도 많구나."

"이제는 수탄쟈 청아입니다."

자난은 실소를 막지 못했다. 참으로 재미있는 계집이었다. 무연을 갖기 전까지 제법 즐거울지도 모른단 생각이 들었다.

"그래. 향술로 너를 연모하게 해달라 이것인가?"

"아닙니다. 겨우 그만한 일에 향술까지는 필요 없습니다."

자신감이 넘치는 얼굴이었다. 자난은 점점 더 재미있다는 생각이 들었다.

"하면 원하는 게 뭐지?"

"우선은 오라버니의 기억이 돌아오는 것 같습니다. 그것을 멈춰 주시옵소서. 그리고……."

잠시 주위를 둘러본 청아가 자난에게 바싹 다가들더니 목소리를 낮추었다. 자난 또한 자세를 낮추어 청아의 말에 귀를 기울였다. 긴 이야기였으나 자난은 처음부터 끝까지 눈썹 하나 까딱하지 않았다. 이야기가 모두 끝나자 비로소 자난이 입을 열었다.

"좋아. 도와주도록 하지."

"성은이 망극하옵니다."

청아가 넙죽 엎드리며 큰절을 올렸다. 자난이 차가운 미소를 머금었다. 그것은 고개 숙인 청아 또한 마찬가지였다.

그날 밤, 무연의 처소로 향 하나가 내려졌다. 임금이 손수 제조하여 내린 하사품이었다. 그간 잃어버린 공주를 잘 보살핀 것에 대한 보상 중의 하나라 하였다. 무연은 최대한 정중히 최대한 겸손한 자세로 그것을 받들었다.

아침 일찍 청아가 찾아왔다. 손수 쟁반 하나를 든 채였다.

"일찍 일어났구나?"

청아가 아침잠이 많은 것을 무연은 잘 알고 있었다.

"한집에서 지내다가 갑자기 처소가 분리되니 어찌나 불안하던지요. 밤새 잠을 이루지 못했어요."

무연은 침상 옆 기다란 의자에 앉아 하사받은 칼을 손질하던 중이었다. 암읍은 둘째치고 왕궁을 보자마자 샘솟는 불안감을 막을 수가 없어 밤새 뜬눈으로 지새우다 시작한 일이었다. 물끄러미 바라보던 청아가 냉큼 무연의 바로 옆에 바싹 다가앉았다.

"약 드세요."

청아는 애교스럽게 약사발을 내밀었다. 무연이 슬그머니 거리를 두어 앉으며 물었다.

"무슨 약이야?"

"왕궁 의원에게 오라버니의 증상에 대해 말하고 처방받은 거예요. 기억도 더 빨리 찾을 수 있을 거랬어요."

무연이 물끄러미 청아의 눈을 보았다. 청아가 부끄러운 듯 고개를 숙였다.

"사실 전에도 약이 필요하다고 의원이 말하긴 했었어요. 근데 돈이 없어서……."

청아가 활짝 웃으며 고개를 들었다.

"하지만 이제는 공주잖아요. 오라버니가 어서 기억을 되찾도록 힘을 다할 거예요."

"고맙구나. 따지고 보면 난 그냥 남인데……."

청아가 또 한 번 무연에게 바싹 다가앉았다. 부담스럽기 짝이 없었지만 무연으로선 더 도망갈 곳이 없었다.

"제가 남이에요? 정말로?"

청아의 눈동자는 촉촉하게 젖어 있었다. 무연은 또 비슷한 다른 눈동자가 떠올랐다. 울게 하고 싶지 않았다.

"미안해. 내가 실언을 했네."

청아는 언제 그랬냐는 듯 미소를 머금었다.

"괜찮아요. 기억 다 찾으시면 그때는 꼭 저만 신경 써주신다고 약속해 주시면 돼요."

"지금도 충분히 너에게 신경 쓰고 있어."

"정말이에요?"

청아가 반짝반짝 눈을 빛내며 무연을 올려다보았다. 겹쳐지는 또 다른 눈빛이 자꾸만 떠오르면서 무연은 가슴이 뭉클했다. 그 마음을 들킬까 얼른 청아가 들고 있던 약사발을 들어 마셨다. 빈 사발을 탁자 위에 내려놓은 무연이 말했다.

"세상에 내가 아는 사람은 너뿐이잖아. 당연히 나와 너 이외에 내가 신경 쓰는 사람은 아무도 없어."

"아이, 좋아라!"

청아는 손뼉까지 치며 기뻐했다. 무연은 양심의 가책을 느꼈다. 자꾸만 청아와 겹쳐지는 아씨라는 여자. 청아를 볼 때마다 느끼는 이 감정은 청아를 향한 것일까? 혹 아씨를 향한 것은 아닐까? 처소 밖에서 인기척이 느껴졌다. 청아를 찾으러 온 시녀장이었다. 청아가 시무룩한 얼굴로 일어났다.

"공주라는 게 마냥 좋은 건 아닌 거 같아요. 왜 이렇게 할 일이 많을까요?"

"비싼 옷, 좋은 침소, 좋은 먹을거리 등등 권리라는 건 의무와 한 쌍인 법이니까. 열심히 해. 그래야 백성들이……."

청아가 눈을 흘겼다.

"미워라."

무연이 난처한 듯 고개를 숙였다.

"미안, 난 그냥……."

"어머? 농담인데 왜 그렇게 시무룩해하세요? 귀엽게?"

"뭐? 귀엽?"

깔깔깔 경쾌한 웃음소리가 무연의 처소를 가득 채웠다.

"마마."

밖에서 한 번 더 재촉하는 음성이 들려왔다.

"그럼 저 가볼게요."

"응. 이따 보자."

청아는 그렇게 떠나 버렸다. 무연은 멍하니 청아가 사라진 곳만 바라보았다. 깔깔깔 청량하게 흩어지는 웃음소리에 가만히 눈을 감자 기다란 댕기 머리를 휘날리며 깡충거리는 아씨의 모습이 눈에 선했다.

속이 답답해진 무연은 다시 칼을 손질하기 시작했다.

먹 냄새가 났다. 지붕 위에 누워 있던 무연이 눈을 떴다. 선선해진 날씨에 어느새 잠이 든 모양이었다. 훌쩍 마당으로 뛰어내렸다. 활짝 열린 장지문 너머에 그녀가 있었다. 허리를 꼿꼿이 세운 자세로 붓을 반듯하게 들고 새하얀 종이 위에 무언가를 열심히 써내려가는 여인의 모습은 단정했다.

살랑, 바람이 불어왔다. 문진으로 채 눌러두지 못한 종이의 모서리가 팔락였다. 아씨는 눈살을 찌푸렸다. 문진으로 이용할 다른 무언가가 또 없을까 둘러보던 그녀가 창밖의 무연을 발견하고는 활짝 웃더니 입술을 달싹였다. 무연은 잠에서 깨어났다.

머리가 지끈거렸다. 분명 이름을 불렀다. 하지만 늘 듣기 직전에 깨어났다.

벌써 몇 번이나 반복된 꿈이었다. 또 한 번 머리가 지끈거렸다. 창밖을 살핀 무연은 의아했다.

늘 일어나던 시간인 거 같은데 묘하게 몸 상태가 개운치 않았다. 찌뿌듯함은 벌써 며칠째 반복되고 있었다. 오늘은 어쩐지 어제보다 더 심한 느낌이었다. 입궁한 후로 할 일 없이 처소에만 처박혀 있어서 그런가 싶어진 무연은 자리를 박차고 나와 정원으로 향했다.

사방이 막힌 동굴이건만 대체 어디를 통해 해와 달이 느껴지는 걸까? 내려다보이는 도시는 다른 여타 도시가 그러하듯 새벽다운 푸른빛에 감싸여 있었다. 질서 정연하게 줄 맞춰 반원을 그리는 도시가 한눈에 들어오자 무연은 또 기시감을 느꼈다.

분명히 본 적이 있었다. 자난을 볼 때마다 경계하게 되는 것도 분명 그 때문이리라.

지끈, 머리가 또 쑤시기 시작했다. 무연은 복잡한 마음을 털어내고 자세를 바로 했다. 넓지 않은 정원이었지만 수련을 하기에 부족하진 않았다. 한참 땀 흘리며 몸을 움직이다 보니 점차 잡념도 사라지고 두통도 가셨다. 비로소 평온함을 되찾은 무연이 점차 무아지경을 향해 달려갔다.

"오라버니!"

갑자기 들려온 소리에 무연이 눈을 떴다. 청아였다.

"언제 왔어?"

"아까부터 있었어요. 내가 얼마나 불렀는지 알아요?"

"아, 내가 그랬니?"

청아가 뾰로통 입술을 삐쭉거렸다.

"실망할 뻔했어요. 내가 몇 번이나 불렀는데…….""

"미안. 정말로."

"괜찮아요. 대신에 거절하지 않기."

"거절? 또 무슨 부탁이 있니?"

"말 안 해줄 거야. 약속부터 해요."

무연이 피식 웃었다.

"뭐야? 그런 게 어딨어?"

"내가 열 번이 넘게 부르도록 대꾸 안 했으니까 벌이에요."

물론 정말로 열 번이나 부르지는 않았다. 그러나 무연은 그 사실을 알 턱이 없었다.

"미안해. 정말로 몰랐어."

"아이참. 또 그렇게 시무룩해 있지 말구요. 아 맞다. 우선 약부터……."

청아가 홱 몸을 돌리더니 따르던 시녀들 중 하나를 손짓했다. 시녀는 보자기가 곱게 덮여 있는 쟁반 하나를 들고 왔다. 청아는 손수 보자기를 걷어내고 약사발을 들었다.

"자, 어서 식기 전에 마셔요."

무연은 청아에게서 약사발을 건네받아 단숨에 들이켰다. 물끄러미 바라보던 청아가 빈 사발을 시녀에게 넘기고 다시 재촉했다.

"자, 어서 약조해 주세요."

막무가내로 졸라대는 청아의 모습이 마치 어린아이 같았다. 무연은 그만 피식 웃고 말았다.

"알았어. 약조할게. 무슨 부탁이야?"

무연의 답을 듣기 무섭게 청아가 또 다른 시녀에게 손짓했다. 그녀는 두 손으로 조심스럽게 기다란 칼을 들고 와 무릎을 꿇었다.

"오라버니께 드리는 선물이에요."

"칼이라면 이미 받았는데?"

씩 웃은 청아가 칼자루의 장식을 어루만졌다.

"이거 보이세요? 왕실 친위대의 징표랍니다. 오늘부터 오라버니는 계나라 공주인 수탄쟈 청아의 호위 임무를 맡게 되셨어요."

"호위?"

"예. 이제부터 절대로 제게서 떨어지실 수 없어요. 어때요? 마음에 드세요?"

무연은 조심스럽게 칼을 집었다. 아씨를 지켜야 하는데…….

"오라버니?"

또 멍해진 무연을 청아가 일깨웠다. 무연이 어색하게 미소를 지었다. 무연을 현실로 돌려놓는 데 성공한 청아가 다시 입을 열었다.

"약조하셨으니 거절은 거절할게요. 그러니까 이제 외출 준비하세요."

"외출?"

"예. 지켜야 할 공주가 도시 구경을 가기로 했거든요. 그러니까 호위무사도 같이 가야죠. 이번에도 거절은 안 돼요. 이유는 아시죠?"

새침한 청아의 표정에 쿡쿡쿡, 무연이 웃음을 터뜨렸다.

"알았어. 조금만 기다려. 얼른 씻고 올게."

"꾸물거리지 말고 얼른 들어가세요. 이러다 시간 다 가겠어요. 어렵게 받아낸 외출 허가라고요."

청아가 무연의 등을 떠다밀었다. 무연은 못 이기는 척 방 안으로 밀려들어 갔다. 함께 간단한 아침식사를 마친 두 사람은 오붓하게 도시 구경에 나섰다. 따르는 이는 아무도 없었다. 무연은 그것이 마음에 걸렸다.

"혹시 미리 이야기가 된 거야?"

"뭐가요?"

청아는 드디어 할 수 있게 된 도시 구경에 신이 났는지 발걸음이 무척이나 가벼웠다.

"그래도 명색이 공준데 따르는 이가 이리 없어도 되는 건가 해서 말이다."

"에이, 암읍은 외부인의 출입이 철저히 통제되니까 괜찮아요. 게다가 오라버니도 있잖아요."

그렇게 말을 하면서 청아는 무연에겐 눈길조차 주지 않았다. 그녀는 연신 여기저기 기웃거리느라 바빴다. 곱디고운 비단도 앙증맞은 가죽신도 호화찬란한 장신구도 이제 원하기만 하면 얼마든지 가질 수 있었다. 이제 더는 그림의 떡이 아니었다. 심지어 가격 따위 생각하지 않아도 되었다. 그 사실은 청아를 더욱 들뜨게 했다.

어린아이처럼 정신없이 돌아다니던 청아가 우뚝 어떤 가게 앞에서 멈추어 섰다. 여인네들의 장신구며 옷이 가득한 가게였다.

"오라버니 여기서 잠시만 기다리세요."

무연이 무어라 대꾸하려 했으나 청아는 이미 가게 안으로 쏙 들어가 버린 후였다. 좁은 가게엔 여인들이 가득했다. 그들은 연신 무연을 흘깃거렸다. 청아는 그 틈에 끼어 이것저것 만져 보고 있었다. 가게는 무척 좁아 보였다. 문은 활짝 열려 있었다. 밖에서도 충분히 지켜볼 수 있지 싶었다. 가게 앞을 지키고 선 무연은 청아에게서 눈을 떼지 않았다. 암읍에 온 이후로 떠나지 않는 불안감 때문이었다.

"이보오, 길을 막고 있으면 어쩌오?"

물건을 가득 품에 안은 여인이 무연을 노려보았다.

무연은 얼른 고개 숙여 사죄하고 옆으로 비켜섰다. 그것을 시작으로 마치 약속이라도 한 듯 가게 안에서 우르르 사람들이 몰려나왔다. 다들 구입한 물건들을 잔뜩 갖고 있는지라 갑자기 길이 좁아지기라도 한 것처럼 혼잡해졌다. 무연은 이리저리 비켜서다 아예 벽에 붙어버렸다.

한 무리의 여인들이 빠져나가고 드디어 다시 한산해지자 무연은 원래 있던 곳으로 돌아와 가게를 살폈다. 그런데 그곳에 청아가 없었다. 좀 더 가까이 다가가 기웃거려 보았으나 역시나 보이지 않았다. 다급해진 무연은 성큼 가게 안으로 들어가 보았다. 휙 한번 둘러보면 그만인 좁디좁은 가게 그 어디에도 청아는 없었다.

무연의 심장이 덜컹 떨어졌다.

"청아야!"

가게 밖으로 뛰쳐나와 애타게 불러보았다. 그러나 대답하는 이는 없었다. 대체 갑자기 어디로 사라졌단 말인가? 무연은 이리저리 뛰어다니며 청아를 찾아보았다. 그러나 보이지 않았다. 점점 시간이 흘러만 갔다. 청아가 사라진 가게 주위를 샅샅이 훑어보았으나 얻은 것은 없었다.

"청아야!"

무연은 수색 범위를 넓혔다. 어쨌든 도시 안에 있을 터, 집집마다 하나하나 다 뒤져서라도 찾아낼 심산이었다. 그렇게 중앙로까지 나온 무연은 바로 옆 거리로 들어가려다 멈칫했다.

새하얀 돌벽, 거기에 기대앉은 붉은 머리의 여인, 그 여인의 품에 안겨 있던 혼절한 아씨, 쏟아지던 화살들…….

무연은 아씨가 두르고 있는 휘장 속 다 찢겨 너덜거리는 붉은 옷과 여기저기 퍼렇게 든 멍 자국까지 선명하게 떠올렸다. 대체 무슨 일이 있었던 것일까? 혼란스러웠다. 알 수 없는 분노와 슬픔이 동시에 치밀었다.

무연은 머리를 감싸 쥐고 그대로 무릎을 꿇었다. 고통스러운 신음이 흘러나왔다. 머리가 깨질 것 같은 통증이 엄습했다.

"오라버니!"

청아가 소리치며 달려와 무연을 끌어안았다.

"오라버니! 저 여기 있어요. 눈 좀 떠보세요. 저 여기 있다고요!"

청아는 눈물을 글썽거리며 무연을 흔들어댔다.

"오라버니……. 미안해요. 정말 미안해요. 난 그냥 장난 좀 쳐보려던 것뿐이었는데……."

흐리멍덩한 눈으로 고개를 든 무연이 와락 청아를 끌어안았다.

"또 잃어버리는 줄 알았어. 지켜야 했는데 지키지 못한 줄 알았어. 나는…… 나는……."

무연은 그대로 청아의 어깨에 머리를 묻었다.

청아는 연신 무연의 등을 다독이며 미안하단 말을 반복했다. 무연은 좀처럼 진정될 것 같지 않았다.

"정말 미안해요. 오라버니에게 그런 상처가 있을 줄은 미처 몰랐어요."

"상처?"

청아는 한참을 망설이다가 겨우겨우 입을 열었다.

"그…… 아씨를 지키지 못한 거요."

찢겨진 붉은 옷을 입고 바닥에 쓰러져 있던 아씨. 자신도 모르게 숨을 멈춘 무연이 심장을 움켜쥐었다. 지키지 못했던 것일까?

청아가 부드럽게 그 손을 감싸 쥐었다.

"이제 알 거 같아요. 오라버니는 소중한 아씨를 지키지 못했다는 죄책감에 아예 기억을 지워 버린 거예요. 가엾게도……."

뚝, 뜨거운 눈물이 무연의 손등 위로 떨어졌다. 뒤이어 청아가 번쩍 고개를 들었다.

"걱정하지 마세요. 저는, 청아는 그렇게 나약하지 않아요. 내 몸 하나쯤 스스로 지킬 수 있어요. 그러니……."

자신만만했던 표정이 갑자기 사라져 버렸다. 동시에 청아의 얼굴이 붉게 물들었다.

"청아야? 왜……."

청아가 무연의 손을 놓았다. 그러곤 또 눈물을 흘렸다.

"죄송해요. 제가 너무 앞서갔네요. 전 오라버니에게 그저 아끼는 동생일 뿐인데…… 제가 뭐라고 감히 오라버니의 소중한 아씨와……."

청아는 말을 끝까지 잇지 못하고 무연을 외면해 버렸다. 무연이 슬픈 얼굴로 청아의 손을 잡았다.

"청아야."

부드러운 목소리가 들렸다. 청아는 계속해서 무연을 외면하고 있었다.

"청아야. 나를 좀 봐."

그러나 청아는 끝까지 고개를 돌리지 않았다. 폭 한숨을 짧게 내쉰 무연이 입을 열었다.

"나는 너도 아끼고 있어."

홱 청아가 고개를 돌렸다. 무연의 눈을 똑바로 마주한 청아가 물었다.

"아씨만큼이요? 아니, 아씨보다 더요?"

무연은 대답하지 못했다. 망설이는 기색도 없었다. 그저 아씨라는 말 한마디에 그만, 또 혼란스러워할 뿐이었다.

"바보."

청아는 무연의 손을 팽개치고 벌떡 일어났다.

"이제 재미없어. 돌아갈래요."

무연이 일어나기도 전에 청아는 홱 몸을 돌려 왕궁으로 향했다.

천천히 일어선 무연은 슬픈 얼굴로 그 뒤를 따랐다. 나올 때는 다정하게 나란히 길가를 거닐었던 두 사람이 지금은 십여 걸음의 거리를 두고 따로따로 왕궁으로 돌아왔다.

시녀들에 둘러싸인 청아가 시녀장에게 무어라 말하곤 처소로 사라져 버렸다. 무연은 그녀를 달래야겠다는 생각에 따르려다가 시녀장의 제지를 받았다.

"따르실 수 없습니다."

"전 공주마마의 호위무사입니다. 따르지 못할 이유가 없습니다."

"공주마마께서 따르지 마시라 명하셨습니다."

무연은 앞으로 나아갈 수 없었다. 석상처럼 우뚝 멈추어 선 채로 청아가 사라진 곳을 바라보는 무연에게 정중히 고개 숙여 예를 취한 시녀장은 청아가 사라졌던 복도로 바삐 발을 놀렸다.

모서리를 돌아서자마자 기다리고 있던 청아가 물었다.

"그래, 어찌 보이더냐?"

시녀장은 정중히 허리를 숙였다.

"슬퍼 보였나이다."

"슬퍼 보여? 그뿐이더냐?"

"소인, 사람의 마음을 읽을 수 있는 능력은 없사옵니다."

"그럴 생각이 없었던 거겠지."

"송구하옵니다."

청아는 시녀장이 마음에 들지 않았다. 분명 공주와 시녀장이라는 신분 차이가 있건만 시녀장은 고분고분하지가 않았다. 아무래도 자난이 여전히 자신을 무시하는 것과 관계가 있어 보였다.

흥, 작게 콧방귀를 뀐 청아는 찬바람을 휘날리며 몸을 돌렸다. 시녀장은 얌전히 그 뒤를 따랐다. 그녀의 발소리를 들으며 청아는 굳게 다짐했다.

'책봉을 받고 오라버니만 내 것이 되면 가장 먼저 저년부터 처리해야겠어.'

팔을 자를까, 다리를 자를까, 아니야, 아예 둘 다 잘라 버릴까, 눈과 혀를 뽑아버리는 것도 괜찮겠다. 한참 생각하다 보니 불쾌함은 눈 녹듯 사라져 버리고 아름다운 청아의 얼굴엔 차가운 미소가 떠올랐다.

시녀장과 새 공주의 신경전에 안절부절못하던 다른 시녀들은 드디어 안도하며 가슴을 쓸어내렸다.

요란한 꽹과리 소리가 울려 퍼지다 이내 뚝 끊어진다. 문을 열고 뛰쳐나와 보니 온 사방이 왜구 천지였다. 반삭 한 사내들이 일제히 무연을 향해 칼을 빼들었다. 무연은 그대로 지붕 위로 몸을 날렸다. 몇몇 놈이 똑같이 몸을 날려 무연을 따랐다.

지붕에서 지붕으로 내달리다 마당에 착지했다. 붉은 횃불이 이리저리 어지러웠다. 그곳에도 온통 왜구 천지였다. 무연의 뒤를 따르던 자들이 우박처럼 쏟아져 내렸다. 무연은 칼을 빼들고 그들을 닥치는 대로 베어 넘겼다. 끝이 없었다. 피비린내가 진동했다. 가까스로 길을 헤치고 마루에 올랐다. 장지문에 기다란 칼을 든 자의 그림자가 비쳤다.

"아씨!"

무연이 소리치며 문을 열었다. 아씨가 방 한구석에 몰린 채 울고 있었다. 장검을 든 왜구가 비릿한 미소를 지었다. 다급하게 달려가 보았으나 왜구가 더 빨랐다. 기다란 칼은 그대로 아씨를 베었다. 무연은 미친 듯이 달려가 왜구를 쓰러뜨리곤 아씨가 채 바닥에 쓰러지기 직전 받아내 품에 안았다.

"아씨……."

눈물이 앞을 가려 아씨의 얼굴이 제대로 보이지 않았다. 소맷자락으로 눈물을 거칠게 닦아내고 다시 아씨를 보았다.

피투성이가 되어 죽어 있는 것은 청아였다.

무연은 몸부림을 치며 잠에서 깨어났다. 입고 있는 자리옷이

땀으로 흥건했다. 숨결 또한 뜀박질이라도 한 것처럼 거칠었다. 머리부터 발끝까지 소름이 끼치고 한기도 느껴졌다. 무연은 더듬더듬 자리끼를 찾아 벌컥벌컥 단숨에 비워 버렸다. 아씨와 청아. 이리 괴로운 이유는 대체 어느 쪽이란 말인가? 복잡한 문제에 맞닥뜨리자 이제는 두통이 밀려왔다. 차가운 밤공기를 쐬면 좀 낫지 싶어 벌떡 일어났다. 그리고 뭔가가 이상하단 것을 깨달았다.

최근 아침마다 두통을 느끼는 것이 지나치게 진한 향 때문인 건 아닌가 싶었다. 그러나 향을 끌 수는 없었다. 청아가 매일아침 약과 더불어 직접 꼭 챙기는 것이 바로 향이었다. 의원이 적극 권했다며 향이 마음에 들지 않더라도 꼭 피워두라 신신당부를 했었다. 무연은 자신을 위하는 청아의 마음을 외면할 수 없었다.

하지만 향은 너무 독했다. 휘장까지 친 좁은 침상 안에 향기가 가득차면 어떨 때는 숨이 막히는 것 같기도 했다. 하여 얼마 전부터 부러 휘장을 살짝 열어놓고 잠이 들었건만 지금 무연의 침상 휘장은 빈틈없이 굳게 닫혀 있었다.

무연은 사방을 경계하며 휘장을 걷었다. 휘장 너머의 공기는 창문이 닫혀 있는 좁은 처소임에도 침상과는 비교도 할 수 없을 만큼 상쾌했다. 그러나 침상 안에 갇혀 있던 향이 퍼져 나가자 이내 처소의 공기도 묵직해졌다. 뚜벅뚜벅 모든 창문을 활짝 연 무연은 뒤이어 문까지 열려다가 멈칫했다.

문 앞에 깔려 있는 주단에 옅은 발자국이 있었다. 누군가 들어온 것이 틀림없었다. 누가, 대체 왜, 어떤 이유에서? 무연이 황급히 주위를 둘러보았다. 그러나 변한 것은 휘장과 발자국뿐, 아무것도 없었다.

암읍은 그 자체로 왕궁과 다름이 없어서 출입을 엄격하게 통제한다. 그 안에 속한 진짜 왕궁의 출입은 또 따로 통제를 한다. 상황이 이러하니 왕궁 안에 있는 무연의 처소에 누군가 침입했다는 것은 애초에 말이 되지 않는다. 더불어 성공적으로 침입을 했음에도 굳이 한 것은 휘장을 닫은 것뿐이라니?

머리가 복잡해지자 또 두통이 밀려왔다. 무연은 생각을 멈추고 문을 활짝 열었다. 시원한 공기가 밀려들자 가슴이 후련해졌다. 무연은 크게 심호흡하며 정원까지 뚜벅뚜벅 걸어 나가서는 벌렁 드러누웠다. 머리가 맑아졌다. 두통도 옅어졌다. 눈을 감으니 활짝 웃는 아씨의 얼굴이 떠올랐다. 가물가물 이름도 기억이 날 듯 말 듯했다. 이름이 뭐였더라……. 다…… 뭐였는데…….

날카로운 송곳에 찔린 듯한 통증이 뇌리를 강타하더니 환히 웃던 아씨가 피투성이가 되어 쓰러졌다. 뒤이어 그녀는 청아로 변해 버렸다. 무연은 벌떡 일어나 앉았다. 차분하게 가라앉았던 숨이 또 거칠어졌다.

"그…… 아씨를 지키지 못한 거요."

정말로 지키지 못했던 것일까? 심장이 아려왔다. 무연은 가만히 고개를 들고 눈을 감았다. 처참하게 찢겨진 붉은 옷, 푸르게 멍든 하얀 피부, 하늘에서 쏟아지던 화살비, 절벽, 그리고 추락. 뜨거운 눈물이 소리 없이 쏟아졌다. 그래. 지키지 못했던 것이다. 그 충격으로 기억을 잃은 것이 틀림없었다.

아씨 그리고 청아.

머리가 복잡해지자 또 두통이 찾아왔다. 생각을 이어나갈 수 없었다. 무연은 그대로 다시 벌렁 드러누워 눈을 감았다.

"왜 여기서 자고 있는 거예요?"

청아의 목소리가 들려왔다. 반짝 눈을 뜨니 눈이 부셨다. 아침이었다.

"답답해서 잠깐 나와 누워 있는다는 게 그만 이렇게 됐네. 벌써 아침인 거야?"

말을 마치고 나서야 어제 일이 떠올랐다. 청아는 잔뜩 속이 상한 얼굴로 무연을 외면했다. 갑자기 어두워지는 무연의 표정을 보았을 텐데도 청아는 모른 척 약사발을 내밀었다. 잠시 청아의 눈치를 살핀 무연은 사발을 받아들었다. 그런데 그 냄새가 상당히 역했다. 인상을 찡그린 무연이 물었다.

"약이 바뀌기라도 한 거니?"

"무슨 소리예요?"

"냄새가 달라서 하는 말이야."

"그럴 리가요?"

청아는 냉큼 무연에게 달라붙어 킁킁, 약사발의 냄새를 맡았다. 분 냄새가 밀려들었다. 당혹스러워진 무연이 슬그머니 몸을 뒤로 뺐다.

"똑같은데요?"

연신 고개를 갸웃거리는 청아의 얼굴에서 어제 보았던 낯설음은 보이지 않았다. 무연은 사과를 해야 한다는 생각이 들었다. 동시에 무엇을 사과해야 하느냐는 생각도 들었다. 상황이 이쯤 되고 보니 어제의 일은 마치 없었던 것처럼 굴어야 하는 건 아닌가

하는 생각까지 들었다.

"안 드세요?"

동그란 까만 눈이 무연을 뚫어져라 보고 있었다. 무연은 약을 마시지 않을 수가 없었다. 벌컥벌컥 지체 없이 들이켰지만 목구멍으로 넘어가는 약은 평소와 뭔가 달랐다. 청아는 아니라는데 왜 다르게 느껴지는지 알다가도 모를 일이었다.

빈 사발을 시녀에게 건네며 청아가 말했다.

"책봉식 날짜가 정해졌어요."

"그거 좋은 소식이구나."

분명 좋은 소식이건만 무연은 진심으로 축하해 줄 수가 없었다. 자난이 그리 호락호락할 리가 없었다.

……자난이 호락호락할 리 없다는 사실을 자신이 어떻게 알고 있는 것일까? 또 멍해지려는 무연을 청아가 일깨웠다.

"진심이에요?"

"뭐가?"

"정말로 좋은 소식이라 여기시는 거냐고요."

"왜 그리 묻지?"

"얼굴을 보니 아닌 거 같아서 그렇죠. 예전부터 생각했던 건데 오라버니는 내가 공주가 되는 게 마음에 들지 않는 거 같았어요. 대체 왜죠? 오라버니는 내가 행복해지는 게 싫어요?"

"그럴 리가 있느냐? 이 왕궁에서 너의 행복을 나보다 더 간절히 바라는 이는 없을 거다."

"한데 책봉식 날짜가 잡혔다는 말을 듣고도 어찌 그리 무덤덤한 표정을 할 수 있는 거죠?"

"그것은 너 때문이 아니라 나 때문이야."

"오라버니 때문이요?"

"응."

자리에서 일어난 무연은 정원 난간으로 천천히 다가갔다.

저 아래, 바위 도시가 펼쳐졌다. 소란스러운 소리가 이 높은 곳, 무연의 처소 정원까지 희미하게 들려왔다. 청아도 다시 일어나 무연에게로 다가왔다.

"도시가 마음에 안 드세요?"

"마음에 안 든다기보다는 안 좋은 일이 있었던 것 같아."

"기억이…… 돌아오고 있는 거예요?"

청아는 깜짝 놀란 눈치였다. 무연이 희미하게 미소 지었다.

"요즘 기억이 조금씩 살아나는 중이야."

"어머! 드디어 약이 효험을 보이는 거군요!"

청아는 제 일처럼 기뻐했다. 어딘가 좀 어색했지만 무연은 눈치채지 못하고 슬픈 미소를 지을 따름이었다.

"그게 정말 좋은 일인지 난 모르겠어. 단편적인 것에 불과하지만 조각조각 떠오른 기억을 짜맞춰 보니 아무래도 나는 이 도시에서……."

무연은 차마 말을 이을 수 없었다.

"아씨만큼이요? 아니, 아씨보다 더요?"

어제 들었던 청아의 목소리가 선명하게 떠올랐다. 분명 청아는 아씨를 질투하고 있었다. 무연은 그런 것도 모를 만큼 바보는 아니었다.

"암읍에 오신 적이 있었어요? 언제요? 여기서 무슨 일이 있었던 건가요? 왜 말을 하다 말아요?"

아무것도 모르는 청아는 순진한 얼굴로 자꾸만 캐물었다. 짧은 한숨을 내쉰 무연이 빙그레 웃었다.

"아직 잘 모르겠어. 그냥 이 도시와 나는 악연이 아닐까, 추측만 하고 있는 중이야."

"안 돼요. 그럴 리 없어요. 절대로 그래선 안 돼요."

"어째서?"

"전 이제 계나라의 공주예요. 한데 오라버니가 이 도시와 악연이라면 전…… 전……."

청아가 눈물을 글썽였다. 괜스레 미안해진 무연은 청아의 눈가에 맺힌 눈물을 조심스럽게 닦아주었다.

"내가 괜한 이야기를 했나 보다."

청아가 팔을 들어 눈물을 닦아주던 무연의 손을 잡았다.

"아무리 공주가 됐다 한들 오라버니가 없으면 전 행복하지 않을 거예요. 그러니까……."

갑자기 청아는 흠칫 몸을 떨더니 무연의 손을 팽개치고 뒤로 물러났다.

"미안해요. 이런 말 하려던 건 아니었는데……."

청아의 시선이 이리저리 방황했다. 안절부절못하는 청아를 보며 무연 또한 안절부절못했다. 무연은 어제 일로 청아의 마음을 확실히 알았다. 그러나 어째선지 청아에게 향하는 자신의 마음은 그런 종류가 아니었다. 그래서 더더욱 이런 상황에서 무얼 어찌해야 하는지 알 수가 없었다.

치맛자락을 움켜쥐고 어쩔 줄 몰라 하던 청아는 슬픈 눈으로 무연을 흘깃, 한번 쳐다보더니 홱 달려가 버렸다. 반사적으로 청아를 잡아보려 팔을 뻗었던 무연은 이내 도로 거두어 들였다.

잡아본들 대체 무슨 말을 해야 한단 말인가?

우르르 청아를 따라 사라지는 시녀들을 보며 무연은 길게 한숨을 내쉬었다.

책봉식은 청아의 요청대로 화려하게 준비되었다. 왕궁의 모든 정원에 색색깔의 화려한 장식이 며칠 전부터 한 층 한 층 걸렸다. 온 도시의 모든 건물도 마찬가지였다. 울긋불긋 치장한 도시와 왕궁의 화려함은 마치 책봉식을 황제 즉위식처럼 보이게 할 정도였다.

청아는 이 모든 것을 일일이 직접 확인하러 다녔다.

"저게 어찌 된 일이지?"

청아가 가리키는 것은 책봉식 때 쓰일 마차였다.

"내가 분명 흰색으로 하라 하지 않았던가?"

내관이 얼른 머리를 조아렸다.

"하오나 책봉식은 본디……."

청아가 말을 잘랐다.

"내가 흰색으로 하라 명을 했을 텐데?"

말을 하나하나 또박또박 끊어 뱉는 청아에게선 살기마저 느껴졌다.

"소, 송구합니다."

내관은 냉큼 마차로 달려갔다. 이제 막 마차의 칠을 마쳤던 일꾼들이 내관을 보고 머리를 조아렸다. 그들은 가만히 내관이 하는 이야기를 듣다가 이내 화들짝 놀랐다. 책봉식이 코앞으로 다가온 터라 시간이 너무 빠듯한 탓이었다. 하지만 그 누구도 거부하지 않았다.

청아의 악명은 어느덧 높아져 있었다. 청아는 조금이라도 성에 차지 않는 것이 있다면 가차 없이 굴었다. 어찌나 지엄한지 여기저기 아랫것들의 수군거리는 이야기가 무연의 귀에 들어올 정도였지만 청아는 그것을 알고도 개의치 않았다.

드디어 책봉식 당일이 되었다. 아침 일찍 일어나 목욕재계를 마친 청아는 왕궁의 중심, 신당으로 향했다. 몇 아름이나 되는 키 작은 나무는 천장을 따라 넓게 퍼져 나가는 가지에 길게 늘어지는 장식을 달고 있었다. 다소 음산하게 들리는 계나라의 전통 음악을 배경으로 느릿느릿 춤을 추는 여인들에게 둘러싸여 세 명의 늙은 신녀들에게 각각 축복을 받은 후 정식으로 공주가 되었음을 선포하는 의식이 행해졌다. 이 모든 과정을 청아는 무연이 난생처음 보는 정말 진지한 얼굴로 임했다. 마치 딴사람 같았다.

드디어 지루하기 짝이 없는 형식적이고 공식적인 모든 과정이 끝나고 청아가 가장 기대했던 순간이 다가왔다.

왕궁 앞 광장에 새하얀 마차 한 대가 서 있었다. 뾰족한 꼭대기에서부터 부드럽게 흘러내렸다가 다시 하늘로 솟아오르는 지붕의 네 귀퉁이마다 반짝이는 보석장식이 길게 늘어졌다. 투명한 휘장이 겹겹이 한들거리는 가운데 왕좌를 방불케 하는 웅장한 의자가 흐릿하게 비쳐 보였다.

왕궁 문이 열렸다. 청아가 모습을 드러냈다.

웅성웅성하던 백성들이 일제히 침묵했다. 호화찬란하게 치장한 청아가 어찌나 화려한지 등장 그 자체만으로 모두를 압도했다. 왕궁 문에서부터 대기 중인 마차에 이르는 길엔 붉은 주단이 깔려 있었다.

청아가 당당히 첫발을 내디뎠다. 그 뒤를 무연을 포함하여 왕실 가족들과 시녀들이 일제히 따랐다. 청아는 당당한 자태로 넓은 광장을 가로지르는 붉은 주단 위를 걸었다. 짤랑짤랑 그녀가 발걸음을 뗄 때마다 보석들이 흔들리며 소리를 냈다. 치렁치렁한 옷자락이 길게 이끌렸다. 당당한 청아를 보는 무연은 흐뭇했다.

역시 청아였다. 때로는 귀엽고 때로는 유혹적이며 때로는 당당한 여인. 세상 어디에 내놔도 흠잡을 데 없을 것 같은 여인. 천민으로 태어났으나 마치 나면서부터 배워온 듯 기품이 배어 있는 여인. 과연 그런 여인이 또 있을까?

스스로에게 질문하기 무섭게 무연의 머릿속에 아씨가 떠올랐다.

연노랑 저고리에 다홍치마를 입고 붉은 댕기를 드리운 단아한 여인의 모습이 청아의 위로 겹쳐졌다. 화려한 보석으로 치장을 하고 구름처럼 머리를 틀어 올린 청아와 단정하게 땋은 머리에 오직 붉은 댕기 하나만을 곱게 드리운 아씨가 하나가 되어 걷고 있었다.

무연은 넋을 잃었다. 청아와 아씨 둘 중 어느 모습에 그리 된 것인지는 스스로도 알지 못했다.

자난이 흘깃, 무연을 쳐다보았다. 눈동자가 멍한 것이 환상을 보고 있는 게 틀림없었다. 한 치의 오차도 없는 자신의 계획대로였다. 물론 제안은 청아가 한 것이었지만……

"아씨가 처참하게 죽임을 당했다 여기게 해주십시오."

청아의 이야기를 처음 들었을 때 자난은 하마터면 감탄하며 무릎을 칠 뻔했다. 청아가 요청한대로만 한다면 무연을 수중에 넣는 것은 식은 죽 먹기였다. 물론 청아야 무연과의 혼인이 목표겠지만.

무연은 점점 더 혼란스러워하고 있었다. 만면에 화색을 띤 자난은 아무도 모르게 끼고 있던 반지의 커다란 장식을 문질렀다. 어딘가에서 달콤한 향기가 풍겨왔다. 그 순간 무연의 얼굴이 일그러졌다.

청아와 하나 되어 걷고 있던 아씨의 옷이 점점 붉게 물들기 시작했다. 자세히 보니 그것은 속에서부터 배어나오는 붉은 피였다. 점점이 퍼지던 피는 삽시간에 치마저고리를 온통 붉게 물들였다. 바닥에 깔려 있던 붉은 주단은 핏물웅덩이로 변해 버렸다.

붉은 댕기가 휘릭 풀어지더니 툭 바닥에 떨어졌다. 화륵, 불길이 일더니 댕기는 흔적도 없이 사라졌다. 핏물에 절은 아씨의 머리칼이 바람에 흩날렸다. 붉게 변한 치마저고리가 사정없이 찢겨져 누더기가 되었다. 드러난 아씨의 피부는 온통 푸른 멍투성이였다. 하늘에서 화살비가 쏟아져 내렸다. 무연은 자신도 모르게 청아의 손목을 잡았다. 아씨가 사라져 버렸다. 갑자기 현실로 돌아온 무연은 당황스러웠다.

청아의 앞길을 무연 자신이 막고 있었다. 숨소리조차 허락되지 않았던 고요했던 광장에 웅성웅성하는 소리가 조금씩 퍼지기 시작했다.

"뭐 하세요? 어서 저를 마차로 인도해 주세요."

청아가 숨죽여 무연을 닦달했다. 무연은 얼른 정신을 수습하고 미소 지으며 청아를 마차로 이끌었다. 청아는 아무 일 없었던 듯, 무연을 따랐다. 무연은 조심스럽게 청아가 마차에 타는 것을 도왔다. 청아가 완전히 착석한 것을 확인하고 무연은 휘장을 내렸다.

반투명한 휘장을 통해 보이는 청아는 신비로운 분위기를 풍겼다. 온통 하얀 마차에 투명한 휘장, 그 속에서 유일하게 색을 입은 여인. 무연은 청아가 왜 하얀 마차를 주문했는지 비로소 이해했다.

청아가 준비되자 무연은 자신을 위해 마련되어 있던 말에 올랐다. 청아의 마차 바로 옆이었다. 그것이 신호였던 듯, 마부가 채찍을 휘둘러 마차를 출발시켰다. 도열해 있던 군사들도 일제히 말을 몰았다.

암읍의 중앙로, 너른 대로에 웅장한 음악이 울려 퍼졌다. 그 틈을 새하얀 무리가 헤쳐 나갔다. 사방에서 꽃가루가 터져 나왔다. 사람들은 새로운 공주를 환영하는 환호성을 내질렀다. 청아는 단아한 미소를 끝까지 거두지 않았다. 그렇게 요란한 행렬은 그대로 청아의 고향 작은 시골마을까지 향했다.

"시킨 일은 다 마쳤겠지?"

자난의 물음에 수하가 머리를 조아렸다.

"여부가 있겠나이까. 틀림없이 행하였나이다."

자난은 인자한 얼굴로 행렬을 배웅했다.

청아의 집은 변한 것이 하나도 없었다. 분명 청아가 며칠 머물다 가기로 되어 있었음에도 건물도 가구도 담장도 대문도 모두 그대로였다. 본채보다 담장밖에 마련된, 따르는 이들의 천막 처소가 더 좋아 보일 지경이었다.

모두를 물리치고 청아는 무연과 단둘이 낡고 부서진 대문을 넘었다. 엉성한 담장 주위로 호위병이 배치되었다. 청아는 무연의 손을 잡고 조심스럽게 집으로 들었다. 내부 역시 변한 것은 하나도 없었다. 무연이 고친 탁자와 의자, 침상과 병풍 그리고 짚풀자리가 전부였다. 그저 침상 위에 두툼한 이불이 깔린 것이 차이라면 차이였다.

"불편하지 않겠어?"

무연은 진심으로 청아가 걱정되었다. 그러나 청아는 가만히 주위를 둘러보았다.

"바로 이곳이 저의 초심이 될 거예요."

무연은 묵묵히 청아의 말을 경청했다. 천천히 침상으로 다가간 청아가 매끄러운 비단 이불을 한번 쓸어보았다.

"지금의 편안하고 안락한 생활 이전에……."

뒤이어 청아는 다 낡은 침상을 문질렀다.

"어떻게 살았었는지를 잊지 않을 거예요."

"그런 걸 뭐 하러? 앞으로 행복하게 살 생각만 하면 될 텐데."

"아뇨. 전 더 행복해질 거예요."

"지금보다 더 행복해지겠다고?"

"예."

침상을 떠난 청아는 무연에게 돌아오는 듯싶었으나 휙 스쳐 지나가서는 활짝 열려 있던 문을 조용히 닫았다. 문이 닫히자 무연이 물었다.

"지금도 충분하지 않니? 더는 배곯을 일도 없고 더위도 추위도 겪을 일 없고 힘들게 땀 흘려 일할 필요도 없잖아."

"아뇨. 그런 걸론 모자라요. 전 더 넓은 세상을 원해요. 예를 들자면……."

청아가 생긋 미소 지었다.

"려나라나 진나라처럼 큰 세상이요."

무연이 눈살을 찌푸렸다.

"설마 전쟁이라도 일으킬 셈인 거니?"

청아의 웃음소리가 허름한 집을 가득 채웠다. 청아는 천천히 무연에게 다가왔다.

"오라버니도 참, 뭐 하러 그래요? 보세요, 이 낡은 집을. 이 거지 같은 집에서 살던 불쌍한 청아는 이제 계나라의 공주가 되었죠. 그렇다면 또 다른 나라에서 더욱 고귀한 신분을 얻는 것이 과연 불가능한 일일까요?"

무연이 할 수 있는 것은 침묵밖에 없었다. 청아가 갑자기 무연의 손을 잡았다.

"저와 혼인해 주세요."

무연의 눈이 커다래졌다. 당혹스러워 그 어떤 말도 할 수 없었다. 이미 그런 반응을 예상한 듯, 청아는 계속해서 말을 이어나갔다.

"오라버니 같은 분이 필요해요. 저를 보호해 주세요. 저의 든든한 울타리가 되어주세요. 어렵고 힘들고 지칠 때 기대어 쉴 수 있는 안식처가 되어주세요. 제 꿈을 위해 나아가다 보면 많은 어려움이 있을 거예요. 위험도 물론 있겠죠. 그때 저를 보호해 줄 사람이 필요해요. 세상에서 가장 믿을 만한 사람, 내 목숨을 온전히 믿고 맡길 수 있는 사람. 전 오라버니가 제게 그런 사람이 되어줄 수 있다고 생각해요."

"청아야……."

무슨 말을 해야 했다. 그래서 꺼낸 말이 고작 '청아야…….' 였다. 무연은 그 이상 어떤 말도 해줄 수가 없었다.

"그러니까 저와 혼인해 주세요."

청아가 눈을 들어 무연을 보았다. 까만 눈동자가 반짝거리고 있었다. 또 아씨가 떠올랐다. 무연은 힘겹게 아씨를 지워내고 가까스로 입을 열었다.

"너를 지켜야 하는 거라면 혼인을 하지 않아도 할 수 있어."

"아뇨. 그럴 수 없어요. 오라버니에게 사랑하는 여자가 생긴다면요? 연모하는 정인이 생겨 저 따위 눈에도 차지 않게 된다면요? 그래서 저와 그 여자 둘이 동시에 위기에 처한다면 오라버니가 과연 누굴 구할까요? 그러니 안 돼요. 저와 혼인해 주세요. 저를 은애해 주세요."

얼토당토않은 말이건만 무연은 난감하기만 했다. 청아의 성격을 잘 알기에 더더욱 그러했다. 무연은 고민 끝에 입을 열었다.

"청아야, 너는 위험하지 않아."

청아의 얼굴이 매서워졌다.

"아뇨. 제가 지금 얼마나 위험한지 오라버니는 모를 거예요."

"누가 공주를 위협하겠니?"

"오라버니는 이해할 수 없어요. 그러니까 그냥 저랑 혼인만 해 주시면 돼요."

"청아야, 나는……."

"당장 답하지 않으셔도 돼요. 왕궁으로 돌아가면 그날 밤에 다시 물을게요. 그동안 많이 생각해 보시라고 미리 말씀드린 거예요. 자! 그럼 우리 오랜만에 산책이나 가볼래요? 그리운 고향이잖아요."

청아는 활짝 웃고 있었다. 아무 일도 없었던 것 같았다. 무연은 제멋대로인 청아에게 휩쓸리고 있다는 걸 알면서도 어찌 할 수가 없었다. 어째선지 청아에겐 한없이 마음이 약해졌다. 분명 처음 엔 아니었는데…….

청아는 무연과 단둘이 산책을 나섰다. 따르겠다는 무사들이 있었으나 청아는 단박에 거절했다. 이제 공주가 되었으니 그러지 마시라며 시녀장도 몇 번 더 권유해 보았으나 청아는 콧방귀만 뀔 뿐이었다. 그렇게 두 사람은 각각의 말에 올라 길을 떠났다.

"이제 공주니까 최소한의 인원은 데리고 가야 할 거 같은데."

"아뇨. 오늘은 안 돼요. 저들은 제 사람이 아니니까요."

"네 사람?"

청아가 눈살을 찌푸렸다.

"저들은 저를 지키기 위해 온 사람들이 아니에요. 감시하기 위해 온 거죠. 임금은 저를 믿지 않아요. 아마 뭔가를 눈치챈 모양이에요. 미련하게 생겼지만 그 속엔 능구렁이가 들어앉아 있더라고요."

한 나라의 왕을 옆집 아저씨 대하듯 태연하게 말하는 청아를 보며 무연은 혀를 내둘렀다.

"이제 넌 계의 공주야. 공주답게 왕에 대한 예를 차려야 해."

"아무도 없는데 뭐 어때요?"

"그게 습관이 되면 나중에 왕이 있는 자리에서도 그리 말하게 될 거야. 계의 왕이 툭하면 스스로를 황제라 칭하다 늘 곤욕을 치르는 것처럼."

"괜찮아요. 전 능구렁이랑은 다르니까요."

말을 마치고 깔깔깔 크게 웃은 청아는 이랴, 박차를 가해 훅 앞서 나갔다. 고개를 절레절레 흔든 무연도 이내 말을 몰아 달리기 시작했다.

마을은 예전과 변한 게 하나도 없었다. 너른 논밭을 중심으로 여기저기 제 땅을 지키듯 흩어진 집들은 여전히 가난한 냄새를 벗어던지지 못했다. 다그닥 다그닥 한참 말을 몰던 청아가 어느 집 앞에서 멈추어 섰다.

"아저씨!"

약초꾼의 집이었다. 햇살에 약초를 말리고 있던 그가 홱 뒤를 돌아보았다.

"잉? 청아 아녀?"

부엌에서 아낙네가 뛰쳐나오더니 약초꾼의 등짝을 후려쳤다.

"이 양반이 큰일 날 소리 하시네. 이제 공주마마시라고 내가 그렇게 일렀건만……."

아낙은 서방을 대신이라도 하듯 연신 청아를 향해 머리를 조아렸다. 청아는 환히 웃으며 아낙을 일으켜 세웠다.

"괜찮아요. 오늘은 공주로 온 게 아니거든요. 아저씨와 할 말이 있는데 잠시 자리 좀 비켜주시겠어요?"

아낙은 깊이 허리 숙여 예를 취하고는 다시 부엌으로 사라졌다.

"나랑 할 얘기?"

약초꾼은 의아한 눈치였다. 청아는 약초를 말리고 있던 평상 끄트머리에 걸터앉았다.

"아저씨. 저와 함께 암읍으로 가요."

잉, 외마디 비명도 아니고 신음도 아닌 이상한 소리를 내뱉은 약초꾼의 눈은 화등잔만 하게 커져 있었다. 청아가 깔깔거리고 웃었다.

"아니, 그게 그리 놀랄 일인가요? 저를 보세요. 산 밑 초막에서 살던 거지 청아가 이렇게 공주가 됐잖아요."

"그야 계나라의 잃어버린 공주였으니……."

약초꾼은 청아의 눈치를 살살 보며 말끝을 흐렸다.

청아의 어미는 이 마을에서 나고 자란 토박이였다. 사돈에 팔촌은 물론이거니와 숟가락이 몇 개 인지까지 서로들 다 알고 사는 마을이었다. 잃어버린 공주가 아닌 것은 당연히 이 동네 사람이라면 누구라도 알고 있었다.

청아가 무연을 보았다.

"잠시 자리 좀 비켜주세요."

무연은 그저 고개 한번 끄덕이는 것으로 대답을 마치고 뚜벅뚜벅 밖으로 나왔다.

"왕족이 되고 싶어요."

왜 그 말이 떠오르는 걸까? 부탁대로 집을 나서긴 했으나 무연은 자신도 모르게 귀를 세웠다. 청아의 목소리가 들렸다.

"까놓고 말씀드릴게요. 그 말 다 거짓말이에요."

놀란 무연은 반사적으로 귀를 닫았다.

그날 청아의 그 말은 그런 의미였던 모양이다. 임금과 어찌 알게 된 것인지는 모르겠으나 필시 두 사람 사이에 무슨 거래가 있었던 게 틀림없었다. 하아, 무연의 입에서 절로 한숨이 나왔다.

계나라를 발판 삼아 려나라나 진나라까지 가겠다는 청아의 말은 거짓이 아닌 모양이었다. 청아는 지금 서로를 잘 아는 마을 사람들 중 몇몇을 데려갈 심산이었다. 위험한 일이 될 터였다. 무연은 청아가 걱정스러웠다.

넓게 펼쳐진 밭들이 푸르게 익어가는 여름이었다. 너른 들을 눈에 담자 무연은 단 한 번도 잊어본 적 없는 또 다른 문제가 떠올랐다. 청아를 처음 만난 것이 늦은 봄. 조만간 가을이 찾아올 텐데 기억이란 놈은 돌아올 듯 말 듯 어째서 돌아오지 않는 것일까? 정말로 아씨를 지키지 못한 것에 대한 죄책감으로 스스로 지워 버린 것일까?

심장이 아려왔다. 두통이 느껴졌다. 사방에서 머리에 대고 망치질을 하는 기분이었다. 무연은 버텨내지 못하고 스르륵 털썩, 바닥에 무릎을 꿇고 말았다.

아지랑이가 피어오르듯 흔들거리는 허공에서 피투성이가 된 아씨가 천천히 다가왔다. 아씨가 팔을 들었다. 슬픈 얼굴로 피눈물을 흘리며 무연에게 무어라 중얼거렸다. 쿵, 쿵, 쿵, 또 누군가 머리에 망치질을 해댔다. 무연이 신음하며 질끈 눈을 감았다. 통증은 사라질 생각이 없어보였다. 다시 눈을 떴다. 어느새 코앞까지 다가온 것은 피투성이의 청아였다.

고통스러운 신음이 뿜어졌다. 머리를 쥐어뜯었다.

"장군!"

누군가가 숨죽여 외쳤다. 작은 소리이건만 송곳으로 꿰뚫는 것 같은 느낌에 예민해진 무연은 삽시간에 칼을 빼들고 일어섰다가 두통을 이기지 못하고 그만 비틀거렸다. 천천히 쓰러지는 무연을 누군가가 부축했다.

"장군! 어찌 이리 되셨습니까?"

갑자기 두통이 말끔히 사라졌다. 번쩍 고개를 들었다. 난생처음 보는 중년의 여인이 무연을 보고 울 듯한 얼굴을 하고 있었다.

"나를…… 아십니까?"

"설마 했는데 정말로 기억을 잃으셨던 겁니까? 그래서 돌아오지 않고 계셨던 겁니까?"

"나는…… 나는 누구입니까?"

막 질문을 던진 찰나, 약초꾼의 집 대문이 삐그덕 소리를 냈다.

"저는 천융홍산 단일홍, 한때 장군을 모셨던 자입니다."

일홍은 빠르게 말을 뱉어냈다. 약초꾼과 청아가 인사를 주고받는 소리가 들려왔다.

"저 여자를 조심하세요. 천손과 닮은 얼굴로 장군을 이용하는 듯합니다."

"그게 무슨……."

무연이 더 캐묻고자 했으나 일홍은 잽싸게 자취를 감춘 후였다.

"오라버니!"

부축하던 일홍을 잃은 무연은 힘없이 비척댔다. 그것을 발견한 청아가 냅다 달려와서는 무연을 부축했다.

"무슨 일 있으셨어요? 또 두통이 도지신 거예요?"

"응. 갑자기 두통이……."

무연은 말을 멈췄다. 두통에 대한 이야기는 누구에게도 한 적이 없었다. 청아는 어찌 안 것일까?

"저 여자를 조심하세요."

일홍의 목소리가 기억났다. 분명 자신을 아는 자인 듯했다. 왜 도망간 것일까? 청아는 두통에 대해 어찌 알고 있는 것일까? 천손은 또 누구인가?

천손과 아씨, 천손과 아씨, 천손과 아씨…….

무연은 또 두통을 느꼈다. 이제는 숫제 커다란 종속에 들어앉은 기분이었다. 누군가가 그 종을 쉬지 않고 두들기고 있었다. 머리가 터질 것만 같았다.

"안 되겠어요. 어서 돌아가야겠어요."

무연을 나무에 기대 앉힌 청아는 얼른 뛰어가 묶어두었던 말을 데려왔다. 무연은 생각을 멈췄다. 그러자 놀랍게도 두통이 말끔하게 사라졌다. 청아가 돌아왔을 때 무연은 반듯한 자세로 일어서 있었다.

"괜찮…… 아요?"

청아는 진심으로 걱정하는 눈빛이었다.

"천손과 닮은 얼굴로 장군을 이용하는 듯합니다."

천손은 누구란 말인가? 생각하기 무섭게 두통의 기미가 느껴졌다. 무연은 얼른 생각을 지워냈다.

"응. 이제 괜찮아. 잠깐 졸았나 봐. 그사이 악몽까지 꿨어."

"세상에……. 설마 후유증인 건가요? 몸은 괜찮아졌다고 했는데……."

무연의 몸 이곳저곳을 훑어보는 청아의 눈빛은 그가 보기에 진심이었다. 그녀는 진심으로 무연을 걱정하고 있었다. 무연은 낯선이의 말 한마디에 흔들린 자신이 우스웠다.

"어? 왜 웃어요?"

그만, 겉으로 드러내 놓고 웃은 모양이었다. 청아가 고개를 갸웃하고 있었다.

"아냐. 그냥 내가 한심해서 그래."

"한심할 건 또 뭐람? 사람이 아플 수도 있죠."

"그리 생각해 주면 고맙고. 아저씨는 같이 가주신대?"

"생각을 좀 해보셔야겠다고 하네요. 가족까지 다 데려간대도 망설이더라고요."

"아무래도 그렇겠지. 왕궁으로 간다면 굶지는 않겠지만 다른 문제들에 휘말릴 수 있으니까."

"그 정도 각오 없이는 절대로 이 생활에서 벗어날 수 없어요. 이제 가요. 또 들를 곳이 있어요. 오늘이 아니면 이런 기회는 다시 오지 않을 테니 서둘러야 해요."

"알았어. 어서 가자."

두 사람은 다시 말에 올랐다. 청아가 앞장섰다. 무연이 흘깃 뒤를 돌아보았다. 보이지 않았지만 어딘가에서 쏟아지는 시선이 느껴졌다. 분명 그 여자이리라. 천융홍산 단일홍이라고 자신을 밝혔던 여자. 자신을 장군이라 불렀던 여자.

또 두통이 올 것 같아 무연은 애써 생각을 지웠다.

칠 일간의 휴가가 끝나고 드디어 왕궁으로 돌아가는 날이 되었다.

청아의 심기는 무척 불편해 보였다. 돌아가게 된 것이 아쉬워서가 아니었다. 칠 일간 그리 공을 들였음에도 단 한 사람도 청아를 따르겠다고 하지 않았다.

"송충이는 솔잎을 먹어야 하는 법이여."

동네 사람들은 모두 그리 말하며 거절했다.

"그러니 평생 거지꼴을 못 면하는 겁니다!"

청아는 괜히 무연에게 화풀이를 해댔다. 무연은 묵묵히 받아 줄 따름이었다.

마차 안의 청아는 출발한 이후로 계속 얼굴을 찌푸리고 있었다. 그 누구 하나 청아의 기분을 달래주려고도 거스르려고도 하지 않았다. 적당한 거리 유지, 그것이 아랫것들의 생존 본능이었다.

날이 제법 더웠다. 투명한 휘장이 막는 바람 한 조각도 아쉬워 모두 걷어버린 청아는 길을 따라 흐르는 너른 강을 보았다. 반짝반짝 햇살이 부서지는 수면을 본 청아가 팔을 들었다. 행렬이 일제히 멈추어 섰다. 청아는 벌떡 일어나서는 스스로 마차에서 내리고자 했다. 황급히 누군가 다가갔지만 청아는 이미 마차에서 내린 후였다.

"마마, 암읍이 지척이옵니다."

시녀장이 정중히 아뢰었다. 청아는 날카롭게 말했다.

"너무 덥구나. 목욕이라도 하고 가야겠다."

"마마, 노천에서 목욕이라니요. 체통을 지키시옵소서."

"거지처럼 살다 온 천한 공주는 그런 것을 모르는 법이다. 그렇지 않으냐?"

청아는 평소보다 훨씬 까칠해 보였다.

"비켜라!"

청아는 길목을 막고 있던 시녀장을 힘으로 밀어내고 앞으로 나갔다. 휘청거리던 시녀장이 다시 잽싸게 청아의 앞길을 막았다.

"마마, 위험하옵니다. 이제 일국의 공주마마십니다. 언제 어디서……."

청아가 팔을 들어 시녀장의 입을 막더니 주위를 둘러보았다. 도열해 있던 군사 중 가장 가까운 곳의 병사에게 다가간 청아는 냅다 그의 허리춤에 매달려 있던 기다란 칼을 뽑아들었다. 무연이 번개처럼 다가왔다.

"청아야……."

"왜요? 설마 제가 시녀장을 죽이기라도 할 거 같아 보이던가요?"

뜨끔, 정곡을 찔린 무연은 입을 다물었다. 청아가 헛웃음을 지었다.

"세상에, 오라버니도 저를 그리 보는군요. 잘 보세요. 제가 무얼 하는지."

"청아야. 안 돼."

"시녀장을 죽이려는 게 아니라고요!"

버럭 소리를 내지른 청아는 무연을 어깨로 밀쳐 내고 시녀장에게 다가가서는 칼을 내동댕이쳤다.

"그리 위험하다면 자네가 따라와서 나를 지키면 되겠군. 들고 따르게."

청아의 서슬 퍼런 목소리에 시녀장은 차마 거부할 수 없었다. 어쨌건 이제 책봉을 받은 공주였고 그간 지켜본 바, 성정 또한 보통이 아니었다. 시녀장은 내키지 않는 듯 느릿느릿 일어나서는 칼을 집어 들었다.

"목욕을 할 것이니 시녀장 이외에 아무도 따르지 말거라!"

청아가 좌중을 둘러보며 크게 소리쳤다. 모두들 일제히 머리 숙여 복종했다. 청아는 시녀장과 단둘이 강가로 내려갔다. 청아는 훌훌 벗은 옷을 바닥에 팽개치며 우거진 나무가 가리고 있는 강가로 자취를 감춰 버렸다. 커다란 나무 하나가 시원한 그늘을 드리우고 주변에 퍼져 있는 작은 나무며 바위들이 시야를 가려줄 수 있는 최적의 장소였다. 시녀장은 바닥에 떨어진 옷가지를 분주하게 주워들며 그 뒤를 따랐다.

청아가 시야에서 사라지자 여기저기 수군거리는 소리들이 들려왔다.

"배워먹지 못해 아무 데서나 옷을 벗는 것 좀 보게."

"천것의 피가 어디 가겠어?"

무연의 얼굴에 절로 수심이 깃들었다.

시간이 흐르자 사람들은 더는 뒷말조차 하지 않고 각자 더위를 식혔다. 무연은 홀로 나무를 응시했다. 수상한 기척이라도 느껴진다면 바로 달려갈 생각이었다. 불길한 예감이 든 탓이었다. 불행하게도 그 예감은 적중했다.

날카로운 비명소리가 허공을 갈랐다. 틀림없는 청아의 목소리였다. 무연은 번개처럼 허공으로 솟아올라 단번에 청아가 있는 강에 도착했다.

"청아야!"

"오라버니!"

젖은 속옷만 걸친 청아가 왈칵 무연의 품으로 뛰어들었다. 무연은 황급히 바위 위에 놓여 있던 청아의 겉옷을 집어 둘러준 후 그녀를 살폈다. 얼굴에 피가 튀어 있었다. 한손엔 피투성이 칼을 들고 있었다. 무연의 심장이 덜컹 곤두박질쳤다.

"너……."

청아가 얼굴을 찡그렸다. 무연이 움켜쥔 청아의 손에서 붉은 핏물이 흘러넘쳤다. 칼을 쥐지 않은 손에 커다란 상처가 나 있었다.

"시녀장이……. 시녀장이……."

청아는 첨벙 칼을 떨구고 다시금 무연의 품으로 뛰어들더니 엉엉 소리 내어 울기 시작했다.

뒤늦게 쫓아온 병사들이 강물에서 시녀장을 건져 올리고 있었다. 시녀장에게서 시작된 붉은 꼬리가 강물을 따라 길게 이어졌다. 무연은 조심스럽게 청아를 떼어내곤 손수건을 꺼내 그녀의 손을 감싸주었다.

"무슨 일이 있었던 거야?"

가까스로 정신을 수습한 청아가 천천히 입을 열었다.

"시녀장이 갑자기 칼을 휘둘렀어요. 생각 같은 거 할 겨를이 없었어요. 맨손으로 칼을 잡았죠. 덕분에 칼을 빼앗을 수 있었어요. 시녀장은 포기하지 않았어요. 다시 칼을 빼앗아 저를 죽이려 했어요. 그래서 저는……. 저는……."

청아는 두 손으로 얼굴을 가리고 울먹였다.

"죽기 싫었어요! 그래서 그랬어요! 그래서 제가 사람을…… 사람을 죽인 거예요!"

청아의 감정이 폭발했다. 놀란 듯 보였다.

울부짖는 청아를 다독이던 무연은 등골이 오싹했다.

'청아를 잃을 뻔했다!'

무연은 자신도 모르게 청아를 안은 팔에 힘을 주었다. 번쩍 청아를 들어 안은 무연은 저벅저벅 행렬로 돌아왔다. 여기저기서 시녀들이 달려왔으나 무연은 모두를 뿌리치고 청아와 함께 자신의 말에 올라탔다. 한손으로 청아를 안고 다른 손으로 고삐를 잡은 무연은 있는 힘껏 말을 재촉했다. 어찌나 성나게 몰았는지 순식간에 암읍에 도달했다. 엉망인 몰골의 공주와 무연을 발견한 병사들이 호들갑을 떨며 문을 열었다.

무연은 지체 없이 말을 몰아 왕궁까지 달렸다. 거의 뛰어내리다시피 말에서 내린 무연은 청아를 가뿐하게 들어 안고 청아의 처소로 향했다. 마주치는 사람들이 모두 비명을 지르며 물러섰다. 그만큼 무연의 기세가 살벌했다. 청아의 처소를 청소하고 있던 시녀 하나가 화들짝 놀라 일어났다. 무연은 그대로 청아를 침상에 눕혔다. 청아는 신음하며 몸을 웅크리더니 무연의 손을 잡았다.

"가지 마세요."

"안 갈 거야. 걱정 마."

무연이 홱 고개를 돌렸다. 애틋한 두 사람을 멀뚱멀뚱 바라보고 있던 시녀가 흠칫 몸을 떨었다.

"가서 의원을 모셔 오거라."

시녀는 그제야 청아의 피투성이 손을 확인한 듯 얼른 고개를 숙이고 후다닥 달려 나갔다. 의원이 진료를 하는 와중에도 무연은 자리를 비우지 않았다. 의원이 연신 무연을 힐끔거렸다. 무연은 사소한 것 무엇 하나라도 잘못되면 가만두지 않겠다는 태도를 하고 있었다.

치료를 마친 청아를 시녀들이 부축했다.

"자리를 비워주시지요."

"어째서?"

차가운 답변에 시녀가 움찔 어깨를 떨었다. 그러나 물러서지는 않았다.

"젖은 의복을 갈아입으시고 씻으셔야 합니다."

내내 차갑게 굳어 있던 무연의 얼굴에 당혹감이 스쳐 지나갔다. 그러나 그뿐이었다. 자리를 비우고 싶지 않았다. 잠깐 자리를 비운 사이 청아에게 무슨 일이 일어났던가?

"무사님."

시녀가 재촉했다. 그러나 청아가 만류했다.

"나를 걱정하시는 게다. 그러니 휘장이나 내리거라."

시녀는 이 이해할 수 없는 명령에 지체 없이 머리 숙여 복종했다.

공주의 처소 가운데에 휘장이 내려졌다. 무연은 한 발짝 물러나 석상처럼 서 있었다. 희미하게 청아가 옷을 벗는 모습이 비쳤다. 무연은 슬쩍 고개를 돌렸다. 잠시 후, 인기척이 사라져 고개를 돌려보니 휘장 너머에 아무도 없었다. 무연은 앞뒤 생각 없이 휘장을 들추었다. 한쪽의 작은 문 너머에서 찰방찰방 물소리가 들려왔다. 다급함에 성큼성큼 문까지 다가갔던 무연은 문을 열려다 멈칫했다.

무연은 비로소 청아의 청혼이 무슨 의미인지 알았다. 호위무사에겐 공주의 욕실 문을 열 권리 같은 것이 없었다.

안전할 거라 생각했던 청아의 궁 생활에 위험이 닥쳤음을 무연은 제 눈으로 확인했다. 이 상황에서 청아를 믿고 맡길 만한 사람이 당장 아무도 없었다. 이 왕궁에서 청아를 지켜줄 수 있는 것은 오직 자신뿐. 하지만 청아는 공주였다. 함께할 수 없는 곳이 필연적으로 존재할 수밖에 없었다.

이제야 강가에서 청아를 품에 안고 오는 와중에 들었던 수군거림이 기억났다. 공주의 행실 운운하는 소리들이었다. 청아가 무연은 괜찮다고 상관없다고 말해본들, 혼인하지 않은 외간사내와 가까이 지내는 것은 커다란 흠결이 될 터. 무연은 그대로 축 늘어졌다. 터벅터벅 원래 있던 자리로 돌아온 무연은 털썩, 의자에 주저앉았다.

청아까지 잃을 수는 없었다. 하지만 혼인이란 걸 이런 식으로 결정해도 되는 것일까?

연모란 무엇일까?

연인은 왜 혼인하고자 하는가?

이별이 싫어서라고 누군가 했던 말이 기억났다. 어디서 들었는지도 모르겠는 기억이었다.

이별……. 이별이란 또 무엇인가?

헤어진다는 것은 무슨 의미인가?

상대를 잃을 수 없다는 것이 곧 이별을 두려워하는 마음인가?

이별을 두려워하는 마음, 상대를 잃을 수 없다고 여기는 마음, 그것도 곧 연심의 한 종류가 될 수 있지 않을까?

무연은 갑자기 세상이 환해지는 기분이 들었다. 모든 것이 명료해졌다. 기억을 잃은 이후 이보다 더 머리가 맑았던 적은 단 한 번도 없었다.

삐그덕, 욕실의 문이 열렸다. 말끔해진 청아가 발그레한 얼굴로 모습을 드러냈다. 벌떡 일어난 무연이 뚜벅뚜벅 다가가 청아를 끌어안았다.

"우리 혼인하자."

청아는 휘둥그레진 눈으로 아무 말도 못했다. 청아가 답이 없자 무연은 그녀를 품에서 떼어놓고 눈을 맞췄다.

"왜 답이 없어?"

"아니, 그게…….”

청아는 얼른 시녀들에게 눈짓했다. 눈치 빠른 시녀들은 잽싸게 우르르 몰려 나가 버렸다. 치워야 할 것들을 산더미처럼 남겨둔 채로.

"혼인, 하자.”

눈시울을 붉힌 청아가 와락 무연의 목을 끌어안았다.

"오라버니!”

무연도 청아를 꼭 끌어안고 눈을 감으며 다짐했다. 소중한 여인을 또 잃지는 않을 것이다. 무슨 일이 있어도 목숨을 바쳐 지켜 내리라.

무연은 끝끝내 의미심장한 청아의 미소를 발견하지 못했다.

무연은 또 악몽을 꾸다 깨어났다. 향로의 연기가 그의 주변으로 묵직하게 내려앉았다. 무연은 신경질적으로 침상의 휘장을 걷었다.

"머리를 맑게 하는 향이라더니…….”

돌팔이가 틀림없었다. 왕궁 제일의 의원이라는 자가 이 모양이니, 앞으로 청아의 안위가 더욱 걱정되었다. 무연이 처소를 박차고 나오려는 순간 문이 열렸다.

"일찍 일어나셨네요?”

청아가 활짝 웃으며 모습을 드러냈다. 가벼운 손짓으로 주위를 물린 청아는 약사발을 들고 있었다.

"자, 드세요.”

무연은 기쁘게 웃으며 다가와 약을 마셨다.

"오늘 오라버니에게 미안한 말을 좀 해야 할 거 같아요."

"미안한 말?"

"네. 혼례 날짜가 잡혔잖아요. 공주는 혼례 전에 해야 할 일이 무척 많더라고요. 그래서 오늘 암읍을 나서야 하는데……."

청아의 얼굴이 살짝 난감해 보였다. 발 없는 말이 천리를 간다더니 최근 암읍 인근에 무연에 대한 소문이 파다하게 퍼지고 있었다. 그것도 누군가 수를 쓰기라도 하는 건지 하필이면 무연에 대한 진실이 떠돌고 있었다.

"왜? 어딜 가는데? 설마 위험한 곳에 가려는 건 아니지?"

아무것도 모르는 무연은 심각한 얼굴이었다.

"위험한 곳은 아니지만, 오라버니와 함께 갈 수가 없어요."

"뭐?"

무연의 굳은 얼굴에 청아가 얼른 머리를 굴렸다.

"그게요, 신당에 가서 영혼을 정화한다나 뭘 한다나 그래요. 근데 거기는 남자가 갈 수 없는 곳이래요."

"그럼 신당까지만 같이 갈게."

"신당을 중심으로 일정 거리 이상은 남자가 절대로 접근해선 안 되는 곳이래요. 그 뭐라더라, 더럽혀진다고……."

청아는 정말 미안한지 이마에 땀까지 맺혀 있었다. 그 모습이 어찌나 안쓰러운지 무연은 청아의 이마에 맺힌 땀을 닦아주었다.

"안전한 건 확실해?"

비로소 무연의 마음이 돌아서려는 게 기쁜 것인지 청아가 반색했다.

"물론이죠! 저도 그사이 제 사람을 몇 만들었어요. 오라버니 혼자 하루 종일 밤낮 가리지 않고 절 지킬 수는 없잖아요. 전 오라버니가 과로로 쓰러지길 원하지 않거든요. 그 사람들이……."

무연이 쿡, 웃음을 터뜨렸다. 청아는 의아한 얼굴이었다.

"왜…… 웃어요?"

"알았어. 날 생각하는 네 마음, 충분히 알았으니까. 어서 가봐. 대신에 잽싸게 일만 마치고 돌아와야 해. 알았지?"

청아가 힘차게 고개를 끄덕였다.

"알았어요. 틀림없이 그리할게요."

말을 마친 청아는 까치발을 하고는 냉큼 무연에게 입을 맞추더니 후다닥 도망가 버렸다. 무연은 멍한 얼굴로 서 있었다.

입맞춤이란 이런 것인가?

놀랍도록 아무렇지 않았다. 살짝 놀라긴 했으나 그것은 그저 기습적인 행동에 대한 놀라움뿐이었다. 스멀스멀 뭔가가 가슴 밑바닥에서 기어 올라왔다. 그걸 깨닫기 무섭게 또 두통이 찾아왔다. 본능적으로 생각을 지우려던 무연은 멈칫했다. 아무래도 두통이 오는 것에 무슨 규칙 같은 게 있는 것만 같았다. 누군가한테 크게 얻어맞은 기분이 들었다.

갑자기 스스로를 일홍이라 밝혔던 여인이 생각났다. 천융홍산 단일홍이라……. 진나라식 이름이었다. 어렴풋이 뭔가가 기억이 날 듯 말 듯했다.

'내가 진나라 사람인 건가?'

무연은 슬쩍 거울을 살폈다. 청록색 머리칼과 눈동자. 흔하지 않은 색이었다. 어딜 가나 이 색깔 때문에 시선이 집중됐던 것 같은 기억도 났다.

"천룡의 후예……."

찌릿, 통증이 또 느껴졌다. 무연은 얼른 생각을 지웠다. 어쨌든 당장은 할 일이 있었다. 무연은 절대로 청아를 혼자 내보낼 생각이 없었다. 동행을 원치 않는다면 몰래 따르면 그뿐이었다.

암읍에는 공식적으로 정문 이외엔 통로가 없다. 그러나 왕궁은 달랐다. 세상 모든 왕궁이 그러하듯 암읍의 왕궁에도 당연히 비밀 통로가 있었다. 왕궁의 최상층, 임금의 개인 처소와 가까운 곁방이 그 입구였다. 청아와 자난이 단둘이서 은밀한 대화를 나누던 때, 문밖에서 대기하던 무연의 예민한 감각은 눈으로 보이는 구조와 다른 어떤 대기의 흐름을 느꼈다. 왕의 호위들이 눈치채지 못하게 그것을 추적한 끝에 발견한 것이 바로 이 비밀 통로. 다행히 자난은 다른 곳에 있는 모양이었다. 일상적인 수준의 호위밖에 없었다. 덕분에 무연은 생각보다 수월하게 비밀 통로로 진입했다.

좁고 깊이를 알 수 없는 어두운 동굴이었다. 어두컴컴한 통로에 눈이 익숙해지길 기다리며 천천히 전진하던 무연은 무심코 중얼거렸다.

"이런 통로가 있는 줄 미리 알았더라면 좋았을 것을……."

순간 흠칫 몸이 떨렸다. 바로 이 왕궁을 탈출해야 했던 일이 과거에 있었다!

생각을 하기 무섭게 엄습한 두통에 무연은 비틀거리며 벽을 짚었다. 거친 숨이 터져 나왔다. 하늘에서 쏟아지던 화살비, 혼절한 아씨, 아씨를 부축하던 신비술사, 함께 싸우던 용영대장…….

'용영대장!'

용영단, 그것은 려나라의 황실 친위대였다. 공식적으로는 황실을 호위하는 것이 목적이나 실상은 황제의 사병. 그 규모는 려나라의 모든 병력을 뛰어넘을 정도로, 황권이 약했던 과거, 군권을 장악할 수 없었던 황제의 꼼수였다는 보고를 받은 바 있었다.

연달아 터져 나온 사실들에 무연은 한참 동안 멍하니 서 있어야 했다. 어떻게 그 사실을 다 알고 있는가? 어떻게 그 용영단의 대장과 함께 암읍을 탈출해야 했는가?

천손!

벼락처럼 천손이란 단어가 머릿속에서 터져 나왔다. 동시에 깨달았다. 아씨가 곧 천손이었다!

"저 여자를 조심하세요. 천손과 닮은 얼굴로 장군을 이용하는 듯합니다."

천손 그리고 아씨!

쿵, 쿵, 쿵, 사방에서 망치 소리가 들려왔다. 텅 빈 동굴이 날카로운 파열음으로 가득 찼다. 무연은 고통에 휩싸여 바닥을 뒹굴었다. 고통 속에서 한 가지 사실을 깨달았다.

두통의 규칙.

그것은 기억이었다. 기억이 떠오르려 할 때마다 두통이 찾아왔다. 두통은 기억이 돌아오는 것을 방해하고 있었다.

무연은 피가 날 만큼 입술을 깨물며 비척대고 일어났다. 버텨야 했다. 이 미칠 것 같은 고통을 견뎌내지 못하면 절대로 기억이 돌아오지 않을 거란 것을 깨달았다. 향, 아침마다 개운하지 않은 몸 상태, 향에서 벗어나 잠들었던 그날, 역하게 느껴졌던 약.

"저 여자를 조심하세요."

분명 일홍이란 여자는 무연에게 그리 말했었다. 청아를 조심하라고. 청아가 그럴 리가 없는데⋯⋯. 청아가 대체 왜⋯⋯. 무연의 생각은 더는 이어지지 못했다. 고통에 굴복한 무연은 비명을 내지르다 그대로 혼절하고 말았다.

다시 정신을 차렸을 때, 불행인지 다행인지 무연이 있는 곳은 아직도 캄캄하고 좁은 비밀 통로 안이었다. 어두운 탓에 시간이 얼마나 흘렀는지 알 수 없었던 무연은 황급히 일어났다. 다행히 내리막인 외길이라 방향까지 잃지는 않았다. 서둘러 비밀 통로를 빠져나온 무연은 하늘을 쳐다보고 안도의 한숨을 내쉬었다.

다행히 시간이 얼마 흐르지 않은 모양이었다. 청아가 어디에 있을지는 암읍 앞 작은 마을에서 수소문하면 금방 알 수 있으리라.

무연은 있는 힘껏 달렸다. 저 멀리 작은 마을이 모습을 드러냈다. 마을에서부터 묵직한 짐을 등에 진 노인 둘이 걸어오고 있었다. 무연은 정중히 다가가 머리를 숙였다.

"뭣 좀 여쭙겠습니다. 혹 공주마마의 행렬이 지나가지는 않았습니까?"

두 노인의 반응은 조금 기묘했다. 무연이 말을 걸자 깜짝 놀라더니 서로의 눈치를 보았다. 그러다 둘 중 하나가 팔을 들어 마을 너머를 가리켰다.

"아까 전에 저쪽으로 갔습니다요."

그러곤 크게 허리를 숙였다. 아무래도 무연에 대해 아는 눈치였다. 하기야 청록색 머리칼을 보았으니 당연한 일이었다.

"감사합니다."

정중히 허리 숙여 감사를 표한 무연은 노인이 가리킨 방향으로 출발했다. 그런데 뒤에서 두런두런 말소리가 바람에 실려 왔다.

"불쌍한 양반이네 그랴."

"천하제일 검이면 뭐 하나? 눈멀고 귀 멀어 바보가 된 것을, 쯧."

무연은 가던 길을 멈추고 휙 몸을 돌려 다시 노인들에게로 다가갔다. 무연이 다가오는 발소리를 들었는지 뒤를 돌아본 노인들은 사색이 되어서는 헐레벌떡 도망갔다. 그러나 곧 돌부리에 발이 걸린 한 명이 데구르르 바닥을 굴렀다. 지고 있던 짐이 엉망이 되는 와중에 노인의 품에서 번쩍이는 무언가가 튀어나와 함께 나뒹굴었다.

금붙이였다. 가난한 농가의 노인이 가질 법한 물건이 아니었다. 바람처럼 날아간 무연이 금붙이를 주워서 쓰러진 노인에게 디밀었다.

"어디서 나셨습니까?"

엉거주춤 일어난 노인은 고개를 마구 저었다.

"원래부터 갖고 있던 물건입니다요! 절대로 누가 준 게 아닙니다요!"

땅바닥에 흩어진 짐의 수습을 돕던 동료가 눈살을 찌푸렸다. 무연이 재차 입을 열었다.

"누가 주었습니까?"

"모, 모릅니다요! 정말로 제 것입니다요!"

그러나 노인은 이내 뭐가 그리 겁이 났는지 냉큼 바닥에 엎드려 울부짖었다.

"용서해 주십시오! 저희는 그저 장군의 귀에 말만 들어가게 해 달라는 부탁을 받았을 뿐입니다요!"

그 말이 뱉어지기 무섭게 다른 한 명도 넙죽 엎드리더니 용서를 빌었다. 무연은 깊은 한숨을 내쉬었다.

"그가 무슨 말을 전하라 했습니까? 눈멀고 귀 멀었다는 게 무슨 의미입니까? 천하제일 검은 또 무엇입니까? 제가 어째서 불쌍하다는 것입니까?"

차분한 말투였으나 노인들은 이미 겁에 질려 이성이란 놈을 잃어버린 지 오래였다.

"제발 용서해 주십시오! 건사해야 할 식구들이 많습니다요! 제가 잘못되면 모두 굶어 죽습니다요!"

"추궁하려는 것이 아닙니다. 다만 사실을 알고자 할 따름입니다."

재차 타일러 보아도 소용은 없었다. 그들은 땅바닥에 엎드려 눈물콧물을 쏟아낼 뿐이었다. 결국 무연은 금붙이를 돌려주고 일어서 그 자리를 떠났다.

당초 계획했던 것과 달리 무연은 터덜터덜 마을을 이리저리 배회했다. 놀랍게도 무연에 대한 소문은 이미 파다하게 퍼진 모양이었다. 무연이 지나갈라치면 여지없이 모든 소란이 잠잠해졌다. 그리고 무연이 지나간 후, 갑자기 시간이 움직이기라도 한 것처럼 웅성웅성 수군거림이 이어졌다. 무연은 청력에 모든 정신을 집중했다.

"저 양반이 그 사람이라며? 혼자서 대군도 쓸어버리는 천룡인가 뭔룡인가 하는 후예?"

"그런 엄청난 양반이면 뭐 하나? 저렇게 바보가 되었는데?"

"아이고, 이 양반이, 들리겠네!"

한 아낙이 남편을 쥐 잡듯이 잡으며 무연의 눈치를 살폈다. 무연은 아무것도 듣지 못한 것처럼 그저 스쳐 지나갈 뿐이었다.

"려나라 황궁을 혼자서 도망쳤다는 게 사실일까?"

"혼자도 아니야. 천손이란 여자까지 달고 도망쳤다던데?"

"에이, 신비술사랑 용영대장이 함께였다더라, 뭐."

엿듣는 것을 들키지 않기 위해 계속 걷다 보니 그 이상은 들을 수 없었다. 상관없었다. 무연이 지나가기만 하면 누구나 이야기를 꺼냈으니까.

이번에 만난 것은 젊은 처자들이었다.

"정혼자가 따로 있다며?"

"정혼자래? 그냥 임무 때문인 거 아니고?"

"아무리 임무 때문이라 해도 목숨 걸고 지키는 거면 빤하지 않니? 연모한 거지."

"부럽다. 나도 목숨 걸고 지켜준단 남자 어디 없을까?"

"너도 한번 뺏어보렴."

"수탄쟈 청아도 참 대단하시지. 임자 있는 사람을 어찌 낚아챘을까?"

"천손이라는 여자만 불쌍해졌지. 목 빠져라 기다리고 있다는데……."

무연이 우뚝 멈추어 섰다. 여자들의 수다도 뚝 멈추었다. 무연은 무서운 얼굴로 처자들에게 다가갔다. 그들은 주춤주춤 뒷걸음을 쳐 보았으나 무연의 기세에 다리가 굳어버린 듯 도망치지 못하고 그와 맞닥뜨리고 말았다.

"누가 저를 기다린다는 겁니까?"

처자들은 대답하지 못하고 어버버했다. 이런 일이 벌어지리라 예상조차 못한 탓이었다.

"답해주십시오. 대체 누가 저를 기다린다는 겁니까? 천손이, 아씨가 살아 있다 이 말입니까?"

매섭게 몰아치는 무연의 기세에 그제야 정신을 차린 여자들이 비명을 지르더니 사방으로 흩어졌다. 무연이 그중 하나를 쫓으려는데 누군가 그를 불렀다.

"장군."

홱 고개를 돌려보니 일홍이었다. 무연이 눈살을 찌푸렸다.

"제가 다 말씀드리지요. 우선……."

일홍이 무연의 머리칼을 훑어보았다.

"눈에 띄시니 자리를 옮겨야겠습니다. 가시지요."

일홍은 정중히 무연을 안내했다. 무연은 일말의 망설임도 없이 당당하게 그 뒤를 따랐다. 일홍은 자신이 머물고 있는 객잔으로 무연을 인도했다. 단단히 문단속을 한 일홍이 무연에게 차를 권했다.

"천손이 살아 있는가?"

자신의 잔에도 차를 따르던 일홍이 고개를 들었다.

"대체 어디까지 기억을 잃으신 겁니까?"

"모두 다."

"하아, 난감하군요."

일홍은 답답한 얼굴로 차를 마셨다. 무연은 묵묵히 지켜보다가 다시 입을 열었다.

"아씨는 살아 있는가?"

"'아씨'라⋯⋯. 조선말인가 보군요. 천손을 이르는 건가요? 그렇다면 답해 드리지요. 천손은 살아계십니다. 진나라 수도 내가람, 장군의 집에서 애타게 장군만을 기다리고 계시지요."

무연의 눈이 휘둥그레졌다.

"나를 기다려? 어째서?"

"어째서긴요. 연모하시니까요."

"천손이 나의⋯⋯ 정혼자였는가?"

일홍은 잠시 고민하다 입을 열었다.

"그건 모르겠습니다. 두 분이 이 세계로 넘어오신 지 얼마 되지 않으셨거든요. 오직 두 분만이 아시는 일이겠지요."

"하지만 나를 연모한다고 답하지 않았는가?"

"그야, 보여주시는 행동이 그러했으니 그렇게 말씀드린 거지요. 장군께서 돌아가신 줄 알았을 때 사람 꼴이 아니었다 하더이다."

가슴이 아려왔다. 슬퍼하는 얼굴을 보고 싶지 않았는데⋯⋯.

무연이 인상을 찡그렸다.

"어찌⋯⋯ 그러십니까?"

"두통이…… 찾아온다. 기억을 떠올리려 할…… 때마다……."

자신도 모르게 탁자를 짚은 무연은 이내 찻잔을 들어 단번에 비워 버렸다. 또 숨결이 거칠어져 있었다. 두 눈을 감고 조용히 마음을 다스리자 다행히 두통은 사라졌다. 조용히 관찰하던 일홍이 신음했다.

"계나라 왕실에 전해지는 비술이 사람의 총기를 빼앗아 마음대로 부릴 수 있게 해준다 들은 기억이 있습니다."

번쩍 무연이 고개를 들었다.

"향술……."

"예, 맞습니다. 천손께서도 미향에 중독되시어 이만저만 고생하신 게 아니었다지요."

찢어진 붉은 옷, 푸르게 멍든 하얀 피부, 혼절한 아씨. 짐승 같은 얼굴을 하고 그런 아씨를 내려다보고 있던 자난의 옷은 분명 풀어 헤쳐져 있었다. 와당탕, 의자 넘어지는 소리가 났다. 무연이 벌떡 일어나 있었다. 일홍은 깜짝 놀란 얼굴로 물었다.

"어, 어찌 그러십니까?"

"다 말해주게. 모든 것을 다. 처음부터 끝까지."

일홍은 바보 같은 얼굴을 했다.

"……그걸 전부 다요?"

나뒹군 의자를 되돌린 무연은 조용히 착석한 후 일홍을 응시했다.

"그래. 처음부터 끝까지 내가 누구인지 천손은 누구인지 천손과 나는 무슨 관계인지 내가 왜 기억을 잃고 이곳에 있게 된 건지 이 마을에 떠도는 소문은 또 무엇인지 하나도 빼놓지 말고 모두 다."

몇 번 쿨럭거리며 난감해한 일홍은 긴 한숨을 내쉬더니 두 개의 찻잔을 모두 채웠다.

"원래는 그냥 모셔가려 했습니다만, 겨우 제깟 것이 천룡의 후예인 장군을 강제로 모셔갈 수도 없는 노릇. 어쩔 수 없네요."

일홍은 차분하게 이야기를 시작해 나갔다. 무연은 질문 한번 없이 경청했다. 이따금 두통이 찾아왔다. 그때마다 무연은 칼날을 움켜쥐었다. 일홍은 그것을 보고 눈살을 찌푸렸지만 사정을 다 아는 터라 말리지는 않았다.

"제 이야기는 이게 끝입니다."

무연은 조용히 일어났다. 여전히 칼날을 움켜쥔 채였다.

"장군, 서두르셔야 합니다. 이제 천룡의 후예는 장군과 폐하 두 분밖에 남지 않았습니다."

"······모두가 그 갈구병이란 것에 걸린 것인가?"

"예. 얼른 돌아가셔서 천손을 안정시키셔야 저주를 풀 수 있습니다. 지금 장군에 대한 그리움에 마음이 심란하여 아무것도 할 수 없는 상태시라 들었습니다. 그러니 제발 서둘러 주세요. 전 진나라가 망하는 꼴을 지켜보기만 할 생각은 없습니다."

일홍은 간절해 보였다. 그러나 무연은 그런 일홍을 무시하고 방을 나섰다.

"장군!"

"생각을 좀 해봐야겠네. 자네도 내게 거짓말을 하고 있을지 모르는 일 아닌가?"

일홍은 입을 다물었다. 무연은 피식 웃었다.

"그럼 정리가 되면 다시 찾겠네."

"진나라의 존망이······!"

무연은 그대로 문을 닫아버렸다.

바깥은 이미 깊은 어둠이 내려앉아 있었다. 한참 동안 차가운 밤공기를 들이마신 무연은 서둘러 왕궁으로 돌아갔다. 비밀 통로를 되짚어 올라가면서 무연은 내내 생각에 잠겨 있었다. 쉬운 일은 아니었다. 두통이 자꾸만 밀려들었다. 그 고통을 막기 위해 무연은 칼날을 계속 움켜쥐고 있어야만 했다. 뚝, 뚝, 뚝, 무연이 걷는 길을 따라 붉은 핏방울이 떨어졌다.

통로의 끝에 다다르자 드디어 모든 기억이 정리되었다. 진실인지 아닌지는 알 수 없을지라도 일홍에게 들은 것과 그간 되새긴 모든 기억이 짜 맞춰졌다. 그러나 문제는 무연의 마음이었다.

무연은 청아가 자신을 이용해 왔단 사실을 믿을 수 없었다. 청아의 심성이 일견 독한 구석이 있다는 건 이미 알고 있었다. 강가에서 칼을 뽑아들 때, 무연 또한 청아가 직접 시녀장을 죽이려 한다고 생각했었다.

"시녀장······. 설마······."

무연은 얼른 머리를 흔들었다. 아무리 청아가 독하기로서니 그럴 리는······.

비밀 통로의 끄트머리, 곁방의 비밀 문 너머에서 인기척이 느껴졌다. 무연은 황급히 숨을 죽였다.

"참으로 대단하지 않으냐? 사내가 접근할 수 없는 신당이라니. 대체 그 작은 머리통 어디에서 그런 생각들이 솟아난단 말이더냐?"

자난이었다. 무연은 문에 바짝 붙어서 최대한 숨을 죽였다.

"그러게나 말입니다. 놀라울 따름이지요."

자난은 누군가와 대화를 나누고 있었다.

"그래, 혼례 준비는 어찌되고 있느냐?"

"최대한 날짜를 맞추기 위해 노력하고 있습니다요."

"려나라의 동태는?"

"천손 수색이 흐지부지된 후 조용합니다."

"이상하군, 천손에게 집착하는 정도가 심하여 대신들도 못마 땅해했다고 하지 않았나?"

"그것이, 최근 려의 황제가 이상해졌다 합니다. 그 때문이 아닐 는지요?"

"이상해졌다니?"

"이유는 모르나 심약해진 모양입니다. 밤마다 악몽에 시달리더 니 성정이 나날이 포악해져 아랫것들이 쥐도 새도 모르게 죽어나 가는 일이 비일비재한 모양입니다."

"드디어 미친게로군."

낄낄낄, 웃는 소리가 나더니 다시 자난의 목소리가 이어졌다.

"진나라는 어떠한가?"

"황제가 직접 삼만 대군을 이끌고 출병하였다 하옵니다."

"황제가 직접?"

"이미 계나라에 소문이 파다하니 진나라도 알고 있을 겁니다. 그만큼 급하단 소리겠지요."

"그렇다면 더욱 서둘러야겠구나. 혼례를 치르고 합궁까지 마치 면 끝이라니, 천룡의 후예란 것들 참으로 미련하지 않으냐?"

"그러게나 말입니다."

큰 소리로 웃어젖히는 소리가 한바탕 들리더니 이내 거칠게 책장을 넘기는 소리가 들렸다.

"겨우 계집 취할 때나 쓸모 있는 줄 알았거늘, 보면 볼수록 놀랍지 않으냐?"

"대대손손 전해진 데는 다 이유가 있는 게 아니겠습니까?"

"그러게나 말이다. 사람의 생각을 마음대로 할 수 있을 줄 누가 알았을꼬?"

무연은 조용히 주먹을 움켜쥐었다. 어느새 대화는 끊어지고 책장 넘어가는 소리만 계속 들려왔다. 아무래도 책을 보는 모양이었다.

한참의 시간이 흘러 자난이 다시 입을 열었다.

"그년 말이다. 얼굴 반반하고 몸매 낭창한 것이 어때, 제법 즐거울 것 같지 않으냐?"

"시녀장까지 그리 멋대로 죽인 것을 볼 때, 괜히 폐하께서 가시에 찔리시지나 않을까 걱정될 따름이옵니다."

탁, 요란한 파열음이 들려왔다. 무언가를 손바닥으로 내려치는 소리였다.

"고얀 년, 위 장군을 잡았으니 된 거 아니냐며 적반하장 당당하더군."

"참으로 요망한 계집이옵니다."

"그년의 고향 일은 어찌되었지?"

"이미 다 포섭해 두었습니다. 앞으로도 쭉, 그 누구도 수탄쟈 청아를 따르지 않을 것입니다."

"수탄쟈 청아?"

털썩 무릎 꿇는 소리가 났다.

"요, 용서를……."

퍽, 발길질 소리가 연거푸 들렸다. 상대는 놀랍게도 신음 한 번 흘리지 않았다. 한참이나 이어진 폭력이 끝나고 자난은 성난 발걸음으로 방을 나가 버렸다. 절뚝이는 발소리가 그 뒤를 따랐다. 문 너머 곁방엔 이제 아무도 없었다. 무연은 조심스럽게 밖으로 나왔다. 탁자 위에 책 한 권이 있었다. 처음 탐색했을 때도 있던 책이었다. 그때도 넘겨보긴 했으나 도통 무슨 책인지 알 수가 없었다. 자신의 처지에 대해 한 점 의심도 없었던 터라 관심은 거기까지였다. 그러나 지금, 다시 책을 펼친 무연은 숨을 멈췄다.

암어로 쓰인 탓에 내용을 읽을 수는 없었다. 하지만 그림이 곁들어져 있기에 무슨 책인지 알아보기는 어렵지 않았다. 그 책은 계나라 왕실에 전해진다는 향술에 관한 것이었다. 거칠게 몇 장 넘겨보니 혼절한 여인의 그림이 보였다. 미향이 틀림없었다. 설마 설마하며 빠르게 몇 장 더 넘긴 무연은 그대로 굳어버렸다.

잠든 사람 옆의 향로에서 연기가 구불구불 올라오는 그림이 있었다. 그 옆에 서 있는 또 다른 사람은 손을 들어 잠든 자에게 뭔가를 하고 있었다. 그저 허공에 멈춰 있는 손 그림일 뿐이라 정확히 무얼 하는지는 알 수 없었다. 알아야 했다. 그러나 아무리 뚫어져라 쳐다봐도 암어를 한순간에 해독하기란 어려운 일이었다.

무연은 잠시 고민했다. 책을 훔쳐 한동안 들여다본다면 해독이 가능할지도 몰랐다. 과거 그런 일을 몇 번 해봤다는 느낌이 있었다. 하지만 책이 사라진 것을 깨닫는 순간 자난은 의심을 시작할

것이다. 그리되면 일은 더 복잡해진다. 다행히 당장의 이 혼란과
두통이 향 때문인 걸 확신하게 되었으니 더 당하지는 않을 터, 무
연은 책을 도로 내려놓고 조심스럽게 빠져나왔다.

처소에 도착하기 무섭게 무연은 향로의 뚜껑을 열었다. 방주인
이 없을 때조차도 늘 피워 있는 향. 그것을 관리하는 것은 대체
누구란 말인가? 단 한 번도 그것을 생각해 본 적이 없건만…….
순간적으로 분노가 치민 무연은 찻물을 부어 향을 꺼버리려다 멈
추었다. 찻주전자를 도로 내려놓은 무연은 조용히 다시 향로의
뚜껑을 닫았다.

당장 향을 끄는 것 또한 의심 사기 딱 좋은 일이었다. 자난은
눈치 빠른 자였다. 그래서 무연은 처소 밖 정원으로 향했다. 청아
는 어디에 간 걸까? 자난과 수하의 대화를 되새겨 보자면 신당이
란 곳에 간 것은 아닌 모양이었다. 대체 왜 거짓을 말한 것일까?
정말로 진실을 알게 되는 게 두려웠을까? 믿고 싶지 않았다. 청아
가 자신을 속였다니……. 무연은 가슴이 미어지는 것 같았다. 그
러다 깨달았다. 향을 멀리했던 날 밤, 청아가 가져왔던 탕약은 분
명 역한 냄새를 풍겼다.

……과연 탕약은 정말로 기억을 되찾는 약이었을까?

그러다 퍼뜩 깨달았다.

'청아를 향한 내 감정은 과연 진짜일까?'

무연이 머리를 감싸 쥐며 고통스러운 신음을 내뱉었다.

이제 확신할 수 있는 것은 아무것도 없었다. 일홍에게 들은 이
야기와 단편적으로 떠오른 기억들이 맞아떨어지긴 하지만 불행히
도 기억이 돌아온 게 아닌 그저 들어서 짜 맞춘 것에 불과했다.

직접 기억을 떠올리기 전에는 일흥 또한 완전히 믿을 수 없단 소리였다.

무연은 생각을 털어냈다. 어쨌든 이제 향이 원인인 것을 알았으니 차츰 나아지리라. 그는 정원 한구석에 몸을 감추고 눈을 감았다. 그렇게 아침을 맞았다.

깊은 잠도 아니었다. 오가는 인기척을 다 느낄 수 있을 만큼 얕은 잠이었다. 겨우 그 정도의 수면이건만, 놀랍도록 몸이 개운했다. 그러고 보니 지난번 우연히 정원에서 잠들었을 때에도 이러했다. 무연은 역시 향이 문제였던 거라고 확신했다.

처소 앞에서 인기척이 느껴졌다. 어린 시녀 하나가 무연의 처소를 기웃기웃하고 있었다.

"무얼 하느냐?"

시녀는 깜짝 놀라는 얼굴로 황급히 허리를 숙이며 쟁반을 내밀었다.

"수탄쟈 청아께서 맡기신 임무이옵니다. 아니 계시는 동안 탕약을 빠뜨리지 말라 하였습니다."

"혹 향도 관리하라 하였느냐?"

시녀가 번쩍 고개를 들었다. 어찌 그런 것을 다 아느냐는 얼굴이었다. 그러나 눈이 마주치기 무섭게 얼른 고개를 숙여 버렸다.

"예. 지병이 악화되지 않도록 향과 탕약에 각별히 신경 쓸 것을 신신당부하고 가셨나이다."

무연은 눈을 감아버렸다. 시녀에게 들은 말을 무르고 싶었다. 약사발을 집어든 무연은 시녀를 외면한 채 팔을 휘둘러 물러가게 했다. 시녀는 안절부절못하고 있었다.

"왜 그러는 것이냐?"

시녀는 넙죽 다시 허리를 숙이며 답했다.

"공주마마께서 탕약을 드시는지 꼭 확인하라 하였사옵니다."

무연은 물끄러미 시녀를 바라보았다. 화가 치밀었다. 그러나 시녀는 아무 죄가 없다는 사실을 상기했다.

"알아서 마실 것이다. 그만 물러가거라."

"하오나……."

"내 알아서 한다고 하지 않느냐!"

매섭게 쏘아붙인 말에 시녀는 화들짝 놀라 예를 취하더니 냉큼 사라져 버렸다. 시녀가 사라진 것을 확인한 무연은 주변을 슥 둘러본 뒤 탕약을 정원에 뿌려 버렸다. 훅 비린내가 사방으로 흩어졌다. 분명 탕약 냄새였다.

향의 영향을 받지 않을 때는 역한 비린내를 풍기면서 향의 영향을 받고 있을 때는 그렇지 않은 것을 보면 분명 이 탕약도 향과 관계가 있었다.

슬픔이 밀려왔다. 이렇게까지 해서 혼인을 해야 할 이유가 뭐란 말인가? 단지 천룡의 후예이기 때문에? 천룡의 후예가 그리 대단하단 말인가? 상처 좀 빨리 회복되는게 아니었단 말인가? 그러다 청아가 자신을 연모한다던 그 모든 말과 행동들이 거짓일지도 모른다는 사실을 알아차렸다. 가슴이 미어졌다. 눈물이 나려했다.

무연의 이성은 청아를 향한 이 감정이 향과 탕약에 의해 조종된 거라고 소리를 높였다. 하지만 지금 이 순간 가슴 깊은 곳에서부터 치미는 이 슬픔, 분노, 배신감, 좌절들을 도저히 외면할 수가 없었다.

거짓인지 진실인지 알 수 없을 청아에 대한 사랑을 생각하다
보니 저절로 생각나는 사람이 있었다. 천손이 살아 있었다. 아씨
가 살아 있는 것이다. 기쁨과 동시에 찌릿, 통증이 느껴졌다. 어
제보단 조금 덜했다. 그렇다고 해서 참을 만한 것은 아니었다.

무연은 정원의 너른 한복판에 자리를 잡고 칼을 빼들었다. 무
념무상, 열심히 칼을 놀리다 보니 어느 순간 무연의 머릿속은 텅
비어갔다.

은밀히 알아본 바, 청아가 간 곳은 왕대비가 사는 별궁이었다.
그곳이 곧 무연과 청아의 혼례식 장소가 될 거란 소리였다.

"오라버니!"

청아는 보는 눈이 많음에도 망설임 없이 무연의 품으로 뛰어들
었다. 무연은 그런 청아를 거부할 수 없었다. 검은 눈동자를 마주
하기 무섭게 애정이 샘솟았다.

'가짜 감정이야!'

조용히 일깨워 봐도 소용이 없었다.

"제가 없는 동안 잘 지내셨죠?"

"며칠이나 됐다고."

무연의 목소리는 가늘게 떨리고 있었다. 혼란이 빚어낸 결과였
다.

"전 오라버니가 무척 보고 싶었는데. 설마 오라버니는 아니었
던 거예요?"

생긋 웃는 눈웃음이 참으로 매력적이었다. 무연은 청아와 눈을

맞추지 못했다.

"설마, 나도 네 생각 많이 했어."

거짓은 아니었다.

"아이, 좋아라!"

청아는 어린아이처럼 기뻐하며 다시금 무연에게 매달렸다. 그 순간 솟아난 가슴 뭉클한 감정에 무연은 혼란스러웠다.

분명 만들어진 감정이리라. 하지만 자꾸만 느껴지는 감정에서 자유롭기란 어려웠다. 이 감정에서 한발 물러나야 제대로 상황을 살필 수 있을 텐데…….

"오라버니 무슨 일 있어요?"

팔을 풀어낸 청아가 고개를 갸웃했다.

"으응? 일은 무슨 일. 아무 일도 없는데?"

"근데 표정이 왜 그래요? 어디 아픈 건가?"

청아가 무연의 이마를 짚어보았다.

"열은 없는데……."

무연은 어색한 미소를 짓는 것밖에 할 수가 없었다.

향을 멀리한 후로 조금씩 기억이 돌아오기 시작했다. 무연은 자신이 진나라 사람이라는 걸 기억해 냈다. 뒤이어 떠오른 갈구병이라는 저주에 대한 사실은 일홍의 말이 진실임을 증명했다.

불행하게도 그것은 동시에 청아가 거짓말을 하고 있다는 것도 증명했다. 무연의 행동은 어색해졌다. 그러지 않으려 노력했으나 소용이 없었다. 청아를 볼 때마다 그러지 말아야 한다고 생각했으나 밑바닥에서 샘솟는 애정을 도저히 막을 수가 없었다.

"오라버니. 이것 보세요. 오라버니의 혼례복이에요."

청아가 붉은 옷을 펼쳐 들었다. 무연은 가슴이 뭉클해졌다. 사랑하는 여인과의 혼례식이 기쁘지 않은 사내는 없었다.

'아냐. 이것은 만들어진 감정이야.'

그것을 깨닫기 무섭게 표정이 변한 모양이었다.

"오라버니? 또 왜 그래요?"

혼례복을 내려놓은 청아가 다가왔다. 무연은 얼른 표정을 가다듬었다.

"내가 왜?"

"오라버니 요즘 이상해요. 저랑 혼인하기 싫은 것 같기도 하고 아닌 것 같기도 하고……."

"내가 왜 너와 혼인하는 걸 싫어하겠어?"

놀랍게도 반사적으로 튀어나온 대답은 진심이었다. 동시에 이러지 말아야 한단 생각도 떠올라 버렸다. 무연은 고통스러웠다.

"거봐요. 또 이상한 표정을 짓잖아."

무연이 고개를 숙였다. 도저히 청아의 얼굴을 마주 볼 수 없었다.

"미안하다."

무연이 고개를 숙였다. 물끄러미 바라보던 청아가 까치발을 하더니 쪽, 가볍게 무연에게 입을 맞췄다. 무연이 고개를 들었다. 부끄러워 어쩔 줄 몰라 하는 청아를 보고 있노라니…….

……행복했다.

무연은 혼란스러웠다.

그렇게 혼례날이 닥쳐오고 말았다.

암읍의 답답한 바위동굴이 싫다던 왕대비는 탁 트인 너른 평야 한가운데에 별궁을 지어 살고 있었다. 그만큼 넓었기 때문에 청아가 원하는 만큼의 인원을 모두 수용할 수 있는 유일한 궁이었다.

붉은 등이 처마마다 매달렸다. 마찬가지로 붉은 휘장이 기둥마다 늘어졌다. 윤기 나는 주단이 너른 앞마당에 길게 깔렸다. 주단의 한쪽 끝에는 높다란 단상이 세워지고 반대편 끝에는 꽃 장식이 화려한 문이 세워졌다.

사람들이 몰려들었다. 서로 누가누가 더 화려한지 뽐내기라도 하듯 치장한 귀족들이 구름처럼 앞뜰을 채웠다.

웅장한 음악이 깔리고 무연이 꽃 문에 섰다. 뒤이어 저 멀리서 그 누구보다도 아름답고 화려하게 치장한 청아가 발그레 뺨을 물들인 채 모습을 드러냈다.

천천히 다가온 청아는 무연의 곁에 자리를 잡고 손을 내밀었다. 이제 무연은 그 손을 잡고 주단 위를 걸어야 했다.

이래도 되는 걸까? 내가 정녕 혼인하고픈 여인이 청아가 맞는 걸까? 무연은 청아와 눈이 마주쳤다. 청아가 싱그러운 미소를 지어주었다. 바로 그 순간, 놀랍게도 아씨의 얼굴이 또렷이 떠올랐다. 청아와 같은 동그란 얼굴에 검은 눈동자를 가진 아씨, 천손, 그녀가 활짝 웃었다.

뭐가 그리 반가운지 양팔을 벌리고 달려드는 어린 아씨부터 눈물 흘리며 달려들던 한겨울 혹독했던 노역장에서의 아씨까지 또렷이 떠올랐다. 그녀의 이름은······.

'민다해!'

무연은 그 이름 석자가 드디어 떠올랐다. 동시에 흐릿했던 나머지 기억들이 또렷해졌다.

조선, 아씨, 려나라, 청진, 황제, 저주, 명령, 임무, 연꽃…….
무연이 눈물을 흘렸다.

웅성웅성하는 소리가 퍼져 나갔다. 음악을 연주하던 악공들도 당황한 듯 살짝 삐끗하는 소리를 냈으나 다행히 이내 능숙하게 이어나갔다. 웃음이 가득하던 청아의 얼굴에서 경련이 일어났다.

"오라버니?"

청아가 조용하게 무연을 불러보았다. 무연이 고개를 들었다. 깊고 푸른 눈동자가 청아를 응시했다.

"청아야……."

청아가 억지 미소를 지었다. 뭔가를 눈치챈 모양이었다. 무연이 더 말을 이어나가려는데 청아가 가로막았다.

"혼례식을 망칠 셈이신 건가요?"

청아의 눈동자가 잽싸게 사방을 훑었다. 그러나 무연은 여전히 청아의 검은 눈만 바라보고 있었다. 청아의 노력은 헛되었다.

"미안해."

무연은 드디어 말을 뱉어냈다. 적막이 파동처럼 서서히 퍼져 나가더니 이내 담장 끝까지 침묵이 내려앉았다. 모두가 석상처럼 굳어 있었다. 청아 홀로 살아 있었다.

"뭐 하시는 거예요? 약조하셨잖아요. 저를 지켜주기로 하셨잖아요. 지금 이건 저를 지키는 게 아니라 욕보이는 거예요."

무연의 눈에서 또 한 번 뜨거운 눈물이 흘러내렸다.

"미안해, 청아야."

이제 청중이 되살아나고 청아가 굳어버렸다. 이내 청아의 눈썹이 파르르 떨렸다. 검은 눈동자가 바삐 사방을 훑었다. 그러더니 분노한 얼굴로 잽싸게 무연의 허리춤에 매달려 있던 의장용 칼을 뽑아 제 목을 겨누었다.

"이미 오라버니와 저의 혼인은 만천하에 공표되었습니다. 이렇게 혼사가 깨진다면 저의 명예는 땅바닥에 떨어지고 말겠지요. 그럴 바에는 그냥 이 자리에서 죽겠습니다."

청아가 칼을 잡은 손에 힘을 주었다. 의식용이었으나 그것은 어디까지나 화려한 장식이 달려 있다는 것이 달랐을 뿐, 분명하게 날이 서 있는 칼이었다.

청아의 하얀 목덜미에 새빨간 줄이 가늘게 그어졌다.

무연의 심장이 요동쳤다. 분명 이제 가짜 감정임을 알고 있건만 도저히 감당할 수가 없었다. 그래서 질끈, 두 눈을 감아버렸다.

무연과 청아의 실랑이가 벌어지는 사이 자난은 흥미로운 얼굴로 단상 위에서 상황을 지켜보고 있었다. 그러다가 청아가 칼을 뽑아들자 자난은 청아의 뒤에 있던 혼례도우미로 나선 시녀에게 눈짓을 했다. 한참 쳐다보던 시녀는 무슨 뜻인지 이해한 듯 고개를 끄덕였다. 시녀가 팔을 들었다. 부들부들 한참을 떨던 그녀가 내뻗었던 팔을 도로 거두어들였다. 자난이 매섭게 눈을 부라렸다. 시녀는 눈물까지 글썽이며 또 다시 팔을 내뻗었다. 그 순간 문밖에서 요란한 소리가 들려왔다.

몸싸움이 벌어지는 소리였다. 챙챙, 날카로운 소리도 들려왔다. 이내 활짝 열린 문으로 일홍이 모습을 드러냈다.

"위 장군께서 혼례를 올리신다고 하는데 어찌 고국의 귀빈은 한 명도 보이지 않는지요! 진나라를 업신여긴 게 아니고서야 이럴 수는 없지요! 잠시만 기다려 주십시오. 곧 진나라에서 위 장군의 일가친척들이 찾아올 것입니다!"

칼 두 자루를 각각 쥔 일홍은 득의양양했다.

단지 위 장군의 생사를 확인하기 위해 보내졌던 터라 혼자였다. 그러나 사람들이 도착할 때까지 기다릴 수 없었던 일홍은 혈혈단신으로 침입을 강행했다. 비록 천룡의 후예는 아니었으나 무예 실력이 출중한 데다 목숨을 걸었기에 가능한 일이었다.

그 와중에도 자난은 다시금 혼례도우미를 향해 매섭게 눈을 부라렸다. 시녀는 울먹거리느라 붉게 얼룩진 얼굴로 고개를 끄덕였다. 그것을 확인한 자난이 외쳤다.

"무엇 하느냐! 수탄쟈 청아의 혼례를 훼방 놓는 불청객을 당장 잡아들여라!"

여기저기 예이, 하는 외침과 함께 칼을 빼든 무사들이 일홍이 서 있는 쪽으로 달리기 시작했다. 귀빈으로 참석했던 자들이 우왕좌왕 사방으로 흩어지는 와중에 혼례도우미가 청아에게 와락 달려들었다. 갑작스레 끼어든 일홍 덕분에 혼란에 휩싸였던 청아는 꼼짝없이 도우미와 함께 쓰러졌다. 혼례도우미는 균형을 잡기 위해 바닥을 짚는 척, 청아가 목에 대고 있던 칼등을 내리눌렀다. 아슬아슬하게 청아의 목에 닿아 있던 잘 벼려진 의장용 칼은 그대로 청아의 목을 파고들어갔다. 혼례도우미가 비명을 내질렀다. 청아의 목에서 뿜어진 붉은 피가 혼례도우미의 옷을 붉게 물들였다.

"청아야!"

내내 이성으로 감정을 억누르고 있던 무연이 다급하게 청아에게 다가갔다. 그러나 청아는 이미 숨을 거둔 후였다. 여전히 따스한데……. 여전히 발그레한 뺨을 갖고 있는데…….

무연의 눈에서 눈물이 뚝뚝 떨어지기 시작했다. 그 모습을 보고 당황하여 일홍이 멈칫한 사이, 무사들이 달려들어 그녀의 칼을 빼앗았다. 그제야 정신을 차린 일홍이 있는 힘껏 저항해 보았으나 맨손으론 어림도 없는 일이었다.

무연이 청아를 품에 안고 오열했다.

"안 돼, 청아야. 이렇게 가버리면 어떡하니, 일어나 봐. 응?"

간절한 목소리였다. 당장 혼례를 거절한 사내라고는 여겨지지 않을 반응이었다. 여전히 무연의 이성은 가짜 감정이라고 외치고 있었으나 소용이 없었다.

뚜벅뚜벅 자난이 다가왔다. 마치 홍해가 갈라지듯 사람들이 길을 텄다. 무연의 곁에 선 자난이 혀를 찼다.

"쯧쯧, 그러게 왜 그랬는가? 차라리 혼인하겠단 약조를 하지 말지 그랬나."

무연이 번쩍 고개를 들었다. 청록색 눈동자가 이글거리고 있었다. 그러나 자난은 차가운 미소를 지우지 않고 당당히 맞섰다. 자난의 오른손은 왼손에 끼고 있는 반지의 장식에 닿아 있었다.

향술의 비법이 적혀 있던 책.

무연은 그 책을 좀 더 넘겨봤어야 했다. 비록 암어는 읽을 수 없었더라도 그림을 봤다면 아마 이런 일이 있으리란 것을 예상할 수 있었을지도 몰랐다. 그러나 무연에게 시간을 되돌릴 능력 같은 것은 없었다.

자난이 새하얀 구슬 장식을 문질렀다. 달콤한 향이 무연의 코 끝을 스쳤다. 무연의 눈이 흐리멍덩해졌다. 소중하게 안고 있던 청아가 털썩 바닥에 굴러 떨어졌다. 빙그레 미소 지은 자난이 단호한 어조로 말했다.

"복종하라."

딱 한 마디였다. 그거면 충분했다. 무표정한 얼굴의 무연이 꾸벅 머리를 숙였다.

"명 받듭니다."

일홍의 외마디 비명이 허공을 찢었다. 자난이 팔을 들어 일홍을 가리키며 외쳤다.

"벌레 한 마리가 너무 시끄럽구나. 당장 목을 베어라."

명령은 순식간에 행해졌다. 일홍의 머리가 바닥을 굴렀다. 데구르르 구르던 머리가 무연의 발에 와 닿았다. 그러나 무연은 미동조차 하지 않았다. 자난의 웃음소리가 사방으로 퍼져 나갔다. 한참을 미친 듯이 웃던 자난이 소리쳤다.

"드디어 천룡의 후예가 내 손에 들어왔도다!"

이것이 바로 청아를 이용한 자난의 계획이었다.

8.

무연님이시니까요

흙먼지를 일으키며 말 탄 사람들이 요란하게 지나갔다. 저 멀리 느릿느릿 일상을 영위하는 사람들이 보였다. 선두의 무사가 뿔피리를 꺼내 길게 불었다. 전쟁 통이 아니면 들을 수 없는 소리, 뒤를 돌아보지 않기란 어려우리라. 거칠게 달려오는 군마를 본 사람들이 황급히 길옆으로 비켜났다. 그들에게 피해를 최소화하기 위해 군마는 길게 줄지어 지나갔다. 그 틈에 다해도 끼어 있었다.

"무연님이 혼인을 한다고요?"

청천벽력과도 같았다. 살아 있다는 소식을 들은 지 며칠이나 되었다고…….

"벌써 날이 잡혔답니다. 빠듯하다더군요. 하여……."

"제가 가겠습니다!"

다해는 단호했다. 황제는 흔쾌히 수락했다. 다해가 가기로 했으니 아름달과 칼바람이 따르는 것은 어찌 보면 당연한 수순이었다.

무연의 생존 소식을 들은 진의 황제는 계나라를 압박할 요량으로 직접 삼만 대군을 이끌고 출병했다. 그 와중에 도달한 혼례 소식에 황제는 천경을 우두머리로 삼고 발 빠르고 실력이 출중한 자로 십여 명을 따로 뽑아 다해에게 붙여주었다.

그날부터 쉬지 않고 달린 터였다. 역참에 들러 말을 교체할 때를 제외하면 다해의 일행은 쉬지 않고 달렸다. 캄캄한 밤이 되면 그 자리가 바로 그날의 잠자리였다. 그렇게 계나라 국경을 넘어 암읍을 코앞에 두었다.

계나라의 영토에서 진나라 사람들이 말을 타고 미친 듯이 달리는 진귀한 풍경이 벌어졌다. 계나라 사람들이 모두 기겁을 하고 도망갔다.

말을 달리면서도 수시로 소식을 주고받은 덕분에 일행은 혼례식이 치러지는 장소에 대해 이미 잘 알고 있었다. 천경은 무리를 혼례식 장소로 이끌었다.

저 멀리 달구지를 끄는 계나라의 병사들이 보였다. 진나라 병사들은 삽시간에 그들을 제압했다. 칼바람의 도움을 받아 말에서 내린 다해가 냉큼 달려왔다. 달구지에 실린 것은 시신이었다. 천경이 신음했다.

"일홍 이 사람아, 기다리라 했거늘 어찌……."

언젠가 한번 천경을 찾아온 적이 있는 여자의 머리가 거기에 있었다. 자신도 모르게 고개를 돌린 다해를 아름달이 감싸주었다.

"잠깐만, 이 여자가 설마 그 여자인 것은 아니겠지?"

칼바람이 가리킨 것은 달구지 안의 또 다른 시신이었다. 놀랍도록 다해와 닮은 얼굴을 한 그녀는 화려한 옷을 입고 있었다. 천경이 눈살을 찌푸렸다.

"혼례복인 것처럼 보이는군요."

천경이 고갯짓으로 다른 병사를 불러왔다. 계나라에 대해 잘 아는 병사였다. 명에 따라 다가와 달구지를 살핀 병사가 고했다.

"혼례복이 맞습니다. 상당히 지체 있는 가문에서나 해줄 법한 옷입니다."

"그 여자가 천손과 닮았다고 했던 거 같은데……."

칼바람이 연신 시신과 다해를 번갈아 보았다.

"아무래도 이 여자가 그 여자인 거 같군."

아름달이 신음했다.

"뭐가 어찌 된 겁니까? 오늘 위 장군과 혼례를 치른다 하여 서두른 것이 아닙니까?"

천경이 팔을 들어 병사들에게 다시 말에 탈 것을 명했다.

"아무래도 일이 단단히 틀어진 모양입니다. 서둘러야 할 것 같습니다."

칼바람이 고개를 끄덕였다. 아름달이 서둘러 다해를 다시 말에 태워주었다. 칼바람과 아름달까지 말에 오르고 일행은 다시 출발했다. 암읍 인근에 난리가 벌어졌다. 사람들은 드디어 올 것이 왔다며 벌써부터 피난 보따리들을 싸기 시작했다. 진나라 병사들은 아무것도 하지 않고 쭉 달리기만 했다. 사람들은 뒤늦게 그들이 향하는 곳이 왕대비의 별궁이라는 걸 깨달았다.

이미 모든 것은 끝난 후였다. 혼례식은 파하고 하객들은 뿔뿔이 흩어졌다. 왕대비의 별궁은 뒷정리에 한창이었다. 병사들을 발견한 아랫것들이 비명을 질러댔다. 몇몇은 황급히 웃전에게 알리기 위해 뛰었다. 인근에서 상황을 지켜보고 있던 낯익은 사내 하나가 냅다 달려왔다. 일홍의 가노였다.

"위 장군께서는 암읍으로 향하셨습니다. 단 대장께서는……."

사내의 얼굴이 슬픔으로 얼룩졌다. 비록 고용인과 피고용인의 관계였으나 긴 세월, 쌓인 정이 돈독한 탓이었다. 천경은 사내의 어깨를 툭툭 두들기며 위로했다.

"임무를 완수했으니 기뻐할 걸세. 이제 귀환하시게. 우리는 따로 임무가 있어 도울 수 없네. 미안하네."

사내는 넙죽 고개를 숙였다.

"심려치 마십시오. 혼자 몸이 훨씬 수월합니다."

천경이 다시 말에 오르고 일행은 출발했다. 목적지는 암읍이었다. 무연이 바위 도시 안에 들어가기 전에 따라잡아야 했다. 안으로 들어가 버린다면 어지간한 대군으로도 어림없었다.

진나라에서 출발할 때부터 그러했듯 다해는 다시 말 등에 달라붙었다. 다해의 말고삐는 칼바람이 쥐고 있었다. 말을 탈 줄 모르는 그녀는 떨어지지 않는 것만이 최선이었다.

"저기 사람들이 있습니다!"

누군가 외쳤다. 다해는 무심결에 눈을 뜨고 앞을 내다보았다. 기다란 청록색 머리를 흩날리며 말을 타고 있는 뒷모습은 그날 이후 단 하루도 잊어본 적 없는, 앞으로도 절대로 잊을 리 없는 틀림없는 무연이었다. 그 사실을 확인한 것은 다해뿐이 아니었다.

다들 말의 속도를 더욱 높였다.

산책이라도 하듯 느릿느릿 움직이는 말 위에서 흔들흔들 콧노래를 부르던 자난이 흘깃 옆을 보았다.

흐리멍덩한 눈동자가 마음에 들지 않았지만 또 한편으론 무척 마음에 들었다. 이제 무연은 자난의 것이었다. 꼭두각시나 다름이 없었다. 천룡의 후예는 홀로 일만의 군사도 능히 해치울 수 있다 했다. 기쁘지 않을 수가 없었다.

"전하!"

그런데 누군가 다급한 목소리로 자난의 흥을 깨뜨렸다.

"무슨 일이야?"

"뒤에……."

사색이 된 병사 하나가 뒤를 가리켰다. 홱 고개 돌려 뒤를 확인한 자난이 입술을 깨물었다. 다행히 수가 많지 않았다. 당장 자난을 호위하고 있는 병사들만으로도 막을 수 있을 듯 보였다.

"당장 가서 막아라!"

자난의 명에 무사들이 일제히 말고삐를 돌렸다.

"조심하십시오!"

다해 쪽에서도 누군가 소리쳤다. 진나라 무사들의 말이 매섭게 앞으로 치고 나갔다. 칼바람이 잽싸게 다해가 탄 말의 고삐를 아름달에게 넘기고 합류했다.

말을 탄 무사들이 격돌했다. 창검 부딪치는 소리가 요란했다. 여기저기 말들이 나뒹굴었다. 하지만 말에서 떨어진 자들은 포기라는 것을 몰랐다. 그들의 집요함 덕분인지 진나라의 무사들이 조금씩 우위를 점하기 시작했다.

자난은 입술을 깨물었다. 눈앞에서 벌어진 상황에 자존심이 상했다. 비록 천룡의 후예만은 못하다 하나 나름 공들여 키운 수하들이 속속 쓰러지고 있었다.

비등한 숫자였다. 진나라 무사들은 말을 타고 오랫동안 달려온 기색이 역력했다. 그런데도 밀리다니, 이것은 수치였다. 자난의 자존심이 뭉개지는 소리가 들렸다.

모든 계나라 무사들이 처참하게 쓰러졌다. 반은 운명을 달리했고 반은 거동이 어려울 만큼 부상을 당했다.

천경이 무사들을 이끌고 앞으로 나서더니 허리춤에서 두루마리 하나를 뽑아 펼쳤다.

"서방칠사 주우의 홍연천랑 위무연에게 명한다. 천손과 함께 속히 환궁하라. 이것은 황명이다!"

분노한 자난이 소리쳤다.

"감히 내 앞에서 황명을 운운하다니! 이곳의 황제는 바로 짐이다!"

감히 그 누가 계에서 황명을 운운한단 말인가? 지키는 이 하나 없음에도 자난은 당당히 자신의 정체를 드러냈다. 황명이 적힌 두루마리를 갈무리한 천경은 끝까지 그런 자난을 무시했다.

"위 장군! 어서 돌아가시지요!"

자난이 까드득, 소리가 날 정도로 이를 갈았다.

"내가 바로 계의 황제이니라! 당장 예를 갖추지 못할까!"

자존심을 다친 자난이 발악하는 사이 무사들 뒤에서 사태를 관망하던 칼바람이 아름달에게 다가가 휙, 자신의 칼을 던져 주었다. 얼결에 칼을 받아든 아름달이 얼굴을 찌푸렸다.

"뭐 하시는 겁니까?"

"어검술이나 걸어라."

"지금 그게 왜 필요한 겁니까?"

대답은 다해에게서 들려왔다.

"무연님과의 싸움을 대비하시는 겁니다."

"어째서 위 장군이……."

"당장 저자들을 모두 죽여라!"

성난 자난의 외침이 들려왔다. 자난의 곁에 있는 것은 오직 무연뿐이었다.

처음엔 모두 자난을 비웃었다. 그러나 무연이 말에서 내려 뚜벅뚜벅 앞으로 나오자 설마설마하는 얼굴로 바뀌었다. 무연의 기세는 범상치 않았다. 흐리멍덩한 눈빛이었으나 풍겨오는 기세에 등골이 오싹할 정도였다. 진나라 무사들은 주춤주춤 뒷걸음쳤다. 천룡의 후예였다. 제아무리 실력이 출중하다 한들 평범한 자신들이 대적할 수 있는 상대가 아니었다.

천경이 뒤를 돌아보았다. 천손이 있었다.

"빌어먹을……."

욕설을 뱉어냈다. 천손을 딸려 보낸 폐하의 의중을 모르는 것은 아니다. 천경 또한 흔쾌히 동의했었다. 그것은 어디까지나 천룡의 후예를 상대하게 될 거라곤 전혀 예상치 못한 때문이었다. 하지만 상황이 바뀌었다. 이제 그들은 위 장군의 귀환이 아닌 천손의 보호에 목숨을 걸어야 했다.

"위 장군을 막아라! 필요하다면 죽여도 좋다!"

명령이 하달되었다. 비록 불가능한 명령이었으나 진나라의 무사들은 삽시간에 표정을 바꾸고 무연을 향해 달려들었다.

무연이 칼을 뽑아 들었다. 순식간에 살기가 사방으로 뻗어나갔다. 심약한 사람은 바로 혼절해 버릴 만큼 강력한 기운이었다.

흠칫 놀란 아름달이 얼른 눈을 감고 주문을 외웠다. 차분하게 주문이 끝나기를 기다리던 칼바람은 아름달이 눈을 뜨기 무섭게 칼을 뽑아들고 허공으로 치솟았다.

"모두 비켜!"

착지하는 칼바람의 얼굴엔 기이하게도 은근한 미소가 어려 있었다.

강한 상대를 만나 겨루고 싶은 것은, 그리고 그를 꺾는 것은 무사라면 누구나 가질 수밖에 없는 바람. 칼바람이 용수철처럼 튕겨 나갔다. 무연도 날렵하게 도약했다. 두 사람이 허공에서 맞부딪쳤다. 번쩍 칼바람의 칼이 빛을 뿜어냈다. 무연이 신음하며 튕겨 나갔다.

"저게 무엇입니까?"

천경이 물었다. 그녀의 얼굴엔 놀라움이 서려 있었다. 칼바람의 몸짓은 평범한 사람이라 볼 수 없었다. 위 장군을 저리 튕겨낼 수 있는 사람도 같은 천룡의 후예가 아니라면 존재할 수 없었다.

아름달이 쓰디쓴 미소를 지으며 말했다.

"어검술입니다. 신비술이지요."

"세상에 그런 신묘한 술법이 있단 말입니까? 그렇다면 저희 모두에게……."

아름달이 단호하게 고개를 저었다.

"자칫하면 생명이 위험할 수 있는 술법입니다."

"하지만 저자는 멀쩡하지 않습니까?"

"어검술은 칼 스스로 공격하게 하는 술법입니다. 방어 따위 하지 않습니다. 칼에겐 생명이 없으니까요. 때문에 방어는 오직 인간의 몫입니다만, 칼의 움직임에 미치지 못한다면 방어는커녕 종국에는 칼에 끌려 다니다 죽게……."

아름달의 얼굴이 구겨졌다. 매서운 기세로 무연을 향해 달려드는 칼바람. 무연은 무심한 손짓으로 날카로운 칼바람의 공격을 피했다. 진나라의 무사들이 끼어들려 눈치를 보았으니 아무리 애를 써도 틈이 없었다. 그들이 망설이는 사이 칼바람이 허공에서 휙 공중제비를 돌아 방향을 바꾸어 다시 공격했다. 무연 또한 빠르게 몸을 돌려 방어했다. 공격이 막히기 무섭게 칼바람이 몸을 틀었지만 연달아 이어진 무연의 공격에 하마터면 목이 날아갈 뻔했다.

칼바람이 남긴 칼집을 쥔 아름달의 손이 부들부들 떨렸다.

"제가…… 제가 지금 무슨 짓을 한 겁니까?"

목소리도 파르르 떨리고 있었다.

칼바람이 칼의 움직임을 따르지 못하고 휘청거렸다. 무연은 그 틈을 놓치지 않고 공격을 퍼부었다. 아슬아슬하게 칼바람이 몸을 날렸다. 무연의 칼에 스친 옷자락이 매섭게 펄럭였다. 동시에 아름달은 크게 펄럭였던 자줏빛 망토 하나를 떠올렸다.

"아름달이라 하옵니다."

처음 그리매를 만나던 날, 아름달의 나이는 고작 열다섯이었다.

"나이가 어림에도 능력이 출중하다며?"

"소녀, 신비촌을 벗어나 본 적이 없어 잘 모르나이다."

황제가 되기 전, 그리매를 처음 만난 자리에서의 아름달은 기필코 성공하여 비루한 이 처지에서 벗어나겠다는 꿈을 갖고 있었다. 출세가도를 달리기 시작한 이 남자를 성심껏 돕는다면 가능하리라는 게 어린 아름달의 생각이었다.

하지만 현실은 녹록치 않았다.

"처음 보는 신비술사로구나."

신비술사라면 사족을 못 쓰고 덤벼드는 짐승 같은 늙은이가 있었다. 나름 권세 있는 귀족이라 그를 막을 수 있는 자는 아무도 없었다. 아름달은 하필이면 그자를 외진 회랑에서 마주하고 말았다. 앳된 신비술사를 발견한 늙은이의 눈빛이 번뜩였다.

"고것 참 곱게 생겼구나."

늙은이가 다가왔다. 본능적으로 두려움에 휩싸인 아름달이 주춤주춤 물러났다.

"이리 오렴. 내 예뻐해 줄 테니."

훅, 다가든 늙은이가 아름달의 입술을 만지작거렸다. 신비술사라는 위치에 대해 아직 이해하지 못했던 아름달은 있는 힘껏 저항했다.

"저는 그리매님의 신비술사입니다!"

"그깟 그리매 따위 뭐가 대수라고. 내게 오거라. 내게 오면 네가 원하는 것은 뭐든 들어줄 테니."

희번덕한 눈으로 입술을 핥으며 다가든 늙은이가 아름달의 손목을 잡았다. 그러곤 질질 끌고 가 회랑 끝, 작은 방에 던져 넣었다. 늙은이가 아름달을 넘어뜨렸다. 그대로 그 위에 올라탔다.

거침없이 옷깃을 헤치는 손길이 역겨웠다. 이성을 잃은 아름달은 버둥거렸다. 뭔가가 손에 닿았다. 단단해 보였다. 앞뒤 잴 틈이 없었던 아름달이 그것을 들고 있는 힘껏 휘둘렀다. 그것은 돌로 만든 장식이었다. 똬리를 튼 뱀 한 마리를 받치는 밑단은 네모나게 각겨 있었다. 하필이면 그 모서리가 늙은이의 정수리에 박혀 버렸다.

"네, 네년이⋯⋯."

늙은이는 이마를 타고 흐르는 붉은 피를 문질러 보곤 그대로 아름달의 위에 엎어졌다.

아름달은 시신에 깔린 채 아무것도 못했다.

그런데 소리 없이 방문이 열렸다. 그리고 모습을 드러낸 것은 최근, 그리매가 새로 영입했다는 젊은 무사였다.

말없이 방 안을 살핀 무사는 아름달의 위에서 축 늘어진 늙은이를 번쩍 들어냈다. 아름달은 여전히 그대로 인형처럼 누워 있었다. 그런 아름달을 힐끔 한번 쳐다본 무사는 이내 관심을 돌려 방밖으로 나갔다. 다시 돌아왔을 때 그는 빈손이었다.

"일어나라."

아름달은 여전히 넋을 놓은 채였다. 잠시 바라보던 그가 아름달을 번쩍 일으켜 세웠다.

"뭐 하는 짓입니까!"

갑자기 정신이 돌아온 아름달이 팔을 휘둘렀다. 뺨을 때릴 심산이었다. 하지만 무사는 가뿐하게 그 손을 잡았다.

"참으로 알 수 없는 년이구나. 천한 신비술사 주제에."

아름달은 다시 석상처럼 굳었다. 신비촌이 세상의 전부였던 소녀였다. 실력이 출중하여 모두가 떠받들어 준 탓에 기세등등했으나 황궁 생활이 길어지면서 점점 의기소침해지던 참이었다. 그제야 아름달은 자신이 무슨 짓을 저질렀는지 깨달았다.

"이제 저는 어찌 되는 겁니까? 죽임당하는 겁니까?"

펄럭, 자줏빛 망토가 아름달을 휘감았다. 그 망토는 헐벗은 아름달을 가려주었다.

"가라."

이해할 수 없는 명이었다. 하지만 이 상황에서 얼른 벗어나고 싶었던 아름달은 황급히 사람들 눈에 띄지 않는 샛길을 통해 처소로 돌아갔다.

놀랍게도 그 늙은이는 실족사로 처리되었다.

"네년 때문에 일이 엉망이 될 뻔한 걸 아느냐?"

그리매의 지엄한 목소리에 아름달은 몸을 떨었다.

"하마터면 우리 가문이 멸족을 당할 수도 있었단 걸 아느냔 말이다!"

그리매의 말을 듣자 아름달은 자신이 저지른 짓의 중대함을 알 수 있었다.

아름달은 곧 그리매의 처가가 될 목단나무가(家)에서 은밀하게 붙여준 전속 신비술사였다. 만약 그런 아름달이 누군가를 죽였다면 신비술사에게 의지고 뭐고 없다고 여기는 려나라 귀족의 습성상 그리매가 사주해 죽였다고 여겼을 것이다. 아직 목단나무가와의 혼인 약조가 공식적으로 밝혀지지 않은 이상, 그리매로서는 고위 귀족가문을 공격했단 누명에서 수월하게 벗어날 방법이 없었다. 때문에 아름달은 울면서 손이 발이 되도록 비는 것밖에 할 수 있는 게 없었다.

"천한 년 주제에 몸뚱이가 그리도 중했어? 응?"

그리매가 포악한 얼굴로 아름달을 일으켜 세웠다.

"다시는 그 천하디천한 몸뚱이 지킬 일 따위 없게 만들어주마."

그날 밤은 기억조차 하기 싫었다. 이후로 쭉 이어진 기나긴 지옥의 시작이 바로 그날이었다.

다음 날, 쓰레기처럼 던져진 아름달을 처소까지 옮긴 것이 그 무사였다.

"신비촌에서의 일은 모두 잊어라. 그리고 존재하지 않는 것처럼 숨죽이며 그림자처럼 살아라. 최대한 눈에 띄지 마. 려나라에서 신비술사란 그런 것이니."

아름달에게 그런 조언을 해주는 사람은 아무도 없었다. 때문에 한동안 그런 칼바람을 볼 때면 가슴이 설렜었다. 혹시라도 그가 자신을 아껴주는 것은 아닐까 싶었다. 하지만 그는 아름달이 그리매에게 학대를 당할 때 침묵을 지켰다. 그날 이후 다시는 따로 말을 거는 일조차 거의 없었다. 그리매에게 복종해야 하는 전형적인 려나라 귀족의 반응이었음에도 기대가 묵살당하자 어느덧 아름달은 칼바람에 대한 기대도 마음도 모두 접고 아예 뇌리에서 지워 버렸다. 그런데 그 일이 왜 지금 생각이 난 것일까…….

"제가…… 제가 무슨 짓을 했단 말입니까!"

어린 시절, 한때나마 조금은 가슴 설레게 했던 사내를 자신의 손으로 죽음으로 내몰았단 사실을 깨달은 아름달은 절규했다.

다해가 팔을 뻗었다. 따스한 온기를 느낀 아름달이 고개를 돌렸다. 다해가 부드럽게 아름달의 손을 감쌌다.

"진정하세요. 잘못된 것은 바로잡으면 그만입니다. 어검술을 파훼할 수 있는 방법은 없습니까?"

뚝, 아름달의 눈에서 굵은 눈물이 흘러내렸다.

"그런 것은 없습니다. 칼을 잡은 자가 죽기 전엔 절대로 풀리지 않는……."

아름달이 말을 멈췄다. 다해가 부드러운 음성으로 일깨웠다.

"있는 거지요?"

잔뜩 흔들리던 아름달의 시선이 무연에게로 향했다. 거의 동시에 아름달의 얼굴에 떠올랐던 희망이 사라져 버렸다. 아름달이 세차게 고개를 흔들었다.

"소용없습니다. 위 장군을 무슨 수로 막는단 말입니까?"

"자세히 설명해 주세요. 무연님과 파훼법에 무슨 관계가 있는 겁니까?"

아름달은 다해를 이해할 수 없었다. 하지만 자꾸 물으니 대답하지 않을 도리도 없었다.

"공격 대상을 잃으면 신비술은 깨집니다. 애초에 공격을 위한 술법이니까요."

"그럼 되었습니다."

"대체 무슨 생각을 하고 계신 겁니까?"

다해의 입술이 크게 호를 그렸다.

"제가 무연님을 멈추겠습니다."

"무슨 수로 멈추시겠다는……."

"안 됩니다."

천경이 단호한 목소리로 끼어들었다. 다해가 고개를 돌리더니 부드럽게 설득을 시도했다.

"무연님은 절대로 저를 해치지 않습니다."

"확신할 수 없습니다. 저는 절대로 천손을 내보내지 않을 것입니다."

"보내주세요. 제가 아니면 그 누구도 무연님을 막을 수 없습니다."

"아뇨. 전 그리 생각하지 않습니다. 보세요."

천경이 팔을 뻗었다. 무연에게선 무예를 익힌 적 없는 다해와 아름달도 확연히 느낄 수 있는 형형한 살기가 뿜어지고 있었다.

"천룡의 후예들은 말입니다. 영혼 자체가 우리와 다릅니다. 하여 그 어떤 전투에서도 저리 대놓고 살기를 뿜어내지 않습니다. 하지만 보십시오. 지금 위 장군의 모습은 살인귀에 가깝습니다. 어찌 저리 되셨는지는 모르나 지금 위 장군은 위 장군이 아닙니다."

다해가 눈살을 찌푸렸다.

"무연님을 모욕하지 마십시오."

천경 또한 얼굴을 굳혔다.

"저라고 진나라의 자랑이신 위 장군께서 저리 된 것이 즐거운지 아십니까? 하지만 전 천손을 지켜야 합니다. 천손이 죽으면 진나라도 죽습니다."

"저는 절대로 죽지 않습니다."

"어찌 그리 확신하십니까?"

"설명할 수 없습니다."

사실이었다. 다해는 어찌 그것을 확신하는지 설명해 줄 수가 없었다. 천경이 한숨을 쉬었다.

"그렇다면 저 또한 보내 드릴 수 없습니다."

입술을 깨문 다해가 고개를 돌렸다. 칼바람과 무연의 싸움은 점점 더 격해지고 있었다. 어느덧 두 사람 모두 여기저기 피를 흘렸다. 피에 젖은 옷가지가 주인의 움직임을 감당 못하고 찢어질 듯 세차게 펄럭였다. 이 상황을 즐기는 것은 오직 한 사람, 자난 뿐이었다.

자난은 어린 시절 그렇게 고생해 가며 배운 향술이 이렇게 빛을 발하리라고는 꿈도 꾸지 못했다. 하지만 뭐든지 배워두면 쓸모가 있다더니 이런 식으로 도움이 될 줄이야⋯⋯. 말 위에 앉은 채로 자난은 꿈을 키워 나갔다. 무연을 필두로 하여 정예부대를 만들어 려나라와 진나라를 평정하고 대륙을 통일한 위대한 황제의 모습을 상상했다. 짜릿했다. 이게 다 향술 덕분이었다. 자난은 고개를 숙이고 구슬반지를 부드럽게 어루만졌다. 투박하기만 하여 평소 마음에 들지 않던 반지가 오늘따라 무척 아름다워 보였다.

칼부림을 벌이는 두 남자를 초조하게 살피던 아름달의 눈에 자난의 행동이 들어왔다. 아름달이 보기에 그 반지는 절대로 치장용이 아니었다. 아무 무늬도 장식도 없는 지나치게 커다란 구슬하나가 덜렁 달린 반지라니⋯⋯. 청진의 세련된 미적 감각을 익힌 자가 아니더라도 그것이 장식용이 아닌 것은 누구라도 알 수 있을 터.

"반지입니다!"

아름달이 소리쳤다. 천경이 눈을 빛냈다.

"무슨 말입니까?"

"술법엔 매개체가 필요합니다. 저 반지, 저 반지가 바로 그것일 겁니다!"

아름달이 팔을 뻗었다. 천경의 명령은 거의 동시에 떨어졌다. 칼바람을 도울 수 있는 기회를 매서운 눈으로 노리고 있던 무사들이 일제히 자난을 향해 달렸다.

"저, 저, 저, 저것들이⋯⋯. 당장 돌아와서 짐을 지키라!"

자난이 소리쳤다. 그러자 칼바람을 향해 달려들던 무연이 허공에서 몸을 돌려 자난의 앞을 가로막았다. 진나라의 무사들은 두려움을 접고 무연을 향해 달려들었다. 뒤이어 칼바람이 합세했다. 무사들의 도움을 받자 칼바람은 비로소 우위를 점했다. 큰차이는 아니었다. 하지만 목숨이 오락가락하는 칼잡이들의 전투에서 그것은 무척 큰 차이였다. 무연의 상처가 차츰 늘어갔다. 다행히 급소는 모두 피한 상처였다. 손에 땀을 쥐고 있던 아름달의 얼굴은 여전히 먹구름이 가득했다. 칼바람이 죽는 것도 무연이 죽는 것도 어쨌든 아름달은 바라지 않았다. 그것은 다해도 마찬가지였다.

막을 자신이 있는데⋯⋯. 무연님은 절대로 나를 해칠 리가 없는데⋯⋯. 무연님의 공격만 멈추면, 살기만 거두면 칼바람님도 무연님도 모두 살 수 있는데⋯⋯. 발을 동동 굴러본들 다해로서는 천경을 피해 달려 나갈 방도가 없었다.

"아⋯⋯ 안 돼⋯⋯."

연신 하늘을 살피던 아름달이 신음했다. 어둠이 깔리고 있었다. 이미 높이 떠오른 달님이 점점 또렷해졌다. 보름달이었다. 어둠은 삽시간에 짙어졌다. 햇살이 완전히 사라지자 둥근 보름달이 환하게 빛을 발했다. 새하얀 달빛이 쏟아졌다. 무연을 공격하기 위해 쳐들었던 칼바람의 칼이 차가운 달빛을 머금었다. 놀랍게도 그 순간 또 한 번 번쩍 빛이 뿜어졌다. 칼을 쥔 칼바람조차 움찔 놀랄 정도였으나 칼은 저 혼자 원래의 의도대로 무연을 향해 달려 나갔다. 칼바람은 얼른 정신을 수습하고 따라 나갔다.

챙, 요란한 소리와 함께 무연이 허공으로 날았다. 칼바람의 공격을 막았으나 버텨내지 못하고 튕겨나간 것이다. 한참을 멀리 날아간 무연이 흙먼지를 일으키며 요란하게 떨어졌다.

"무연님!"

다해가 소리쳤다. 자신도 모르게 발을 굴러 말을 재촉했으나 다해가 탄 말의 고삐는 천경이 잡고 있었다. 능숙한 천경의 솜씨에 말은 금방 진정했다. 한순간에 발생한 틈으로 진나라 무사들이 진격했다. 그들의 목표는 자난이었다.

"안 돼!"

자난이 소리쳤다. 두려움에 휩싸인 자난이 잽싸게 말고삐를 잡았다. 그러나 그보다 진나라의 무사들이 좀 더 빨랐다.

긴 머리를 단단하게 땋아 내린 젊은 무사가 허공으로 날아올랐다. 그의 칼은 정확히 자난을 노리고 있었다. 무사는 확신했다. 이제 이 모든 상황을 끝내고 영웅이 될 수 있다고.

크아아아—

짐승의 소리가 울려 퍼졌다. 동시에 허공에 떠올랐던 무사는 두 동강이 난 채 툭, 떨어졌다.

흙먼지가 일어났다. 달려들던 무사들 중 선두에 서 있던 자들이 차례로 쓰러졌다. 투두둑, 과거 인간이었던 파편들이 사방에서 떨어져 내렸다. 후미에 있던 자들은 잽싸게 방향을 틀었다. 그 틈으로 칼바람이 끼어들었다. 그러나 역부족이었다. 무연의 칼이 좀 더 빨랐다. 칼바람은 젖 먹던 힘을 다해 방향을 틀어 무연의 칼을 막았다.

역시나 역부족이었다. 공격은 막아냈으나 그것을 또 다른 공격으로 이을 수가 없었다. 무연의 힘은 가공할 만큼 증가해 있었다. 칼바람은 그 힘을 능가할 수 없었다. 간신히 버텨내던 칼바람은 무연의 일격에 그만 그대로 붕, 멀리 날아가 버렸다. 까마득하게 먼 곳까지 날아간 칼바람은 쿵, 요란한 소리를 내며 땅바닥에 떨어졌다. 반짝이는 파편들이 그 위로 후두둑 떨어졌다. 신비술에 걸려 있던 칼바람의 칼은 그렇게 바스러졌다.

칼바람을 향해 내달리는 아름달을 제외하고 모두들 경악을 금치 못했다. 갑작스레 토막 난 무사들 때문이 아니었다. 살아남은 자 모두, 심지어 자난까지도 무연을 보고 있었다.

그곳에 서 있는 것은 무연이었으나 무연이 아니었다. 청록색 눈동자는 온데간데없었다. 그 자리를 황금색 동공이 채우고 있었다. 파충류의 눈이었다. 구부정한 등, 길어진 팔다리, 울퉁불퉁 거칠어진 관절, 이마 위에서 삐쭉삐쭉 살아 움직이는 기묘한 것까지……. 그것은 인간이 아닌 짐승이었다.

그렇게 모두가 기겁하고 있는 가운데 다해는 홀로 아련한 옛일을 떠올렸다.

"저를 보지 마십시오."

어린 시절, 호랑이를 보러 갔던 그날, 비늘이 돋아 있던 무연의 손등……. 눈앞에 서 있는 무연의 손등은 그날과 같은 모습을 하고 있었다.

"후퇴! 모두 후퇴하라! 살고 싶은 자, 당장 젖 먹던 힘을 다해 도망쳐라!"

천경이 다급하게 외쳤다. 진나라의 무사들은 복종했다. 그들은 날쌔게 사방으로 흩어졌다. 운이 좋은 사람들은 근처에서 배회하던 말을 잡아타기도 했다.

천경이 휙 말머리를 돌렸다. 고삐를 잡힌 다해의 말이 휘청거리며 따라 머리를 돌렸다. 다해가 소리쳤다.

"왜 이러십니까!"

"도망쳐야 합니다. 천룡입니다!"

"무연님은 원래 천룡입니다. 무슨 말씀을 하시는 겁니까!"

"세상에 천룡의 영을 담을 그릇은 없습니다!"

다급한 천경은 설명 같은 걸 할 시간이 없는 모양이었다. 그녀는 그대로 말을 몰았다. 다해의 말도 정처 없이 딸려갔다. 꺅, 다해는 비명을 지르며 말 등에 엎드렸다. 흘깃 뒤를 돌아보았다. 무연이 커지고 있었다.

무연이 고통스러운 비명을 내질렀다. 투두둑, 살갗이 늘어나는 골격을 감당하지 못하고 찢어졌다. 무연은 더욱 처절하게 울부짖었다. 짐승의 소리였다. 무연이 고통스러워했다. 그것을 깨달은 순간 다해는 천경이 쥔 말고삐를 휙 잡아챘다. 무방비하게 있던 천경은 그만 말고삐를 놓치고야 말았다.

말의 속도가 줄어들자, 다해는 일말의 망설임도 없이 그대로 뛰어내렸다. 낙법 같은 것은 배운 적이 없었다. 그대로 쿵, 떨어진 다해는 숨을 쉴 수 없었지만, 그래도 벌떡 일어났다. 무연은 시시각각 인간의 형상을 잃어가고 있었다. 내버려 둘 수 없었다. 통증이 밀려왔다. 어딘가 크게 다친 모양이었으나 다해는 개의치 않았다.

"무연님!"

다해가 달려 나갔다. 무연은 허공을 향해 울부짖고 있었다.

"무연님!"

훌쩍, 다해가 뛰어올랐다. 양팔을 활짝 벌린 채였다. 그녀의 앞에는 이제 더는 인간이라 부를 수 없는 형상의 무연이 있었다.

거의 짐승의 형상으로 변해 버렸던 짐승의 눈동자가 데굴 구르더니 다해를 담았다. 그 순간 황금색 눈동자가 푸른빛을 띠었다.

「아씨…….」

기묘한 목소리가 들리고 번쩍, 빛이 폭발했다. 거대한 짐승이 사라지고 그 자리에 무연이 다해를 품에 안고 있었다.

"어찌 그리 무모하십니까?"

"무엇을…… 무모하다 하시는지 모르겠습니다."

"인간의 육신은 천룡의 영을 담지 못합니다. 당연히…….."

다해가 방긋 웃었다. 다소 힘없어 보였지만 무연의 마음을 충분히 어루만져 줄 환한 미소였다.

"전…… 무연님을 믿…… 었을 뿐입니다."

"저의 어디가 그리 믿음직하단 말입니까?"

"……무연님이시니까요."

그것을 끝으로 스르륵, 다해는 그대로 혼절해 버렸다. 말에서
뛰어내리는 와중에 다친 것인지 천룡이 되어 폭주하던 무연에게
당한 것인지 다해는 온통 피투성이였다.

"아씨……."

무연의 눈에서 눈물이 흘러내렸다.

"상처를 봐야 하니 일단 내려두시고 옷부터……."

천경이 흠흠, 민망한 얼굴로 헛기침을 하며 손을 내밀었다. 그
손에 옷가지가 쥐어져 있었다. 자난의 옷이었다. 저 멀리 자난이
속옷 바람으로 헐레벌떡 도망가고 있었다. 무연이 눈살을 찌푸렸
다. 천경이 얼른 끼어들었다.

"내버려 두십시오. 려나라에서도 움직이기 시작했다고 하니 조
만간 죽을 목숨입니다."

무연은 여전히 분기를 가라앉히지 못하고 있었다. 천경은 또
한 번 무연을 다독였다.

"천손이 그리 혼절했는데 또 혼자 두고 가실 생각이십니까?"

비로소 무연의 시선이 품 안의 다해에게로 돌아왔다. 무연의
눈에서 뜨거운 눈물이 흘러내렸다. 살아남은 무사들이 다가왔다.
그중 의술을 배운 자가 있었다. 무연은 조심스럽게 다해를 그자
에게 넘기고 천경이 건넨 옷을 챙겨 입었다. 저 멀리 아름달이 칼
바람을 보살피고 있는 것이 보였다.

"많이 다쳤습니까?"

비록 세뇌당했다고는 하나 무연은 그 와중에 벌어진 모든 일을
기억하고 있었다. 때문에 칼바람이 목숨을 걸고 싸움에 임한 것
을 너무나도 잘 알고 있었다.

천경이 어깨를 으쓱했다.

"천룡을 상대로 겨우 다리 하나라니, 운이 좋았지요."

농이었으나 무연은 웃을 수 없었다.

안 된다고 아무리 외쳐 보아도 세뇌당한 몸뚱이는 무연의 의지를 따라주지 않았다. 의지 없는 몸뚱이가 제아무리 뛰어나다 한들 온전할 리도 없었다. 무연의 육신은 그렇게 칼바람을 감당하지 못하고 스스로 천룡의 힘을 끌어냈다.

모든 것이 생생했다. 온몸이 찢어지고 정신이 아득해지는 느낌, 그 와중에 정말 잠시 잠깐 완전한 천룡이 되었다. 완벽한 평정심이란 놀라운 경험이었다. 더불어 무연은 모든 상처가 말끔히 치유되었고 그 와중에 세뇌까지 풀려 버렸다. 그러나 그것이 끝이었다. 찰나의 평온이 지나가고 무연은 점점 의식을 잃어갔다. 천룡은 인간의 영에 담기지 못하고 결국 그 영을 찢어발겼다.

그런데 돌아왔다. 어떻게 돌아왔는지 알 수 없었다. 어리둥절해하고 있는데 다해의 목소리가 들렸다. 다해가 웃고 있었다. 눈물 젖은 얼굴이었다. 무연은 모든 것을 한순간에 알고 말았다.

"무연님이시니까요."

그리 말했다. 다해는 분명 그리 말했다. 세상에, 이리 무모한 분이 또 어디 있단 말인가? 괴물 같은 모습을 똑똑히 보고도 어찌…….

가슴이 뭉클했다. 사람들과 두루 친하게 잘 지냈으나 그 누구에게도 완전히 마음을 연 적은 없었다. 천룡의 후예들이란 모두가 그러했다. 어느 순간 이성을 잃고 폭주하여 괴물이 될지 모른 다는 불안감이 모든 천룡들의 가슴 깊은 곳에 자리 잡고 있었다. 제아무리 능력이 출중하다 한들, 그 누가 괴물의 반려가 되려 할 까? 그런데 있었다. 괴물을 사랑해 주는 사람이. 아니, 괴물이건 말건 상관없이 무조건 믿어주는 그런 사람이…….

"장군. 이리 좀 와보시는 게……."

다해를 돌보던 무사가 무연을 불렀다. 다가가 보니 다해가 눈을 뜨고 있었다. 무연이 무릎을 꿇고 다해를 일으켜 앉혔다.

"깨어나셨습니까?"

신음하며 간신히 일어난 다해가 생긋 웃었다.

"무연님은요? 이제 괜찮으신 건가요?"

"예. 몸도 마음도 이제 멀쩡합니다."

"다행입니다. 정말 다행입니다."

다해가 눈물을 글썽였다. 무연이 조심스럽게 그녀의 눈물을 닦아주었다. 애틋하기 짝이 없었으나 모두의 무사귀환을 책임지고 있는 천경은 그저 구경만 하고 있을 수는 없었다.

"용영대장도 깨어났으니 이제 출발해야 합니다. 계나라 왕이 포기했으리란 보장이 없으니까요."

다해를 돌보던 무사가 조심스럽게 끼어들었다.

"하지만 말들이 도망을 치고 없습니다. 시신도 수습을 해야 하는데……."

무연은 입술을 깨물었다. 보고 싶지 않은 광경이었다. 길바닥 엔 무연에 의해 죽임당한 진나라 무사들의 시신이 있었다. 무연의 심정을 눈치챈 다해가 그의 손을 꼭 잡아주었다. 따스한 온기를 느낀 무연이 빙그레 웃어주었다.

다행히 주위를 배회하는 말이 몇 마리 있었다. 몇몇은 진나라에서 타고 온 말들이었고 나머지는 계나라 무사들이 타고 있던 말이었다. 천경은 모든 말을 모았다. 그러나 인원이 더 많았다. 더군다나 환자도 있었다.

"환자는 어찌……"

"천손은 내가 모신다."

무연이 다해를 안고 벌떡 일어섰다. 깜짝 놀란 다해가 무연의 목에 팔을 둘렀다. 무연은 뚜벅뚜벅 가장 가까운 말로 향해서는 조심스럽게 다해를 앞에 앉히고 훌쩍, 그 뒤에 자리를 잡았다. 다해의 얼굴은 홍당무가 되어 있었다.

함께 말을 타본 적이 처음인 건 아니었다. 그런데 무언가 달라진 무연의 태도가 묘하게 다해를 부끄럽게 했다. 대체 뭐가 달라진 건지는 뚜렷하지 않았다. 하지만 그 사소함은 자꾸만 다해를 민망하게 했다. 몇몇 진나라 무사들이 쿡쿡 웃으며 두 사람을 흘긋거렸다. 그것을 모를 리 없을진대 무연은 아무렇지 않은 척 말고삐를 잡았다.

"그럼 천손은 되었고 용영대장은……"

진나라 대장이 주위를 둘러보았다. 그중 한 무사가 번쩍 손을 들었다.

"제가 모시겠습니다!"

다른 무사들과 똑같은 칼을 차고 똑같은 옷을 입고 있었지만 손을 든 그녀는 여자였다. 곁에 서 있던 동료들이 크학, 기묘한 웃음소리를 냈다가 그만 당사자에게 걷어차였다. 진나라에서 태어난 여자가 천룡의 후예와 당당히 맞선 사내에게 반한다는 건 어찌 보면 당연한 일이었다. 당연히 진나라에서 태어난 사람들은 모두 그 사실을 익히 잘 알고 있었다.

피식 웃은 천경이 입을 열었다.

"그럼 자네가……."

그런데 칼바람이 끼어들었다.

"난 아름달하고 갈 거다."

칼바람을 부축하고 있던 아름달이 흠칫 몸을 떨었다.

"제가 환자를 데리고 탈 만한 실력이 못 됩니다."

"나 의식 있거든? 약간의 도움만 있으면 충분해."

"하지만……."

"아무리 내가 걸어달란다고 죽을 게 뻔한 술법을 걸어준 책임 은 어떻게 질 건데?"

칼바람이 부러진 다리를 눈짓하자 아름달은 고개를 돌리고 외 면했다. 피식 웃은 칼바람이 팔을 내밀었다. 천경은 순순히 말고 삐를 넘겨주었다.

"잘 잡고 있어라."

칼바람이 아름달에게 말고삐를 넘겼다. 그러곤 말의 안장 앞뒤 를 두 손으로 잡고 순전히 상체의 힘만으로 스스로를 끌어 올렸 다. 그렇게 멀쩡한 왼쪽 다리를 등자에 얹은 칼바람은 안장에 엎 드려 한손으로 다친 다리를 들어 반대편으로 넘기고 자리를 잡았 다. 그 와중에 아름달이 몇 번 도우려 했으나 칼바람은 본 체도 하지 않았다.

말안장에 제대로 자리 잡은 칼바람이 손을 내밀었다. 깜짝 놀란 아름달이 얼른 고개를 흔들었다.

"아, 아닙니다. 저 혼자……."

아름달은 칼바람의 손을 거부하고 홀로 말에 오르기 위해 안
장을 잡았다.

"진나라 사람 다 됐네. 웃전의 명령도 거부하고. 귀찮게스리."

농담인지 진담인지 구분할 수 없는 칼바람의 말에 아름달이
멈칫했다. 칼바람은 그대로 아름달의 팔을 잡고 끌어올렸다. 아
름달은 깃털이라도 되는 것처럼 당겨져 칼바람의 앞에 앉게 되었
다. 칼바람은 오른손으로 고삐를 단단히 움켜쥐곤 왼손으로 아름
달의 허리를 감았다.

그보다 더한 손길도 수없이 당해봤을진대 어째선지 아름달은
깜짝 놀라는 듯 보였다. 그것을 자신에 대한 거부감으로 해석한
칼바람이 쓰게 웃었다.

"균형이나 잘 잡아라. 네가 떨어지면 나도 떨어지는 거니까."

두 사람이 제대로 자리 잡은 것을 확인하자 천경이 명을 내렸
다. 모두들 일사불란하게 흩어져 각자의 말에 혼자 혹은 둘씩 짝
을 지어 올랐다.

그들은 가능한 빨리 말을 몰았다. 그러나 환자가 있는 탓에 올
때처럼 빠를 수는 없었다. 게다가 두 명을 태운 말은 금방 지치기
까지 했다. 결국, 그들은 노숙을 선택해야 했다. 비교적 상처가
적은 무사들이 교대로 불침번을 서기로 했다. 모닥불 옆에 무연
의 도움으로 자리 잡은 다해가 슬쩍 그를 곁눈질했다.

"이상하십니다."

무연은 다해를 위한 자리를 깔고 모포를 손보며 물었다.

"무엇이 말입니까?"

"평소라면 가장 먼저 나서 불침번을 자처하셨을 겁니다. 한데 어찌 일언반구도 하지 않으십니까?"

무연이 빙그레 미소를 지으며 다해를 안아 자리 위에 조심스럽게 눕혔다. 그 손길이 어찌나 다정한지 다해는 또 얼굴을 붉혀야 했다.

"이, 이상한 것은 또 있습니다."

"또 무엇이 이상하십니까?"

무연의 목소리는 한없이 따스했다.

"예전과 달라지셨습니다."

"무엇이 달라졌단 말씀이십니까?"

"저를 대하는 그, 그 목소리나 행동거지 말입니다."

"그것이 느껴지신다니 다행입니다."

훅 치고 들어온 무연의 공격에 다해는 또 숨을 멈춰야 했다. 다해가 편안히 누울 수 있도록 돕고 춥지 않도록 모피까지 덮어준 무연은 놀랍게도 바로 옆에 드러누웠다. 다해의 눈이 토끼처럼 동그래졌다. 다해가 모피자락을 끌어 얼굴을 반쯤 덮었다.

"어, 어, 어찌 이러십니까? 평소 무연님답지 않으십니다……."

모로 누워 한손으로 머리를 받친 무연이 반대편 손을 뻗어 다해의 어깨를 어루만졌다. 다해는 불에 데기라도 한 듯 깜짝 놀라 무연을 쳐다보았다. 그러나 다해를 내려다보는 무연의 눈빛이 어찌나 뜨거운지 그녀는 그만 자신도 모르게 고개를 돌리고 말았다. 한참이나 다해만 보고 있던 무연이 드디어 입을 열었다.

"아씨의 아버님께 죄를 지을 듯합니다."

"무, 무슨 죄…… 입니까?"

"아씨의 행복을 위하겠노라 맹세를 했었지요. 아씨께서 원하신다면 그 누구라도 아씨의 행복을 위해 맺어질 수 있도록 노력해야만 하는 맹세입니다. 하지만 이제 그럴 수 없게 되었습니다."

번쩍 귀가 뜨인 다해가 다시 무연을 마주했다.

"그것이…… 무슨 말씀이십니까?"

눈이 마주친 무연이 따스하게 미소 지었다.

"이제 저는 아씨를 다른 이에게 보낼 생각이 없어졌습니다."

다해가 숨을 멈췄다. 무연은 계속해서 말을 이어나갔다.

"아씨께서 다른 사내를 선택하신다면……."

상상만으로도 괴로운 듯 무연은 고통스러운 얼굴로 다해의 어깨에 머리를 묻었다. 말은 않았지만 다해는 이제 똑똑히 이해했다. 어찌된 영문인지 알 수 없었다. 하지만 기쁘기 한량없었다.

고개를 든 무연이 다시 입을 열었다.

"앞으로 아씨의 마음에 드는 사내가 되기 위해 노력할 것입니다. 그러니 조금만 기다려 주십시오. 다른 사내가 좋다 마시고 부디……."

생긋 지은 다해의 미소에 무연이 말을 멈췄다. 다해가 천천히 팔을 들었다. 전신에 입은 상처 때문에 살짝 눈살을 찌푸린 채였다. 무연이 깜짝 놀라 다해의 손을 잡았다.

"무리하지 마십시오."

그러나 다해는 �꿋꿋하게 팔을 들어 올렸다. 무연은 영문도 모르고 다해의 행동을 도왔다. 다해의 팔이 무연의 어깨에 닿았다. 무연은 얼떨결에 다해에게 끌려갔다. 다해는 그렇게 쪽, 무연의 뺨에 입을 맞췄다. 무연의 눈이 커졌다.

"아…… 씨?"

"참으로 바보십니다. 온 여수가 저와 무연님을 오래전부터 하나로 보고 있었사온데 어찌 그걸 모르실 수 있단 말입니까?"

무연은 여전히 멍한 얼굴이었다.

"제가 삼강오륜을 무시하는 걸 본 적 있으십니까?"

영문을 모르는 얼굴로 무연이 고개를 흔들었다.

"그런 제가 외간사내인 무연님과 계속 함께했습니다. 정녕 이것이 무슨 의미인지 모르신단 말씀이십니까?"

"그럼……."

무연의 얼굴에 조금씩 꽃이 피어났다.

"설마…… 그런 겁니까?"

다해가 새초롬히 눈을 흘겼다.

"그간 제가 얼마나 애태웠는지 아십니까?"

무연이 함박웃음을 지었다. 부드럽게 다해의 어깨를 감싼 무연이 입맞춤을 시도했다. 그러나 다해가 밀어냈다. 상처가 아팠는지 살짝 얼굴을 찡그린 채였다.

"아씨?"

무연은 혼란스러워했다.

"혼례 전에는 아니 될 말이지요. 이제 무연님이 애태우실 차례입니다."

쿡쿡, 무연이 웃음을 지었다.

"좋습니다. 그간 억울하셨던 만큼 실컷 애태우십시오."

"애만 태우다 다른 사내에게 가겠다 하면 어쩌시게요?"

한껏 자세를 낮춘 무연이 다해의 귓가에 속삭였다.

"제가 그 사내를 가만 내버려 둘 것 같으십니까?"

다해의 얼굴이 빨개졌다. 무연의 뜨거운 숨결이 고스란히 느껴진 탓이었다. 다해의 반응이 재미있었는지 무연이 또 쿡쿡 웃더니 그녀가 덮은 모피자락을 한번 추슬러 주었다.

"눈꼴시어서 못 봐주겠네."

모닥불 너머에서 내내 지켜보고 있던 칼바람이 눈살을 찌푸렸다. 온 우주에 단둘뿐이라 착각하고 있던 다해가 얼굴을 붉히더니 획 몸을 돌리려다 신음했다. 무연이 다급하게 괜찮냐 묻고는 칼바람을 매섭게 쏘아보았다.

"아직 환자시네."

"나도 환자거든?"

할 말이 없는 듯 무연은 칼바람의 눈을 피했다.

"빌어먹을, 청진이었으면 나 좋다는 계집이 줄을 서고 기다릴 텐데 이게 무슨 꼴이란 말이냐?"

"그 모두를 스스로 팽개치시지 않았습니까?"

무리하여 말을 몬 탓에 상처가 도진 칼바람을 보살피던 아름달이 무심하게 대꾸했다. 칼바람이 획 고개를 돌렸다.

"그래, 닭 쫓던 개꼴이 된 내가 퍽이나 마음에 들지?"

아름달은 아무 답도 하지 않았다. 도리어 무심코 뱉어냈던 제 발언을 후회하는 중이었다. 무연에 의해 칼바람이 날아갔을 때 자신이 왜 그리 헐레벌떡 그에게로 뛰어갔는지 스스로도 도저히 이해가 되질 않았다. 사내의 손길이 지겨울 법도 하건만 뒤에서 자신을 끌어안은 그 단단한 팔이 왜 자꾸 신경이 쓰인 건지도 알 수 없었다. 깊은 상처에도 그리 고집을 부려 직접 말을 몬 칼바람의 행동도 이해할 수 없기는 마찬가지였다. 혹시? 아주 오래전 잠깐 가졌었던 기대가 삐죽 머리를 내밀었다.

상처를 열심히 돌보면서도 어딘가에다 정신을 흘리기라도 한 듯 보이는 아름달을 보며 칼바람은 칫 고개를 돌려 버렸다. 그때 낯선 여인의 목소리가 끼어들었다.

"저기……."

그녀는 칼바람에게 반한 바로 그 무사였다. 붉게 물들인 뺨이나 눈을 마주치지 못하는 행동거지로, 상열지사에 밝은 칼바람은 대번에 그녀의 마음을 알 수 있었다.

"뭐냐?"

된서리만큼이나 차가운 목소리였음에도 한참을 망설이던 무사는 두 눈을 질끈 감더니 소리쳤다.

"저와 혼인해 주십시오!"

모두의 시선이 일시에 칼바람과 무사에게로 쏠렸다. 동료 무사들은 서로 키득거리고 난리법석을 떨다가 그녀의 매서운 눈초리에 얼른 입을 다물었다.

칼바람이 콧방귀를 뀌었다.

"연애도 아니고 대뜸 혼인하자고? 진나라는 다 이런 식인가?"

"제가 조금 빠른 것은 압니다. 하지만 그만큼 전 진심이라는 걸 말씀드리고 싶습니다."

"그전에 먼저 내가 혼인을 했는지 안 했는지 그것부터 물어봐야 하지 않나?"

무사가 멈칫했다. 그러나 이내 용기를 냈다.

"려나라를 버리셨을 때는 려나라에 있는 부인도 버리신 것으로 봐도 무방하지 않겠습니까?"

칼바람이 한숨을 쉬었다.

"그럼 말을 바꾸도록 하지. 그간 나와 잠자리를 가진 여인이 몇이나 될 거 같은가?"

무사의 얼굴이 홍당무가 되었다. 칼바람이 피식 웃었다.

"기억나는 것만 해도 몇인지 헤아리기가 어렵다. 그만큼 많기 때문이지. 아마 기억나지 않는 것도 그 이상일 것이다. 그리고 잘 알다시피 려나라에선 남녀 관계에 제약이 없다. 난 그 습관을 버릴 생각도 없다."

무사의 눈가에 파르르 경련이 일어났다.

"지, 진나라에서 그런 당신을 받아줄 여자는 없을 겁니다."

칼바람은 그저 어깨를 으쓱할 뿐이었다.

"물론 난 상대가 원하지 않는다면 강제로 관계를 맺을 생각도 없다. 하지만 내가 려나라를 버리고 진나라에 왔듯, 그 반대를 선택하는 여자가 어딘가에 있을 거 같은데?"

무사는 한참을 씩씩거리며 칼바람을 노려보았다. 칼바람은 여유로운 태도로 그녀를 응시했다. 이내 주룩 눈물을 흘린 그녀는 벌떡 일어나 성큼성큼 원래 있던 자리로 돌아가 버렸다. 멀리서 관망하던 동료들이 우르르 몰려와 그녀를 위로했다.

"참으로 매정하십니다. 좀 더 부드럽게 거절하셨어도 되지 않습니까?"

"너도 그랬잖아?"

"예?"

"신관 중에 한 녀석이 너한테 구애하는 거 내가 봤는데?"

아름달의 얼굴이 붉어졌다.

"지, 집에도 아니 계셨던 분이 어찌……."

칼바람이 어깨를 으쓱하더니 아름달의 말투를 흉내 냈다.

"소인을 거쳐 간 사내가 몇인지 소인은 모릅니다. 그런 저를 감당하실 수 있겠습니까?"

순간 칼바람이 으악, 비명을 내질렀다. 아름달이 황급히 죄송하다 연거푸 사죄했다. 칼바람의 놀림에 자신도 모르게 상처를 돌보던 손길이 거칠어진 탓이었다.

"저승 문 넘는 줄 알았네. 너 은근 성깔 있다?"

"아닙니다. 정말로 실수였습니다. 대장께서 제 흉내를 그리 잘 내실 줄은……."

"그때 그 어린 신관 녀석 얼굴이 어땠는지 눈에 선하다. 사내 녀석이 질질 짜더군. 근데 그런 네가 나더러 뭐?"

"치, 치료가 끝났으니 이만 가보겠습니다."

아름달이 벌떡 일어났다. 칼바람이 매섭게 눈을 치켜떴다.

"가버리면 나는? 밤새 목이라도 마르면 이 성치 않은 다리로 절뚝거리며 갔다 마시리?"

질끈 입술을 깨문 아름달은 도로 주저앉았다.

"그럼 자라."

칼바람은 모른 척 눈을 감아버렸다.

아름달은 울상을 짓고 그 옆에 슬그머니 모로 누웠다. 멀리서 훌쩍이는 무사의 울음소리가 들려왔다. 그런 그녀를 달래는 동료 무사들의 목소리도 간간이 섞여 있었다. 한참의 시간이 흐르자 소란스러움도 잦아들고 아름달의 숨소리도 차분해졌다. 칼바람이 슬그머니 눈을 떴다. 잔뜩 웅크린 아름달의 어깨 위로 아무렇게나 흘러내려 바닥에 흩어진 붉은 머리칼이 눈에 들어왔다. 칼바람은 덮고 있던 모피자락을 끌어 아름달을 덮어주었다.

부스럭, 소리가 났다. 칼바람이 고개를 들었다. 그곳에 무연이 서 있었다.

"뭐냐?"

"잠시 다녀올 곳이 있다. 아씨를 부탁한다."

"또 행방불명되시게?"

무연이 쓰게 웃자, 칼바람이 피식 따라 웃었다.

"농이다. 꼭 돌아와라. 너 없어졌을 때 저 녀석, 사람 꼴이 아니었으니."

무연이 새근새근 잠들어 있는 다해를 보았다.

"걱정 마라."

"조심해라."

무연은 그대로 자취를 감추었다.

일홍의 시신을 수습해 온 무사들로부터 달구지에 실렸던 청아의 시신이 어디에 버려졌는지는 들어 알고 있었다. 무연은 소리 없이 달렸다.

암읍 외곽 산기슭에는 죄인의 시신을 버리는 곳이 있었다. 그곳에서 청아를 발견하는 것은 어려운 일이 아니었다. 무연이 슬픈 얼굴로 청아에게 다가갔다. 청아는 여전히 두 눈을 부릅뜨고 있었다. 제 죽음을 인정할 수 없는 듯 보였다. 무연은 천천히 청아의 눈을 감겨주고는 번쩍 들어 올렸다.

깊은 숲속, 무연은 달빛이 잘 비치는 자리를 찾아 땅을 파기 시작했다. 한겨울이 아닌 것이 얼마나 다행인지 몰랐다. 나뭇가지와 돌 등을 이용해 깊은 구덩이를 판 무연은 청아를 반듯하게 눕혔다. 옷자락도 매끄럽게 정리를 해주었다.

뭔가 마음에 들지 않았다. 구덩이를 빠져나온 무연은 물소리를 따라 개울을 찾아낸 후, 겉옷을 벗어 물에 적셔 물기를 꼭 짜서 돌아왔다. 다시 구덩이에 뛰어든 무연은 조심스럽게 청아의 얼굴에 말라붙은 핏자국을 지우기 시작했다. 옷깃을 잘 끌어 칼에 벤 상처는 가려주었다. 이미 바짝 말라붙은 피라 쉬운 일은 아니었으나 무연은 몇 번이나 개울을 오가며 반복했다.

청아는 비로소 생전의 말끔해진 모습이 되었다. 불행히도 표정까지는 무연이 어찌하지 못했다.

무연은 묵묵히 구덩이를 덮었다. 봉긋한 봉분을 만들고 잔돌을 주워 빼곡하게 덮은 무연은 바르게 선 자세로 고개를 숙이고 한참 동안 침묵했다.

그것이 끝이었다. 그걸로 청아에 대한 마음은 완전히 종지부를 찍었다. 붉게 물든 옷을 말끔하게 헹궈 다시 걸친 무연이 새처럼 날아올랐다.

어느덧 아침 해가 떠올랐다. 저 멀리 웅성웅성 모여 있는 일행이 보였다.

모두가 잔뜩 걱정하는 얼굴을 하고 있는데 다해 홀로 아무렇지 않은 표정으로 아름달의 도움을 받아 떠날 채비를 하고 있었다.

홀쩍, 무연이 다해의 앞에 착지했다.

"무연님!"

다해가 환히 웃으며 무연을 반기더니 주위를 둘러보았다.

"보세요. 금방 오시지 않았습니까?"

천경이 한숨 쉬며 다가왔다.

"대체 어디를 다녀오신 겁니까? 얼마나 걱정했는지 아십니까?"

무연이 칼바람을 보았다. 칼바람이 어깨를 으쓱했다.

"아니, 금방 돌아온다고 했다는데도 저리 걱정들을 하더라니까?"

칼바람에게 머물던 무연의 시선이 다시 다해에게로 향했다. 무연이 꾸벅 고개를 숙였다.

"걱정 끼쳐 드려 죄송합니다. 생각보다 일이 늦었습니다."

"전 걱정하지 않았습니다. 금방 돌아오실 거라 믿고 있었습니다."

"어찌 그리 생각하셨습니까?"

다해가 생긋 웃었다.

"무연님이시니까요."

무연은 흐뭇한 얼굴로 다해를 안아 올렸다.

여기저기서 또 에이, 하는 소리들이 들려왔다. 그러거나 말거나 무연은 다해와 함께 말에 올랐다.

칼바람도 아름달의 도움을 받아 말에 올랐다. 전날 무리한 탓에 밤새 끙끙 앓은 터라 이번엔 고삐도 등자도 아름달에게 양보하고 칼바람은 짐짝처럼 그녀의 등에 기댔다. 아름달은 못내 불안한 얼굴이었다.

"걱정 마라. 정신을 잃거나 하기 전엔 절대로 떨어지지 않을 테니. 나 용영대장이다."

결국 아름달은 어쩌지 못하고 조심스럽게 말을 몰았다.

다행스럽게도 일행은 아무 문제없이 진의 군대를 만났다. 그렇게 무사히 가람에 도착했다. 삼만 대군을 다시 본래의 자리로 돌려놓고 내가람에 출입이 허가된 최소의 인원으로 나루터에 도착했다. 황제는 친히 무연 일행을 찾아 몸조리부터 하라 마음을 써주고 가장 먼저 배에 올라 내가람으로 향했다. 다해 일행은 기다렸다가 돌아온 나룻배에 두 번째로 올랐다.

다해는 여전히 도움이 필요한 상태였다. 뼈와 장기가 상하지는 않았으나 크고 작은 상처가 여기저기 많은 데다 기력이 쇠한 탓이었다. 하여 무연은 다해를 조심스럽게 안은 채 자리를 잡았다. 이제는 그 누구도 야유 비슷한 것조차 보내지 않았다. 암읍에서 돌아오는 내내 사실상 무연은 다해를 한 번도 놔준 적이 없었는데 아무리 야유와 타박을 퍼부어도 눈 하나 깜빡하지 않았다.

드디어 나룻배가 날아올랐다. 바위거인을 발견한 다해가 근심 어린 표정을 지었다. 그것을 놓칠 리 없는 무연이 물었다.

"어찌 그러십니까?"

"하늘의 선택을 받은 제가 인간으로 환생한 신을 찾는다 했지요."

"예. 오직 천손만이 찾을 수 있다 하였습니다."

"그 후에 함께 천도제를 지내면 저주가 풀린다고 들었습니다."

무연은 묵묵히 경청했다. 귀밑머리를 간질이는 산들바람에 잠깐 눈을 감았다 뜬 다해가 다시 말을 이어나갔다.

"하지만 뭔가 이상합니다."

"무엇이 이상하십니까?"

"신을 살해한 죄로 신에게 저주를 받은 거라 하였습니다. 하지만 살해된 그 순간 환생의 굴레에 끼어버린 신이 무슨 수로 저주를 내렸을까요?"

"신의 능력을 감히 우리 인간들이 무슨 수로 예측할 수 있겠습니까?"

"기이한 것은 또 있습니다."

"또 무엇입니까?"

"진짜 천손임을 확인한 후······."

다해가 눈살을 찌푸렸다. 다해를 품에 안은 무연의 손길이 억세진 탓이었다.

"설마, 벌써 확인하신 겁니까?"

다해는 생긋 미소 지었다.

"예. 스스로 연못에 뛰어들었고 이렇게 살아 남았······."

무연이 와락 다해를 끌어안았다.

"어찌 그리 무모하십니까? 죽을 수도 있는 일이었습니다. 아씨가 사라졌다면 저는······. 저는······."

무연의 목소리는 침통하기 짝이 없었다. 다해가 부드럽게 무연을 일깨웠다.

"전혀 무모한 일이 아니었습니다."

"어찌 그리 생각하십니까?"

"무연님께서 절 선택하시지 않았습니까?"

무연은 그만 실소를 터뜨리고 말았다.

"또 '무연님이시니까요.'인 겁니까?"

다해가 활짝 웃었다. 그 미소 덕분에 무연은 다해를 잃을 수도 있다는 고통에서 완전히 해방되었다.

다해가 다시 바위거인을 향해 고개를 돌렸다.

"천녀 유화가 진정 바랐던 것은 무엇일까요?"

"그것은 오직 유화만이 알겠지요."

다해가 조용히 침묵했다. 그날 이후 드문드문 묘한 꿈을 꾸었다. 꿈을 꾸는 와중에는 알지 못하나 깨어나서 곰곰이 생각해 보면 모두가 이어진 하나의 이야기였다. 그리고 다해는 그것이 저주와 관계있으리라 확신했다. 문제는 꿈의 내용과 진나라에서 알고 있는 저주에 대한 내용은 묘하게 아귀가 맞지 않는 느낌이었다.

홀로 고민에 빠져든 다해를 물끄러미 바라보던 무연이 입을 열었다.

"너무 걱정하지 마십시오."

다해가 고개를 돌렸다. 무연은 부드럽게 미소 지었다.

"아씨께서는 꼭 해답을 찾아내실 겁니다."

"어찌…… 그리 확신하십니까?"

"'무연님'이 그리 말했으니까요."

멍한 얼굴로 무연을 바라보던 다해가 이내 활짝 웃었다.

"예. 무연님이 그리 말씀하셨으니 틀림이 없을 겁니다."

말을 마친 다해가 깔깔깔 크게 소리 내어 웃었다. 나룻배 여기저기에서 깊은 한숨소리들이 들려왔다.

다해가 눈을 뜬 곳은 무연의 집 별당이었다. 아랫목에 누워 있는 다해의 옆에 무연이 앉은 채로 눈을 감고 있었다.

다해는 조용히 무연의 얼굴을 바라보았다. 여수 별당에서는 단 한 번도 무연이 방까지 들어온 적이 없었다. 모친의 지엄한 명 때문이었다. 그런데 지금 바로 그 무연이 곁에 있었다. 그것도 무방비한 상태로 꾸벅꾸벅 졸면서.

바람이 살랑 불어왔다. 무연의 청록색 머리칼이 한들거렸다. 간지러운 것인지 무연이 살짝 인상을 썼다. 다해는 숨죽여 미소 지었다. 바람 한줄기가 또 불어왔다. 머리칼도 또 살랑였다. 무연이 살짝 고개를 흔들었다. 장난기가 발동한 다해가 슬그머니 팔을 들었다. 그리고 고개 숙인 무연에게서 흘러내린 머리칼을 살짝 흔들어 무연의 뺨을 간질였다. 이번에도 무연은 고개를 흔들었다. 웃음을 참은 다해가 또 한 번 팔을 내밀었다. 무연의 입꼬리가 부드럽게 올라가는 것과 동시에 다해의 손은 어느새 그의 손아귀에 갇혀 있었다.

"즐거우십니까?"

"깨어…… 있으셨어요?"

"처음부터 자고 있던 것이 아니었습니다."

"하면 무얼 하고 계셨습니까?"

"옛 생각을 하고 있었지요."

"제 생각은 아니하셨습니까?"

무연이 작은 웃음을 터뜨렸다.

"단 한 순간도 아씨 생각을 하지 않은 적이 없습니다."

너무나도 당당한 반응에 되레 질문한 다해가 얼굴을 붉히며 슬그머니 이불을 끌어당겼다. 눈만 빼꼼 내민 다해의 머리칼을 어루만지며 무연이 다시 입을 열었다.

"옛 생각을 하고 있었습니다. 여수에서 한 번, 아씨를 잃었다 여긴 적이 있었습니다. 사당놀이패가 왔던 바로 그날, 하필이면 왜구의 습격이 있었지요."

"기억납니다. 열넷이었던가요 셋이었던가요?"

"열넷이었을 겁니다. 아씨께서 어찌나 사당놀이를 보고파 하시는지 전 그냥 있을 수 없었지요. 또 마님께 호되게 혼이 날 것을 알면서도 데리고 나가지 않을 수가 없었답니다."

"늘 그러셨지요. 어머님께 잘 보이셔도 모자랄 판인데 말입니다."

"아씨도 늘 그러셨지요. 그 가녀린 종아리가 여태 남아 있는 게 신기할 지경입니다."

두 사람은 서로를 마주 보고 웃음 지었다. 다해가 일어나고 싶어 하자 무연이 얼른 그녀를 도왔다. 무연은 당연하다는 듯 다해의 뒤로 자리를 옮겨서는 다해가 기댈 수 있게 해주었다. 무연의 도움에 편안히 자리 잡은 다해가 물었다.

"그날, 저를 잃은 줄 아셨습니까?"

"기억하십니까? 아씨를 발견한 제가 눈물을 흘렸던 것을 말입니다."

"기억합니다. 어째선지 다시 돌아온 무연님은 울고 계셨지요."

무연이 눈을 감았다. 바로 그날의 일이 생생하게 펼쳐졌다.

한참 외줄타기를 구경하던 중이었다. 무연은 눈을 빛내며 구경하는 다해를 흐뭇하게 보고 있었다.

"왜, 왜구다!"

갑자기 비명소리가 들렸다. 창검을 든 왜구 열댓 명이 포효하며 뛰어들고 있었다. 삽시간에 장터는 엉망진창이 되었다. 모두가 비명을 지르며 사방팔방 흩어졌다.

"가셔야 합니다."

무연은 다해에게 묻지도 않고 번쩍 들어 안으려 했다. 그런데 다해가 소리쳤다.

"안 돼!"

다해의 시선을 따라가 보니 중년의 사내가 왜구의 칼에 쓰러지고 있었다.

다해가 무연을 밀어냈다. 무연이 다해를 보았다. 다해는 울고 있었다.

"아씨?"

"사람들을 구해주세요."

"하오나 아씨께서……."

"숨어 있을게요. 머리털 하나 보이지 않게 꼭꼭 숨어 있을게요. 제발 사람들을 지켜주세요."

"하오나……."

무연이 재차 거절하려는데 다해가 그의 옷깃을 움켜쥐었다.

"제발……."

다해의 두 눈은 눈물이 가득 차 있었다. 무연은 도저히 그 눈물을 외면할 수가 없었다. 무연이 훌쩍 뛰어 올랐다. 인기척 없는 헛간을 찾아낸 무연이 자물쇠를 부수고 문을 열었다.

"잘 숨어 계십시오. 얼마 걸리지 않을 겁니다."

"예. 전 무연님이 오실 때까지 한 발자국도 움직이지 않겠습니다."

무연은 발길이 떨어지지 않았으나 갈등하느라 시간을 지체하느니 한시라도 빨리 해치우는 게 낫겠다 싶어 훌쩍, 다시 허공으로 솟구쳤다.

"그렇게 왜구를 처리하고 돌아왔는데 아씨를 숨겨두었던 곳이 엉망진창이었습니다. 문도 활짝 열려 있었죠. 전 그대로 바닥에 주저앉았습니다. 다리에 힘이 풀려 도저히 서 있을 수 없었죠. 그러다 뒤주를 보았습니다. 혹시나 싶어 열어보았더니 거기에 계셨습니다. 그때 제 심정이 어땠는지 아십니까?"

"운이 좋았습니다. 인기척이 들리기에 뒤주로 들어갔지요. 왜구가 헛간을 뒤지기 시작했지만 다행히 더 큰 소란이 벌어지는 통에 뒤주까지는 열지 않더라고요."

"제가 얼마나 놀랐는지 아십니까? 한데 아씨는 환히 웃으시며 이리 말씀하셨습니다. '하란 대로 꼭꼭 숨어 있었습니다. 꼼짝도 하지 않았습니다.'라고."

무연이 조심스럽게 다해를 꼭 안아주었다.

"대체 아씨에게 두려움이란 무엇입니까?"

다해가 살포시 미소 지었다.

"전 그저 무연님을 믿고 있었습니다. 모든 왜구를 물리쳐 여수 사람들을 구하고 금방 돌아와 저도 데려가실 거라고 믿어 의심치 않았지요. 덕분에 하나도 무섭지 않았습니다."

"대체 저의 어디가 그리도 믿음직하단 말입니까?"

다해가 생긋 눈웃음을 지었다.

"그래서 무연님을 두고 바보라고 하는 겁니다."

무연이 고개를 숙이며 다해를 꼭 안아주었다.

"그러게나 말입니다. 어찌 그걸 몰라보았는지 모르겠습니다."

한껏 편안한 얼굴로 무연에게 모두를 맡긴 다해가 답했다.

"이제라도 아셨으니 다행이지요. 정말 눈물 없이는 되새길 수 없을 시간이었답니다."

"다 갚아드리겠습니다. 그러니 어서 쾌차하세요."

"낫고 싶지 않습니다."

"어찌 그리 말씀하십니까? 제 마음이 아픈 것이 그리 좋으십니까?"

"몸이 다 나으면 이제 저를 두고 매일 입궁하실 것 아닙니까? 그리되면 하루 종일 그리워 어찌 산단 말입니까?"

이제 다해는 더는 마음을 감추지 않았다. 무연은 무엇이 그리 좋은지 함박웃음을 지었다.

"원하신다면 세상만사 모두 접고 아씨와 단둘이 산속에라도 들어가겠습니다."

작은 새처럼 한번 소리 내어 웃은 다해가 새침을 떨었다.

"그건 두고 볼 일이지요. 세상은 넓고 사내는 많으니 무연님보다 더 잘난 사내를 만나 그에게 혼인을 청할지도 모를 일 아니겠습니까?"

무연의 얼굴에 먹구름이 드리워졌다.

"제발, 그런 말은 마십시오. 상상만 해도 심장이 떨어져 나가는 기분입니다.”

경쾌한 웃음소리가 바람을 타고 별당 전체로 퍼져 나갔다. 무연은 놀림당한 것을 깨닫고는 평온을 되찾았다.

어느새 웃음을 거둔 다해가 무연의 뺨을 보듬었다. 무연은 가만히 두 눈을 감고 다해의 손길을 즐겼다. 살그머니 몸을 일으킨 다해가 무연에게 입을 맞췄다. 무연의 눈동자가 반짝거렸다. 다해가 미소 지었다. 무연이 고개를 숙였다. 그러나 무연의 시도는 다해에게 막히고 말았다.

“혼례 전엔 저만 할 수 있습니다. 그간 저를 애태우신 벌입니다.”

무연은 안타까운 얼굴이었다. 그러나 이내 다시 미소를 지었다.

“예. 얼마든지 받아들이겠습니다. 그러니 어서 쾌차하세요. 쾌차하셔야 날을 잡고 혼례를 올릴 것 아닙니까?”

또 맑은 웃음소리가 방을 가득 채웠다. 무연은 흐뭇한 얼굴을 했다. 웃음을 지운 다해가 두 눈을 감더니 무연의 품을 파고들었다.

“피곤하네요.”

“기력이 너무 쇠하셨습니다.”

상처는 둘째치고 전속력으로 달리는 말 위에 매달린 채 긴 시간을 보내는 것만으로도 다해에겐 이미 무리였다. 그 기력을 다 되찾기도 전에 상처를 입고 또 긴 여행을 해야 했으니 체력이 떨어진 것은 당연한 일이었다.

무연은 다해가 편히 쉴 수 있도록 천천히 눕혀주었다. 자리를 잡기 무섭게 다해는 곯아떨어졌다. 걱정스러운 얼굴로 물끄러미 다해를 바라보던 무연이 고개를 숙였다. 조심스럽게 다해의 이마에 입을 맞춘 그가 중얼거렸다.

"어서 쾌차하시옵소서."

잠결에 그 말을 듣기라도 한 건지 다해가 으으응, 알 수 없는 반응을 보였다. 빙그레 웃은 무연은 다해의 이불을 한 번 더 추슬러 주고는 밖으로 나왔다. 대청마루에 천경이 있었다.

"잠이 드셨습니까?"

"그래. 어째서 기척을 않고?"

천경이 세상만사 다 통달한 표정을 짓고 능청을 떨었다.

"세상 그 누가 두 분 틈바구니에 끼어들 수 있을까요? 이 닭살 돋아난 것 좀 보십시오."

임무 수행 중에는 영락없는 위가의 무신이었건만, 단둘이 있는 지금, 천경은 삼촌에게 농을 건네는 조카의 모습을 하고 있었다. 무연 또한 정말로 조카에게나 보일 법한 인자한 미소를 지었다.

"그래서 칼바람은? 병간호할 사람은 있다던가?"

"함께 온 신비술사가 살뜰하게 보살피고 있으니 걱정하지 않으셔도 될 것 같습니다."

"그래도 혼자서는 힘들 것이니 종종 사람을 보내 살피도록 하게."

"이미 알아서 다 하고 있으니 천손이나 챙기시지요."

천경이 눈을 흘겼다.

"걱정 마라. 내 알아서 다 할 것이니."

"그럼 전 진짜 닭이 되기 전에 물러가옵니다."

"오냐. 쉬거라."

무연이 훠이훠이 물러가라 손짓했다. 천경은 깔깔깔 어린아이처럼 웃으며 별당을 떠났다.

실낱같은 방해도 없는 평화로운 나날이 하루하루 지나갔다. 그리고 하늘의 보살핌이 있었는지 다해는 놀랍도록 빠르게 회복되어 어느덧 완전히 건강한 모습이 되었다. 그 소식은 곧바로 황궁에 알려졌다. 만백성의 눈과 귀가 다해에게 향해 있었다. 황궁도 그것을 모르지 않았다. 하여 드디어 다해와 무연에게 입궁하란 명이 내려졌다.

단정히 준비를 마친 다해가 방을 나섰다. 대청마루에서 기다리던 무연이 환히 웃으며 다해를 반겼다.

"마치셨습니까?"

"이상하지는 않습니까?"

다해는 진나라의 옷을 입었으나 댕기 머리를 하고 있는 참이었다. 혼인 전에 올림머리를 한다는 것이 못내 마음에 들지 않은 탓이었다. 다해의 물음에 무연이 활짝 웃었다.

"고우십니다."

생각 같은 건 할 틈도 없이 뱉어낸 답이었다. 다해가 한숨을 폭 내쉬었다.

"괜히 물었네요. 어서 가요. 기다리시겠어요."

다해와 무연은 사이좋게 집을 나섰다.

배를 타고 황궁으로 가는 길은 고즈넉했다.

내가람은 시끄러운 법이 없었다. 계절이 바뀌자 내가람의 모든 조각배에 차양이 설치됐다. 덕분에 뱃길은 더욱 상쾌했다.

내가람은 커다란 섬 하나와 작은 섬 하나로 이루어져 있었다. 작은 섬이 바로 황궁이었다. 섬과 섬을 잇는 것은 기다란 다리로, 걸어서 이동할 수 있는 길 좌우에 배를 타고 이동할 수 있는 수로가 함께 있었다. 수로도 길도 제법 넓은 데다가 가장자리엔 별도의 난간과 가로수가 빼곡한 덕분에 고소공포증을 가진 자라하더라도 편안히 다닐 수 있는 길이었다.

배에서 내린 두 사람 앞에 백여 개에 달하는 계단이 모습을 드러냈다. 그러나 두 사람은 망설임 없이 첫발을 내디뎠다. 그 순간 놀랍게도 두 사람은 마지막 계단 위에 서 있었다.

"사람들이 진나라를 왜 신의 나라라 여기는지 종종 이해하게 됩니다. 올 때마다 맞닥뜨리는 계단인데도 매번 놀라우니 말입니다."

신비술을 칭송하며 려나라만 한 곳이 없다고 입에 침이 마르도록 떠들던 그리매가 떠올랐다. 이제 다해는 그것이 진나라에 대한 자격지심에서 비롯된 것임을 알 수 있었다.

무연은 살뜰하게 다해를 인도했다. 다해는 그저 몇 번 와본 게 전부라 황궁 내부 지리를 잘 알지 못했다.

황궁도 내가람만큼이나 한 폭의 채색화가 밖으로 튀어나온 듯 고즈넉하고 아름다웠다. 이따금 오가는 사람들이 있었지만 그들도 도시만큼이나 조용한 것이 꼭 신선이나 선녀라 해도 믿을 법했다.

한참을 걷다 보니 아름다운 꽃나무가 보기 좋게 자리 잡은 정원이 모습을 드러냈다. 새소리가 청량감을 더하는 정원 한쪽에 팔각정자의 기와지붕이 모습을 드러냈다.

"기와지붕이 아닙니까?"

곱게 휜 처마, 겹겹이 자리 잡은 묵빛 기와, 그것은 틀림없이 내가람에서 볼 수 없었던 기와지붕이었다.

"폐하께서는 다양한 문화를 사랑하는 분이시지요. 하여 이렇게 황궁 이곳저곳에 이국의 풍경을 재현해 놓곤 하십니다. 이곳은 특히나 폐하께서 사랑하는 정원이지요."

연못이 모습을 드러냈다. 그 위에 자리 잡은 것은 자그마한 정자였다. 그곳에 홀로 앉아 바람을 즐기고 있는 것은 분명 황제였다.

다해와 무연은 정자와 이어진 무지개다리를 통해 정자로 다가가 황제를 배알했다.

"홍연천랑 위무연, 폐하를 뵈옵니다."

정중히 예를 취하는 무연의 곁에서 다해 또한 깊이 허리를 숙였다.

"그런 예가 싫어 이곳에서 보자 하였거늘, 어서들 올라오세요."

황제는 인자한 미소를 머금고 두 사람을 향해 손짓했다. 다해와 무연은 사이좋게 정자에 올라 황제의 맞은편에 자리를 잡았다.

황제가 다해를 향해 물었다.

"몸은 어떠십니까?"

"걱정해 주신 덕분에 쾌차하였습니다."

"우리 때문에 이리 고생을 하게 되셨으니 무어라 드릴 말씀이 없습니다."

"전부 제 선택이었으니 너무 마음 쓰지 않으셔도 됩니다."

"청하지 않았으면 선택하실 일도 없었을 게 아닙니까? 원하는 게 있으시면 뭐든지 말씀하세요. 제가 들어드릴 수 있는 거라면 얼마든지 들어드릴 테니까."

"당장은 원하는 게 없습니다. 그저 하루빨리 저주를 풀고 진나라가 안정되길 바랄 뿐입니다."

"겸손하기까지 하시니 우리 진나라가 참으로 큰 복을 받은 모양입니다."

"과찬이십니다."

한 치의 흐트러짐도 없이 황제를 배알하는 다해를 보며 무연이 흐뭇한 미소를 머금었다. 물끄러미 무연을 바라보던 황제가 농을 걸었다.

"위 장군. 천손의 얼굴에 구멍이 나겠습니다."

무연이 다급히 고개를 돌리곤 어색하게 헛기침을 몇 번 했다. 황제가 빙그레 웃었다.

다기를 든 시녀가 다가와 탁자 위에 차려놓고는 돌아가 버렸다. 무연은 당연하다는 듯 무릎을 꿇고 앉아 조용히 차를 우려냈다. 황제와 다해는 묵묵히 무연의 손짓을 지켜보며 차향을 음미했다. 비로소 석 잔의 차가 각각의 앞에 놓이고 황제가 입을 열었다.

"천손께서는 저주에 대해 신관들의 해석과 조금 다른 의견을 갖고 계시다고 들었습니다. 혹 어떤 점이 그러한지 들어볼 수 있겠습니까?"

다해는 고개를 숙여 예를 취했다.

"그날 이후 계속 꿈을 꿉니다. 단편적인 것에 불과하지만 하나하나 짜 맞출 수 있는 이야기였지요. 제가 본 바에 따르면 살해당한 것은 신이 아닌 왕이었습니다. 저주를 내린 것은 왕의 반려인 천녀 유화였지요. 도리어 살해당한 왕은 죽어가면서 유화가 내린 저주를 깨뜨리고자 했습니다."

"확실히 신관들의 해석과 다르군요. 하면 천손의 해석은 어떠합니까?"

다해는 조용히 찻잔을 들었다. 복잡한 표정을 하고 있었다. 한 모금 차를 마신 다해가 잔을 내려놓으며 무연을 힐끔거렸다. 황제가 작게 웃음 지었다.

"이 와중에도 위 장군이 그리 좋으십니까?"

다해가 콜록콜록 기침을 해댔다. 사레가 들린 모양이었다. 무연이 침착하게 손수건을 내밀고 다해의 등을 쓸어주었다. 황제는 쿡쿡거리며 웃음 지었다. 연신 기침을 해대던 다해가 가까스로 진정된 듯, 다시 입을 열었다.

"솔직히 제 판단이 옳은지 잘 모르겠습니다."

"어째서 그리 생각하십니까?"

"아직 모든 진실을 알게 된 것도 아닐뿐더러 무엇보다도……."

다해가 또 무연을 보았다. 눈이 마주친 무연이 빙그레 미소 지어주었다. 다해가 얼굴을 붉히며 고개를 돌렸다.

"꿈속에서 살해당한 왕은 무연님의 얼굴을 하고 있었습니다. 또한 천녀 유화는 저와 같은 얼굴을 하고 있었지요. 한데……."

황제가 다소 놀란 얼굴을 했다.

"천손이 유화의 환생이고 위 장군이 살해당한 왕의 환생이라 이겁니까?"

다해가 고개를 흔들었다. 그녀의 빨개진 얼굴이 더욱 심하게 붉어졌다.

"그, 그것이…… 제 사심이 끼어들어 그리 된 것이 아니라고 장담할 수가 없어서……."

다해는 말을 끝맺지도 못한 채 폭 고개를 숙여 버렸다. 민망한 모양이었다. 무연은 뭐가 그리 좋은지 소리 없이 웃음 지었다. 반면, 황제는 큰 소리로 웃음을 터뜨렸다.

"하하하, 이런, 이런, 이를 어찌하면 좋습니까? 천손의 마음속에 온통 위 장군이 들어차 있으니?"

자꾸만 터져 나오는 웃음을 주체하지 못하던 황제는 한참이 지나서야 가까스로 평정을 되찾았다.

"자, 그럼 우선 두 사람의 문제부터 해결해야겠군요."

다해가 부끄러워하는 와중에도 살며시 걱정스러운 표정으로 물었다.

"하오나 한시바삐 저주를 풀어야 하지 않겠습니까?"

황제가 고개를 저었다.

"불행 중 다행한 사실은 병에 걸린다 해도 제 수명을 모두 다 채운 후에야 죽는다는 것이지요. 천룡들은 알다시피 수명이 깁니다. 조급해하지 않아도 됩니다."

"하오나……."

어느덧 다해는 부끄러움을 모두 잊고 진심으로 진나라를 걱정하는 얼굴이었다. 황제가 무연을 향해 활기차게 명했다.

"자, 위 장군, 우리 우선 위 장군의 혼례 문제에 대한 이야기를 나누어야 할 듯싶군요. 어떠한가요?"

"폐하의 고견, 경청하겠습니다."

다해의 얼굴이 또 새빨개져 버렸다. 그러나 황제와 무연은 아무렇지 않은 듯, 계속 대화를 이어나갔다.

"법도대로 하자면 천손을 친정으로 돌려보내야 하는데 조선은 너무 멀지 않습니까? 하여 내가 천손의 친정 모친을 대신할까 하는데 어찌 생각하십니까?"

"폐하의 은혜 감사하오나, 부디 용서하소서."

"거절하시는 겁니까?"

"송구합니다."

무연은 고개를 숙여 사죄를 표했다. 황제가 고개를 돌려 다해를 보았다.

"천손의 생각은 어떠십니까? 혼례가 준비되는 동안 황궁에 머무는 것 말입니다."

부창부수라더니 다해 또한 정중히 고개를 숙이더니 용서를 구했다.

"송구하옵니다."

"혹 이유를 물어도 되겠습니까?"

황제가 조금 무안한 얼굴이었기에 다해는 민망해하며 잠시 망설이다 조그맣게 답했다.

"그 기간 동안 떨어져 있어야 하니까요."

황제가 너털웃음을 터뜨렸다.

"설마 위 장군도 그런 이유입니까?"

무연은 작게 고개를 끄덕이며 미소 지었다. 황제는 또 한번 크게 웃었다.

"이거야 원, 천경의 보고가 사실이었나 봅니다. 한순간도 떨어지질 않고 닭살 행각을 일삼아 가출을 하고 싶게 한다더니, 그 잠깐 떨어지는 것이 그리도 싫습니까?"

무연이 정중히 답했다.

"정식으로 혼례를 준비하는 기간이 잠깐이라 할 수는 없지요. 그사이 얼굴도 못 보고 지낼 수는 없습니다."

경쾌한 황제의 웃음소리가 연못 위로 퍼져 나갔다.

"좋습니다. 두 분의 의견을 존중하지요. 하지만 도움이 필요하다면 언제든지 요청하세요. 내 성심성의껏 도울 것이니."

"폐하의 마음, 감사히 받겠나이다."

무연과 다해는 정중히 예를 취했다. 황제가 다해를 보았다.

"위 장군과 긴히 할 이야기가 있는데 잠시 자리를 피해줄 수 있겠습니까?"

다해는 황제의 청을 거절하지 않았다. 무연과 가볍게 눈인사를 나눈 다해는 정중히 황제에게 예를 취한 후 연못 가장자리 꽃밭을 구경하러 갔다. 그런 다해가 다리를 다 건너도록 바라만 보고 있던 황제가 심각한 얼굴이 되었다.

"려에서 온 용영대장과 신비술사는 어찌 지내고 있습니까?"

"생각보다 사이좋게 잘 지내고 있다 하옵니다."

"위 장군과의 사이는 어떠합니까?"

가만히 생각하던 무연의 입 꼬리가 부드럽게 휘었다.

"이제는 서로 간에 믿고 의지할 수 있지 않을까 싶습니다."

암읍에서의 전투. 무연은 칼바람에게서 무사들끼리 통하는 그 무언가를 그날 얻었다고 확신했다.

"하면 려나라에 대해 묻는 것도 가능하겠군요."

무연의 얼굴도 비로소 심각해졌다.

"무슨 문제가 있으십니까?"

"려나라에서 사신을 보내겠다고 연락이 왔습니다."

"사신이요?"

무연은 이해할 수 없었다. 두 나라는 같은 하늘 아래 절대로 공존할 수 없다고 여겨질 만큼 앙숙이나 다름이 없었다. 당연히 그 긴 역사를 통틀어 단 한 번도 사신단이 오간 적은 없었다.

"그래서 허락하셨습니까?"

"허락하지 않을 이유가 없지요. 만에 하나 평화를 원하는 거라면 그보다 더 좋은 일은 없을 테니까요."

"평화 협정을 원한다고 한 것입니까?"

황제가 고개를 흔들었다.

"그렇지는 않습니다. 이유는 밝히지 않더군요. 그저 중대한 문제이니 직접 말하겠다고 했습니다. 하여 그 둘에게 려나라에서 무슨 생각을 하고 있는지 물어볼 수 있느냐 한 것입니다."

"하오나 두 사람 또한 려나라를 떠난 지 오래라 자세한 사정을 알기란 어렵지 않겠습니까?"

"자세한 사정을 알고자 하는 것이 아닙니다. 그저 우리는 이해하지 못하는 려나라의 풍습과 사고를 잘 알고 있으니 사소한 도움이라도 받아보자는 것이지요."

이제 황제의 의중을 완벽하게 이해한 무연이 절도 있게 고개를 숙였다.

"명 받들겠나이다."

다짐을 받은 황제는 비로소 활짝 웃으며 무연을 떠나보냈다. 다리 너머에서 기다리던 다해가 환한 미소로 무연을 반겼다.

갈 때는 배를 탔으나 올 때는 걷기를 원한 다해 덕분에 두 사람은 황궁과 내가람을 이은 한적한 다리를 산책하듯 느릿느릿 거닐었다. 말 한마디 없었지만 두 사람의 얼굴에선 내내 미소가 떠나지 않았다. 다리의 중간 즈음에서 갑자기 무연이 멈추어 서더니 훌쩍 수로 너머 난간의 꽃나무 가지를 꺾어 돌아왔다. 다해는 수줍은 얼굴로 꽃가지를 받아들었다.

"자두꽃을 닮았네요."

"천화입니다."

"천화요?"

"예. 천화는 사시사철 변함없이 꽃을 피웁니다. 한겨울에도 아름답지요. 하여 관상용으로 많이들 심습니다. 또한 꽃이 진자리에 맺힌 손톱만 한 열매는 그 크기는 작지만 어찌나 달콤한지 싫어하는 이가 없지요."

"한겨울에도 피어나는 꽃이라니……. 믿을 수가 없네요."

"더욱 중요한 것은 따로 있습니다."

다해는 잔뜩 궁금한 얼굴로 무연을 올려다보았다. 무연은 따스한 눈빛으로 다해와 눈을 맞추었다.

"사시사철, 눈이 오나 비가 오나 바람이 부나 변함없이 하얀 꽃송이를 피워내기에 천화는……."

무연의 얼굴에 부드러운 미소가 떠올랐다.

"……영원한 사랑을 의미하기도 합니다."

아, 감탄을 터뜨린 다해가 얼굴을 붉혔다. 그 순간 무연이 무릎을 꿇고 다해의 손을 잡았다.

"저와 혼인해 주시겠습니까?"

무연은 사뭇 진지한 표정이었다. 그러나 잠깐 놀란 듯 보였던 다해는 이내 깔깔깔 웃음을 터뜨리고 말았다. 다해의 예상치 못한 반응에 당황한 무연이 난감한 얼굴을 했다.

"어찌 그리 웃으십니까?"

"무연님은 여전히 바보십니다."

"예. 저는 아씨에 관해선 영원히 바보입니다. 그러니 알려주세요. 제가 또 무엇을 잘못한 겁니까?"

다해는 무연의 손을 잡고 일으켜 세웠다.

"조선과 진나라의 풍습이 아무리 다르다 하나 이십 년이나 조선에서 지내셨다면서 어찌 여전히 모르실 수 있습니까?"

무연은 여전히 어리둥절한 얼굴이었다. 무연의 손을 맞잡은 다해가 성큼 다가가서는 새초롬한 얼굴로 고개를 들었다.

"저와 무연님은 이미 혼인을 약조한 사이입니다."

"예? 제가 언제……."

"제 아버님께서 저를 무연님께 맡기겠다 하신 거 기억하십니까?"

"예, 기억합니다. 저더러 아씨를 모시고 가도 좋다고……."

어안이 벙벙한 얼굴로 다해를 바라보던 무연의 눈이 휘둥그레졌다.

"설마, 그게 그 의미였단 말입니까?"

다해가 고개를 끄덕였다.

"그러니 무연님을 바보라 하는 겁니다. 조선에서 과년한 딸자식을 사내에게 맡긴다는 게 어떤 의미인지 어떻게 모르실 수 있습니까?"

비로소 다해의 부친이 자신에 대해 자신의 가문에 대해 꼬치꼬치 캐묻던 이유를 알게 된 무연의 얼굴이 환해졌다. 기쁨에 겨운 무연이 무어라 입을 열려는데 다해가 선수를 쳤다.

"하지만 청하셨으니 답하겠습니다."

무연은 자신도 모르게 꼴깍 침을 삼켰다. 다해가 거절할 리 없다는 것을 잘 알면서도 그간 그녀의 말 한마디에 천국과 지옥을 하루에도 수십 번 오간 터라 어쩔 수가 없었다. 그 사실을 잘 아는 다해는 한참이나 뜸을 들이다 생긋 웃었다.

"혼인, 하겠습니다."

답이 끝나기 무섭게 무연이 와락 다해를 끌어안았다.

"평생 아씨만을 위하는 반려가 될 것을 하늘에 맹세합니다."

다해도 팔을 들어 무연을 꼭 안아주었다.

"평생 무연님만 따르는 지어미가 될 것을 하늘에 맹세합니다."

바람이 불어왔다. 천화가 사방에서 흩날렸다. 무연과 다해는 오래도록 그렇게 서로를 안고 있었다.

그 모습이 참으로 아름다웠다.

9.
폭풍이 몰아치기 전에는
원래 고요한 법

　이제 무연은 원래의 일상으로 돌아갔다. 매일매일 입궁하여 대장군의 임무를 시작한 것이다. 오늘도 아침 일찍 입궁해 할 일을 마친 무연은 잠시 외출을 했다. 불행히도 다해를 보러 갈 수는 없었다. 무연이 향한 곳은 칼바람과 아름달이 기거하는 곳이었다.

　"어쩐 일이냐?"

　이제 다 나아 건강해진 칼바람은 한가하게 드러누워 데굴거리다가 무연을 보곤 시비를 걸었다.

　"외가람에 집을 마련해 두었다."

　"이곳도 나쁘지 않은데?"

　"내가람에 거하려면 특정한 조건들을 충족해야 한다. 아직 아무 일도 하지 않는 너는 원칙적으로 머물 수 없지."

　일이 주어졌음에도 끝끝내 거부하는 것을 돌려 말한 것이다. 칼바람은 흥, 콧방귀를 뀌었다.

"거 되게 까칠하네. 천손을 여기까지 살려서 데려온 공은 어디 가고?"

"진은 그런 식으로 사람의 능력을 평가하지 않는다. 그리고 이제 아름달님도 편해져야 하지 않을까?"

"뭐?"

"아름달님에게 언제까지 자네 수발을 들게 할 셈인가? 진나라에선 용납되지 않는 일일세. 자네가 월급이라도 주고 있는 게 아니라면 말이지."

칼바람이 얼굴을 붉혔다. 아픈 몸을 핑계로 어영부영 수발을 받다 보니 어느덧 거기에 적응하여 아름달이 모든 집안일을 도맡고 있는 참이었다. 때마침 외출했던 아름달이 돌아왔다. 무연을 발견한 아름달이 정중히 예를 취했다. 무연 또한 한없이 정중한 태도로 아름달을 맞았다.

"어쩐 일이십니까?"

"외가람에 두 분을 위한 거처를 마련해 두었습니다. 집안일을 도맡을 사람들도 따로 고용해 두었으니 이제 편히 공부에만 매진하시면 됩니다."

"하지만 아직 대장의 상처가……."

칼바람이 얼른 얼굴을 구기며 아픈 척을 했다. 무연이 눈살을 찌푸렸다. 성큼성큼 다가간 무연이 칼바람의 다리를 걷어찼다. 칼바람은 아이고 아이고 난리법석을 떨었으나 씨알도 먹히지 않았다.

"이런 식으로 아름달님을 부려먹었던 겐가? 참으로 유치하군."

"네가 무슨 상관인데? 따지고 보면 네놈이 부러뜨린 다리이니 네놈이 책임졌어야 하는 거잖아!"

"그러게 누가 그리 무모하게 덤비라고 하던가?"

티격태격 어린아이들처럼 다투는 다 큰 남자 둘을 보다가 아름달은 그만 웃음을 터뜨리고 말았다. 그 소리에 전염된 듯 무연과 칼바람도 슬쩍 미소를 지었다.

세 사람은 사이좋게 외가람으로 향했다. 도착한 곳은 제법 큰 저택이었다. 안뜰에 줄지어 서 있는 고용인들을 보며 무연이 당부했다.

"당분간 자리를 잡을 때까지는 위가에서 저들의 비용을 충당할 걸세. 마음 편히 부리되, 저들은 어디까지나 계약을 통해 맺어진 관계임을 명심하여 인격적으로 대우해 주길 바라네."

칼바람은 귓등으로 들은 척도 하지 않았다. 무연은 그런 칼바람을 향해 단호한 어조로 말을 이어나갔다.

"그리고 무엇보다도 중요한 것은 마음에 드는 여인이 있다 하더라도 절대로 밤 동무로 삼을 수 없네. 알겠는가?"

"내가 바보냐? 그럴 마음이 있었으면 진즉에 내가람에 남아나는 여인이 없었을 거다."

큰소리를 치는 칼바람을 보며 무연이 피식 실소를 터뜨렸다.

"진나라 여인들을 얕잡아 보다간 큰코다칠 걸세."

"내가 그리 만만해 보이냐?"

"자네 정도 되는 여자 무사야 널리고 널렸으니 하는 말이지."

두 남자가 또 티격태격을 시작했다. 아름달은 몰래 한숨을 내쉬곤 얼른 중재에 나섰다.

"용영대장께서는 감사 인사에 서툰 분이시니 너그러이 이해하시옵소서."

"알고 있습니다. 그저 반응이 재미있어서 그런 것입니다."

"이것들이!"

아름달이 또 크게 웃음을 터뜨렸다. 한 번도 아름달이 그리 시원하게 웃는 것을 본 적 없는 두 남자는 어리둥절한 얼굴이었다. 무연은 이내 놀라움을 지우고 빙그레 미소 지었다. 칼바람은 민망한 듯 흠흠, 헛기침만 해댔다.

"그래서 이 집은 나 혼자 사는 집인가?"

"자네 하나를 위해 저 많은 고용인을 고용하진 않았겠지. 집 또한 혼자 살기엔 지나치게 크지 않은가?"

"하면?"

"아름달님과 함께 살게 될 걸세. 아무래도 동향이고 하니 서로 오누이처럼 의지하면 좋을 듯했는데……."

무연이 고개를 돌려 아름달을 보았다.

"혹여 아름달님께서 불편하시다면 말씀하세요."

"아닙니다. 소인은 그저 이 한 몸 편히 뉘일 방 한 칸만으로 족합니다."

"만약 칼바람이 번거롭게 하면 말씀하세요. 바로 따로 집을 구해 드리겠습니다."

"뭐냐?"

갑작스레 끼어든 칼바람에게 무연이 물었다.

"무엇이 말인가?"

"맨날 이 녀석 저 녀석 이치 저치 하더니 왜 갑자기 이름을 부르고 그래?"

"이제 더는 자네를 적대시 하지 않기로 했네."

"왜?"

"무사 대 무사로서 인정하기로 했네. 하여 물을 것이 있네."

"살살 물어라."

칼바람이 나름 농을 던졌으나 무연은 진지한 얼굴을 했다.

"려나라에서 사신을 보낸다고 했네. 혹 왜 오는지 짐작되는 바가 없는가?"

칼바람의 얼굴이 삽시간에 경직되었다.

"왜, 짐작되는 바가 있는가?"

"없어."

"한데 어찌 그리 정색하는가?"

"다 잊어가고 있던 일을 네놈이 상기시키니까 그렇지!"

버럭 소리를 내지른 칼바람은 성큼성큼 안으로 들어가 버렸다. 쾅, 요란하게 문이 닫히는 소리를 들으며 아름달이 얼른 나섰다.

"두 분의 혼사가 결정되었단 소식을 듣고 복잡한 심정이 되신 것뿐입니다. 다른 뜻은 없을 겁니다."

"이해합니다. 아씨 한 명만 보고 나라까지 버렸는데 그 모두가 무용지물이 되었으니 무사로서 상심이 클 겁니다."

"이해해 주시니 감사합니다."

고개 숙여 감사를 표하는 아름달의 등줄기엔 식은땀이 가득했다. 그것을 모르는 무연은 아름달에게도 질문했다.

"혹 아름달님께서는 사신단이 왜 오는지 모르십니까?"

칼바람의 생각을 얼른 지워낸 아름달이 답했다.

"혹, 계의 일 때문이 아닐까요? 어쨌든 려는 계를 려의 영토라 여기고 있었으니까요."

무연이 고개를 흔들었다.

"아닙니다. 이번 일로 계는 완벽한 려나라의 영토가 되었습니다. 계나라는 계군이 되었고 계의 왕은 유폐되었습니다. 려나라는 괜히 이번 일로 트집을 잡았다가 역풍을 맞을 가능성이 있음을 잘 알고 있을 겁니다."

"그것이 아니라면 소인도 잘 모르겠습니다. 도움이 못 되어드려 어찌합니까?"

무연은 부드럽게 웃어주었다.

"아닙니다. 부담을 드린 제가 죄송하지요."

"이해해 주시니 감사할 따름입니다."

무연은 그렇게 황궁으로 돌아갔다. 무연을 배웅하고 돌아온 아름달은 칼바람의 방문 앞에서 한참을 고민했다. 그간 억지로 잊고 있던 문제가 떠올랐다. 필시 칼바람은 뭔가를 알고 있을 터였다. 그러나 이제 아름달은 칼바람에게 아무것도 물을 수 없게 되고 말았다.

암읍에서의 그날 이후, 뭔가가 변해 버렸다. 아름달은 그게 뭔지 알 수 없어 답답했다. 덕분에 려나라 사신에 대한 걱정은 저만큼 밀려나 버렸다. 그러나 사신단이 도착한 후, 그녀는 전혀 예상하지 못한 문제 때문에 다른 모든 문제들을 완전히 잊고 말았다.

※

려나라 사신단과 함께한 자리에서 무연은 난감한 상황에 빠져 있었다.

"신비술사 아름달의 반환을 요청합니다."

전혀 예상치 못한 문제였다. 무연의 입장에서는 사람을 '달라'고 말한다는 것 자체가 이해할 수 없는 일이었다.

무연이 정중히 거절했다.

"물건이 아닌 사람은 함부로 준다 만다 할 수 없습니다."

사신이 더욱 목소리를 높였다.

"신비술사는 려나라 황실의 소유입니다. 당연히 요청할 수 있는 문제이지요."

무연은 물러서지 않았다.

"하오나 사람입니다. 진나라에선 사람을 누군가의 소유로 여기지 않습니다."

사신이 얼굴을 구겼다.

"아름달은 려나라 사람입니다. 당연히 려나라의 관습에 따라 황실의 소유 재산이 될 수 있습니다."

벽 보고 대화해도 이보다는 나을 것 같았다. 하지만 무연을 답답하게 하는 것은 따로 있었다. 려나라에서 진나라의 풍습에 대해 이렇게까지 무지할 리는 없었다. 그렇다면 분명 거부할 것을 알았을 터. 무연은 저들이 말도 안 되는 이유를 내세우며 가람까지 오게 된 이유를 알 수 없는 것이 더욱 걱정스러웠다.

사신단의 요구는 곧 칼바람과 아름달에게도 전해졌다.

"서신입니다."

집안일을 도맡은 아낙이 아름달에게 서신을 내밀었다.

"감사합니다."

정중히 받아 봉투를 확인한 아름달이 난처한 얼굴을 했다. 아름달에게 구애했다 차인 어린 신관이 보낸 서신이었다. 한참을 고민한 아름달은 봉투를 뜯었다.

—저는 아름다운 달님을 감당할 수 있는 사내가 못됩니다. 하지만 한때 제 순정의 주인이었던 달님께서 소식을 듣고 병이라도 나실까 걱정되어 이렇게 서신을 전해봅니다.

첫 문장을 본 아름달은 그냥 구애를 받아들일걸 그랬나, 싶었다. 어찌나 수려한 문체였는지 절로 마음이 평안해졌다. 그런데 무슨 소식을 전한단 것일까? 궁금해진 아름달은 차분하게 다음 문장도 읽어나갔다.

—려나라의 사신단이 도착했습니다. 그들은 어이없게도 아름달님의 반환을 요구했습니다. 사람을 물건처럼 취급한단 이야기를 듣기는 했으나 어찌 정녕 그럴 수 있단 말입니까?
하오나 걱정하지 마십시오. 폐하께서는 사람을 귀하게 생각하는 분이십니다. 높은 곳부터 낮은 곳까지 모든 사람들이 동등하다 여기는 분이십니다. 하여 아름달님께서 돌아가길 원하지 않으신다면 절대로 돌려보내지 않을 겁니다. 제 말이 와닿지 않으실 겁니다. 제가 하고 싶은 말은 딱 하나입니다.
아름달님이 스스로 원하지 않는 한, 려나라에 강제로 끌려가게 되는 일은 없을 겁니다. 그러니 심려치 마십시오.

그러나 신관의 당부는 헛되었다. 마지막까지 읽은 아름달은 머리칼을 쥐어뜯으며 비명을 지르기 시작했다. 벌컥, 문이 열리고 옆방에 있던 칼바람이 뛰쳐 들었다.

"무슨 일이야?"

아름달은 악악, 비명만 질러댔다. 얼른 다가온 칼바람이 아름달의 손을 꽉 붙들었다. 아름달이 어찌나 힘을 주고 있는지 제법 버티기 어려울 정도였다. 한참을 더 버둥거리던 아름달은 그대로 칼바람의 품에 머리를 묻고 엉엉 울기 시작했다.

감동도 잠시, 아름달의 손아귀에 쥐어 있는 서신을 발견한 칼바람이 그것을 펴서 읽었다. 첫 문구에 눈살을 찌푸렸던 칼바람은 이내 끝까지 다 읽고는 역시 심각한 표정을 지었다.

"아름달. 정신 차려라."

칼바람이 아름달의 어깨를 붙들고 눈을 맞추려 시도했다. 그러나 아름달은 반쯤 실성한 상태였다. 칼바람이 재차 아름달을 일깨워 보았다.

"그들이 원하는 건 네가 아니야."

아름달이 포악하게 받아쳤다.

"그럴 리가 없습니다! 그들은 신비술사를 보물 취급합니다. 충분히 있을 수 있는 일입니다!"

아름달은 눈앞에 있는 자가 용영대장 칼바람인 것을 잊은 것처럼 발악을 해댔다.

"돌아갈 수 없습니다! 어떤 마음으로 도망친 려인데! 드디어 진에서 행복해질 수 있다고 믿기 시작했는데!"

아름달이 대뜸 칼바람의 옷깃을 움켜쥐었다.

"도와주십시오. 여기도 위험합니다. 도망치고 싶습니다."

간절한 눈빛이었다. 칼바람의 눈동자가 순간 흔들렸다. 하지만 그는 이내 제정신을 되찾았다.

"바보야. 그들이 널 굳이 데려가야 할 이유가 없어."

"폐하의 소유욕은 상상 이상이란 걸 아시잖습니까?"

"폐하께 너는 그저 신비술사일 뿐이다. 폐하에겐 이미 많은 신비술사가 있지. 밤 동무도 차고 넘칠 만큼 많고. 벌써 너를 잊었을 거다."

"폐하는 아끼던 장난감을 스스로 파괴할지언정, 누군가에게 넘기는 사람이 아닙니다. 스스로 도망친 장난감을 가만 내버려 둘 사람이 아니란 말입니다!"

칼바람은 답답했다. 그는 사신단이 가람까지 찾아온 이유를 분명히 알고 있었다. 그가 아는 한, 그들의 목적은 절대로 아름달이 아니었다. 그저 핑계에 불과할 뿐이었다. 그러나 아름달은 당장 그들이 쳐들어와 자신을 납치라도 할 것처럼 굴었다. 칼바람은 그녀가 안타까웠다.

"그들이 원하는 것은 네가 아니다. 그들은 다른 목적을 가지고 이곳에……."

뒤늦게 자신이 무슨 말을 하고 있는지 깨달은 칼바람이 입을 다물었다. 그러나 아름달을 멈추게 해야겠다는 목적만큼은 달성했다. 눈물 젖어 엉망이 된 얼굴로 아름달이 멍하니 칼바람을 보았다.

"……그게 무슨 소리십니까? 그들에게 다른 목적이 있다니요?

저를 핑계 삼아 진나라에 와야 할 이유가 대체 무엇이란 말입니까?"

칼바람은 고개를 돌려 버렸다. 아름달이 바짝 다가들어 칼바람의 눈을 보고자 했다. 그는 끝까지 이리저리 시선을 외면했다. 결국, 눈을 맞추길 포기한 아름달이 심각한 목소리로 물었다.

"설마, 천손을······."

칼바람이 홱 고개를 돌렸다. 아니라고 거부하며 아름달의 입을 막을 심산이었다. 그러나 숨을 쉴 수 없었다. 아름달이 코앞에 있었다.

붉은 눈동자가 이리도 매력적일 줄이야······. 눈물로 얼룩진 얼굴조차도 아름다워 보이게 하는 붉은 눈동자가 지척이었다. 칼바람은 그대로 아름달에게 입을 맞췄다. 그저 가벼운 입맞춤이 아니었다. 길고도 깊은 입맞춤이 지속되는 동안 아름달은 놀란 토끼눈을 한 채 꼼짝도 하지 않았다. 그러나 시간이 흐르자 스르륵, 눈을 감았다.

한참 후에야 떨어진 칼바람이 물었다.

"싫은가?"

아름달은 자신도 모르게 천천히 고개를 젓다가 화들짝 놀랐다. 칼바람이 생전 보여준 적 없는 부드러운 미소를 지었다.

"다행이군."

그리고 다시 입맞춤을 시작했다. 이번엔 그저 입맞춤으로 끝나지 않았다. 울고불고 난리 법석을 떠느라 엉망진창이 된 방 한구석, 침상으로 아름달을 인도한 칼바람은 천천히 조심스럽게 그녀의 옷을 벗겨 나갔다. 아름달은 그의 손길을 거부할 수 없었다.

단순히 상대가 용영대장이어서가 아니었다. 아직 려나라의 사고에서 벗어나지 못한 때문도 아니었다. 그리매와의 관계에서도 손길을 거부할 수 없기는 마찬가지였으나 칼바람의 손길은 뭔가 달랐다. 마찬가지로 거부할 수 없지만 거부감이 느껴지지 않는…….

아름달은 여전히 어떤 차이가 있는지도 모르면서 칼바람의 품에 빠져들었다.

문밖에서 무슨 난리가 벌어졌는지 궁금하여 모여들었던 고용인들이 서로 간에 물러가라 휘휘 손짓들을 해대며 자취를 감춰버렸다. 그렇게 햇님도 산 너머로 숨어버렸다.

얼굴을 간질이는 햇살에 가물가물 잠에서 깨어난 아름달은 망가진 물건들이 어지러이 흩어져 있는 방을 보고 번쩍 눈을 떴다. 모든 기억이 삽시간에 되살아났다. 얼굴이 붉어졌다. 대체 무슨 일이 있었던 것인지 믿을 수가 없었다.

칼바람과의 잠자리는 그리매와는 달랐다. 저절로 떠오른 기억에 아름달은 얼굴을 붉혔다. 그저 회상뿐이건만 몸이 달아올랐다. 난감했다. 아름달은 난감함을 떨치기 위해 벌떡 몸을 일으켰다.

"으응……."

아름달은 기겁하고 놀랐다. 옆자리에 칼바람이 누워 있었다. 좁디좁은 일인용 침상이건만……. 한 번도 관계 후, 함께 잠을 자 본 기억 따위 없었다. 상대가 누구든지 마찬가지였다. 정사가 끝나면 쫓겨나는 것이 밤 동무인 아름달의 처지였건만……. 문득 자신이 알몸임을 깨달은 아름달은 민망해하며 이불을 끌어당겨 몸을 가렸다. 그러나 그 행동 때문에 또 한 번 난감한 상황에 봉착했다.

아름달이 이불을 죄다 끌어당긴 탓에 드러난 칼바람 또한 아무것도 걸치지 않은 상태였다. 환한 햇살 아래 고스란히 드러난 칼바람의 나신에 아름달은 숨을 멈췄다. 스르륵 움직인 이불 탓인지 깜빡깜빡 칼바람이 눈을 떴다. 아직 잠에 취해 있는 게 분명하건만 아름달은 죄라도 지은 것처럼 흠칫 몸을 떨었다.

끔뻑끔뻑 아름달을 확인한 칼바람이 한 팔을 침상 위로 길게 뻗더니 다른 손으로 툭툭, 제 팔을 두들겼다. 아름달은 설마 자신이 이해한 게 맞는 건가 싶어 멀뚱멀뚱 바라보기만 했다. 햇살 때문인지 기분이 상한 것인지 칼바람이 미간을 찌푸렸다.

"뭐 해? 안 와?"

아름달의 눈이 커졌다. 여전히 이불을 끌어 몸을 가리고 있는 채였다. 목마른 자가 우물을 판다던가? 에이씨, 한번 불평한 칼바람이 휙 일어나 아름달을 폭 안더니 도로 누워버렸다. 아름달은 잔뜩 굳은 채로 칼바람의 품에 안겨 있어야만 했다. 심장이 두근두근 미친 듯이 날뛰었다. 칼바람은 이내 다시 잠이 들었으나, 아름달은 자꾸만 떠오르는 간밤의 기억에 시달리고 있었다.

칼바람의 속눈썹이 짙은 그림자를 드리우고 있었다. 이리 풍성했던가? 살며시 칼바람의 속눈썹을 만져 본 아름달의 손길이 콧날을 지나 도톰한 입술에 닿았다. 거친 사내라고만 생각해 왔거늘 어찌나 부드럽던지……. 턱 주변을 맴돌던 손길이 조심스럽게 목선을 훑고는 가슴까지 내려왔다. 길게 베인 흉터 하나가 가로지르고 있었지만 전혀 보기 흉하지 않았다. 아름달은 천천히 손가락으로 흉터를 쓸어보았다. 그러다 굳어버렸다.

"흐응…… 나쁘지 않았던 모양이군."

자는 줄 알았던 칼바람이 깨어 있었다. 눈이 마주치기 무섭게 아름달은 고개를 숙여 버렸다.

"하지만 잠자는 범을 깨웠을 땐 응당 그 뒷일을 감당할 자신이 있었다는 거겠지?"

칼바람은 자신과 아름달 사이를 가로막고 있던 이불을 거칠게 집어 던졌다. 그렇게 그녀는 환한 햇살 속으로 또다시 녹아들었다.

두 사람이 방 밖으로 나온 것은 해가 중천에 뜬 후였다. 신전에 가기엔 너무 늦은 탓에 아름달은 빌려온 비전술 책을 펼쳤다. 려나라의 신비술과 진나라의 비전술엔 많은 공통점이 있었다. 하여 대신관과 아름달은 최근 서로의 술법을 공부하여 공통점과 차이점에 대해 연구하는 중이었다. 그러나 아름달은 공부에 집중할 수 없었다. 칼바람이 달라붙은 탓이었다.

씻고 의복을 갖춰 입는 와중에도 식사를 하는 동안에도 그리고 모든 준비를 마치고 공부를 위해 서재로 향할 때도 서책을 가지고 돌아오는 때에도 칼바람은 계속해서 아름달을 따라다녔다. 대체 왜?

아름달은 대놓고 물어보기로 했다.

"어찌 그러십니까?"

칼바람이 능청을 떨었다.

"네가 날 따라다닐 건 아니잖아."

아름달은 당황스러웠다. 청진에서의 칼바람은 여자에게는 관심이 없는 냉철한 무사로 유명했었는데……. 과히 기분이 나쁘지 않았다. 집착이라면 그리매도 더하면 더했지 덜하지 않았는데 기묘하게도 칼바람의 행동은 거북하지 않았다.

"왜?"

멍하니 앉아 있는 아름달을 칼바람이 일깨워 주었다.

아름달은 얼른 고개를 숙이고 책을 읽는 척했다. 칼바람은 피식 웃더니 턱을 괴고 대놓고 아름달을 감상했다. 진작 이랬어야 했다. 려나라를 떠나 진나라 놈들과 좀 어울리더니 이상해진 게 틀림없었다. 마음에 드는 여인이 있다면 직진하면 그만인 것을……

건성으로 책을 보던 아름달이 화들짝 고개를 들었다. 어느새 칼바람의 손가락이 아름달의 손가락을 쓸고 있었다. 눈이 마주치자 칼바람은 씩 웃었다.

"아, 미안."

그러곤 태연하게 손을 치웠다. 아름달은 가볍게 눈을 흘기곤 다시 책에 몰두했다. 그러나 글자가 눈에 들어올 리 없었다. 아름달은 한 장도 넘어가지 않는 책을 결국 덮어버렸다.

"왜, 하던 공부 마저 하지?"

"그리 쳐다보고 계시는데 어찌합니까?"

"그럼 다른 거 할래?"

물어보는 칼바람의 눈빛이 상당히 느끼했다. 아름달은 홱 고개를 돌렸다.

"안 됩니다."

"어째서?"

아름달의 얼굴이 살짝 붉어졌다.

"히, 힘이 듭니다."

"하긴, 내가 감당하기 좀 어려운 사내이긴 하지. 한데 어쩐다? 그간 못 채운 욕구를 다 채우려면 간밤으론 어림도 없는데?"

"그, 그래도 안 됩니다!"

"그래, 뭐, 네가 그렇다면 그렇겠지. 하면 이제 뭘 할 거지?"

"생각을 좀 해봐야……."

답하던 아름달은 기겁하며 뒤로 물러났다. 칼바람이 벌떡 일어나 바로 곁으로 다가온 탓이었다.

"어차피 할 일도 없는데 뭐 어때?"

씩 웃은 칼바람이 번쩍 아름달을 들어 올렸다. 아름달은 떨어지지 않기 위해 반사적으로 칼바람의 목을 끌어안았다. 그렇게 또 아름달은 그날 내내 칼바람의 품에서 빠져나올 수 없었다. 그 다음날도, 또 그 다음날도, 또 그 다음날도……. 그렇게 며칠 동안 옴짝달싹도 못 했다.

아름달은 언제나처럼 눈부신 햇살에 눈을 떴다. 며칠 만에 익숙해져 버린 것인지 자신도 모르게 옆자리를 살폈으나 텅 비어 있었다. 잠이 확 달아났다. 벌떡 일어난 아름달이 주위를 훑었다. 칼바람의 옷가지도 보이지 않았다. 그러다 발견한 것은 탁자 위의 작은 주머니였다. 이불로 몸을 대충 감싸고 가서 확인해 보니 그것은 칼바람의 호패주머니였다. 속에서 바스락거리는 소리가 들렸다. 쪽지 같았다. 아름달은 불길함을 느끼고 주머니를 열어 쪽지를 확인했다.

—미안하다.

대체 뭐가 미안하단 것일까? 밤 동무에게 미안하다 하는 귀족도 있던가? 그러다 호패에 시선이 갔다. 순간 저 네 글자가 의미하는 것이 무엇인지 한순간에 깨달았다. 미친 듯이 옷을 꿰어 입은 아름달은 온 집 안을 뒤져 보았다.

"칼바람님은 새벽에 출타하셨는데요?"

고용인 중 하나가 알려주었다. 아름달의 얼굴이 사색이 되었다.

"어디로 가신다는 말씀은 없으셨습니까?"

"천손께 가신다 하였습니다."

아름달은 기겁했다.

어제 무연은 함원으로 떠났다. 돌림병의 진상을 파악하고 더 퍼지는 것을 막기 위해서이다. 하여 간밤에 위 장군의 집에는 천손과 천경뿐이었고 칼바람은 그 사실을 너무나 잘 알고 있었다.

먼 길을 떠난 위 장군, 하필이면 위 장군이 집을 비운 그날, 꼭 두새벽부터 천손을 찾은 칼바람, 남겨진 진나라 호패, 미안하다는 네 글자가 적힌 쪽지.

"그들은 너를 데려가려고 온 게 아니야."

아름달이 려나라 사신단에 대한 걱정을 할 때마다 부드럽게 위로하던 칼바람의 목소리.

"설마 아닐 거야……."

아름달의 눈에 눈물이 맺혔다.

"설마, 아닐 거라고!"

아름달은 머리칼을 쥐어뜯었다. 붉은 눈에서 투명한 눈물이 굴러 떨어졌다. 안타깝게도 아름달의 불길한 예감은 적중하고 말았다.

※

"함원에 괴질이 돌고 있다 하옵니다."

"함원에 괴질?"

황제가 눈살을 찌푸렸다. 함원은 가람의 바로 동쪽, 지척에 있는 도시였다. 빨리 처신하지 않는다면 가람에도 번지는 건 시간문제였다.

"제가 가겠습니다."

무연이 나서자 관료 하나가 벌떡 일어났다.

"아니 됩니다. 이제 천룡의 후예라곤 위 장군과 폐하뿐이시잖습니까? 두 분이 곧 진나라나 다름이 없사온데 어찌 사지로 가신단 말입니까?"

무연이 흐트러짐 없는 자세로 다시 입을 열었다.

"천룡의 후예는 갈구병 이외의 질병엔 다른 분들보다 더 강한 저항력을 갖고 있습니다. 하니 제가 가서 사태를 진정시키는 게 맞지 않겠습니까?"

"하오나……."

병든 천룡들을 대신하고 있던 관료들은 더는 입을 열지 못했다. 자신의 목숨이 중하지 않은 자는 없었다. 관리들을 설득하는 데 성공한 무연이 황제를 향해 머리를 조아렸다.

"윤허해 주십시오."

황제는 근심 어린 얼굴로 물었다.

"상황에 따라 혼례에 차질이 빚어질 수도 있지 않겠소? 그리 되면 천손의 실망을 어찌 감당하려고?"

"천손께서는 그만한 일로 불평하실 분이 아니십니다."

여기저기 큭, 하는 소리들이 터져 나왔다. 모두가 우러르던 위 장군은 팔불출로 전락한 지 이미 오래였다.

황제가 빙그레 미소 지었다.

"그대가 그렇다면 그런 거겠지. 좋소. 위 장군은 속히 함원으로 가 괴질의 원인을 파악하고 병이 더 퍼지지 않도록 조치하시오."

"명 받듭니다."

무연의 예상대로 다해는 무연이 떠나는 것을 막지 않았다.

"백성들의 안위가 우선이지요. 함원의 병이 가람까지 퍼진다면 큰일이 아닙니까?"

무연이 빙그레 웃었다.

"역시 그리 말씀해 주실 줄 알았습니다."

"하오나 약조해 주셔야 합니다."

"무엇이든 말씀하십시오."

다해가 새끼손가락을 내밀었다.

"최대한 빨리 처리하고 돌아오시겠다고 약조해 주세요. 혼인 날짜가 하루라도 늦어지는 것은 안 됩니다."

무연이 새끼손가락을 걸었다.

"약조드리겠습니다."

다해가 생긋 미소 지었다.

"그럼 어서 가세요. 조금이라도 빨리 출발하셔야 그만큼 더 빨리 돌아오시지 않겠습니까?"

"그냥 보내실 생각이십니까?"

다해가 고개를 갸웃했다.

"뭐가 필요하십니까?"

"앞으로 한동안 뵐 수 없을 것입니다. 한데 이리 그냥 보내신다면…… 후회하지 않으시겠습니까?"

무연이 눈웃음쳤다. 다해는 영문을 몰라 멀뚱히 바라보기만 했다. 무연이 다가왔다. 두 눈을 감은 채였다. 그제야 눈치챈 다해가 몸을 뒤로 뺐다.

무연이 실망한 얼굴로 눈을 떴다.

"정녕 그냥 보내실 생각이십니까?"

다해가 새침을 떨었다.

"돌아오시면 그때 해드리겠습니다."

"섭섭합니다."

"그래야 하루라도 더 빨리 돌아오실 것 아닙니까? 그러니 어서 가세요."

무연은 잠시 어린아이처럼 슬픈 표정을 지었다. 하지만 다해는 꿋꿋했다. 결국 무연은 포기한 듯 품에서 작은 주머니 하나를 꺼내들었다.

"받으십시오."

"이게 무엇입니까?"

"아름달님이 필요할 거라고 만들어주신 전서옥입니다."

"전서옥이요?"

주머니 속에는 가죽끈에 꿰인 옥구슬 하나가 들어 있었다. 영롱한 빛깔이 일품인 호두알만 한 옥구슬 표면에 알 수 없는 표식이 빼곡하게 새겨져 있었다. 무연이 그것을 다해의 목에 걸어주었다. 그리곤 제 옷깃에서 똑같이 생긴 구슬을 꺼내 손에 쥐었다.

"한번 손에 쥐어보십시오."

다해는 아무것도 모르면서 무연이 하라는 대로 자신의 목에 걸린 구슬을 가만히 쥐어보았다. 그리고 눈을 감았다. 어딘가에서 작게 웅웅 하는 소리가 들리는가 싶더니 이내 무연의 목소리가 들렸다.

[느껴지십니까?]

목소리이되 목소리가 아니었다. 머릿속으로 바로 전해지는 그것은 무연의 의식이었다. 놀란 다해가 입을 열었다.

"이, 이것은……."

[말로 하지 않으셔도 됩니다. 생각만 하셔도 전해지니 한번 해보십시오.]

잠시 멈칫한 다해는 마음을 가다듬더니 이내 성공했다.

[신비술인 겁니까?]

[예. 아름달님께서 만들어주셨습니다.]

[참으로 신기합니다.]

[더욱 신기한 게 있는데 한번 느껴보시겠습니까?]

[이것보다 더 신기한 게 있다고요?]

반문하기 무섭게 다해는 감당할 수 없을 만큼 행복한 감정이 차오르는 것을 느꼈다. 깜짝 놀란 다해가 눈을 떴다. 동시에 구슬을 놓쳤다. 툭, 가슴팍에 구슬이 떨어졌다. 다해는 무연을 보고 있었다.

"방금 그건……."

무연도 눈을 떴다.

"느끼셨습니까?"

"대체 그게……."

무연의 얼굴이 살짝 붉어졌다.

"그것이 아씨를 대할 때 제가 느끼는 감정입니다."

다해의 얼굴이 빨개졌다.

"서, 설마 마음까지 전해주는 겁니까?"

"아름달님은 부작용처럼 말씀하시더군요. 하지만 전 그 이야기를 듣자마자 아씨를 떠올렸습니다."

다해가 조심스럽게 다시 자신의 구슬을 손에 쥐었다. 무연이 따라 쥐더니 눈을 감았다. 다해도 망설임 없이 눈을 감았다.

꽃향기 가득한 들판에서 따사로운 햇살을 받으며 살랑이는 봄바람에 몸을 맡긴 느낌이 다해의 가슴을 가득 채웠다. 벅차오르는 행복을 도저히 감당할 수 없었다. 그것은 도저히 말로 표현할 수 없는 행복, 그 자체였다.

다해가 눈을 떴다. 또르르, 눈물이 굴러떨어졌다. 무연이 희미하게 미소 지었다.

"그리 좋으십니까?"

다해가 고개를 끄덕였다.

"이래도 그냥 보내실 겁니까?"

무연이 말을 마치기 무섭게 왈칵, 다해가 그를 끌어안았다. 그리고 부드럽게 입을 맞췄다. 무연은 행복한 얼굴로 눈을 감았다. 잠시 잠깐, 닿았다 떨어진 것에 불과했지만 그거면 충분했다.

무연이 환히 미소 지었다.

"그럼 다녀오겠습니다."

"부디 몸조심하세요."

무연이 꾸벅 고개를 숙이고 몸을 돌렸다.

"그럼 저도 다녀오겠습니다."

다해가 깜짝 놀라 뒤를 돌아보았다.

"어, 언제부터 거기 계셨어요?"

천경이었다.

"아까부터 있었습니다. 분명 처음에 인사를 드렸잖습니까?"

다해는 어쩔 줄 몰라 하더니 이내 자취를 감춰 버렸다. 천경이 크게 소리 내어 웃었다.

"어서 오지 않고 뭘 하느냐?"

무연이 흠흠, 헛기침을 하더니 천경을 불렀다.

"예, 예, 하루라도 빨리 돌아와야 또 애정 어린 입맞춤을 받을 것인데 이리 느려터진 늙은이랑 가시게 되어 유감입니다요."

천경은 짐짓 허리를 구부정하게 하고 주먹으로 통통, 제 허리를 두들겼다.

"내 언제 너를 늙었다 구박이라도 했느냐? 녀석도 참……."

무연은 무안함을 감추기 위해 아닌 척 천경이 들고 있던 짐을 뺏어 들었다. 그런데 그 눈은 다해가 사라진 곳을 훑고 있었다.

"거 작별 인사 다 해놓고 누구를 찾으실까나?"

천경이 떡하니 무연의 시선을 가로막았다. 민망한 얼굴로 헛기침을 내뱉은 무연이 얼른 몸을 돌렸다. 정원 한구석, 모퉁이에 몸을 감춘 다해가 잔뜩 빨개진 얼굴로 떠나는 두 사람을 배웅하고 있었다.

함원은 가람의 동쪽, 바로 인근의 이십여 호 정도밖에 없는 작은 고을로 천화의 열매로 만든 천화주가 유명했다.

함원에서 제법 떨어진 강가에 진을 친 무연은 동행한 병사들과 천경을 그곳에 머물게 했다.

"같이 가겠습니다."

"되었다. 일단 가서 사태가 얼마나 심각한지 나 혼자 알아볼 것이다."

"혼자보단 여럿이 낫지요."

"너와 병사들이 병에 걸린다면 그땐 어찌할 것이냐? 우선 상황을 가늠한 연후에 함께 진입할 것인지 말 것인지 결정할 것이다."

"아무리 천룡의 후예라 한들 병에 안 걸리는 것은 아닙니다."

무연이 한숨을 폭 내쉬었다.

"한번 보거라."

무연이 가리킨 곳에 병사들이 있었다. 그들은 모두 천경과 무연의 눈치를 살피고 있었다.

"보이느냐? 병에 걸릴까 겁먹은 자들의 모습이?"

천경이 한숨을 폭 내쉬었다.

"하면 스스로 나서는 자들이라도……."

무연이 고개를 흔들었다.

"전염병이라 하였다. 난 내분이 일어나길 바라지 않는다."

"하면 저라도 따르겠습니다."

"만약 병에 걸린다면 가차 없이 함원에 두고 갈 것이다. 그래도 좋으냐?"

천경은 가뿐하게 어깨를 으쓱했다.

"까짓것 좋아하는 천화주나 원 없이 먹다 죽으면 그 또한 나쁠 것 없습니다."

"녀석, 나이가 들어도 허세는 여전하구나."

"피차일반입니다."

무연이 피식 웃었다.

무연은 남은 병사들에게 마을을 봉쇄하라 이르고는 천경과 함께 함원으로 향했다.

마을은 고요했다. 온통 천화가 만발한 아름다운 풍경이었지만 지나치게 고요한 것이 당장 귀신이라도 튀어나올 것 같았다. 가만히 서서 사방을 둘러본 무연이 길게 한숨 쉬었다.

"집집마다 가냘픈 인기척들이 느껴지는구나."

이리저리 바삐 둘러보고 온 천경이 화답했다.

"다들 힘없이 누워 있기만 합니다."

"움직일 힘도 없는 거겠……."

무연이 말을 멈췄다. 삐그덕, 대문이 열리더니 웬 소년이 나타났다. 무연과 천경을 마주한 소년은 깜짝 놀라는 얼굴이었다.

"괴질이 돌고 있사온데……. 어서 나가지 않으시면……."

한참 말하던 소년의 시선이 무연의 머리칼에 향했다.

"어…… 천룡의 후예……."

무연이 빙그레 웃었다.

"그래. 우리는 중앙에서 온 사람들이란다."

무연은 소년이 들고 있는 물동이를 주시했다.

"넌 병에 걸리지 않은 것이냐?"

"어…… 그것이……."

소년은 기이하게도 답하기를 망설였다. 무연은 부드러운 미소를 지으며 가만히 기다렸다. 효과가 있었다. 소년이 쾌활하게 말했다.

"그게 좀 신기합니다. 병이 퍼진 지 제법 되었는데 저와 어머니는 멀쩡합니다."

"그 말이 사실이냐?"

천경이 믿을 수 없다는 듯 반문했다. 소년이 고개를 끄덕였다.

"예. 해서 이리 마을 사람들을 돌보고 있습니다."

다시 무연이 입을 열었다.

"힘들겠구나."

"힘든 게 문젠가요. 천화주를 만들 사람이 없어 아까운 열매들이 떨어져 썩어가니 옆 마을만 신이 났지요."

소년이 눈살을 찌푸렸다.

"옆 마을?"

무연이 묻자 소년이 팔을 들어 어딘가를 가리켰다.

"예. 저기 산 너머에 있는 함양 말입니다."

무연은 두 마을이 애초에 하나였으나 언젠가부터 두 개로 분리

된 것을 기억해 냈다. 천룡의 후예 정도나 되어야 기억할 수 있을 오래전의 일이었다.

소년이 계속해서 투덜거렸다.

"함양도 천화주를 만들어 팝니다요. 천화주는 아시다시피 진나라 사람들이 모두 사랑하지 않습니까? 한데 함원에서 만들지 못하면 공급량이 달릴 것인데 그럼 술값이 천정부지로 치솟겠죠. 함양 사람들만 신이 날겁니다요."

말을 마친 소년이 민망한 얼굴로 다시 입을 열었다.

"죄송해요. 저도 모르게 그만 흥분했네요."

무연이 빙그레 미소 지었다.

"아니다. 그래서 너와 네 어미가 이 마을 전부를 돌보고 있는 것이냐?"

"그냥 물이나 죽을 전해주고 있을 뿐입니다요. 모두들 힘이 없어서 거동조차 제대로 못 하거든요. 심한 분들은 똥오줌도 받아 내야 하……."

소년이 냉큼 입을 다물더니 배시시 웃었다.

"이, 이런 이야기까지 하려는 건 아니었는데 말이죠, 헤헤헤."

무연이 피식 웃더니 소년의 머리를 헝클었다.

"녀석, 착하구나. 네 어미는 어디 계시냐?"

"집에서 죽 쑤고 계실 거예요."

"집으로 인도하거라."

"어, 하지만 아직 들를 집이 많아서……."

천경이 나섰다.

"우리가 도우면 더 빨리 끝나겠지?"

"그래주심 고맙죠!"

소년이 목소리를 높였다. 아무래도 정말 힘든 모양이었다. 천경과 무연은 빙그레 웃으며 소년을 따랐다. 소년과 함께 든 집을 살핀 무연이 고개를 갸웃했다.

"병이 퍼진 지 오래되었다고 했지?"

"예. 한 보름쯤 되었을 겁니다."

"사망자는 몇이나 되느냐?"

무연의 질문에 소년이 잠시 멈칫했다. 소년의 행동이 다소 기이하여 병자에게 물을 먹이던 천경도 흘깃거렸다.

"왜 답을 않느냐?"

무연이 한 번 더 물었다. 소년이 한숨을 폭 내쉬었다.

"실은 어머니께 이야기를 드렸다가 된통 혼이 났거든요."

"뭘 말이냐?"

"아직 죽은 사람이 한 명도 없어요. 심지어 저랑 어머니 단둘이서 돌보는 게 가능할 만큼 증세가 심하지도 않구요. 게다가……."

"게다가?"

소년이 무연을 한참 살피다 용기 내어 말했다.

"병이 돌기 전에 기이한 일이 있었다고들 한참 시끄러웠어요."

"기이한 일?"

"예. 마을에서 가장 큰 천화원에 귀신이 나타났다고 한번 난리가 났었거든요."

"귀신?"

소년이 피식 웃었다.

"천화원에서 한밤중에 기이한 노랫소리가 들렸대요. 웬 여자가 밤새 흐느끼며 노래를 불렀다는 거죠. 어떤 사람들은 그 귀신이 병을 불러들였다고도 하더라구요."

"웃는 것을 보니 너는 그렇게 여기지 않는 모양이구나."

"어머니야 귀신의 짓이라 굳게 믿고 계시지만 전 달라요."

"너의 생각은 어떠하냐?"

"전 함양 사람들 짓이라고 생각해요."

"함양 사람들이?"

소년이 힘차게 고개를 끄덕였다.

"예. 똑같이 천화주를 만들면서 서로 원조라고 오래전부터 싸웠거든요. 게다가 우리가 모두 병에 걸려 술을 만들지 못하니 당장 함양 사람들이 이득을 보게 됐잖아요?"

"너는 그래서 함양 사람들이 뭔가 수를 쓴 것이다?"

"제가 그렇게 믿는 이유는 또 있어요."

"그게 뭔지 말해줄 수 있느냐?"

"저와 제 어머니요. 우리 두 사람만 병에 걸리지 않는 이유. 전 그걸 알 거 같거든요."

무연이 심각한 얼굴로 물었다.

"그게 무엇이라 생각하느냐?"

"물입니다."

"물?"

"예. 저와 제 어미는 저기 먼 산기슭 외딴곳에 살고 있어요. 술을 만드는 데 물이 얼마나 중요한지 아시죠? 저와 어머니는 그 샘물을 지키는 일을 하고 있거든요. 자연히 마을 우물에서 멀어 그 샘물을 마시죠."

"누군가 마을 우물에 무슨 짓을 했다고 여긴단 말이냐?"

"확실해요."

"확신하는 이유는?"

소년이 자신만만한 미소를 머금었다.

"샘물을 마시기 시작한 사람들의 병이 낫고 있거든요."

소년을 도와 마을 한 바퀴를 돌고 나니 어느새 한밤중이었다.

"너무 늦었는데 내일 오시는 게 어때요? 지금 가시면 주무시고 가셔야 될 텐데 집이 너무 누추하여……"

소년이 미안한 듯 헤헤 웃었다. 무연이 빙그레 웃었다.

"내가 묻고픈 말이구나. 폐를 끼치게 될 터인데 괜찮겠느냐?"

"저희야 괜찮지만 천룡님이랑 할머니는 불편하실 텐데요."

"우리는 개의치 말거라."

"뭐, 그렇다면야…… 따르십쇼."

소년이 앞장섰다. 그 뒤를 따르며 무연은 깊은 생각에 빠져들었다.

"무슨 생각을 그리 하십니까?"

천경이 앞서가는 소년을 흘깃거리더니 슬쩍 물었다.

"아직은 잘 모르겠구나. 소년의 어미에게 귀신에 대해서도 들은 연후에 말해주마."

"함양 사람들이 한 짓이 아니라고 여기시는 겁니까?"

"그들이 그런 짓을 할 이유가 뭐가 있단 말이냐? 천화주의 가격이 오른다 한들 돌림병으로 사망자가 발생되면 폐하께서 애도 기간으로 공표하시어 금주령을 내릴 텐데."

"사망자가 아직 나오지 않았다고 하잖습니까?"

"그것도 이상하구나. 애초에 그런 계획을 세웠다면 소년과 그 어미도 함께 병에 걸리게끔 했을 거다. 그랬다면 저 아이가 우물을 의심하는 일도 없었겠지. 하지만 그렇지 않았다는 것은……."

무연이 심각한 얼굴로 말을 끊다. 천경은 조용히 다음 말을 기다렸다. 짧게 한숨을 내쉰 무연이 다시 입을 열었다.

"귀신 이야기까지 마저 듣고 생각해 보도록 하자."

천경은 말없이 무연의 뜻에 따르기로 했다.

소년의 어미는 후덕한 인상을 가진 여인으로 갑작스러운 방문에도 싫은 내색을 하지 않았다. 분주히 찻상을 내온 아낙이 자리에 앉고 나서야 무연이 입을 열었다.

"병의 원인이 천화원에서 운 귀신 때문이라 여기신다고요?"

갑작스러운 방문에도 살뜰히 손님들을 챙기던 아낙이 답했다.

"귀신이 아니고서야 갑자기 돌림병이 왜 돈답니까? 게다가 그 울음소리를 들은 사람들부터 발병하여 종국에는 온 마을로 번졌으니 당연한 일이겠지요."

소년이 구석에서 작게 구시렁거렸다.

"우물이 천화원에 있어서 그런 거라니까는……."

어미가 매섭게 소년을 보았다.

"그런 소리 말거라. 사람을 함부로 의심해서는 아니 된다."

"치이……."

소년은 몸을 잔뜩 웅크리더니 입을 다물었다. 아낙의 심성을 알아본 무연이 빙그레 웃더니 다시 물었다.

"귀신을 직접 본 자는 없습니까?"

"아이고, 왜 없어요? 젤 먼저 발병한 게 그 사람인데?"

"제게 그 이야기를 들려주실 수 있겠습니까?"

"아휴, 당연하죠. 정말 아름다운 여인이라 했습니다. 특이하게도 붉은 머리를 하고 있다더군요."

천경이 깜짝 놀라 무연을 보았다. 무연은 애써 침착한 얼굴로 되물었다.

"붉은 머리칼이라 하였습니까?"

아낙이 머리를 끄덕였다.

"예. 무릎까지 올 만큼 긴 머리를 묶거나 장식을 하지 않고 그냥 풀어 헤쳐 놨는데, 아니, 글쎄, 바람도 안 부는데 사방으로 펄럭였다지 뭡니까?"

무연이 자리에서 벌떡 일어나더니 바람처럼 집을 나섰다. 뒤늦게 일어난 천경이 얼른 고개를 숙였다.

"이야기 감사합니다. 급한 일이 생겨 먼저 가보겠습니다."

"아니, 그럼 돌림병은……."

그러나 천경은 대답 따위 해줄 여유가 없었다. 무연이 이미 자취를 감춘 탓이었다. 천경이 헐레벌떡 달려 도착한 진영에도 무연은 없었다. 마치 기다렸다는 듯 어린 병사 하나가 달려왔다.

"무, 무어라 하고 가셨느냐?"

내내 달려온 터라 거친 숨을 몰아쉬며 천경이 물었다.

"마을에 들어가서 우물을 막고 새 우물을 판 후 마을 사람들이 거동 가능해질 때까지 수발을 들라 했습니다."

"아효, 그럼 또 마을로 가야 되겠구나."

병사가 땀범벅이 된 천경을 보고 피식 웃었다.

"이미 새벽입니다. 한숨 주무시고 내일 가셔도 되지 않겠습니까?"

천경이 콩, 병사의 머리를 쥐어박았다.

"어찌 당연한 소리를 그리 얄밉게 하누?"

병사는 그저 헤헤헤 웃을 따름이었다.

깊은 밤. 별빛만 가득한 밤길을 매서운 기세로 달리는 말 한 마리가 있었다. 그 말에 타고 있는 것은 긴 청록색 머리를 휘날리는 무연이었다. 한참을 달리던 무연은 반듯한 길에 다다르자 냉큼 품속의 전서옥을 손에 쥐고 눈을 감았다. 하지만 잠시 후, 험악한 얼굴로 눈을 떴다. 이미 깊은 밤이었다. 다해가 답이 없는 것은 당연한 일이었다. 언제나 규칙적인 다해는 이미 잠자리에 들어 있을 시각이었다. 그걸 다 알면서도 무연은 자꾸만 속이 답답해졌다.

"이랴!"

무연은 다시 박차를 가했다. 제아무리 지척이라 한들, 그것은 어디까지나 지도상에서의 이야기로 말을 타고 힘껏 달려도 한나절은 걸리는 거리였다. 게다가 낮에 이미 가람에서 함원까지 혹사를 당한 말이 아니었던가? 말의 달리는 속도가 차츰 느려졌다. 말로서는 최선이었겠지만 무연은 그 속도가 참으로 마음에 들지 않았다. 결국 한참이나 더 느려진 말에서 내린 무연은 직접 달리기 시작했다. 이를 악문 그 얼굴은 이미 반쯤 천룡이었다. 위험하다는 건 잘 알고 있었다. 하지만 다해를 잃는다면 어차피 미쳐 버릴 테니 상관없었다.

붉은 머리의 여인.

무연은 전서옥을 만드는 아름달을 직접 보았다. 옥구슬 두 개를 양손에 쥔 아름달이 뭔가 노래를 불렀다. 그러자 바람이 불지 않는데도 아름달의 머리카락이 이리저리 한들거렸다. 지금 그 장면이 자꾸만 떠오르고 있었다. 틀림없이 려나라에서 수를 쓴 것이다. 신비술사가 우물에 뭔가 한 게 틀림없었다. 이유는 단 하나. 자신을 떼어놓기 위한 것.

아름달을 내놓으라고 생떼를 쓰기에 무슨 짓인가 했더니, 이제야 비로소 무연은 려나라 사신단의 저의를 알 수 있었다. 마음이 급했다. 가람이 왜 이렇게 먼지 짜증이 날 지경이었다. 열심히 달리다 보니 날이 밝았다. 슬슬 다해가 깨어날 시간이 되었지만 무연은 달리는 것을 멈추지 않았다. 차라리 눈곱만큼이라도 빨리 도착하는 게 낫다 여겨진 탓이다.

무연은 시끌벅적해지기 시작하는 외가람을 훌쩍 지나 눈 깜빡할 사이에 숲을 통과해 호수에 도착했다. 나룻배에 앉아 있던 노인이 눈을 크게 떴다.

"위 장군?"

무연은 얼른 천룡의 힘을 거둬들였다.

"한시가 급하니 좀 빨리 가십시다."

평소 무연답지 않은 요청에 노인이 피식 웃음 지었다.

"거, 천손이 그리도 보고 싶으십니까? 천손이라면 조금 전에 그 싸가지 무사하고 마실 가셨는데요?"

"칼바람하고 말입니까?"

"예. 혹시 오다 못 보셨습니까? 외가람의 싸가지 무사 집에서 신비술사랑 같이 음식을 만들어 소풍을 갈 거라 하셨는뎁쇼?"

"고맙소!"

말을 마친 무연은 다시 잽싸게 외가람으로 향했다.

지나치는 사람들이 모두 무연을 보고 깜짝 놀랐다. 천룡의 기운을 드러내 놓고 달리고 있으니 당연한 일이었다. 숨 한번 제대로 쉬지 않고 아름달과 칼바람이 기거하는 집에 도착한 무연은 스스로 문을 박차고 뛰어들었다. 그리고 아름달을 마주했다.

'어?'

아름달이 놀랄까 천룡의 힘을 거두는 순간 무연은 그녀에게 생긴 변화를 알아챘다. 그러나 그 사실을 말해주기도 전에 아름달이 먼저 덥석, 무연의 소맷자락을 잡았다.

"천손은요? 천손은 무사하십니까?"

"무슨 말씀이십니까? 두 분이 먼저 아씨를 빼돌린 거 아니었습니까?"

아름달이 눈물을 터뜨리며 넙죽 엎드렸다.

"용서하소서!"

무연의 얼굴이 일그러졌다.

"대체…… 무엇을 용서하란 겁니까?"

아름달은 계속해서 울부짖었다.

"이미 오래전에 수상한 것을 알고 있었습니다. 얼마 전에는 청진과 계속해서 내통하고 있는 것도 알았습니다. 하지만…… 하지만…… 사사로운 마음이 끼어들어 그만 알리지 못했습니다."

"대체 무슨 말씀을 하시는지 모르겠군요. 누가 청진과 계속 내통을……."

무연의 얼굴이 험악하게 굳어졌다. 아름달이 숙이고 있던 고개를 번쩍 들었다.

"대장이 오늘 새벽같이 천손을 뵈러 간다 하였습니다. 천손은 어디 계십니까? 무사하신 겁니까?"

무연은 서 있을 힘을 잃어버렸다. 처음엔 의심했을지언정, 이제는 완전히 아군이라 믿고 있었다. 목숨을 걸고 아씨를 지키려 하는 그 마음에 도저히 다른 저의가 있을 거라 생각할 수 없었다. 그랬는데……. 이렇게 넋 놓고 있을 수는 없었다. 무연은 주위에서 기웃거리고 있던 고용인 하나를 불렀다. 날렵하게 생긴 중년의 사내는 쭈뼛거리며 다가왔다.

"당장 사신관에 가서 그들이 아직도 그곳에 머물고 있는지 확인해 주십시오."

명을 받은 사내가 무연의 눈치를 보더니 조심스럽게 말했다.

"그것이…… 어제 짐을 싼 것으로 알고 있습니다요."

"그게 무슨 말입니까?"

"그러니까 장군께서 함원으로 가신 후, 갑자기 유일한 천룡의 후예인 위 장군이 다른 일을 하러 간 것이 자기들을 무시한 처사라며 분기탱천해서는 밤이 늦었는데도 요란하게 떠났습니다요."

무연이 신음했다. 만약 그 말이 사실이라면 어젯밤, 무연이 달려온 길 중간에서 분명히 마주쳤어야 했다. 려나라로 가는 가장 빠른 길이었으니까. 이제야 비로소 사신단이라는 이름이 부끄러울 만큼 간소한 인원이 온 이유를 알 것 같았다. 그리 말도 안 되는 주장을 내세우며 생떼를 부린 것도 이해가 갔다.

여전히 바닥에 주저앉아 있는 아름달을 조심스럽게 일으켜 세운 무연이 물었다.

"관문을 만드는 건 얼마나 어려운 일입니까?"

아름달이 눈물 젖은 얼굴을 추스르며 답했다.

"신비술사 십여 명이 모여야 가능합니다. 거리에 따라서 더 많은 인원이 필요할 수도 있습니다."

"틀림없이 여러 명의 신비술사가 필요한 일입니까? 혹시 단 한 명이 할 수 있지는 않습니까?"

사신단에 포함된 신비술사는 딱 한 명이었다. 무연은 틀림없이 기억하고 있었다.

"가능하긴 합니다. 하지만 목숨을 내어놓아야 하는데……."

"려나라 귀족들이야 신비술사의 목숨을 하찮게 여기니 필요하다면 버릴 수도 있지 않겠습니까?"

아름달의 목소리가 가늘게 떨리기 시작했다.

"그야 그렇지만…… 설마 관문을 열었을 거라고 생각하시는 겁니까?"

"아마 그 말이 맞을 겁니다."

갑자기 끼어든 앳된 목소리에 무연과 아름달이 대문 밖을 보았다. 무연이 들어온 이후 계속 활짝 열려 있던 대문에 신관이 서 있었다.

"이른 아침부터 어인 일이십니까?"

아름달이 정중하게 맞이했다. 신관이 따라 정중히 허리를 숙였다.

"달님을 한번이라도 더 보게 된 것은 좋은 일이나 상황이 좋지 못하군요."

무연이 끼어들었다.

"이곳까지 오신 연유가 무엇인지요?"

신관은 무연에게도 정중히 예를 취한 후 입을 열었다.

"조금 전 대신관께서 말씀하시길 경계 숲 서쪽 방면에서 달빛의 흐름이 기묘하게 변하는 것을 느끼셨다고 하셨습니다."

"달빛의 흐름이요?"

"예. 하여 달님께 무슨 일이 생긴 건 아닌지 모르겠다고 가보라 하셨는데 문제가 생긴 것은 아무래도 천손인 거 같군요."

무연이 눈을 빛냈다.

"경계 숲 서쪽이라 하셨습니까?"

"예. 분명히 그리 말씀하셨습니다."

신관의 말이 끝나기 무섭게 무연이 몸을 돌렸다. 다행히 떠나기 직전, 아름달이 옷자락을 붙들었다.

"같이 가겠습니다."

몸을 돌린 무연이 단호하게 거절했다.

"안 됩니다."

"꼭 가야 합니다. 려나라에서부터 문제를 끌고 온 책임이 저에게도 있습니다. 신비술 또한 틀림없이 도움이 될 것입니다. 상황이 여의치 않다면 제 목숨을 바쳐 관문이라도……."

"안 됩니다."

아름달이 울먹거렸다.

"어찌 그러십니까? 설마, 제가 려나라 사람이라서입니까?"

작게 한숨을 내쉰 무연이 고개를 흔들었다.

"초기의 임산부는 행동거지 하나하나 조심해야 하는 법입니다. 하물며 이제 겨우 잉태한 분이라면야 두말할 것도 없지요."

"그게 무슨 말씀이신지……."

"아까 천룡의 기운을 갈무리하기 직전 보았습니다. 이제 막 새 생명을 잉태하셨더군요."

아름달의 눈이 동그래졌다.

"아무리 천룡이라 한들……."

신관이 끼어들었다.

"천룡은 신의 후예입니다. 충분히 가능한 일이지요. 경하드립니다, 달님."

아름달에게 구애했다 차인 것이 믿기지 않을 만큼 환한 미소를 띤 축하였다.

"그럼 급해서 이만 가보겠습니다. 아름달님을 부탁드립니다."

"걱정 마십시오."

신관과 서로 간에 꾸벅, 간단한 목례를 주고받은 후, 무연은 또다시 천룡의 힘을 폭발시키며 밖으로 뛰쳐나갔다.

"달님, 안으로 드시지요."

신관이 조심스럽게 말을 건넸다. 멍하니 서 있던 아름달이 주룩, 눈물을 흘렸다. 신관이 깜짝 놀라는 얼굴을 했다.

"어찌 우십니까? 경사스러운 날이 아닙니까?"

다정한 목소리였건만 아름달은 그대로 털썩 주저앉더니 엉엉 소리 내어 울었다.

"달님! 바닥이 찹니다!"

깜짝 놀란 신관이 얼른 아름달을 도로 일으켜 세웠다. 내내 지켜보던 고용인들이 냉큼 방문을 열었다. 의자에 조심스럽게 아름달을 앉힌 신관은 맞은편에 자리를 잡고 묵묵히 그녀가 우는 것을 지켜보기만 했다. 이윽고 한참을 울던 아름달의 울음소리가 차츰 잦아들자 신관은 그제야 입을 열었다.

"어찌 그리 우십니까? 아이의 아비에게 배신자라는 낙인이 찍힐까 두려우십니까?"

아름달이 고개를 저었다.

"아닙니다. 간사한 제 마음이 너무 싫어 울었습니다."

"어찌하여 달님의 마음이 간사하다 하십니까?"

아름달의 눈에서 또다시 또르르 눈물이 굴러 떨어졌다.

"배신한 것을 깨달은 순간 화가 났습니다. 너무나도 화가 나서 만약 눈앞에 있었더라면 무슨 짓이라도 했을 것 같았습니다. 한데……."

아름달의 눈에서 점점 더 많은 눈물이 넘쳐 나기 시작했다.

"아이를 가진 것을 알게 된 순간 모든 분노가 녹아버렸습니다. 이제는 그저 보고 싶기만 할 따름이니 이 어찌 간사하지 않다고 할 수 있겠습니까?"

아름달은 제 마음이 창피한 듯 고개를 푹 숙여 버렸다.

신관이 빙그레 웃었다.

"사랑이란 원래 그런 것입니다. 하니 너무 부끄러워 마십시오."

신관의 답이 의외인 듯 눈을 동그랗게 뜨고 한참을 쳐다보던 아름달은 또 눈물을 흘렸다. 한참을 눈물 흘리던 아름달은 이윽고 탁자에 엎드려 서럽게 엉엉 울기 시작했다. 신관은 부드럽게 그런 아름달의 등을 다독여 줄 뿐이었다.

온 힘을 다해 달렸건만 경계 숲 서쪽엔 이미 먼저 온 사람들이 있었다.

"장군!"

황제의 명을 받은 군사였다.

"무슨 일인가?"

거적에 덮인 들것 하나가 지나가고 있었다. 툭, 새하얀 손이 들것 아래로 늘어졌다. 무연의 시선을 확인한 병사가 입을 열었다.

"려나라에선 신비술사를 마소처럼 취급한다더니 정말인 모양이더군요."

"뭐가 어찌 된 겁니까?"

"그것이⋯⋯."

입을 열었던 병사가 무연의 가슴팍을 쳐다보았다. 그곳엔 전서옥이 매달려 있었다. 고개를 갸웃한 병사가 품에서 뭔가를 꺼내 내밀었다.

"장군의 것과 같군요. 혹 이것도 장군의 것입니까?"

병사가 내미는 것은 다해에게 건넸던 전서옥이었다. 목에 걸기 위해 달아두었던 가죽끈이 무참하게 끊어져 있었다. 다해의 저항이 거셌거나 뒤늦게 발견한 칼바람이 연락을 못하게 막으려 뜯어내 버린 것이리라. 무연의 눈빛이 불타올랐다.

"어디서 나셨습니까!"

무연이 냉큼 내지르는 소리에 병사는 자신도 모르게 한발 물러서며 답했다.

"시, 신비술사의 시신 옆에 있었습니다. 하여 그 여자의 물건인 줄 알았는데⋯⋯."

병사의 말은 끝까지 이어지지 못했다. 번개처럼 다해의 전서옥을 낚아챈 무연은 이미 려나라 청진을 향해 내달리고 있었다.

실수였다. 무연은 달리는 와중에도 자책했다.

려나라 사신단이 온다고 했을 때부터 숨은 계획이 뭔지 알아챘어야 했다. 청진을 탈출할 때, 칼바람이 동행한다고 했을 때부터 의심을 했어야 했다. 하지만……

무연이 이를 악물었다.

칼바람이 아씨에게 구애를 하기 위해 동행했다는 말을 들은 순간 느꼈던 그 기묘한 감정이 뭔지 이제는 확실히 알았다.

'바보 같은 놈!'

아씨를 사랑한다는 사실을 좀 더 일찍 깨달았다면, 그렇게 감정이 우선하고 있음을 미리 알고 있었다면 이런 일은 애초에 없었을 것을……. 무연은 몸속 깊은 곳에 똬리를 틀고 있던 천룡의 기운을 있는 힘껏 터뜨렸다. 자신이 감당할 수 있을 경계를 아슬아슬하게 넘나드는 수준으로……. 덕분에 이제 무연은 아무 생각도 하지 않았다. 무념무상 앞만 보고 달렸다. 그렇게 한참을 달리고 있는데 불쑥, 누군가 끼어들었다.

"장군!"

무연은 본능적으로 휙 뒤로 몸을 날렸다. 천경이었다. 계속 전진했다면 늙은 노파의 몸뚱이는 산산이 부서졌을 터.

"비켜라."

얼음장보다 더 시린 목소리였건만 천경은 꿋꿋했다.

"안 됩니다. 이리 감정을 앞세우시다가 또 전쟁이 시작되면 어찌하실 참입니까?"

"다 쓸어버리면 그만이다."

"어차피 그들은 천손께 아무 위해도 가할 수 없습니다! 잘 아시잖습니까!"

크르릉, 낮은 짐승의 소리가 울려 퍼졌다.

"난 분명 비키라고 했다."

비죽, 송곳니가 삐져나왔다. 그럼에도 천경은 한 치의 물러섬도 없었다.

"지금 그 모습! 천손이 보시면 퍽이나 좋아하시겠습니다!"

정곡을 찔린 듯 질끈 입술을 깨물었던 무연이 눈을 감았다. 주룩 눈물이 흘러내렸다.

"장군. 천손께서는 지금도 틀림없이 의연하게 잘 계실 것입니다. 한데 어찌 장군께선 이리 약한 모습을 보이십니까? 정신을 차리소서. 부디 원래 장군의 모습으로 돌아오소서!"

천경이 읍소했다. 하지만 무연은 숙인 고개를 들 생각이 없어 보였다.

"무연님!"

환히 웃는 다해가 떠올랐다. 그 미소 한 조각이 얼마나 마음을 따스하게 해주었던가? 다해의 부드러운 입맞춤 하나면 세상만사 다 가진 기분이 들었거늘…….

무연이 품에서 다해의 전서옥을 꺼내 천경에게 건넸다.

"이게…… 무엇입니까?"

"전서옥이란 거다. 아름달님께 물어보면 사용법을 알 수 있을 것이다."

"전서구…… 같은 겁니까? 한데 이걸 어찌 제게…….”

"폐하께서 본격적으로 움직이시거든 내게 알려다오. 나도 최대한 도울 테니.”

"대체 무얼 하시려는…….”

천경의 말이 끝나기도 전에 무연은 훌쩍 허공으로 날아올랐다.

"장군!”

천경의 애타는 목소리만 사방으로 흩어졌다. 무연은 이미 보이지 않았다. 발을 동동 구르던 천경이 말에 올랐다.

"맡은 바 임무 성실히 행하도록 하여라!”

천경이 바로 곁의 휘하 장수에게 명령을 내리곤 바로 가람으로 달렸다. 헐레벌떡 쉬지 않고 황궁에 도착한 천경은 바로 황제에게 무연이 떠난 것을 고했다. 황제가 신음했다. 하지만 그게 다였다. 이내 평정을 되찾은 황제가 명을 내렸다.

"일상으로 돌아갔던 모든 군사에게 귀환령을 내리라.”

"전부…… 말입니까?”

황제가 단호하게 고개를 끄덕였다.

"추수철이 오기 전, 모든 일을 마무리 지을 것이다. 그리고 위 장군이 자리를 비웠으니 천경, 그대를 대장군에 임명한다.”

"명 받들겠나이다!”

그날부로 진나라 구석구석 포고령이 내려졌다. 온 나라가 비상 태세에 돌입했다.

'제발 무사하십시오.’

무연은 오직 다해의 안위만을 걱정하며 달리고 또 달렸다. 천룡에 가까워질수록 의식이 점점 사라져 갔다. 위기를 느껴야 하건만 기이하게도 무연은 평온했다. 자연과 하나가 되는 느낌. 무연은 바로 그것을 느끼며 하늘을 날았다. 그러다 갑자기 누군가의 목소리를 들었다.

"천손을 구하러 가십니까!"

천손…… 천손…… 아씨!

갑자기 무연의 정신이 돌아왔다.

까마득하게 먼 곳에서 건장한 체구를 가진 털투성이 사내가 헐레벌떡 달려오고 있었다. 훌쩍, 그 앞에 착지한 무연이 여전히 술에 취한 듯, 천룡에 취한 채 물었다.

"누군데 아씨가 위험에 빠진 것을 아느냐?"

헉헉, 거친 숨을 몰아쉬며 사내가 답했다.

"하이고, 천룡, 천룡 하더니 세상에 진짜 사람이 아니시네요."

"어서 답하라!"

매서운 무연의 기세에도 아랑곳하지 않은 사내는 한참이나 더 호흡을 가다듬더니 몸을 바로 하며 환히 웃었다.

"천손께서는 청진에 계신 것을 확인했으니 알 수밖에요."

말이 끝나기도 전에 무연이 사내의 멱살을 잡았다.

"려나라의 첩자로구나."

차분한 음성이었으나 싸늘한 살기가 가득했다. 상대 또한 무예를 익힌 자, 그것을 모를 리 없건만 생글거리는 미소를 거두지 않은 채 말을 이어나갔다.

"야흐로나 란베르 왕자님의 전언입니다요. 려나라를 통과하기 어려우실 테니 관문을 이용하시랍니다."

"야흐로나 란베르?"

"예. 토나라의 일 때문에 청진에 다시 가셨는데 하필 천손도 때 맞춰 청진에 오셨다더군요."

"관문은 무슨 소리지? 토나라에 관문이 있느냐?"

"친려파들이 려나라와 내통해 만든 관문이 하나 있습죠."

"하지만 신비술사가 없으면 무용지물."

무연의 얼굴이 포악해졌다.

"역시나 려나라 첩자로구나. 감히 나를 농락하려 들다니."

멱살을 잡힌 손에 힘이 들어간 것을 느낀 사내가 열심히 손사래를 쳤다.

"아이고, 아닙니다요! 왕자님께서 신비촌에 잠입하겠다 하셨습니다요!"

"신비촌?"

무연의 손이 슬그머니 풀어졌다. 얼른 무연의 손아귀에서 옷깃을 빼낸 사내가 씩 웃었다.

"일전에 탈출하실 때 약조 때문에 관문을 이용치 못하신 것을 왕자님도 알고 계십니다. 그것을 기억해 내신 왕자님께서 대신 약조하겠다 하셨으니 틀림없이 관문을 열어드릴 것입니다."

무연의 귀가 번쩍 뜨였다. 그 말이 사실이라면 일분일초가 아까운 지금, 무척이나 반가운 소식이 아니던가? 이미 그때 했던 약조가 무엇인지, 그 약조를 지킬 수 있는지 없는지에 대한 사실은 무연의 뇌리에 없었다.

"당장 관문으로 안내하라!"

"그전에 우선은 좀 쉬셔야겠습니다."

"뭐?"

당장에라도 다해를 만날 수 있을 거란 기대에 부풀어 있던 무연이 얼굴을 구겼다.

"가람에서 이곳 화정까지 쉬지도 않고 달리신 모양이지요? 몰골이 말이 아닙니다요. 관문을 넘자마자 무슨 일이 벌어질지 모르는데 체력을 비축하셔야 하지 않겠습니까?"

"네놈이 천룡의 후예를 무시하는구나!"

"무시고 자시고, 그 모습, 천손이 보시면 혼절하실 겁니다."

다해가 언급되자 무연은 자신도 모르게 얼굴을 더듬었다. 뭔가가 후두둑 떨어졌다. 대체 뭔가 싶어 바닥에 떨어진 걸 집으려 허리를 숙이다가 손등을 보고 깜짝 놀랐다. 바짝 마른 고목나무의 나무껍질이 벗겨지듯 피부가 사정없이 일어나 있었다. 상처가 나으면서 생긴 딱지가 겹겹이었다.

무연은 침을 삼켰다. 하마터면 큰일 날 뻔한 것을 깨달았다. 천룡으로 화하며 생겨난 비늘들이 튀어나온 자리들이 틀림없었다.

가만히 눈을 감은 무연은 다해를 떠올렸다.

환히 웃으며 한 점 의심 없는 신뢰를 보여주던 다해의 모습을 떠올리자 천룡이 되었을 때와는 다른 종류의 평온이 무연을 찾아들었다.

"이제 좀 괜찮으십니까?"

무연이 눈을 떴다. 비록 엉망진창인 몰골이나 눈빛만큼은 평소의 그답게 온화했다.

"미안합니다. 내가 너무 정신이 없어서 그만 실수를 한 모양입니다."

"아이고, 아닙니다. 익히 소문을 들어 알고 있습니다. 제법 팔불출 흉내깨나 내신다고……."

무연이 멋쩍게 웃었다.

"설마 그 소문이 여기까지 퍼진 겁니까?"

"뭐, 천룡의 후예라는 게 그만큼 사람들 입에 오르내리기 좋으니까요. 자, 이제 가시지요."

"어딜 말입니까?"

"왕자님께서 주기적으로 연락을 하고 계십니다. 아마 다음은 신비촌의 도움을 얻었다는 연락일 겁니다. 그전에 단장하시고 체력도 비축하셔야지요."

천룡이 되어 거의 한달 가까이 쉬지 않고 달려가는 것보다 하루 이틀 이곳에서 쉬면서 기다리는 게 훨씬 나은 선택임을 헤아릴 만큼 이성이 돌아온 무연이 정중히 허리를 숙였다.

"염치없지만 그럼 도움을 받아들이겠습니다."

정확히 이틀 후, 야란으로부터 연락이 왔다. 그날 밤, 무연은 관문을 탔다. 도착한 곳은 청진의 황궁 한복판, 관문정이었다.

'제발 무사하십시오!'

무연은 다해를 찾기 위해 어둠 속으로 녹아들었다.

⊠

날카로운 창을 꼬나쥔 근육질의 전사 수십 명이 줄지어 정면을 응시했다.

용의 부족은 평화로워 보였다. 바다를 끼고 절벽을 등진 작은 마을이었다. 하지만 열두 부족 중 가장 풍족했다. 그들의 왕이 백성들에게 농사를 가르친 덕분이었다.

"저곳이 오늘 우리의 목표다!"

힘찬 목소리가 울려 퍼졌다. 푸석하고 거친 머리에 더러운 피부를 가진 전사들과 달리 매끄러운 은발에 하얀 피부를 가진 사내였다. 그의 목소리는 넋을 잃고 경청할 만큼 영롱했다. 그의 이름은 축복받은 뱀 려사였다.

려사가 소리쳤다.

"닥치는 대로 약탈하라! 빼앗을 수 있는 건 모두 빼앗아라! 음식, 무기, 여자, 하나도 빼놓지 마라! 사내는 모두 죽여라. 그리하면 저들의 풍요는 곧 우리 뱀 부족의 것이 되리라!"

와아, 요란한 함성이 울렸다. 육중한 소리를 내며 전사들이 앞다퉈 달려 나갔다. 한가하게 저녁 준비를 하던 용 부족 사람들이 몸을 일으켰다. 수확을 마친 들판에 흙먼지가 일었다. 모두가 비명을 질렀다. 악명 높은 뱀 부족이었다. 그들의 무기는 강력했다. 저녁 준비를 팽개치고 우왕좌왕 용 부족 사람들이 흩어졌다.

그때 홀연히 한 남자가 나타났다. 기다란 은발이 넓은 어깨 위로 쏟아졌다. 인자한 얼굴엔 부드러운 미소가 얹혀 있었다. 용 부족의 왕, 청천의 목소리가 고요하게 퍼져 나갔다.

"어린아이와 노인을 대피시켜라. 나머지는 모든 불을 끄고 검을 들라."

차분한 음색이었다. 청천의 말을 들은 주민들은 놀랍게도 거친 행동을 멈추고 차분하게 왕이 지시하는 대로 행동하기 시작했다. 청천의 곁에 서 있던 작은 소녀가 빙그레 미소 지었다. 청천이 소녀의 머리를 쓰다듬었다.

"두려우냐?"

소녀가 고개를 저었다.

"너도 어서 대피하거라. 절벽 한쪽에 이런 일에 대비한 비밀 통로가 있단다."

방긋 웃더니 꾸벅 고개 숙여 인사를 마친 소녀가 걷기 시작했다. 그러나 소녀가 걷는 방향은 절벽 쪽이 아니었다. 소녀는 요란한 흙먼지가 일어나고 있는 들판을 향해 걸었다.

"아이야."

청천이 걱정스러운 얼굴로 불렀다. 소녀가 뒤를 돌아보고 미소 지었다. 어린 소녀에게 어울리지 않는 근엄한 미소였다.

「내가 너의 백성을 지킬 것이다.」

청천의 눈이 커졌다. 소녀는 놀란 청천을 뒤로하고 뚜벅뚜벅 앞으로 걸어 나갔다. 선두에서 달려들던 려사가 소녀를 발견했다. 려사는 절로 눈살이 찌푸려졌다. 그리 잘해줬건만…….

려사가 요란한 함성을 내질렀다. 뒤따르던 전사들이 화답했다. 천둥 번개만큼이나 요란한 함성이 흙먼지와 함께 소녀를 향해 달려들었다.

소녀가 발을 멈추고 천천히 팔을 들어 반듯하게 지평선을 그었다. 우르르 쾅, 진짜 천둥 번개소리가 나더니 소녀의 손끝을 따라 땅이 갈라졌다.

삽시간에 소녀와 뱀 부족 전사들 사이에 깊은 절벽이 생겨났다. 달리던 뱀 부족의 전사들이 황급히 발을 멈췄다. 선두에 섰던 몇몇이 뒤에서 달려든 동료들에게 떠밀려 땅속으로 추락했다.

입술을 깨문 려사가 훌쩍 허공으로 날아올랐다. 그는 가뿐하게 갈라진 대지를 넘어 소녀와 마주했다.

려사가 이를 갈았다.

"오랜만이구나."

소녀는 답하지 않았다. 대신에 눈을 감았다. 환한 빛이 소녀를 휘감았다. 거친 소용돌이를 만들어냈던 빛무리는 쏟아질 때만큼 이나 빠르게 하늘로 솟구쳤다. 모든 빛이 사라지고 그곳에 아름 다운 여자가 모습을 드러냈다.

기다란 은발은 땅에 닿을 듯 길었다. 여자는 갸름한 얼굴에 새 하얀 피부와 새빨간 입술을 갖고 있었다. 은하수가 수놓인 푸른 물을 입은 그녀는 천녀 유화였다.

유화의 기세에 압도당한 려사가 털썩 무릎을 꿇었다.

유화가 미소 지었다.

「경쟁은 끝났다.」

입은 조금도 움직임이 없건만 낭랑한 목소리가 땅 끝까지 퍼져 나갔다.

「승자는 축복받은 용, 청천이다.」

려사가 괴성을 내질렀다.

⌖

그리매가 잠에서 깨어났다.

자리옷뿐만 아니라 침상의 이불까지 온통 땀범벅이었다. 같은 꿈을 반복해서 꾸기 시작한 게 얼마나 되었는지 이젠 기억도 하지 못했다.

"폐하, 악몽을 꾸셨사옵니까?"

내관이 다가와 물을 건넸다. 벌컥벌컥 냉수를 들이켠 그리매는 냅다 빈 그릇을 집어 던졌다.

"대체 왜 용이냐 말이다! 제대로 된 창검 하나 만들어내지 못한 부족이 왜!"

이미 거의 려사라 해도 좋을 만큼 기억을 되찾은 그는 이제 자신이 려사인지 그리매인지 구분하지 못했다. 하여 터져 나온 분노는 진심이었다. 내관이 넙죽 엎드려 용서를 빌었다. 지은 죄 하나 없음에도 그러지 않으면 생명이 위태롭다는 것을 잘 알고 있었다.

"진나라에서 소식은 왔는가?"

"아직이옵니다."

"왜 아직인 것이야!"

벌떡 일어난 그리매가 침상 옆에 세워두었던 칼을 뽑아들었다. 내관이 눈물을 흘리며 읍소했다. 그리매가 막 칼을 휘두르려는 찰나, 밖에서 희소식이 전해졌다.

"폐하! 도착했사옵니다!"

그리매가 홱 고개를 돌렸다. 벌컥 문이 열리고 또 다른 내관이 뛰어 들어왔다. 내관은 칼을 쳐든 그리매를 보았지만 그가 기뻐할 소식임을 분명히 알고 있기에 두려워하지 않았다.

"도착했어? 칼바람이?"

"예. 용영대장과 진나라에 사신으로 갔던 사람들 그리고 천손이 함께 도착했사옵니다."

그리매가 화색을 띠었다.

"뭣들 하는 게야? 어서 의복을 챙기지 않고!"

버럭, 내지른 소리에 꿇어 엎드렸던 내관이 벌떡 몸을 일으키며 호들갑을 떨었다. 우르르 몰려든 내관들이 그리매를 씻기고 입히고 치장했다. 그러는 내내 그리매는 대단히 초조해 보였다.

"폐하."

그리매가 홱 고개를 돌렸다. 칼바람이었다. 그리매가 활짝 웃으며 칼바람을 일으켜 세웠다.

"그래. 그간 수고가 많았다. 진짜 천손이라 확인을 받았다고?"

"예. 그러하옵니다."

"그럼 이젠 대신들도 더는 불평하지 않겠지."

"그렇사옵니다, 폐하."

"천손은? 천손은 어디에 있는가?"

"휘월당에 계시옵니다."

"그래그래, 어서 가자꾸나. 내 어여쁜 고것의 얼굴을 꼭 봐야겠구나."

"폐하. 며칠 말미를 두시는 게 어떠하올는지요?"

"뭐? 어째서?"

날카로운 냉기가 쏟아졌다. 칼바람은 굴하지 않았다.

"천손께옵서 많이 흥분하셨사옵니다."

"흥분을 해? 왜?"

"속아서 끌려오신 것에 분노하셨사옵니다. 자칫 옥체를 상하실까 염려되옵니다."

그러고 보니 칼바람의 손등과 뺨에 난 생채기가 한둘이 아니었다. 그리매가 껄껄 웃음을 터뜨렸다.

"설마 천하의 용영대장이 한낱 가녀린 여인에게 그리 당한 것이야?"

"차마 천손을 상하게 할 수 없어 이리 되었나이다."

호탕한 웃음소리가 귀청을 때렸다.

"그 정도는 되어야 유화답지!"

생뚱맞은 이름이 언급된 탓에 칼바람은 하마터면 고개를 들 뻔했다.

"자, 상관없다. 어서 가자."

말을 마친 그리매가 옷자락을 펄럭이며 앞장섰다. 그 뒤를 내관들이 우르르 따랐다. 칼바람도 함께였다.

휘월당엔 폭풍이 몰아치고 있었다. 굳게 잠긴 문 너머에서 요란한 소리가 들려왔다. 깨지고 부서지고 던져지는 소리였다. 악악 내지르는 다해의 비명은 덤이었다.

"이런, 정말로 화가 많이 난 모양이로군?"

"성난 살쾡이라 해도 될 정도입니다."

"살쾡이! 그것 참 마음에 드는군! 문을 열라!"

그새 그리매와 칼바람의 목소리를 들었는지 문 너머는 조용했다. 용영대원들이 망설이며 칼바람의 눈치를 보았다. 그들의 얼굴에도 손톱자국이 한가득이었다.

"뭐 해? 당장 열라는데도?"

그리매가 호통쳤다. 칼바람이 고갯짓을 하자 용영대원들이 지체없이 문을 열었다. 휙, 뭔가가 날아왔다. 그리매가 잽싸게 몸을 피했다. 그 뒤에 서 있던 내관이 불행하게도 대신 항아리에 얼굴을 내주었다. 와장창, 바닥에 떨어져 깨지는 소리가 들렸다.

"휘유, 우리 천손, 어찌 이리 화가 나셨습니까?"

그리매가 느물거렸다.

"당장 돌려보내 주십시오!"

엉망으로 헝클어진 머리에 뜯어지고 구겨진 옷을 입은 다해가 성난 목소리로 외쳤다. 그리매가 크게 미소 지었다.

"그것은 아니 될 말이지요. 이리 모셔오기 위해 목숨 바친 신비술사의 희생을 헛되이 하시렵니까?"

"그게 무슨 말입니까?"

"관문 말입니다. 혼자서 관문을 열 때는 목숨을 바쳐야 되거든요."

"그렇게까지 해서 저를 데려올 이유가 뭡니까?"

"뭐긴요. 애초에 내 것이었으니 되찾을 밖에요."

그리매는 참으로 능글맞은 얼굴을 하고 있었다. 다해가 눈살을 찌푸렸다.

"전 그 누구의 것도 아닙니다."

"과거야 어쨌든 이제는 제 것입니다. 곧 혼례가 치러질 터이니 차분히 준비나 하시지요."

"나는 절대로 당신과 혼인하지 않을 것입니다!"

다해가 발악했다. 당장 손에 잡히는 아무거나 마구잡이로 집어 던졌다. 그리매는 느물거리며 이리저리 몸을 피했다. 그러나 완벽하지 않았다.

다해가 던진 백자 하나가 벽에 부딪쳐 요란한 소리를 내며 깨졌다. 그 와중에 발생한 파편 하나가 휙 허공을 날아 그리매의 뺨에 기다란 상처를 내고 툭 떨어졌다. 피가 스며 나오는가 싶더니 어느덧 천천히 흘러내리기 시작했다. 멍하니 서 있던 그리매가 뒤늦게 아픔을 느낀 듯, 뺨을 더듬거렸다. 붉은 피가 손바닥에 묻어났다. 멍하니 제 피를 바라보던 그리매의 얼굴이 매섭게 구겨졌다.

"감히……."

갑자기 달려든 그리매가 다해의 머리채를 움켜잡았다.

"이쁘다 이쁘다 했더니 감히 내게 상처를 내?"

말을 마친 그리매는 다해를 패대기쳤다. 어찌나 힘이 셌는지 다해는 휘청거리다가 그대로 바닥에 쓰러져 버렸다. 그리매가 성난 걸음으로 쫓아와서는 거친 발길질을 퍼부어댔다.

"폐하!"

칼바람이 황급히 나섰다. 그러나 그리매는 멈출 기미가 없었다.

"폐하! 그러다 죽사옵니다!"

칼바람이 그리매의 옆에 넙죽 엎드려 머리를 조아리고 외쳤다. 효과가 있었는지 그리매가 발길질을 멈췄다. 그러나 여전히 화가 난 듯 씩씩거리고 있었다. 내관이 냉큼 달려와 그리매의 얼굴에 맺힌 땀과 피를 닦아주었다.

다해는 잔뜩 웅크린 채 고통을 참았다. 목구멍까지 울음이 차올랐지만 이를 악물고 버텼다. 절대로 나약한 모습을 보일 수 없었다. 다소 진정되었는지 팔락팔락 부채질을 하던 그리매가 비릿하게 미소 지었다.

"그간 조선에 대해 많은 공부를 했지. 조선에서 계집이란 강제로 사내를 알게 되면 둘 중 하나라더군. 스스로 목숨을 끊거나 혹은 그 사내의 아내가 되거나."

다해는 숨을 멈췄다.

"칼바람, 너는 저년이 어느 쪽을 선택할 거 같으냐?"

시선은 여전히 다해에게 둔 채였다. 칼바람이 꿇어 엎드렸던 몸을 일으켜 다시 한 번 크게 예를 취하며 고했다.

"폐하께옵서 굳이 완력을 사용하셔야 할 이유가 무에 있겠습니까? 그것은 매력이 없음을 만천하에 고하는 일, 폐하의 얼굴에 먹칠을 하게 될 것이옵니다."

려나라에서 겁간이란 피해자보다는 가해자가 더욱 수치스러운 일이었다. 매력이 없어 유혹에 성공하지 못했다는 증거이기 때문이다. 물론, 동등한 지위에 있을 때에 한했지만…….

그러나 그리매는 칼바람의 말을 귓등으로도 듣고 있지 않았다. 차갑게 눈을 빛낸 그리매가 바닥에 쓰러져 있는 다해의 얼굴을 잡고 이리저리 돌려보았다.

"피멍이 들어 엉망인 얼굴도 제법 봐줄 만하구나."

킬킬거리고 웃은 그리매는 기습적으로 다해의 붉은 입술을 노렸다. 다해가 몸서리치며 저항했다. 그러나 이미 그리매에게 양손을 잡힌 채 바닥에 누운 상태였다. 다해가 고개를 이리저리 돌리며 거부했다. 소용이 없었다. 도저히 그리매의 입맞춤을 피할 수 없었던 다해는 포악하게 이를 드러내더니 그의 입술을 물어뜯었다. 불행히도 그저 시도에 불과했다. 그러나 그리매를 자극하기엔 충분했다. 그리매는 사납게 다해의 뺨을 후려쳤다. 다해의 눈앞에 번쩍 불길이 일었다. 뺨이 얼얼했다. 고막이 터졌는지 귀도 먹먹했다. 왜 하필 지금일까? 계나라에서의 악몽이 떠올랐다. 순간 다해는 마비라도 된 것처럼 꼼짝도 할 수 없었다. 씩 웃은 그리매가 다시 다해를 덮치려 했다.

황급히 정신을 차린 다해는 여전히 놀라 움직이지 못하는 척했다. 그리매의 차갑고 뱀 같은 혀가 침입해 왔지만 꾹 참았다. 그리매는 다해가 완전히 포기했다 여긴 듯 어느덧 한손으로 그녀의 몸을 더듬기 시작했다. 그러나 다해가 그럴 리 없었다.

모두가 고개를 숙이고 있었다. 물러가란 명이 없었기에 차마 자리를 뜨지도 못한 그들이 민망하고 난감한 이 상황에서 할 수 있는 일은 그것이 전부였다. 다해에 대한 미안함까지 더해진 칼바람은 아예 땅바닥에 머리를 처박고 있었다. 때문에 그 누구도 다해가 바닥을 더듬는 것을 보지 못했다.

드디어 다해는 원하는 것을 찾아냈다.

성난 다해의 몸부림에 부서졌던 꽃병 파편이었다. 제 손에 나는 상처에도 아랑곳하지 않고 그것을 움켜쥔 다해는 있는 힘껏 그리매의 어깻죽지를 향해 휘둘렀다. 파편은 그리매의 어깨에 깊숙이 파고들었다. 외마디 비명을 지르며 그리매가 몸을 일으켰다. 깜짝 놀라 고개를 든 내관들이 비명을 질러댔다. 칼바람 또한 억눌린 신음을 뿜었다.

어깨를 보고 몸을 부르르 떤 그리매가 다해를 향해 주먹을 휘둘렀다. 그 고통은 따귀에 비할 바가 아니었다. 다해는 이를 악물었다. 그의 앞에서 눈물 한 방울, 신음 한 조각 보이거나 들려줄 생각이 없었다. 그러나 그게 다였다. 어찌나 세게 쳤는지 머리가 심하게 울려 아무것도 할 수 없었다. 온 세상이 빙글빙글 돌았다.

그리매의 붉은 피에 사색이 된 내관들이 미친듯이 몰려들었다.

"저리 치워!"

호들갑을 떠는 내관들을 물리친 그리매가 벌떡 일어났다. 고통

따위 느끼지도 않는 몸뚱이라도 되는 양 피를 줄줄 흘리면서도 표독스럽기 짝이 없는 얼굴로 다해를 보았다.

"네년이 감히……."

주먹을 부들부들 떨던 그리매가 난폭하게 다해의 머리채를 휘어잡았다.

내관들이 읍소했다.

"폐하, 상처부터 돌보시옵소서!"

모두가 그리매의 상처를 걱정했으나 그는 귓등으로도 듣지 않은 채 다해를 질질 휘월당 밖으로 끌고 나갔다. 다해가 저항을 한다고 해보았으나 그리매의 주먹이 어찌나 강했는지 정신을 잃기 일보 직전의 상태라 그저 꿈틀거리는게 다였다.

다해는 회랑과 계단을 지나 한참 끌려갔다. 계단 모서리에 옆구리를 찧을 때마다 숨을 쉴 수가 없었다. 그러나 그리매는 다해가 일어서기를 기다려 주지 않았다. 그렇게 한참을 더 끌려간 끝에 도착한 곳은 어느 전각 앞이었다. 그런데 그 생김새가 다른 곳과 좀 달랐다.

화려하고 아름답게 치장하기 바쁜 것이 려나라 정원의 특징이었거늘, 이곳은 정원수도 정원석도 아무것도 없이 그저 잘 다져진 맨 흙바닥에 몇 개의 사람만 한 기둥이 꽂혀 있을 뿐이었다. 전각 또한 아름다움과는 거리가 멀었다. 크고 투박하며 튼튼해 보이는 게 다였다. 모든 창에는 미적감각이라곤 도저히 찾아볼 수 없는, 튼튼하기 짝이 없는 금속창살이 설치되어 있었다. 그 창살 때문에 전각은 살벌해 보였다. 이곳은 죄인과 노비에게 형벌을 줄 때나 사용되는 처형장으로, 군데군데 흙바닥이 붉게 얼룩져 있는 것은 그들이 흘린 피 때문이었다.

그리매가 발을 멈추고 바닥에 널브러진 다해의 옷가지를 난폭하게 찢기 시작했다. 다해의 저항은 신음이 전부였다. 찢기를 멈춘 그리매는 나신이라 해도 좋을 만큼 엉망이 된 다해를 가장 앞에 있는 기둥에 묶기 시작했다. 보다 못한 칼바람이 앞으로 나섰다.

"폐하! 이곳은 천손께서 계시기에 너무 험한 곳이옵니다!"

칼바람이 읍소했다. 그리매는 멈추지 않았다.

"폐하!"

또 한번 외쳐 보았지만 마찬가지였다. 상처 탓인지 땀을 뻘뻘 흘리며 손수 다해를 꽁꽁 묶어놓는 데 성공한 그리매가 만족스러운 얼굴로 벌떡 일어났다.

"앞으로 황궁에 든 자는 누구나 의무적으로 이곳에서 저년을 구경해야 할 것이다."

묶여 있던 다해가 파르르 몸을 떨었다. 온 힘을 다해 꿈틀거려 보았지만 훤히 드러난 허벅지와 묶이면서 엉망으로 짓눌린 젖가슴을 가리기엔 역부족이었다. 가녀린 다해의 몸부림을 발견한 그리매가 비릿하게 미소 지었다.

"앞으로 하루 딱 한 사발의 죽과 세 잔의 물만 허한다."

내관들이 복종을 표했다. 칼바람은 떨떠름한 얼굴로 잠깐 지체했으나 그리매가 노려보자 이내 머리를 숙였다. 그 자리를 떠나는 듯 보이던 그리매가 다해를 한번 훑었다. 뭔가 마음에 들지 않는 눈치였다. 이내 성큼 다가간 그리매는 다해의 가슴을 짓누르고 있던 포박을 난폭하게 끌어내렸다. 다해의 한쪽 가슴이 출렁이며 모습을 드러냈다. 다해가 꿈틀거렸다. 차갑게 웃은 그리매는 헐렁해진 포박을 다시 단단하게 조였다.

일을 마친 그리매가 다해의 얼굴을 한번 크게 핥았다. 다해가 꿈틀거리며 피해보려 했지만 이제 그녀에게는 남은 힘이 없었다.

"과연 며칠이나 버틸지, 어디 한번 보자꾸나."

크하하 사악한 웃음소리만을 남긴 채 그리매는 그렇게 떠나 버렸다. 내관들이 그 뒤를 종종종 바쁘게 따라갔다. 칼바람이 안타까운 눈으로 다해를 보았지만 해줄 수 있는 게 아무것도 없었다. 하여 이내 그도 슬픈 눈으로 자리를 떴다. 홀로 남은 다해는 그대로 혼절했다.

오랜만에 돌아온 고국이건만 칼바람은 속이 답답했다. 집으로 돌아오니 늘 트집 잡기 바쁘던 아내가 큰일을 하여 가문을 빛냈다며 어쩐 일로 양팔 벌려 그를 환대했다. 평소의 칼바람이었다면 신랄한 비난이라도 한번 날렸을 법했건만 지금 그는 아내의 그런 행동이 전혀 눈에 들어오지 않았다. 자신이 모처럼 웃으며 반겼음에도 칼바람이 시큰둥하자 화가 난 아내는 그를 잡아먹을 듯 못살게 굴었다. 결국, 그는 집을 박차고 뛰쳐나왔다. 발길이 향한 곳은 너른나무의 저택이었다.

"어서 오게!"

너른나무는 맨발로 뛰쳐나와 칼바람을 맞아주었다.

"금의환향이라, 축하해야 할 일이 아닌가!"

마치 제 일인 듯 호들갑을 떤 너른나무는 곧 눈이 휘둥그레질 만큼 거한 술상을 준비했다. 둘이서 받기엔 조금 민망할 정도의 거창한 술상이었다.

"자, 내 잔 한번 받으시게."

너른나무가 칼바람의 잔에 술을 채웠다. 칼바람은 잔이 차기 무섭게 단박에 털어버렸다. 너른나무는 태연한 얼굴로 한 번 더 잔을 채웠다. 그렇게 연거푸 석 잔을 반복하고 넉 잔째 채우는데 드디어 칼바람이 입을 열었다.

"폐하께서 언제부터 저리 되셨는가?"

너른나무가 씩 웃었다.

"제법 되었네."

"내가 사라진 이후에 무슨 일이 있었던 겐가?"

"가장 먼저 신비촌이 털렸지. 아까운 신비술사라 전부 다 죽이진 못했는데 촌장은 달랐지. 자네 그거 아는가? 그 촌장, 죽을병에 걸려 있었다더군."

금시초문이었다. 칼바람이 또 술을 들이켰다. 아름달의 어미였는데…….

"이후에 황궁 보초 둘이 도륙당했고 또 자네들이 머문 여곽 주인들도 차례로 당했지. 한데 탈출 자체가 폐하의 명이었다며?"

"그랬지."

"참, 폐하도 너무하시지. 부러 탈출하게 내버려 두신 거였으면서 그리 잔인하게 도륙하실 건 또 뭐란 말인가? 모두 능지처참을 당했네."

"원래 그런 분이셨지 뭘 그러나."

칼바람은 연거푸 두 잔의 술을 비워냈다. 따라 술잔을 비운 너른나무는 계속해서 떠들어댔다.

"예전엔 단호함에 가까우셨지. 한데 이젠 미치광이가 되어버리셨네. 조당에 나가보게. 대소신료의 절반이 물갈이 됐네."

"폐하의 심기를 거스른 게지."

"그래. 심기를 거스르긴 했지. 휘월당에게 그리 전력을 낭비할 필요는 없지 않느냐고 읍소한 대신들이 있긴 있었네. 한데 그들을 모두 참수하실 필요까지는 없지 않은가?"

잔에 술을 따르던 칼바람이 고개를 들었다.

"참수했다고?"

"그래. 대신들은 휘월당을 추격하기 위해 용영단을 움직이는 것에 불만을 토로했네. 한데 폐하께서 그들을 모두 참수하셨고 거기에 저항하는 자들마저 모두 파직시켰네."

자꾸 이야기하다 보니 속이 답답해졌는지 너른나무도 단박에 술잔을 비우곤 다시 입을 열었다.

"맨 처음 휘월당을 찾아오라 하셨던 때 기억하는가?"

칼바람은 답이 없었다. 그러나 너른나무는 상관하지 않았다.

"그때도 악몽을 꾸기 시작한 후로 그리 되셨지. 한데 자네가 떠난 후로 악몽이 더 심해지셨네. 널리 알려지지 않은 사실이네만, 내관들이 쥐도 새도 모르게 죽어나가는 일이 종종 있다네. 노비들이야 뭐 말할 것도 없고."

칼바람은 눈을 감았다.

"나는 황부의 그리매라고 한다."

말단 중의 말단에 불과한 귀족이면서 당당히 자신을 밝히는 젊은 사내를 보며 칼바람은 어이가 없었다.

"나와 함께하지 않겠나?"

일면식도 없는 무사에게 대뜸, 그리 청하는 자는 많지 않았다. 더욱이 미약한 가문 출신인 탓에 출세가도는커녕 입에 풀칠하기 조차 어려운 무사라면 더더욱 그러했다. 하지만 그리매는 달랐다.

"실력이 출중하나 후광이 없어 출세하지 못한다는 건 려나라에 있어 엄청난 손해가 아닌가?"

껄껄껄 시원하게 웃는 사내의 언변에 칼바람은 홀리듯 그를 따르기로 맹세했었다. 황후도 마찬가지였다. 현 황후는 려나라에서 내로라하는 세 가문 중 하나인 목단나무가의 여인이었다.

"천하를 통일할 황제의 황후가 되는 것을 어찌 생각하십니까?"

무례하기 짝이 없는 방문객을 내치기 위해 몽둥이를 든 노비들이 가득한 한복판에서 그리매가 외쳤다. 황후는 그리매의 그런 배포를 마음에 들어 했다. 이후는 일사천리였다. 혼례가 거행되었고 목단나무가는 전력을 다해 그를 황제로 만들었다. 그리매는 그렇게 진나라 외에 대적할 수 없는 강력한 국가를 만들어냈다.
그랬던 폐하가 어쩌다 저리 되었을까?

"달빛을 넘어?"

"예, 틀림없이 그리 말했다 하옵니다."

처음 그 이야기를 들었을 때 그리매는 콧방귀를 뀌었다.

"하늘의 후손이니 뭐니 헛소리들을 지껄여 대더니 결국엔 미쳤나 보군. 아니 그렇소?"

대소신료 모두가 그리매의 의견에 동조했다. 하지만 그날 저녁, 그리매는 심한 악몽을 꾼 듯했다. 그날은 칼바람이 번을 서던 날이라 똑똑히 기억했다. 그리매는 밤새도록 몸부림치고 끙끙거리며 신음했다. 놀란 내관들이 아무리 깨워보아도 일어나지 않아 의원까지 부른 밤이었다.

"유화!"

그러고 보니 그날 그리매가 내지른 비명이 바로 유화라는 이름이었다. 대체 유화가 누구란 말인가? 이후로 그리매는 알 수 없는 말을 지껄여 댔다. 처음엔 난생처음 듣는 이국의 언어였다가 어느 순간 려나라 말로 돌아왔지만 그 내용은 여전히 이해하기 어려웠다.

"그래……. 너도 결국 태어나게 된 것이로구나! 인간으로!"

번뜩이는 눈으로 포효한 그리매가 대뜸 칼바람에게 명했다.

"당장 달빛을 넘을 방법을 찾아내도록 해라!"

칼바람은 무어라 답해야 할지 알 수 없었다. 분명 달빛을 넘느니 어쩌느니 하는 진나라의 이야기에 콧방귀를 뀌지 않았던가?

"무얼 하는 게야? 당장 신비촌으로 달려가서 그년들을 족쳐! 당장 방법을 알아내라고 해!"

칼바람으로서는 그 명을 따르지 않을 수가 없었다.

대체 그날 무슨 꿈을 꾼 것이었을까?

칼바람이 또 한 번 술잔을 채워 혹, 마셔 버리곤 난폭하게 잔을 내려놓았다. 자신이 입을 열면 열수록 칼바람의 기분이 나빠진다는 걸 눈치챈 너른나무가 얼른 웃으며 화제를 전환했다.

"그래, 진나라 계집들은 어떠하던가?"

피식, 칼바람이 싱겁게 웃었다.

"목숨이 코앞에서 오락가락하는데 그럴 틈이 어디 있었겠는가?"

"아니, 목숨이 왜 오락가락해? 계나라에서야 그렇다 치고 진나라 국경을 넘어가서는 그럴 일이 없었을 텐데?"

"청진 한복판에 눌러 앉아서는 참 많이도 주워들었군."

내내 술상을 넘어오기라도 하려는 듯, 바싹 붙어 있던 너른나무가 느긋하게 뒤로 몸을 뺐다.

"그런 거라도 안 하면 심심해서 어찌 사나?"

"출사라도 해보지 그러나? 자네 가문이라면 그리고 자네 실력이라면 쉬울 텐데."

"출사하면? 폐하 비위 맞추기 말고 할 수 있는 게 없는데 그런 짓을 뭐 하러……."

느물거리며 답하던 너른나무가 얼른 입을 다물었다. 가까스로 좋아지는가 싶었던 칼바람의 얼굴에 또 먹구름이 드리워졌다. 자신 때문에 벗이 당황한 것을 발견한 칼바람은 무안함에 술잔을 비우더니 화제를 돌렸다.

"호패 때문에 별리부인께 무슨 화를 당하지는 않는가? 성깔이 보통이 아니시잖은가?"

"말도 말게. 새 정인이 계나라의 간자인 것을 알자마자 바로 목을 치더니 당장 호패를 떠올린 모양이더군. 가문의 수치라 떠벌릴 순 없고 은밀히 찾아와 물으시기에 너한테 빌려줬다고 했지. 다행히 그땐 이미 자네가 폐하의 명을 수행 중이었음이 암암리에 퍼진 후라 목숨은 건졌다네."

"한데 어쩌지? 호패는 계나라에서 잃어버렸는걸?"

"걱정 말게. 이미 새로 만드신 지 제법 되었으니."

"수완이 좋군. 어찌 잃어버렸는지 증명도 하지 않고 그게 가능했단 말인가?"

"려나라가 어디 보통 나라인가? 돈 있고 신분 좋으면 살기 가장 좋은 게 려나라 아니던가?"

칼바람이 쓰게 웃었다. 진나라의 풍경이 떠올랐다. 국경이란 것은 사람들이 편의에 따라 지도에 그려놓은 경계일 뿐이다. 하지만…….

"자네, 귀족의 마차를 보고도 예를 취하기는커녕 태연하게 지나가는 평민을 본다면 기분이 어떻겠는가?"

너른나무의 눈이 휘둥그레졌다.

"그런 천인공노할 짓을 저지른 자가 있단 말인가? 이 려나라에?"

칼바람이 고개를 흔들었다.

"아니, 진나라에."

피식, 너른나무가 실소를 터뜨렸다.

"진나라야 원래 그런 나라라고 하지 않은가?"

"하면 질문을 바꾸겠네. 귀족이 지나가는데 전혀 두려워하지 않는 백성을 보면 무슨 생각이 들 것 같은가?”

이번 질문은 조금 어려운 모양이었다. 한참 고민하던 너른나무가 장난꾸러기 같은 미소를 지었다.

“그런 일이 가능하긴 한가? 도통 상상이 안 되네.”

“진나라가 그러하다네.”

“그 나라는 대체 뭐 하는 나라인가? 백성들이 귀족도 두려워하지 않고 예도 차리지 않고?”

“집에서 부리는 노비에게 보수를 지급한다면 어떻겠는가?”

“아니, 그런 미친 짓을 왜 하는가? 정신이 나갔는가?”

“진나라는 그렇게 한다네.”

“허, 참, 집안 재산 거덜 나겠군.”

“부리는 이가 그리 많지 않으니 그럴 일도 없다네.”

멀거니 칼바람을 바라보던 너른나무가 툭, 한마디를 뱉어냈다.

“그래서 자네, 진나라가 마음에 들었는가?”

막 술잔을 입에 댔던 칼바람은 다시 잔을 내려놓고 답했다.

“내게 나라는 려나라 하나뿐이네. 하니 이리 돌아왔지.”

“왜 돌아왔는가? 그냥 거기서 뿌리를 내리지. 호패와 일도 받았다면서?”

칼바람이 눈살을 찌푸렸다.

“아주 자세히도 아는군?”

너른나무가 어깨를 으쓱했다.

“빨강머리 신비술사랑 며칠 동안 방에 처박혀 안 나온 것도 알지.”

칼바람이 다시 들었던 잔을 난폭하게 내려놓았다. 요란한 소리가 울려 퍼지고 잔에 들어 있던 술이 사방팔방 튀어나갔다.

"자네, 진나라의 소식에 대해 어찌 그리 잘 아는 거지?"

칼바람의 매서운 기세에도 너른나무는 빙글빙글 웃기만 했다.

"말했잖은가. 그거라도 안하면 심심해서 어쩔 수가 없다고."

"평소에도 사소하게 이것저것 불만이 많았었지. 집안 어르신들의 성화에도 절대 출사하지 않기도 하고."

"별 뜻 없으니 너무 걱정하지 말게. 나 같은 한량이 사고 쳐 봤자 뭐 얼마나 치겠는가? 그러지 말고 천손에 대한 이야기나 좀 해주게. 그 여자도 성깔이 우리 고모님 못지않다던데?"

너른나무의 시선은 빨갛게 부어오른 칼바람의 생채기에 향해 있었다. 칼바람이 민망하게 상처를 문질렀다.

"다치게 할 수 없다 보니 어쩔 수 없었네."

"천하의 칼바람 얼굴에 손톱자국이라……. 그 곱상한 외모 어디에서 그런 힘이 샘솟는단 말인가?"

"평범한 여인은 아니지. 죽음에서 살아 돌아왔으니."

"그러면 무얼 하누? 기껏해야 폐하의 밤 동무나 될 팔자인 것을……."

다해를 그리 만든 것이 자신이라는 죄책감에 칼바람은 또다시 입을 다물고 묵묵히 술잔만 비워댔다. 자신이 또 실수한 것을 알게 된 너른나무가 호들갑을 떨어댔다.

"우리 그러지 말고 술이나 진탕 마시세. 우리 둘이 코가 비뚤어질 때까지 마시다가 어디 한번 죽어보잔 말일세. 자네가 없는 동안 내가 얼마나 심심했는지 아는가?"

"그러게 성깔 좀 죽이지. 남들 싫어하는 거 빤히 알면서 할 말

못 할 말 꼬박꼬박 다 해대니 어디 자네랑 놀아줄 사람이 남아나 겠는가?"

"자네는 남았잖은가?"

"나도 놀아줄 다른 사람이 있었으면 다른 곳에 갔을 걸세."

"그러니까 우리가 천생연분이라는 걸세. 대체 왜 사내로 태어났 는가? 계집으로 태어났어야 나랑 혼례도 올리고 신나는 밤놀이 도 하고 그리 지냈을 것 아닌가?"

"생각만 해도 구토가 치미는군."

"그럼 내가 계집이면 어떻겠는가?"

"제발 그런 말 같잖은 소리 좀 그만하게. 자꾸 그러면 돌아가겠 네."

칼바람의 협박이 먹힌 것인지 너른나무는 더는 같은 화제를 꺼 내지 않았다. 하지만 시답잖은 농담을 멈추지는 않았다. 그리고 그것은 의외로 칼바람에게 잘 먹혀들었다. 덕분에 두 사람은 밤 새도록 부어라 마셔라 코가 비뚤어지도록 웃고 떠들며 술을 마시 다가 아침 해가 떠오름과 동시에 그대로 기절하듯 잠이 들었다.

약탈을 마치고 돌아오는 뱀 부족 전사들의 발걸음은 가벼웠다. 쥐 부족을 상대하기란 제법 어려운 일이었다. 전투에 이골이 난 뱀 부족 전사들이었지만 걸핏하면 그들의 꾀에 당하기 일쑤였던 탓이다. 그러나 이젠 왕이 있었다. 왕은 계략에 능했다. 뱀 부족 의 평범한 전사들은 그저 하라는 대로만 했을 뿐인데 쥐 부족을 섬멸시킬 수 있었다.

사내는 전부 죽이고 계집은 모두 포로로 삼았다. 그들이 가진 모든 재산도 몰수했다. 마을은 불태웠다. 쥐 부족의 왕은 려사에게 살해당하기 일보 직전, 가까스로 목숨을 건져 도망쳤다.

선두에 선 려사는 만족스러운 얼굴로 뒤를 돌아보았다. 길게 이어진 행렬은 위대해 보였다. 모두가 자신을 따르는 자들이었다. 흐뭇하지 않을 수가 없었다. 그렇게 다시 앞을 보자마자 려사는 걸음을 멈췄다. 려사의 눈앞에 한 소녀가 있었다.

"버릇이 없구나! 어찌 감히 우리 왕의 앞길을 가로막는 게냐!"

려사를 보좌하던 전사가 소리치며 창을 내밀었다. 뾰족하게 연마된 창이 코앞까지 다가왔는데 소녀는 그저 빙그레 웃기만 했다.

"이년이 감히!"

전사는 당장에 소녀를 꿰뚫을 기세로 한껏 창을 쳐들었다. 그때 려사가 팔을 들었다. 전사가 의아한 얼굴을 했다. 려사는 가만히 고개를 흔들었다.

"예사 아이가 아니구나. 어느 부족이지?"

소녀는 아무 답도 하지 않았다. 반짝반짝 빛나는 눈동자 속에 려사의 모습이 비쳤다. 신기하게도 려사는 그 눈망울 속에 비친 자신과 눈이 마주쳤다고 생각했다. 묘한 기분이 들었다. 소녀는 길을 비킬 생각도 답을 할 생각도 없어 보였다. 어쩐지 소녀를 보고 있노라니 자꾸만 마음이 평온해졌다.

려사가 다시 걷기 시작했다. 뚜벅뚜벅 소녀를 지나쳐 쭉 앞으로 나아갔다. 따르던 이들이 서로 간에 눈치를 좀 보는가 싶었지만 왕이 가고 있는데 따르지 않을 도리가 없었다. 기다란 행렬이 소녀를 지나쳐 갔다. 길 한복판을 소녀가 지키고 서 있음에도 그 누구 하나 위협하는 이가 없었다.

해질녘, 그들은 드디어 마을에 도착했다.

기다리던 자들이 무사 귀환을 기뻐하고 전리품에 행복해했다. 모두가 가족들과 재회하는 것을 지켜보고 있던 려사는 가슴 한 구석이 싸한 것을 느꼈다. 매번 전쟁을 마치고 돌아올 때마다 느꼈던 감정이었다. 그러나 아무리 고민해 보아도 무슨 감정인지 이해할 수 없었다.

그러다가 문득 기이한 기척을 느끼고 홱 몸을 돌렸다. 소녀가 있었다. 소녀의 반짝이는 눈망울을 마주 대한 순간, 려사를 슬프게 했던 가슴 싸한 감정이 모두 눈 녹듯 사라져 버렸다.

　　　　　　　　　　　　⊠

그리매가 잠에서 깨어났다. 끔뻑끔뻑, 한참이 지난 후에야 비로소 자신이 려사가 아닌 그리매라는 사실을 깨달았다. 천천히 몸을 일으키는 그리매의 얼굴엔 아쉬움이 가득했다. 그녀와 행복했던 시절을 조금이라도 되새기고 난 후였다면 이리 아쉽지는 않으련만 습관이란 녀석이 얼마나 무서운지 아침이 되자마자 저절로 눈이 떠지고 말았다. 그러나 그리매는 실망하지 않았다. 꿈속의 그녀를 만나지 못하면 어떠랴? 지금 그녀는 그의 손아귀에 있지 않던가? 내관의 도움을 받으며 치장을 하는 내내 그리매는 콧노래를 흥얼거렸다.

아침 정무를 모두 뒤로 미룬 그리매는 가벼운 발걸음으로 다해에게 향했다. 사흘만이었다. 이제 조금 고분고분해졌으리라. 막 떠오르는 햇살을 담뿍 담은 천손에게선 처절한 아름다움이 넘쳐났다. 얼굴을 포함하여 드러난 피부 여기저기 울긋불긋 아름다운 그림이 그려져 있었다. 흐뭇해진 그리매는 싱글벙글 다해에게 다가갔다. 다해는 고개를 푹 숙인 채 늘어져 있었다.

"버틸 만하십니까?"

다해가 움찔거렸다. 본능적으로 꿈틀거리는 것이 반쯤 벌거벗은 몸을 가리고 싶은 듯했다. 비릿하게 미소 지은 그리매가 다소 방정맞게 손을 흔들어댔다. 한참 뒤에서 물동이를 들고 있던 내관이 서둘러 다가왔다. 그리매는 손수 물을 퍼 다해에게 내밀었다.

"오늘은 제가 직접 갖고 왔지요."

다해가 천천히 고개를 들었다. 그리곤 퉤, 침을 뱉었다. 내관들 사이에서 신음이 터져 나왔다. 눈을 감은 채 소맷자락으로 침을 닦아낸 그리매가 물그릇을 든 팔을 휘둘러 다해의 얼굴을 가격했다. 퍽, 피가 튀어 나갔다. 그릇을 내동댕이친 그리매가 다해의 머리채를 휘어잡더니 바싹 다가들어 귓가에 속삭였다.

"예전의 넌 감히 대적할 자가 없는 위대한 존재였지. 하지만 지금은 한낱 평범한 인간에 불과하다는 걸 알아야지."

다해가 쓰게 웃었다.

"뭔가 오해를 하고 있는가 본데 난 당신이 생각하는 그 사람이 아니야."

그리매가 능청을 떨었다.

"글쎄? 무슨 소린지 모르겠군. 너는 천손 민다해이지 않은가?"

큭큭 다해가 웃었다. 그리고 힘겹게 입을 열었다.

"려사."

그리매는 당혹감을 감추지 못해 자신도 모르게 손을 놓고는 다해와 거리를 두었다.

"네가 려사라고? 뭔가 대단한 착각을 하고 있는……."

다해가 그리매를 직시했다. 그제야 그리매는 다해가 한 말이 자신을 향한 것이었음을 깨달았다. 다해가 다시 입을 열었다.

"역시나 그랬군. 하지만 당신이야말로 뭔가 착각하고 있어. 당신은 려사가 아니야, 황부의 그리매. 그러니 이 시답잖은 짓거리 당장 그만둬."

단호한 다해의 말에 어쩔 줄 몰라 하며 두 사람을 구경하던 내관들이 넙죽 바닥에 꿇어 엎드리며 통촉하시라 외쳐 댔다. 불쾌한 얼굴로 다들 닥치라 소리친 그리매가 다시 다해를 보았다.

"황부의 그리매가 곧 려사이다. 아니 그런가?"

"아니, 내가 조선에서 온 민다해이듯, 당신은 려나라의 황제, 황부의 그리매일 뿐이야."

"헛소리하지 마. 너는 민다해이기 이전에 천녀 유화니까."

다해가 물끄러미 그리매를 보았다. 한참 동안 뭔가 생각하는 듯 보였다. 그리매는 끈기 있게 기다려 주었다. 이윽고 다해가 다시 입을 열었다.

"역시, 그렇게 생각한 건가? 단지 얼굴이 같아서?"

"무슨 헛소리를 하는 거지? 넌 유화 그 자체야."

다해가 한숨을 쉬었다.

"그럴 리가 없잖아. 천녀 유화는 영원불멸한 자, 다시 태어날 수가 없어. 그렇다고 내가 천녀 유화인가? 그것도 아니지. 내가 진짜 유화였다면 여기서 이 수모를 당하고 있을 리가 없으니."

"닥쳐! 너는 천녀 유화가 확실해!"

"아니, 나는 조선에서 온 민다해야."

두 사람은 몇 번 더 같은 말을 반복했다. 덕분에 머리 꼭대기까지 화가 치솟은 그리매는 내관이 바닥에 엎드리느라 내려놓은 물동이를 번쩍 들더니 그대로 다해의 머리에 부어버렸다. 삽시간에 다해는 물에 빠진 생쥐 꼴이 되어 어푸어푸했다. 물동이를 팽개친 그리매가 차갑게 웃으며 다가와 다해의 얼굴을 쥐고 들어 올렸다.

"어차피 네 생각 따위 중요하지 않아. 넌 천녀 유화이고 조만간 내 것이 될 거란 사실만 중요할 뿐."

그리매가 잽싸게 다해의 아랫입술을 빨아냈다. 다해가 기겁한 얼굴을 했다. 큭큭, 비웃은 그리매의 손이 다해의 젖가슴을 움켜쥐었다. 다해가 몸부림을 쳤다. 그러나 꽁꽁 묶인 몸뚱이가 그 손을 피할 수 있을 리 없었다.

"오래 버티거라. 버티면 버틸수록 내 즐거움 또한 커질 것이니."

삭막한 형벌장이 쩌렁쩌렁 울릴 만큼 큰 웃음을 길게 남긴 채 그리매가 사라졌다. 다해는 수치심에 푹 고개를 숙였다. 뚝, 뚝, 뚝, 흙바닥에 떨어지는 것이 눈물인지 뒤집어쓴 물인지 구경하던 사람들 그 누구도 알 수 없었다.

어둠이 내려앉았다. 드디어 보는 눈이 모두 사라졌다. 다해는 겨우겨우 안도의 한숨을 내쉬었다. 며칠이 지났는지 알 수 없었다. 하지만 아무리 하루하루가 흘러도 수치심은 조금도 줄어들지 않았다. 뚜벅뚜벅 발소리가 들렸다. 비로소 조금 마음을 내려놓

앉던 다해의 전신이 다시 긴장했다.

　깊은 밤, 다해를 구경하기 위해 온 것일까? 다해는 이를 악물었다. 그리매가 두려워 함부로 하지는 않았으나 사람들의 눈을 피해 한두 번씩 주물러 보는 치는 있었다. 제발, 그런 사람이 아니길 빌었으나 그럴 확률은 극히 낮았다. 다해는 다가올 잔인한 폭력에 대비해 두 눈을 질끈 감았다.

　다가온 사람은 엉망으로 헝클어진 다해의 댕기 머리를 풀어서는 한쪽 어깨로 잘 모아 흘러내리게 해주었다. 풍성한 다해의 머리칼들은 드러난 가슴을 가려주기에 모자람이 없었다. 대체 누구란 말인가? 다해는 눈을 뜨고 고개를 들었다. 그러나 상대와 눈을 마주한 순간 신음했다. 칼바람이었다.

　"왜 이리 미련하게 구는 것이냐?"

　다해는 대꾸 없이 다시 고개를 숙였다. 상대하고 싶지 않았다.

　"정절 그까짓 게 그리 중요하더냐? 그저 두 눈 딱 감고 폐하의 비위를 맞춰 살아남는 게 더 중요하지 않아? 살아남아야 녀석을 다시 만나든가 말든가 할 게 아니냐?"

　다해는 아예 눈까지 감아버렸다. 칼바람이 길게 한숨 쉬었다.

　"진나라에서 사신이 도착했다. 얼마나 급했던지 간자가 사신이 되어 나타났더군."

　귀가 솔깃한 듯 다해가 눈을 떴다.

　"너를 내놓으라 했다. 하지만 폐하는 그 자리에서 사신을 죽여버렸지. 그리고 가질 수 없다면 그냥 죽일 거라 말씀하셨다."

　칼바람이 말을 멈추자 다해가 고개를 돌렸다. 눈이 마주치자 비로소 칼바람이 다시 입을 열었다.

"네 녀석이 사라진 걸 알자마자 녀석이 미친 듯이 청진으로 향했다더군. 그 녀석에게 네 시신을 안겨줄 참이냐? 네 시신을 보고 미친 녀석이 천룡이 되게 하는 것, 그게 너의 계획이냐? 려나라에 대한 복수를 계획하고 있는 거야?"

다해가 매서운 눈초리라 칼바람을 쏘아보았다.

"무연님은 그리 나약하지 않습니다."

드디어 목소리를 들었다는 사실에 칼바람이 희미하게 미소 지었다.

"그래. 하지만 슬퍼할 거다. 그걸 바라는 거야?"

"그럴 리가 없지 않습니까!"

"하면 어찌 그리 미련하게 버티는 것이냐? 그깟 죽으면 썩어 문드러질 몸뚱이가 뭐가 중한 거야? 마음만 달리 먹으면 편안하게 녀석을 기다릴 수 있을 텐데?"

"당신이 우리 모두의 신의를 저버리고 충절을 지켰듯, 나 또한 목숨 바쳐 지켜야 할 게 있습니다."

다해의 비난에 칼바람이 신음했다.

"넌 너의 아비와 오라비들을 잃었을 때도 날 원망하지 않았다. 하지만 이번엔 어쩐지 신랄해 보이는군."

다해가 실소를 터뜨렸다.

"당연하지요. 사로잡힌 토끼가 덫을 원망하는 것 보셨습니까?"

"하면 어째서 지금은 그리도 원망하는가?"

"원망이 아닙니다. 배신감에 치를 떠는 거지요. 어느 날 다가온 덫이 마음을 열었다 믿었거든요."

칼바람은 얼굴을 굳혔다. 폐하의 명을 수행한다 여기고 있었으나 실상은 정말로 맘을 열고 말았다. 때문에 지금 무척이나 괴로운 중이었다. 그러나 그것을 굳이 다해에게 말해줄 필요는 없었다. 어쨌든 결과는 이미 틀어졌고 어떤 변명도 통할 리가 없었다.

"그래서 계속 그리 버티겠다는 거냐?"

"제가 지금 목숨 바쳐 지키고 있는 것은 정절이 아니라 무연님에 대한 신의입니다."

또 한 번 말 속에 뼈가 있었다. 칼바람은 자신의 설득이 절대로 먹히지 않을 것을 깨달았다.

왜일까?

칼바람은 고통스러웠다. 그사이 정말로 천손이라는 여자에게 반하기라도 했단 말인가? 동시에 아름달이 떠올랐다. 아름달……. 그녀를 떠올린 순간 칼바람은 무방비해졌다. 덕분에 뒤에서 나타난 검은 복면의 괴한을 발견하지 못했다. 칼바람은 그대로 괴한에게 공격당해 쓰러져 혼절했다. 갑자기 벌어진 상황에 다해가 고개를 들어 괴한을 보았다. 눈물이 차올랐다.

"무연님……."

굳은 의지로 악착같이 깨어 있던 다해는 청록색 눈동자를 본 순간 그대로 혼절했다.

햇빛 한 점 들기 어려울 만큼 나무가 빼곡한 숲 한복판, 쭉쭉 뻗어 오른 나무들 사이로 두 남자가 서로를 노려보고 있었다. 두 사람 모두 피투성이였다. 그리고 거친 숨을 내뱉고 있었다. 각각의 손에 쥐어진 날카로운 장검은 서로를 겨누고 있었다.

긴 머리를 가진 남자가 입을 열었다.

"꼭 이래야 하는가?"

비통한 얼굴이었다. 짧은 머리의 남자가 답했다.

"넌 잘 모르겠지만 이것이 바로 나와 너의 운명이야."

짧은 머리의 남자는 차갑게 웃으며 너덜거리는 옷자락으로 검에 묻은 피를 닦았다. 긴 머리의 남자는 절망했다. 들고 있던 검을 내던지더니 크게 소리쳤다.

"자네가 원한다면 죽겠네! 하지만 왜 죽어야 하는지, 자네가 왜 나를 원망하게 된 건지 그건 꼭 알아야겠네!"

짧은 머리의 남자가 비릿하게 웃으며 다가왔다.

"그렇게 원한다면 알려주지."

뚜벅뚜벅, 짧은 머리의 남자가 점점 더 다가왔다.

"내가 이리 자네를 증오하게 된 이유는 말이네. 자네가 내 것이 되었어야 할 여인을 빼앗았기 때문이라네."

긴 머리의 남자는 어느덧 한발 앞으로 다가온 사내를 쳐다보며 눈물을 흘렸다.

"설마 내 정혼자를 사랑했단 건가? 왜 진작 말하지 않았는가?"

그러나 짧은 머리의 남자가 고개를 흔들었다.

"그 여자 말고, 다른 여자."

긴 머리 남자의 얼굴에 의아함이 차올랐다. 그러나 질문을 꺼내려는 순간 고통에 휩싸였다. 짧은 머리 남자의 칼이 긴 머리 남자의 가슴을 관통했다. 동시에 다해 또한 심장을 움켜쥐었다.

"그저 기억일 뿐이니 너무 놀라지 말거라."

다해가 고개를 돌렸다. 그곳에 또 다른 다해, 유화가 있었다.

"그래, 맞다. 내가 바로 너희가 천녀라 부르는 유화이다."

유화가 빙그레 웃었다. 다해의 눈이 동그래졌다. 자신의 생각을 읽힌 것도 놀라웠지만 그녀 또한 입으로 말하고 있지 않았다.

"천성이 호기심 가득하니 알고픈 것이 많겠지. 하지만 다른 것에 집중하거라. 나 또한 어렵게 잡은 기회이니."

유화가 팔을 뻗었다. 다해가 고개를 돌렸다. 거기에 검에 관통당해 무너져 내리는 사내가 있었다.

"죽어가는 저 사내가 바로 청천의 환생이다. 몇 번째인지는 나도 모르겠구나."

유화가 짧은 머리 남자를 가리켰다.

"려사의 환생이다. 둘의 운명은 하나이다. 하여 늘 함께 태어나지. 형제로, 연인으로, 벗으로……."

유화가 슬프게 웃었다.

"내 탓이다. 방관자였어야 할 내가 순간의 감정을 이기지 못하고 려사를 죽여 버린 탓에 둘이어야 할 운명이 하나로 묶여 버렸다."

비로소 청천의 환생이 죽음에 이르자 려사의 환생이 미친 것처럼 웃기 시작했다. 그러나 그리 오래 가지 못했다. 피 냄새에 이끌린 범 한 마리가 번개처럼 나타나 려사의 환생을 물어뜯었다.
유화가 슬프게 웃었다.

"저것이 저 둘의 운명이다. 청천이 전생의 기억을 되찾은 려사에 의해 죽임당한 후, 려사 또한 운명에 의해 죽임당하는 것. 그들은 그 운명에서 벗어나지 못했다. 저들은 그렇게 죽고 죽으며 끊임없이 수레바퀴를 굴렸지. 그리고 그것은 그대로 나의 형벌이 되었다."

유화의 눈에서 눈물이 방울방울 떨어져 내렸다.

"청천이 죽임당하는 것을 매번 지켜봐야 하는 내 마음이 어땠을지 아느냐? 하지만 난 끼어들 수 없었다. 내가 끼어듦으로 인해 또 어떤 형벌이 부여될지 나 또한 예측할 수 없었기 때문이다."

다해는 이해할 수 없었다. 다해가 알기로 유화는 설명할 수 없을 위대한 힘을 갖고 있었다. 그런 그녀가 어째서 끼어들 수 없던 걸까?

"세상의 규칙은 정교하단다. 우리는 정교한 규칙을 만듦으로써 세상을 창조하지. 그 규칙은 서로 어우러져 스스로 성장한다. 그렇게 세상이 탄생했고 그것은 우리조차도 어찌할 수가 없단다."

참으로 어려운 말이었다. 유화가 부드럽게 다해의 손을 잡았다.

"그렇게 청천을 지켜보던 중, 나는 운명이 친 장난을 발견했단다."

운명의 장난…….

"바로 네가 나의 모습을 하고 태어난 것이지."

다해는 비로소 모든 것을 명확하게 깨달았다.
"역시…… 제가 청천이었군요."
유화가 다해의 뺨을 부드럽게 어루만지며 빙그레 미소 지었다. 어쩐지 슬퍼 보였다.

"그로 인해 모든 인생을 통틀어 처음으로 려사가 너를 죽이려 하지 않고 소유하려 하게 되었다. 물론 죽이고자 하는 마음도 공존하는 모양이더구나. 하지만 이것은 기회이다. 네가 그간 질기게 이어져 온 운명을 끊어야 한다."

"좋습니다. 그리하겠습니다. 하지만 조건이 있습니다. 당장 진나라에 내려진 저주를 거두어주세요."

유화가 슬프게 웃었다.

"그것은 내 마음대로 할 수 있는 게 아니란다."

"당신이 내린 저주가 아닙니까?"

"세상의 규칙이란 그리 지엄한 거란다. 내가 만든 세상이면서도 스스로 내린 저주 하나 마음대로 할 수 없는 것. 그것이 운명의 수레바퀴란 녀석이지."

다해가 한숨을 내쉬었다.
"하면 어찌해야 합니까?"
유화가 빙그레 미소를 지었다.

"지금부터 내 이야기를 잘 들으면 알게 될 것이다."

다해는 고개를 끄덕이고 유화의 이야기를 경청했다.

10.

완벽한 것은 존재하지 않는다.
그것이 비록 천녀일지라도

　평화롭기 짝이 없는 벌판에 들꽃이 만발했다. 번쩍 하늘에서 빛이 쏟아져 내리더니 천녀, 유화가 나타났다. 깜짝 놀란 생쥐 한 마리는 그대로 석상처럼 굳어 있었다. 생긋 미소 지은 천녀가 손을 뻗었다. 그녀의 손에서 뻗어나간 빛줄기가 생쥐에게 명중했다. 생쥐는 크게 자라 은발을 흩날리는 어린 소년이 되었다. 천녀가 눈을 감았다. 하늘에서 빛줄기가 쏟아졌다. 그녀와 생쥐는 함께 자취를 감추었다.

　이윽고 천녀가 홀로 다시 모습을 드러냈다. 이번엔 푸른 풀밭이었다. 한가로이 풀을 뜯는 소가 보였다. 천녀가 손을 뻗었다. 빛줄기를 맞은 황소는 음매, 하며 크게 울더니 덩치 큰 사내가 되었다. 그 곁에서 방정을 떨고 있던 토끼 한 마리가 깜짝 놀라 펄쩍 뛰어올랐다. 천녀가 팔을 뻗자, 토끼는 귀여운 여자아이가 되었다. 소와 토끼는 천녀에게 공손히 머리를 숙였다.

천녀가 하늘을 올려다보았다. 그리고 팔을 뻗었다. 이리저리 노닐던 용 한 마리가 빛줄기를 맞더니 천천히 땅으로 유영해 내려왔다. 이윽고 용은 매끄럽게 윤이 나는 은발의 청년이 되었다. 천녀가 눈을 감았다. 모두가 함께 빛줄기를 타고 하늘로 사라졌다.

천녀가 다시 나타난 곳은 깊은 숲이었다. 커다란 뱀 한 마리가 풀숲에서 머리를 쳐들고 천녀를 경계했다. 날름거리는 혓바닥이 당장에 공격을 할 듯 보였다. 천녀는 피식 웃으며 팔을 뻗었다. 빛줄기의 은총을 받은 뱀은 근육질의 멋진 청년이 되었다.

천녀는 마음 내키는 대로 여기저기 출몰하며 범, 말, 양, 원숭이, 닭, 개, 돼지에게 축복을 내렸다. 어느덧 열두 명이 된 그들을 한자리에 모아놓고 천녀가 말했다.

「가라, 가서 너희의 백성들을 보살피라. 가장 잘 보살핀 자는 땅의 짐승이 아닌 하늘의 짐승이 될지어다.」

천녀의 말이 끝나자 축복받은 열두 짐승들이 환한 빛을 발하며 자취를 감추었다. 천녀는 흐뭇한 미소를 지으며 눈을 감았다. 다시 눈을 뜬 그녀가 도착한 곳은 외로이 서 있는 정자였다. 사방에 분홍 꽃이 만발해 있었다. 빼곡한 복숭아 밭이었다. 어린아이 머리통만 한 열매와 활짝 만개한 꽃이 공존하는 기묘한 과수원이었다. 정자에서 내려온 천녀가 과수원을 한참 거닐다 한 나무 앞에 멈추어 섰다. 그중 한 과실이 은은한 빛을 내뿜고 있었다. 탐스러운 과실을 통해 천녀는 열두 명이 무엇을 하는지 볼 수 있었다.

하늘에서 은빛 왕을 하사받은 열두 부족들은 왕에게 복종했다. 열두 왕은 각자의 방식대로 부족을 이끌었다. 제법 흥미로웠다. 천녀는 문득, 그들 사이에서 직접 체험하면 더욱 즐겁겠단 생각을 하게 되었다. 생각과 행동은 동시에 일어났다. 번쩍 빛이 발하고 천녀가 사라졌다.

쪼르르 쪼르르 뛰어다니는 쥐 녀석을 구경하는 것은 제법 즐거웠다. 언제나 의욕이 충만한 녀석은 자신이 감당 못할 상황에 처하면 머리를 쥐어뜯으며 눈물을 흘렸다. 천녀는 그저 구경만 했다. 녀석은 몇 날이고 틀어박혀 끙끙 머리를 싸매며 고민하다가 어느 날 갑자기 아무 일도 없었던 것처럼 도로 나타나곤 했다. 신기한 것은 다시 나타나는 때가 언제나 다른 이가 해당 문제를 해결한 후라는 사실이었다. 그렇게 쥐 녀석의 행동을 한동안 지켜보던 천녀는 훌쩍 자취를 감추었다.

소 녀석을 살피는 건 조금 지겨웠다. 녀석은 벙어리가 아님에도 벙어리나 마찬가지였다. 이따금 꺼내는 말조차 짤막하기 짝이 없었다. 누가 뭐라 하든 묵묵히 일만 하는 녀석이었다. 사람들이 어려워하는 일은 특히나 더 솔선수범했다. 녀석의 그런 행동에 감화받은 부족민들은 모두가 녀석을 닮아갔다. 천녀는 빙그레 미소 지었다.

토끼 녀석은 다소 특이했다. 아무것도 하지 않는 것처럼 보였다. 하지만 모두가 소녀를 보면 행복해했다. 참으로 알 수 없는 일이었다. 그러나 천녀조차도 소녀와 함께할 때면 행복했다. 늘 환하게 웃고 재잘재잘 떠들어대는 녀석은 단 한 번도 부정적인 말을 입에 담지 않았다. 마음속에 행복함을 담뿍 담은 천녀는 다음 부족을 찾아 떠났다.

범, 말, 양, 원숭이, 닭, 개, 돼지 모두가 자신만의 방식대로 부족을 다스렸다. 개성 넘치는 그들과 어울리는 것은 무척이나 행복했다. 천녀는 점점 더 충만해지는 가슴을 안고 뱀 부족을 찾았다.

"어느 부족 아이냐?"

려사가 물었다. 그러나 천녀는 답하지 않았다.

물끄러미 바라보던 려사는 타닥타닥 소리를 내며 타들어가는 모닥불을 뒤적여 잘 익은 덩이뿌리 하나를 끄집어내 호호 불더니 내밀었다. 천녀는 물끄러미 바라보다가 받아 들었다. 려사가 피식 웃었다.

"먹어라."

려사는 말을 마치곤 자신도 같은 것을 하나 꺼내 껍질을 까기 시작했다. 멍하니 손에 쥔 것을 쳐다본 천녀는 려사를 따라 껍질을 벗기고 한 입 베어 물었다. 인간이 아닌 그녀는 무슨 맛인지 알 수 없었다.

"갈 곳이 없다면 머물러도 좋다."

말없이 먹던 천녀가 살며시 미소를 지었다. 동시에 천녀와 눈이 마주친 려사는 슬쩍 고개를 돌렸다. 그는 알 수 없는 표정을 하고 있었다. 그렇게 며칠간 천녀는 려사의 오두막에서 지냈다. 천녀는 마치 바람처럼 물처럼 조용히 려사를 따라다녔다.

려사는 권위적이었다. 모두가 그에게 머리를 조아렸고 복종했다.

"이것이 그것이냐?"

"예."

려사가 매서운 눈으로 검은 돌덩이를 이리저리 살폈다.

"이번엔 성공할 수 있겠는가?"

"어렵겠지만 한번 해봐야죠."

"완성되면 말하거라."

대장장이가 굽실거렸다.

다시 갈 길을 가기 위해 몸을 돌렸던 려사가 민망한 얼굴을 했다. 천녀가 뚫어져라 그를 바라보고 있었다.

"왜?"

천녀의 시선이 흘깃 대장간으로 향했다.

"검은 산에서 가져온 검은 돌이다. 다른 광석보다 훨씬 단단하다. 하지만 연마하기가 아주 어렵지. 방법만 찾아낸다면 그 누구도 대적할 수 없을 강력한 무기가 될 것이다."

천녀로서는 강력한 무기가 무슨 소용이 있는가 싶었다. 지금 사용하는 돌창으로도 사냥하는 데는 무리가 없었다. 그렇게 천녀가 의아함에 려사를 뚫어져라 바라보는데 려사가 기묘한 반응을 보였다. 얼굴을 붉힌 것이다. 그러더니 고개를 돌려 천녀를 외면했다. 천녀는 그의 반응이 참으로 이상했다. 그렇게 며칠이 지난 어느 날이었다.

"오늘은 따르지 마라."

천녀가 고개를 갸웃했다. 려사가 빙그레 웃었다.

"위험하다."

천녀는 고개를 끄덕였다. 그저 사냥을 가는가 보다 했다. 그간 지켜본 바, 대규모의 사냥은 축제이자 식량을 축적하는 큰 행사인 만큼 아주 위험했다. 때문에 여자와 어린아이는 참여할 수 없었다. 전사들을 끌고 사라졌던 려사는 며칠 후 거대한 짐승 한 마리를 지고 돌아왔다. 부족 전부가 모여 잔치를 벌여도 될 만큼 충분한 양의 고기였다. 모두가 환호했다. 그 틈에 천녀도 있었다. 멀리서 천녀를 발견한 려사가 미소 지었다. 눈이 마주친 천녀도 생긋 미소를 지어주었다.

뱀 부족에 잔치가 벌어졌다. 고기는 모두에게 충분히 돌아갔다. 려사는 그중에서도 가장 크고 맛있는 부위를 고르고 골라 천녀에게 내밀었다. 천녀는 생긋 웃으며 고기를 받아먹었다. 기이하게도 려사는 그런 천녀를 바라보느라 멍한 얼굴을 했다. 천녀는 그의 기이한 반응을 도통 이해할 수 없었다.

같은 일은 반복됐다. 려사는 천녀와 눈이 마주치면 피하거나 얼굴을 붉혔다. 그때마다 천녀는 그의 민망함을 감춰주기 위해 미소 지었다. 그러더니 언젠가부터 려사는 천녀만 보면 환히 웃었다. 천녀는 마냥 따라 웃었다. 그러다 또 시일이 흐르자 고개만 돌리면 그곳에 려사가 있었다.

이젠 려사가 천녀를 따라다니는 것처럼 느껴졌다. 그때까지도 천녀는 둘 사이에 무슨 변화가 일어난 것인지 알지 못했다.

그러던 어느 날이었다.

려사는 아침부터 분주했다. 천녀는 멀뚱히 려사의 준비를 지켜보았다. 평소 사냥을 나갈 때보다 어쩐지 뭔가 한참 더 복잡해 보였다. 천녀의 표정을 보았는지 려사가 빙그레 웃었다.

"오늘은 사냥보다 더 위험부담이 높지만 더욱 많은 식량을 얻을 수 있는 일을 하러 간다. 평소보다 더 많은 날이 걸리는 일이기도 하지."

비로소 천녀가 빙그레 웃었다. 려사는 한참을 머뭇거리다가 다가오더니 천녀의 이마에 입을 맞췄다. 그러고는 늠름한 모습으로 부족을 떠났다. 천녀는 려사가 멀어지는 걸 지켜보며 이마를 어루만져 보았다. 이 행위가 의미하는 게 무언지 여전히 알 수 없었다. 그러다 문득, 사냥하는 게 보고 싶었다. 하늘에서 보아온 세상에 직접 끼어든 느낌은 색달랐다. 사냥하는 장면도 그러지 않을까 싶었다. 그래서 천녀는 몰래 려사를 따르기로 했다. 려사와 뱀 부족 전사들은 그 사실을 절대로 알 수가 없었다. 천녀는 구름을 타고 그들을 따랐다.

려사가 도착한 곳은 귀여운 토끼 소녀가 왕으로 있는 마을이었다. 뱀 부족 전사들이 함성을 내지르며 달렸다. 살육이 벌어졌다. 천녀는 믿을 수가 없었다. 뱀 부족의 전사들은 인간 고기를 먹을 것도 아니면서 모두를 죽였다. 전사들 중 몇몇은 유희 삼아 머리 가죽을 벗기거나 신체 일부를 절단하기도 했다. 넋을 잃은 채 어이없어하던 천녀의 눈에 토끼 소녀가 들어왔다.

소녀의 빨간 눈동자가 번쩍, 황금색이 되었다. 그녀의 주위에서 돋아난 푸른 새싹들이 무성하게 자라 덩굴이 되어 뱀 부족의 전사들을 휘감았다. 뚜벅뚜벅, 려사가 소녀에게 다가갔다. 승자는 자신이 될 거라며, 소녀를 차갑게 비웃었다. 천녀는 려사의 손에 쥐어진 창에서 흐르는 피를 보았다. 그리고 려사가 무엇을 하려는지 깨달았다. 생각과 동시에 천녀가 토끼 소녀 앞에 모습을 드러냈다. 려사의 눈이 휘둥그레졌다.

"네가 왜 여기에 있느냐?"

천녀는 얼굴을 구겼다. 려사는 당황한 눈치였다.

"어찌 그러느냐?"

천녀는 그저 려사를 쏘아볼 따름이었다. 천녀가 누구인지 익히 잘 알고 있던 토끼 소녀가 눈물로 읍소했다. 천녀는 부드럽게 토끼 소녀를 다독였다. 토끼 소녀가 고개를 끄덕이더니 휙 몸을 돌려 쪼르르 달려 나갔다. 자신을 따르라고 소리치면서. 여기저기 숨어 있던 소녀의 백성들은 두려움을 접고 뛰쳐나와 소녀의 뒤를 따라 달려 나갔다. 려사가 소리쳤다. 뱀 부족의 전사들이 일제히 창을 날렸다. 천녀가 팔을 들었다. 모든 창이 일시에 땅에 내리꽂혔다. 뱀 부족 전사들의 눈이 휘둥그레졌다. 려사 또한 마찬가지였다.

"너는 대체……."

천녀는 묵묵히 서 있었다. 뱀 부족의 용맹한 전사 몇이 달려들어 보았지만 그 누구도 천녀에게 접근하지 못했다. 그렇게 그녀를 방패 삼아 토끼 부족의 모든 사람들이 도망치는 데 성공했다.

천녀가 휙 몸을 돌렸다. 더는 뱀 부족에서 볼 것이 없었다. 려사는 승자가 될 수 없었다. 살육은 천녀가 바라는 바가 아니었다. 천녀가 뚜벅뚜벅 걷기 시작했다.

"기다려!"

려사가 달려 나갔다. 그는 매우 빨랐다. 조만간 천녀를 잡을 수 있을 것 같았다. 그러나 어느 순간 천녀는 홀연히 사라져 버렸다. 려사는 제 눈을 믿을 수 없었다. 뚜벅뚜벅 걷던 천녀는 원래부터 그 자리에 아무도 없었던 것처럼 그렇게 자취를 감춰 버렸다.

천녀는 마지막, 용 부족의 마을로 향했다.

번쩍, 빛이 일었다. 천녀가 나타난 곳은 절벽 위였다. 저 멀리 작은 마을에 그들의 왕, 축복받은 용이 보였다. 큰 키에 매끄러운 머리칼을 흩날리며 부드러운 미소를 지은 그는 온화해 보였다.

절벽 모퉁이에서 잔뜩 피곤해 보이는 사람들이 모습을 드러냈다. 천녀는 그 선두에 선 것이 토끼 소녀라는 것을 알아보았다. 그들을 발견한 용이 휙, 자취를 감추는가 싶더니 다시금 번쩍, 토끼 소녀 앞에 나타났다.

토끼 소녀가 울먹울먹하더니 이내 용의 품에 안겨 펑펑 울기 시작했다. 용은 조심스럽게 토끼를 다독이더니 함께 마을로 돌아왔다. 천녀는 슬쩍 토끼 소녀가 이끌던 생존자들 틈에 끼어들었다.

수확제가 열렸다. 가을걷이를 끝내고 하늘에 감사를 드리는 제사였다. 품에 한가득 수확물이 담긴 바구니를 들고 용이 나타났다. 그가 한발 내디딜 때마다 사람들이 물결처럼 갈라졌다. 뚜벅뚜벅 조심스럽게 제단에 다가간 용이 수확물을 검은 돌로 만든 제단 위에 올려두었다.

타다닥, 모닥불이 거세게 타올랐다. 사람들이 연거푸 머리를 조아렸다. 용이 하늘을 향해 외쳤다.

"하늘의 은총으로 얻은 첫 곡식을 바치나이다."

모두가 일제히 꿇어 엎드렸다. 가만히 지켜보던 천녀가 빙그레 미소 지으며 하늘을 올려다보았다. 번쩍, 새하얀 빛이 쏟아졌다. 내리꽂힌 빛은 검은 제단을 강타했다. 화르륵, 불길이 일었다. 푸른 불꽃이 제단 위에 놓인 곡식을 불살랐다. 삽시간에 검은 재 한 점 남기지 않고 모두를 태워 버린 하얀빛은 그대로 허공으로 흩어졌다. 모두가 경이로운 눈빛으로 제단을 보았다. 제단엔 상처

하나 그을림 하나 없었다. 그저 바친 곡식만 남김없이 사라졌다. 여기저기 환호성이 울려 퍼졌다. 빙그레 웃은 용이 천천히 바닥에 엎드려 머리를 조아렸다. 순식간에 환호가 잦아들고 모두가 그들의 왕을 따라 머리를 조아렸다.

연회가 시작되었다. 까만 밤이 깊어가고 화톳불은 밝아졌다.

"처음 보는 아이로구나. 토끼 부족의 생존자 중 하나이더냐?"

용이 천녀에게 물었다. 천녀는 가만히 미소만 지었다. 물끄러미 바라보던 용이 다시 입을 열었다.

"나는 용 부족의 축복받은 용, 청천이라고 한다."

천녀는 색다른 느낌을 받았다. 지금껏 자신을 소개하며 다가온 축복받은 짐승은 없었다.

"토끼 부족이 아니라면 쥐 부족의 생존자더냐?"

청천의 눈을 마주한 천녀는 그간 뱀 부족에게 몰살당한 부족의 생존자들이 모두 이곳에 모두 모여들었음을 알았다. 천녀는 흐뭇한 마음에 부드럽게 미소 지었다.

"말을 하지 못하는 것이냐?"

천녀는 말없이 고개를 끄덕였다.

"저런, 하지만 눈빛이 맑으니 말할 필요가 없겠구나."

청천이 기다란 팔을 뻗어 천녀의 머리를 쓰다듬었다. 천녀의 눈이 동그래졌다.

"그럼 너를 무어라 불러야 할꼬……."

청천이 고심했다. 천녀는 멀뚱히 그를 바라보기만 했다. 한참을 생각하던 청천이 눈웃음쳤다.

"유화. 어떠냐, 마음에 드느냐?"

무슨 소린지 이해할 수 없었던 천녀는 그저 작은 미소만 머금을 따름이었다.

"다행이구나. 이제 내 너를 유화라 부를 것이다. 용의 왕에게 이름을 받았으니 이제 너는 용 부족의 일원. 앞으로 안전할 것이다. 편히 쉬거라."

온화한 미소를 보여준 청천이 발길을 돌렸다. 그는 생존자들을 일일이 찾아다니며 자신을 소개하고 그들을 소개받았다. 기억이나 할 수 있으려나? 하지만 그것보다 더 큰 의문이 천녀의 머리에 자리 잡았다.

천녀가 제 손을 들어 자신의 머리를 쓰다듬었다. 커다란 청천의 손이 머리를 쓰다듬었을 때의 그 느낌은 나지 않았다. 똑같이 생긴 손일진대 왜 차이가 나는지 천녀는 정말로 궁금했다. 고개를 들어 청천을 보았다. 천천히 움직이는 그의 우아한 행동거지가 어쩐지 눈에 쏙 들어왔다.

"유화……."

소리 내어 말해보니 생소한 울림이 전해졌다. 그 울림이 무척 마음에 든 천녀는 빙그레 미소 지었다. 그리고 앞으로 자신의 이름을 유화라 하기로 마음먹었다.

청천이 숲으로 향했다. 유화는 소리없이 따랐다. 몰래라는 자각은 없었다. 그냥 여태껏 다른 축복받은 짐승들에게 해왔던 대로 그를 관찰할 생각이었다.

산딸기 하나를 딴 청천은 딸기덤불에서 몇 걸음 떨어진 곳에 구덩이를 파고 열매를 묻었다. 또 한참 걷다 발견한 나무열매를 하나 딴 청천은 또 몇 걸음 떨어진 공터에 그 열매를 묻었다. 기이한 행동은 반복되었다. 그는 보이는 족족 먹을 수 있는 열매들을 땅에 묻었다.

"뭐…… 하는 거지?"

궁금함을 참지 못한 유화가 입을 열었다. 청천이 깜짝 놀라는 얼굴로 뒤를 돌아보았다. 하지만 자신을 따랐다는 사실보다 다른 것에 더 놀란 모양이었다.

"말할 수 있는 것이냐?"

"……조금."

평소 육성으로 말을 해본 적이 없는 탓에 상당히 어눌한 말투였다. 청천이 빙그레 웃었다.

"그럼 이제는 답할 수 있겠구나. 이름이 무엇이냐?"

유화가 입을 열었다.

"유화."

청천이 잠시 유화를 빤히 보았다. 이내 미소를 머금었다.

"그 이름이 마음에 든 것이냐?"

유화가 고개를 끄덕였다. 청천이 환히 웃었다.

"그거 영광이구나, 유화."

청천의 입에서 뱉어진 '유화'라는 이름의 울림이 유화는 어쩐지 기분 좋았다.

"내가 무엇을 하는지 궁금한 것이냐?"

유화는 조용히 고개만 끄덕였다. 다시 몸을 돌려 열매 하나를 딴 청천이 유화에게 그것을 내밀었다.

"농사를 짓는 것처럼 나무를 키우려는 거란다. 아직 구체적으로 어찌 해야 할지 몰라서 시험 삼아 물어보는 중이지."

유화가 받아든 과실을 한입 베어 물었다. 시큼한 것이 저절로 눈살이 찌푸려졌다. 청천이 크게 웃었다.

"시큼하지? 처음엔 적응하기 어렵지만 먹다 보면 괜찮단다."

청천은 다시 걷기 시작했다. 한참 걷던 그가 어딘가를 가리켰다.

"보이느냐?"

청천이 가리킨 곳에 유화의 허리춤에 닿을락 말락 작은 나무 하나가 있었다.

"몇 해 전에 심은 게 겨우 저만큼 자랐단다. 불행히도 나무는 곡식과 달라서 상당히 오래 걸리지. 덕분에 사람들도 내켜하지 않고."

"그럼 안 하면 되잖아."

"하지만 다 자란 나무는 계속해서 열매를 맺지. 어떤 면에선 농사와 비슷하다고 할 수 있는데 사람들은 눈앞의 곡식이 더 좋은 모양이구나."

말을 마친 청천이 먼 하늘을 응시했다.

"해가 갈수록 수확물이 줄어들고 있어. 아무래도 땅도 휴식이 필요한 모양이야. 대체할 만한 다른 뭔가를 찾아서 땅을 쉬게 해 줘야 해."

청천은 슬퍼 보였다. 유화는 멀뚱멀뚱 그를 바라보다가 입을 열었다.

"하늘의 힘, 써."

청천이 빙그레 웃었다.

완벽한 것은 존재하지 않는다. 그것이 비록 천녀일지라도　319

"맞아. 하늘의 힘을 빌리면 금방 해결될 문제이지. 하지만 그래선 안 된단다."

"어째서?"

"내가 언제까지고 계속 해줄 수는 없지 않으냐?"

"왜?"

청천은 별걸 다 묻는다는 얼굴로 답했다.

"나도 언젠가는 죽는단다. 하니 내가 없어도 사람들이 스스로 해나갈 수 있도록……."

청천이 말을 멈추더니 천천히 다가왔다. 그리고 팔을 들어 유화의 뺨을 어루만졌다.

"왜 우는 거지?"

유화가 흠칫 놀라 뒤로 물러났다. 유화는 다급히 제 얼굴을 더듬어보았다. 축축하게 젖어 있었다. 유화는 답할 수 없었다. 자신이 왜 눈물을 흘리는지 알 수 없었기 때문이다. 그래서 고민에 빠져들었다. 대체 왜 울었는가? 인간들은 슬프거나 기쁠 때 눈물을 흘리던데……. 대체 왜?

유화의 고민은 오래 이어지지 않았다.

꼬르륵—

이상한 소리가 들렸다. 난생처음 듣는 소리였다. 소리의 근원을 찾기 위해 유화가 두리번거렸다. 청천이 부드러운 음성으로 물었다.

"배가 고픈 게냐?"

유화가 눈을 동그랗게 떴다. 한 번도 배고파 본 적이 없었다. 유화는 배고플 수 없는 존재였다. 그런데 왜 그런 걸 묻는단 말인가? 유화는 뒤늦게 자신의 뱃속에서 난 소리라는 걸 깨달았다. 얼굴이 뜨거워졌다. 이유는 알 수 없었다.

"마을 사람들에게 누구 하나 소외되는 일이 없게 하라 단단히 일렀거늘……."

성큼 다가온 청천이 유화의 손을 잡았다. 유화는 당황했다. 그래서 손을 빼려 했다. 하지만 청천은 힘이 셌다.

"낚시, 해봤느냐?"

생긋 웃는 미소에 그만, 손을 빼려는 생각이 지워져 버렸다.

"가자. 물고기를 먹어보았는지 모르겠구나."

청천이 걷기 시작했다. 유화는 뭐에 홀린 듯 그를 따랐다. 그리고 알게 되었다. 낚시는 즐거운 일이었고 물고기는 맛있었다.

오늘도 해가 뜨기 무섭게 유화는 청천을 찾았다. 그런데 그가 기거하는 오두막에 들기 무섭게 유화는 사색이 됐다.

"왔느냐? 자주 보는구나."

청천은 창을 손질하고 있었다. 날카롭게 연마된 창끝을 보노라니 뱀 부족이 벌였던 살육이 떠올라 소름이 돋았다. 잠시 유화를 살피던 청천은 이내 그녀의 시선이 꽂힌 창을 보았다.

"아, 이런……."

청천은 얼른 창을 감췄다. 그리고 천천히 일어나 유화에게 다가갔다.

"겨울을 대비하기 위한 사냥 준비를 하던 참이다. 네가 생각하는 그런 일은 벌어지지 않을 것이니 안심하거라."

부드럽게 다독이는 청천의 손길에서 따스함이 느껴졌다. 유화가 평온해진 것을 알게 된 청천이 빙그레 미소 지었다.

"사냥은 해본 적 있느냐?"

유화는 가만히 고개를 저었다.

"여자 아이도 작은 짐승 정도는 잡을 수 있어야 이 험난한 세상을 살아갈 수 있단다."

유화는 멀뚱히 청천을 보기만 했다. 유화는 그럴 필요가 없었다. 유화의 심정을 알 리 없는 청천이 가만히 오두막을 살피더니 눈을 빛냈다.

"그래. 너처럼 조그만 아이에게는 저게 괜찮겠구나."

뚜벅뚜벅 다가간 청천이 벽에 걸려 있던 물건을 집어 들었다. 어린아이 주먹만 한 돌 세 개가 매달린 기다란 끈이었다.

"사냥돌이란다. 피를 볼 일도 없으니 너에게 딱이란 생각이 드는구나. 한번 해보겠느냐?"

청천이 사냥돌을 내밀었다. 유화는 조심스럽게 받았다. 묵직한 돌 세 개가 툭, 떨어지면서 부드러운 듯 거친 끈이 유화의 손에서 미끄러졌다. 유화가 사냥돌을 느끼고 있는 사이, 청천은 거치적거리던 긴 겉옷을 벗고 간편한 차림이 되어 간단한 사냥도구들을 챙겼다.

"가자꾸나."

유화는 말없이 청천을 따랐다. 마주치는 마을 사람들이 가만히 고개를 숙였다.

"청천!"

저 멀리 토끼 소녀가 깡충거리며 다가오다가 유화를 보더니 멈칫했다.

"어?"

유화가 얼른 소녀의 눈을 응시했다. 자신의 의도를 전달하는 데는 그것으로 충분했다. 빨간 눈을 동그랗게 뜬 소녀는 이내 활짝 웃었다.

"이 아이를 아십니까?"

질문을 하기 무섭게 청천이 멋쩍게 웃었다.

"아, 묘령님 부족의 생존자이니 당연히 알겠군요. 이렇게 바보 같은 질문이⋯⋯."

청천의 얼굴에서 빈틈이 보였다. 천녀는 그것이 자신이 아닌 토끼 소녀를 향한 것이 어쩐지 불쾌했다. 묘령이라 불린 토끼 소녀가 쾌활하게 말했다.

"나라고 내 백성들을 다 알진 못하지. 그냥 안면만 있어. 청천은 알아?"

"왕이라면 백성들의 안위를 살피는 것이 우선 아닙니까? 그러자면 당연히 알아야지요."

"에이, 그건 너나 그렇지. 어떻게 일일이 하나하나 다 챙겨?"

청천이 한숨을 쉬었다.

"그럼 이 아이의 이름도 모르겠군요."

유화가 냉큼 끼어들었다.

"유화."

묘령에게는 언짢은 표정을 짓던 청천이 순식간에 미소를 머금으며 유화의 머리를 쓰다듬었다.

"그 이름이 퍽이나 마음에 든 모양이구나."

머리칼을 엉망으로 만드는 손짓임에도 유화는 자신도 모르게 낯을 붉혔다.

"어라라?"

묘령이 그런 유화를 보고 기묘한 소리를 냈다.

"사냥을 가르치러 가던 참이었습니다. 같이 가시겠습니까?"

묘령이 눈을 빛냈다. 쾌활하게 입을 벌리려는데 유화가 또 가만히 묘령의 눈을 보았다. 묘령은 괴상한 표정을 지었다.

"하, 하, 하, 가고 싶은데 못 가겠다. 백성들 살피러 가야지."

"좋은 생각이십니다. 왕이 백성을 살피는 건 모름지기 좋은 일이지요. 그럼 저희는 이만 가보겠습니다."

청천이 꾸벅 머리를 숙여 인사를 하곤 앞서 걷기 시작했다. 어영부영 따라 인사를 건넨 묘령이 슬쩍 유화의 곁을 지나며 그녀를 툭, 쳤다.

"잘해보세요!"

묘령이 한쪽 눈을 찡긋, 했다. 유화는 대체 그게 무슨 의미인지 알지 못했다.

청천은 한참을 걸었다. 말도 걸지 않았다. 유화도 그저 묵묵히 그를 따르기만 했다. 한참을 걷다 주위를 둘러보니 새삼 아름답다는 생각이 들었다. 위에서 볼 때는 단 한 번도 해본 적 없는 생각이었는데……

"마을 인근엔 사냥감이 별로 없단다."

마치 너무 멀리 가는 것에 변명이라도 하듯 청천이 입을 열었다. 유화는 아무 답도 하지 않았다. 청천은 계속 혼자 떠들었다.

"농사를 시작해 한시름 던 것은 좋으나 한곳에서 모여 살게 되고 나니 고기를 구하는 건 더 어렵게 되더구나."

묵묵히 듣던 유화가 입을 열었다.

"짐승도 기르면 되잖아."

앞서가던 청천이 딱, 멈추어 섰다. 새삼스럽게 다가오는 주위 풍경을 구경하며 걷고 있던 유화는 그만 콩, 청천의 등에 머리를 박았다.

휙. 청천이 몸을 돌렸다.

"기발한 생각이구나!"

말을 마친 청천이 와락, 유화를 끌어안았다.

"복덩이가 될 거야, 너는."

청천이 환하게 웃어주었다. 유화의 얼굴은 온통 빨갛게 물들어 있었다. 그러나 지척에서 등장한 네발짐승 덕분에 청천은 그것을 발견하지 못했다.

"쉿, 기척을 죽이거라."

유화는 엉겁결에 청천이 하는 대로 자세를 낮추고 발소리를 죽였다. 두 사람은 함께 메마른 덤불에 몸을 감췄다. 삼십여 발짝쯤 거리에 작은 사슴이 등을 보이고 있었다.

청천이 속삭였다.

"내가 하는 것을 잘 보거라."

허리춤에 감아두었던 사냥돌을 풀어낸 청천이 조심스럽게 덤불 뒤에서 빠져나가더니 자세를 낮추곤 머리 위에서 사냥돌을 몇 번 힘차게 돌리다가 휙, 손을 놓았다. 붕붕붕 하는 소리를 듣고 사슴이 고개를 돌렸지만 거의 동시에 사냥돌이 다리에 감겨들었다. 사슴은 외마디 비명을 지르며 몸부림치다가 바닥에 쓰러졌다.

"와!"

유화가 감탄을 터뜨렸다. 칼과 창을 쓰지 않고 짐승을 잡는 걸 처음 보았기 때문인 건지 아니면 청천이 잡은 것이기 때문인지는 유화 스스로도 알 수 없는 일이었다. 두 사람이 가엾게 버둥거리는 사슴에게 다가갔다.

"······작다."

유화가 중얼거렸다. 멀리서 볼 땐 잘 몰랐으나 가까이 다가가 보니 사슴은 정말로 작았다.

"아직 어린 아기란다. 그저 시범을 보여주기 위해 잡았을 뿐이야."

청천은 버둥거리는 사슴을 조심스럽게 풀어주었다. 풀어주기 무섭게 녀석은 펄쩍펄쩍 다소 방정맞게 움직이며 황급히 멀어졌다. 한참을 사슴이 멀어지는 것을 지켜보던 청천이 사냥돌을 유화에게 넘겼다.

"해보겠느냐?"

사냥돌을 받아든 유화가 두리번거렸다. 하지만 네 발 달린 짐승은커녕 벌레 한 마리 찾을 수가 없었다.

"아무것도 없어."

"처음부터 바로 짐승을 잡는 것은 어려우니라. 저기 저 나무에 한번 해보거라."

청천이 지척의 나무를 가리켰다. 유화는 사냥돌의 끈을 꼭 손에 쥐고 아까 청천이 했던 동작을 생각하며 똑같이 따라 하려다 문득, 궁금해졌다.

"어차피 나무에 할 거면 왜 여기까지 온 거지?"

어째선지 청천은 무척이나 당황하는 듯 보였다. 그런데 그게 무척 마음에 들었다. 유화는 당황스러웠다. 저런 빈틈 가득한 모습이 뭐가 좋은 건지 도통 알 수 없었다. 혹 토끼 묘령에게 보였던 빈틈이 마음에 들지 않았던 거랑 관계가 있나 싶었지만 왜 그런 건지는 알 수가 없었다.

"왜 그러고 있느냐?"

삽시간에 평소대로 돌아온 청천이 유화에게 물었다. 유화는 그 말이 들리지 않는 듯 여전히 깊은 생각에 빠져 있었다. 청천이 유화의 뒤에 섰다. 그리고 왼손을 유화의 어깨에 얹고 오른손으로 사냥돌을 잡고 있는 유화의 오른손을 잡았다.

"이렇게 자세를 낮추고……."

지그시 자세를 잡는 와중에 유화의 등이 청천의 가슴에 닿았다. 순간 유화는 숨을 멈췄다. 청천 또한 어째선지 동작을 멈추고 조용해졌다. 사방이 고요해지자 청천의 맥이 느껴졌다.

두근 두근두근.

소리를 따라 쿵 쿵 쿵 유화의 심장이 크게 뛰기 시작했다.

"아……."

무슨 이유에선지 알 수 없는 탄식을 뱉어낸 청천이 손을 놓았다.

"미안하구나. 난 그럴 의도가 아니었는데……."

청천은 진실로 미안해하고 있었다. 유화는 얼른 흩어진 정신을 수습했다.

"괜찮아. 그냥 놀란 거야."

"그렇다면 다행이구나."

두근 두근 두근 청천은 이미 저만치 떨어졌건만 왜 자꾸 떠오르는 걸까? 두근 두근 두근 유화는 민망함을 감추기 위해 사냥돌을 힘껏 돌리다가 휙, 던져 버렸다. 붕붕붕 하고 날아가던 사냥돌은 나뭇등걸에 칭칭 감겨 버렸다.

"잘하는구나."

청천이 미소 지었다. 하지만 그 미소로도 심장 소리는 지워지지 않았다. 두근 두근 두근 유화의 온 신경이 청천의 심장박동을 찾고 있었다. 청천이 나무에 다가가 사냥돌을 풀어내 왔다.

"생각보다 소질이 있구나. 어디 다시 한 번……."

꼬르륵—

그 순간 또 유화의 배에서 소리가 났다. 유화의 얼굴이 새빨개졌다.

"망할 몸뚱이……."

유화가 중얼거렸다. 그 말을 들은 청천이 크게 소리 내어 웃었다.

"배가 고프면 소리가 나는 것은 당연한 일이거늘, 망할 몸뚱이라니, 제법 입이 걸구나."

청천은 뭐가 그리 재미난지 웃음을 멈추지 못했다. 하하하 청량한 웃음소리가 메마른 벌판 위로 멀리멀리 퍼져 나갔다. 유화는 민망한 와중에도 그 소리가 너무나 듣기 좋았다. 웃기를 멈춘 청천이 다시 입을 열었다.

"그럼 배부터 채워볼까?"

청천과 유화는 나란히 나무 아래 앉아 말려서 잘 볶은 곡식과 물 한 주머니를 나누어 먹었다. 결코 풍족하다 할 수 없을 식사였지만 어쩐지 유화는 이런 걸 행복이라고 하는 건가 하는 생각을 했다.

어째선지 한동안 청천은 보이지 않았다. 찾고자 마음먹는다면 금방 찾을 수 있었겠지만 유화는 그러지 않았다. 지금 유화는 사냥돌의 사용법에 익숙해지는 걸 최우선으로 삼고 있었다. 그렇게 하루 이틀 유화는 매일같이 나무를 향해 사냥돌을 던졌다.

나무를 상대하는 것이 지겨워질 때쯤, 유화는 몰래 구름을 타고 먼 곳까지 나갔다. 토끼가 보였다. 사냥돌을 던졌다. 성공이었다. 유화는 빙그레 웃으며 토끼를 풀어주었다. 사슴이 보였다. 사냥돌을 던졌다. 이번에도 성공이었다. 유화는 또 빙그레 웃으며 다가가 사슴을 풀어주었다. 구름을 타고 사방을 돌아다니며 눈에 보이는 족족 사냥돌을 던져 보았다. 백발백중이었다.

"어쩌면 나, 소질이 있는 걸지도……."

괜히 뿌듯했다.

유화는 단박에 용 부족의 마을로 돌아왔다.

한참 소란스러웠다. 저 멀리 청천이 보였다.

"청천!"

평소의 그녀답지 않게 유화가 목소리를 높였다. 반사적으로 고개를 돌린 청천의 표정이 살짝 이상했다.

"오랜만이구나."

하지만 이내 빙그레 웃으며 아는 척을 했다. 유화가 청천의 어깨너머를 훔쳐보았다.

"뭘 하는 거지?"

"겨울을 대비하기 위해 사냥 축제를 열 거란다."

"사냥 축제……."

어느 부족이든 겨울을 나기 위한 식량을 위해 가을이면 사냥을 나간다. 몇몇이 무리 지어 다니는 그런 사냥이 아니라 부족원 모두가 참여하는 대규모 사냥이었다.

"나도 갈래."

청천이 난처한 얼굴을 했다.

"무척 위험하여 여자와 아이는 참여할 수 없단다."

유화가 불쑥 사냥돌을 내밀었다.

"나 연습 많이 했어. 이제 잘해."

청천이 빙그레 웃더니 유화의 머리를 쓰다듬었다.

"잘하게 되었다니 다행이구나. 하지만 사냥 축제에는 쓰일 수가 없단다."

"어째서?"

"물소 떼를 잡을 거거든."

유화는 멀뚱히 청천을 바라보았다. 청천의 황금색 눈망울에 검은색 눈동자를 가진 유화의 얼굴이 맺혔다. 순간 청천이 슬쩍 고개를 돌렸다.

"왜?"

왜 고개를 돌렸느냐는 질문이었다. 하지만 청천은 엉뚱한 대답을 했다.

"물소를 본 적이 없느냐? 거대하고 위험하지. 너같이 작고 가녀린 아이는 물소 뿔에 한 번 치이면 큰일이 난단다."

유화는 커다란 눈만 끔뻑거렸다. 엉뚱한 대답이 나온 것이 의아한 눈치였다.

"그럼 난 바빠서 이만 가봐야겠구나."

청천은 황급히 사냥 축제를 준비하던 남자들 틈으로 끼어들었다.

한참을 멀뚱히 서 있던 유화가 씩 웃었다.

못 가게 한다고 갈 수 없을 그녀가 아니었다.

저 아래 한무리의 사람들이 날카로운 창과 칼을 쥐고 부지런히 걷고 있었다. 멀리 보이는 너른 강으로 향하는 중이었다.

강가에는 물소 떼가 한가로이 물을 마시고 있었다. 여기저기 흩어져 풀을 뜯는 녀석들도 있었다. 청천이 팔을 들었다. 드디어 그들의 시야에도 물소 떼가 들어온 모양이었다. 자세를 낮춘 사람들이 발소리를 죽여가며 분주하게 사방으로 흩어져 물소 떼를 포위했다.

누군가가 뿔피리를 불었다. 놀란 물소 떼들이 우왕좌왕했다. 그들의 대장인 듯 보이는 덩치 큰 녀석이 우렁차게 울부짖으며 내달리자 나머지 녀석들이 우르르 대장을 따랐다. 물소 떼를 에워싼 사내들은 마치 몰이를 하는 것처럼 가장자리를 따라 뛰며 물소를 향해 창을 던졌다. 픽픽, 창에 맞은 녀석들이 하나둘 쓰러져 갔다. 바닥에 널브러진 녀석들 중엔 불행하게도 달리던 동료들에게 치여 그대로 죽음에 이르는 녀석들도 있었다. 하지만 몇몇은 기다란 창을 몇 개나 꽂고도 성질을 부리기도 했다.

슬쩍 구름에서 내려 거리를 두고 달리던 유화는 한껏 성질을 부리는, 창 맞은 물소를 발견했다. 녀석의 앞에서 세 남자가 창을 휘두르고 있었지만 물소의 덩치가 어찌나 큰지 밀리는 형국이었다. 가만히 지켜보던 유화가 씩 웃더니 사냥돌을 꺼내서는 있는 힘껏 던졌다. 붕붕붕 하고 날아간 사냥돌은 그대로 성난 짐승의 뒷발에 감겨들었다. 덩치가 너무 큰 탓에 조그만 사냥돌로는 네 다리를 모두 묶지 못한 것이다. 유화는 그거면 충분하리라 생각했다. 그래서 기세등등한 얼굴로 다가갔다.

"위험······."

누군가가 만류하기 무섭게 물소가 크게 날뛰었다. 멀뚱히 서 있던 유화는 그만, 그 발에 채여 휙 허공을 날았다.

유화가 눈살을 찌푸렸다. 다리 네 개 중 둘만 포박하는 건 효과가 없다는 걸 깨달았다. 불쾌하기 짝이 없었다. 세상만사에 통달했다고 여겼건만 이깟 사냥 하나 제대로 하지 못한다는 것이 화가 났다. 잔뜩 흥분해서 몰려가는 물소 떼들이 보였다. 유화는 지금 자신이 그들을 향해 날아가고 있다는 걸 알았다. 곤란했다. 끝까지 정체를 감추고 지켜보고 싶었는데······.

"유화!"

유화가 막 힘을 쓰려는 찰나, 청천의 목소리가 들렸다. 유화는 반사적으로 청천을 보았다. 청천에게서 은빛 광선이 사방으로 뿜어졌다. 이윽고 그 자리에 청천은 없었다. 쿵, 유화는 충격을 받았다. 저절로 얼굴이 구겨졌다. 청천에게 정신이 팔린 틈에 그만 땅바닥에 떨어진 모양이다, 라고 생각했다. 하지만 아니었다.

"청······ 천······."

유화는 바보 같은 얼굴이 되었다. 유화는 청천의 품에 안겨 있었다. 성나서 달리는 물소 떼의 한가운데였다. 청천이 눈을 감았다. 칼날 같은 광택이 도는 광선이 청천에게서 사방으로 쏘아졌다. 쿠구궁, 요란한 소리를 내며 물소들이 쓰러졌다. 한참이 지나 사방이 고요해졌다. 흙먼지가 가라앉았다. 청천의 주위로 물소 떼들이 즐비하게 쓰러져 있었다.

"위험하다고 하지 않았느냐!"

버럭 소리를 내지른 청천이 와락 유화를 끌어안았다.

두근 두근 두근.

유화는 또 청천의 심장 소리를 들었다. 이번에도 유화의 심장이 따라서 쿵 쿵 쿵 뛰었다.

사람들이 몰려왔다. 청천은 언제 그랬냐는 듯 유화를 내려놓고 벌떡 일어나더니 휙 몸을 돌려 가버렸다. 사람들은 신이 났다. 물소가 어찌나 많은지 다 가져가기 어려울 정도였다. 최대한 열심히 손질을 해보았으나 여전히 들판엔 물소 시체가 즐비했다.

생각보다 일찍 돌아온 사람들을 보고 남아 있던 이들이 놀란 얼굴들을 했다. 하지만 그 어느 때보다 풍족한 고기와 가죽 등을 보며 무척이나 기뻐했다. 걸어서 그들을 따라온 유화는 내내 청천을 보고 있었다. 청천은 한 번도 유화를 보아주지 않았다. 이유를 알 수 없었다. 하지만 이제 유화는 청천에게 함부로 말을 걸수 없었다. 청천의 곁에만 가면 두근 두근 두근, 그의 심장 소리가 들렸고 덩달아 쿵 쿵 쿵, 자신의 심장도 요란하게 뛰었다.

청천은 유화를 보지 않았다.

유화도 청천을 보지 않았다.

그렇게 시일이 흘러 어느 날, 뱀 부족의 전사들이 쳐들어왔다.

뱀 부족의 전사들이 나란히 섰다. 려사가 크게 외쳤다.

"저곳이 오늘 우리의 목표다!"

모든 전사들이 눈을 빛내며 려사를 주목했다.

"닥치는 대로 약탈하라! 빼앗을 수 있는 건 모두 빼앗아라! 음식, 무기, 여자 하나도 빼놓지 말고 빼앗아라. 사내는 모두 죽여라. 그리하면 저들의 풍요는 곧 우리 뱀 부족의 것이 되리라!"

와아, 요란한 함성이 울려 퍼졌다. 동시에 육중한 소리를 내며 전사들이 앞다투어 달려 나갔다. 한가하게 저녁 준비를 하던 용 부족 사람들이 몸을 일으켰다. 뱀 부족 전사들을 발견한 그들은 이내 비명을 지르며 사방팔방 흩어졌다.

힘차게 달리던 려사의 속도가 높아졌다. 려사를 발견한 유화가 눈살을 찌푸렸다. 청천이 만류했으나 유화가 앞으로 나섰다. 그리고 팔을 휘둘렀다. 대지가 갈라졌다. 속도를 줄일 수 없었던 려사는 훌쩍 허공을 날아 갈라진 대지를 피했다. 쿵, 묵직한 소리를 내며 떨어진 앞에 그녀가 있었다.

려사가 이를 갈았다.

"오랜만이구나."

언제나 그랬듯 유화는 아무 답도 하지 않았다. 대신에 눈을 감았다. 환한 빛이 쏟아졌다. 그 빛은 유화를 휘감았다. 거친 소용돌이를 만들어냈던 빛무리는 쏟아질 때만큼이나 빠르게 하늘로 솟구쳤다. 모든 빛이 사라지고 그곳에 아름다운 여자가 모습을 드러냈다.

기다란 은발은 땅에 닿을 듯 길었다. 갸름한 얼굴에 새하얀 피부와 새빨간 입술을 갖고 있었다. 은하수가 수놓인 푸른 물을 입은 그녀는 천녀였다. 경외감에 주춤거리던 려사는 자신도 모르게 무릎을 꿇었다.

유화가 미소 지었다.

「경쟁은 끝났다.」

입은 조금도 움직임이 없건만 낭랑한 목소리가 땅끝까지 퍼져 나갔다.

「승자는 축복받은 용, 청천이다.」

그 말을 들은 순간 려사가 괴성을 내질렀다. 유화가 조용히 려사를 노려보았다. 어찌나 매서운지 려사는 그대로 꿀 먹은 벙어리가 되고 말았다.

저 멀리, 마을 한복판에서 청천이 유화를 보고 눈물 흘리고 있었다.

모두가 머리를 조아린 가운데 유화가 있었다. 마을을 습격하러 왔던 뱀 부족 전사들과 려사도 그 틈에 끼어 있었다. 물끄러미 려사를 바라보던 유화가 팔을 들었다. 사방에서 바람이 휘몰아쳐 그 누구 하나 제대로 눈을 뜨고 있을 수 없었다. 갑작스러운 태풍에 모두가 두려워하며 땅바닥에 엎드렸다.

하지만 오래지 않아 바람이 사라졌다.

「모두 고개를 들라.」

천녀의 명에 모두가 살그머니 고개를 들었다. 그리고 깜짝 놀랐다. 너른 바다를 마당 삼고 높은 절벽을 벽 삼았던 용 부족의 마을 풍광이 바뀌어 있었다. 끝 모를 평야가 펼쳐졌다. 저 멀리 드넓은 강도 보였다. 한쪽엔 나무가 울창한 거대한 산도 있었다. 천천히 청천에게 다가간 유화가 그의 손을 잡고 일으켰다.

「비옥한 땅이 필요했지? 이제 이곳에서 너의 백성들은 걱정없이 풍요를 누리며 살 것이다. 이것이 너의 부족에게 내리는 상이다.」

청천을 바라보는 유화의 눈동자는 그윽했다.

"감사…… 합니다."

무의식중에 눈을 맞췄던 청천이 살짝 몸을 떨더니 얼른 고개를 숙였다. 유화는 그 점이 참으로 못마땅해 눈살을 찌푸렸다. 두 사람의 행동을 목격한 려사가 험악한 얼굴을 하더니 벌떡 일어났다.

"청천이 승자가 된 이유를 말씀해 주십시오!"

유화가 눈살을 찌푸렸다.

「내 결과에 승복하지 못하겠단 것인가?」

"현재 뱀 부족이 가장 강대하며 가장 거대하고 가장 풍요롭습니다. 한데 어찌하여 용 부족이 선택되었는지 알 수가 없어 드리는 말씀입니다!"

려사는 진실로 뱀 부족이 가장 위대하다 여기는 눈치였다. 유화가 한숨을 쉬었다.

「피바람을 불러일으켜 타인의 것을 빼앗고 취하여 얻은 풍요는 내가 바라는 바가 아니다.」

려사의 눈꼬리가 파르르 떨렸다.

"거짓말! 연심 때문이면서!"

뭐 눈에는 뭐만 보이는 법이다. 불행히도 려사의 그 발언이 유화를 일깨웠다.

「연심? 내가? 누구를?」

"사심 가득한 이 결과에 저는 승복할 수 없습니다! 다시 진정한……."

하지만 유화의 귀에 그 말은 들리지 않았다. 그녀의 시선은 청천을 향해 있었다. 두근 두근 두근, 천녀의 몸을 되찾은 지금, 그 소리는 더더욱 크게 유화의 심장을 울렸다. 쿵 쿵 쿵, 유화의 심장이 따라 뛰었다. 갑자기 세상이 환해졌다. 유화는 비로소 자신이 청천을 연모함을 깨달았다.

「내가…… 너를…… 은애하는 모양이구나.」

청천이 깜짝 놀라 고개를 들었다. 이윽고 그의 눈이 촉촉하게 젖어들었다.

「어찌…… 우느냐? 싫은 것이냐?」

청천이 빙그레 미소 지으며 고개를 흔들었다. 동시에 그의 눈에서 또르르 눈물이 흘러내렸다.

"너무 어려, 이래선 안 된다고 여기고 있었습니다. 천녀신 것을 알고는 더더욱 접어야 한다고 여기고 있었습니다. 한데 그리 말씀해 주시니 행복하여 저도 모르게 눈물이 났습니다."

유화는 영문을 모르겠는 얼굴로 청천의 눈물을 닦아주었다.

「네가 싫다면 강요하지 않으마. 그러니 울지 말거라. 네가 우니 내 마음이…….」

와락, 청천이 유화를 끌어안았다.

"은애합니다."

어정쩡하게 팔을 든 채로, 유화는 어찌할 바를 몰랐다. 도저히 이 상황을 이해할 수 없었다. 저 멀리, 묘령이 감동 어린 눈으로 두 사람을 보고 있었다. 묘령과 눈을 맞춘 유화는 그제야 모든 것을 깨달았다.

「나를…… 은애하느냐?」

이제 청천은 더는 유화의 눈을 피하지 않았다.

"영원히 당신과 함께하고 싶습니다."

두근 두근 두근, 청천의 심장박동이 유화의 귓가를 때렸다. 이제야 유화는 그 소리가 무엇을 의미하는지 알았다.

「세상만사에 통달했다 여겼거늘, 나는 참으로 바보였구나……. 너도 이미 나를…….」

유화는 말을 잇지 못했다. 청천의 부드러운 입술이 사뿐히 유화에게 내려앉았다. 유화는 행복한 얼굴로 눈을 감았다. 모두가 두 사람의 사랑에 감읍하는 가운데, 려사 홀로 분노를 속으로 삭였다.

제법 쌀쌀해진 바람이 불어왔다. 창백한 하늘 아래 청천은 여전히 분주하게 구석구석을 돌아다니며 사람들을 챙겼다.

「여전히 바빠 보이는구나.」

사람들이 일제히 머리를 조아렸다. 정중히 예를 취한 청천이 고개를 들었다. 다소 걱정이 깃든 얼굴이었다.

"제가 가고 난 후에도 모두 행복해야 할 텐데 그것이 걱정입니다."

가만히 청천을 바라보던 유화가 빙그레 웃었다. 걱정할 필요 없다고, 내 눈엔 보인다고, 너의 백성들이 천년만년 이곳에서 행복하게 살아가는 게 보인다고 말하려 했다. 하지만 그럴 수 없었다.

꼬르륵—

유화는 자신의 배를 내려다보았다. 이해할 수 없었다. 지금은 천녀의 몸이었다. 이럴 수가 없는데……. 유화가 배고파할 때마다 크게 웃던 청천이 고개를 갸웃했다.

"천녀도…… 배가 고픕니까?"

유화는 그 말을 듣지 못한 듯 자신의 배를 어루만지며 한참을 생각했다. 그러다 깨달았다.

「너무 오래, 이곳에 있었던 모양이구나.」

청천은 이해하지 못한 얼굴이었다. 유화는 그런 그의 얼굴을 부드럽게 어루만졌다.

「걱정 마라. 오래 걸리지 않을 것이니. 내가 없는 동안 마저 신변을 정리하고 차분하게 기다리고 있거라.」

청천이 빙그레 웃었다.

"설마 제가 싫어 도망가시는 것은 아니겠지요?"

유화가 따라 미소 지었다.

「그럼 다녀오마.」

유화는 그대로 하늘로 솟구쳤다.

청천은 고개를 들어 하늘로 사라지는 새하얀 빛줄기를 보았다. 반짝반짝 부서지는 빛가루가 눈이 부셨다. 미련이 남아 떠나지 못하고 있던 려사 또한 그 빛을 발견했다. 려사의 입가에 비릿한 미소가 떠올랐다.

하늘로 돌아온 유화는 가만히 눈을 감고 대기를 느껴보았다. 그리고 그 속에 흐르는 우주의 흐름을 더듬었다.

완벽한 것은 존재하지 않는다. 그것이 비록 천녀일지라도 339

「너무 오래 있으면 안 되는 모양이구나…….」

한 번도 해본 적 없어 미리 알 수 없었던 일이었다. 유화는 정좌를 하고 앉아 끝없이 흐르는 우주의 기운에 자신을 녹였다. 얼마의 시간이 흘렀는지 알 수 없었다. 그리고 그것이 아래 세상에서 또 얼마의 시간으로 인식되는지 또한 알 수 없었다. 오랜 시간이 흘러 어느 순간, 모든 것을 완벽하게 되돌린 그녀가 반짝, 눈을 떴다.

「청천…….」

가장 먼저 생각나는 것은 청천이었다. 환한 미소를 머금은 유화는 훌쩍, 땅으로 뛰어내렸다.

그러나…….

땅에 도착한 유화가 목도한 것은 청천의 죽음이었다. 슬픔을 이기지 못한 유화는 려사를 찢어발겼다. 감정의 폭풍 덕분에 청천의 숨이 아직 붙어 있는 것조차 깨닫지 못했다. 치밀어 오르는 분노를 다스리지 못한 그녀는 그렇게 산산이 부서졌다.

모든 것을 지켜본 다해는 한참을 생각하다 조용히 말문을 열었다.

"청천을 승자로 선택한 이유가 무엇인가요? 정말로 연심 때문이었나요?"

유화가 미소 지었다.

「그는 자애와 자비로 백성을 다스렸다. 그것이 내게까지 미쳤다. 난 그렇게 그를 사랑하게 되어버렸고 그것은 나의 선택에 큰 영향을 미쳤지.」

잠시 말을 멈춘 유화가 살짝 얼굴을 붉혔다.

「……아니라고는 못하겠구나.」

"사심이 끼어들어 버린 거군요."

유화가 빙그레 웃었다.

「너 또한 그러지 않았느냐?」

다해가 얼굴을 붉혔다. 유화가 보여준 기억 속 청천의 얼굴은 다해가 알고 있는 것과 달랐다. 훗, 소리 내어 웃은 유화의 얼굴이 이내 어두워졌다.

「난 그러지 말아야 했다. 언제나처럼 저 위에서 그저 그렇게 거리를 두고 지켜봐야 했다. 세상 속에 내가 들어온 순간, 나 또한 운명의 수레바퀴에 끼어버릴 것임을 예측했어야 했다. 하지만 나는 그러지 못했다.」

유화의 눈에서 또 눈물이 흘러내렸다. 다해는 가슴이 아팠다. 그래서 유화의 눈물을 닦아주었다. 반짝, 유화가 눈을 떴다.

「이제 어찌 저주를 풀어야 할지 알았느냐?」

다해가 얼굴을 붉혔다. 유화가 또 소리 내어 웃었다. 그리고 뒤이어 진지한 얼굴로 다른 것을 물었다.

「엉켜 버린 실타래도 풀어낼 수 있겠느냐?」

부끄러움을 지워낸 다해가 단호한 얼굴로 고개를 끄덕였다. 유화가 활짝 웃었다.

「그럼 돌아가거라.」

그 말을 끝으로, 곧 환한 빛이 다해를 감싸 안았다.

깜빡깜빡 다해가 눈을 떴다. 바짝 마른 그녀의 입술을 연신 축여주고 있던 무연의 눈에서 뚝 뚝 굵은 눈물이 떨어졌다. 여전히 꿈에서 헤어나오지 못한 다해는 무연이 왜 우는지 이해할 수 없었다.

"왜…… 우십니까?"

무연이 와락 다해를 끌어안았다.

"영영 못 깨어나는 줄 알았습니다."

다해가 신음했다. 여전히 온몸이 울긋불긋했다. 얼굴은 보기 흉하게 부어 있기까지 했다. 통증을 느낀 다해는 그제야 모든 것을 분명하게 떠올릴 수 있었다.

"여기는 어디입니까?"

"토나라의 왕궁입니다."

확실히 이곳은 낯선 분위기를 풍기고 있었다. 다해는 이해할 수 없었다. 몸 상태를 보니 그다지 긴 시간이 지난 것 같지 않건만…….

"어찌 벌써 토나라에……."

하지만 무연은 엉뚱한 대답을 하고 있었다.

"암읍에서의 그날 이후로 칼바람에 대한 경계를 푼 것이 불찰이었습니다. 모두가 제 탓입니다. 제가 용영대장을 제대로 감시했더라면……."

다해가 팔을 들어 무연의 얼굴을 부드럽게 어루만졌다.

"처음부터 동행하게 한 제 탓입니다."

"아닙니다. 아씨는 아직 어리십니다. 제가 먼저 알아서 해야 했는데……."

또 한 번 무연의 눈에서 눈물이 떨어졌다. 다해가 그 눈물을 닦아주었다.

"어찌 이리 빨리 청진에 오실 수 있었던 겁니까? 그리고 전 어찌 토나라에 와 있는 건가요? 상처를 보니 시간이 오래 지난 것 같지 않은데……."

무연이 얼른 눈물을 닦고 미소 지었다.

"야흐로나 란베르 왕자의 도움을 받았습니다."

"야란님이요?"

"예. 왕의 명을 받고 다시 청진에 잠입해 있었던 왕자가 소식을 듣고 우리를 도왔지요."

"하지만 제아무리 야란 왕자가 돕는다 한들, 무슨 수로……."

다해가 눈을 크게 떴다.

"설마 관문을 이용하신 겁니까?"

무연이 고개를 끄덕였다.

"예. 신비촌의 가련한 여인들이 힘을 합해 토나라로 이어지는 관문을 만들어주었습니다."

"하지만 신비촌의 사람들이 그냥 열어주었을 리가 없잖습니까? 설마…… 약조를 하신 겁니까?"

"……아씨를 잃을 수는 없었습니다."

무연은 억지로 눈물을 참는 티가 역력했다. 다해는 그런 그에게 차마 뭐라 할 수가 없었다.

달칵, 문이 열렸다. 야란이 시녀와 함께 들어왔다.

"어? 제가 혹시 뭔가 방해를 했나요?"

활짝 웃는 야란은 여전히 아름다웠다. 무연이 정중히 그를 맞으며 답했다.

"아닙니다. 그저 관문에 대한 이야기를 하고 있었을 뿐입니다."

다해가 조심스럽게 끼어들었다.

"구해주신 것은 감사합니다. 하지만 그리 함부로 할 만한 약조는 아니지 않습니까?"

야란이 빙그레 웃었다.

"신비촌에서 무슨 약조를 하라 했는지 아시는 겁니까?"

"예. 지난번 탈출 때 같은 제안을 받았으나 거절했지요."

"그랬군요. 한데 뭐가 문제인건가요?"

"지키지 못할 약조는 하는 게 아닙니다."

무연이 조심스레 만류해 보았으나 다해는 물러섬이 없었다. 야란도 마찬가지였다.

"이상하군요. 약조는 제가 했습니다. 그리고 전 그 약조를 충분히 지킬 수 있다고 생각되었기에 했을 뿐인데 뭐가 문제란 말입니까?"

"려나라를…… 전복시킬 수 있단 말입니까?"

다해도 무연도 믿을 수 없는 눈치였다. 야란이 슬픈 미소를 지었다.

"려나라의 곳곳은 이미 썩어 문드러졌습니다. 부패할 대로 부패한 게지요. 누군가 나서 불씨만 당겨준다면 와르르 무너져 내릴 겁니다."

"하면, 불씨는 어찌 당기실 겁니까?"

언제 그랬냐는 듯, 야란이 활짝 웃었다.

"그야, 이제부터 생각해 보아야겠지요."

다해는 자신도 모르게 한숨을 쉬었다. 야란은 다해의 한숨 따위 전혀 신경 쓰지 않는 듯 보였다. 다해는 얼굴을 찌푸린 채 깊은 생각에 빠져들었다. 그런 다해가 걱정되는지 무연이 부드럽게 입을 열었다.

"우선 추적자들이 오기 전에 진나라로 돌아가셔야 합니다. 결코 토나라도 안전하지가 않습니다. 가서 건강부터 회복하세요. 나머진 나중에 생각하셔도 됩니다. 여차하면 황제폐하 앞에서 제가 드러눕기라도 할 것입니다. 하니 그리 걱정하지 마세요. 몸에 해롭습니다."

비로소 혼자만의 세상에서 빠져나온 다해는 무연을 향해 미소를 지어주고는 야란에게 물었다.

"불씨만 있으면 된다고 하셨습니까?"

"예."

"하면 민심은 이미 돌아선 겁니까?"

"썩어 문드러지다 못해 다 녹아 흐를 지경이지요."

"한데 어찌하여 아무도 봉기하는 자가 없는 겁니까?"

"아시잖습니까? 려나라의 뼛속까지 새겨진 신분체계 말입니다. 감히 아무도 나서는 이가 없습니다. 천민은 천민대로 평민은 평민대로 귀족은 귀족대로 모두 윗전이 두렵기 때문이지요."

다해가 신음했다. 이곳에 온지 제법 시일이 흘렀음에도 려나라만큼은 도무지 이해할 수 없었다.

"아씨. 안됩니다."

내내 다해를 지켜보던 무연이 입을 열었다. 그는 이미 다해가 무슨 생각을 하고 있는지 알고 있었다.

"왜 안 된다 하십니까?"

무엇에 대한 이야기인지는 굳이 할 필요도 없었다.

"지금 아씨의 몸 상태가 말이 아닙니다. 상처도 상처지만 기력이 너무 많이 쇠하셨습니다. 지난번 암읍에서의 후유증까지 겹친 모양입니다. 아씨의 건강부터 챙기셔야 합니다."

"하지만 지금보다 더 좋은 적기가 과연 있을지 모르겠습니다."

"예전에 려나라에 처음 떨어졌던 날 아씨가 그러셨지요. 살아 있다 보면 언젠간 기회가 오기 마련이라고. 그 말씀, 그대로 돌려드릴까 합니다."

"천운이라는 게 있지요. 운명의 장난과 천녀의 가호가 만났으니 지금이 최고의 적기입니다."

"운명의 장난과 천녀의 가호라니요?"

다해는 조용히 천녀 유화와 나누었던 대화를 들려주었다. 과거 청천, 유화, 려사 세 사람이 얽혀 있는 진나라 저주의 비밀과 그로 인해 엉켜 버린 청천과 려사, 그러니까 다해와 그리매의 운명에 대해서였다. 추임새 한번 없이 한참 동안 묵묵히 듣던 무연은 모든 이야기가 끝나자 긴 한숨을 내쉬었다.

"그럼 어쩔 수 없겠군요. 하면 계획은 있으십니까?"

물끄러미 무연을 바라보던 다해가 양팔을 벌려 그를 꼭 안아주었다. 야란이 슬그머니 눈을 돌렸다. 약간 불편한 자세이련만, 무연은 가만히 다해의 품에 안겨주었다.

"감사합니다. 저를 믿어주셔서."

"조선에 이런 말이 있더군요. 팥으로 메주를 쏜대도 믿는다. 전 아씨께서 그리 말씀하신다면 그리 믿을 겁니다."

다해가 픕, 웃음을 터뜨렸다.

"제가 팥으로 메주를 쑤어 오라 하면 어쩌시게요?"

무연이 빙그레 미소 지었다.

"별수 있습니까? 비전술이든 신비술이든 동원해서라도 쑤어와
야지요."

다해가 또 웃음을 터뜨렸다. 무연은 비로소 마음을 놓았다. 비
록 몸이 아픈 탓에 예전만큼 활기찬 웃음은 아닐지라도 다시 웃
게 된 것은 참으로 다행한 일이었다.

흠흠, 야란이 헛기침을 했다.

"깨소금을 볶는 와중에 죄송하지만 질문이 있습니다."

다해가 얼굴을 붉혔다. 무연이 태연하게 고개를 돌리고 야란을
보았다. 야란이 물었다.

"천손과 더불어 위 장군 그리고 진나라까지 려나라의 전복을
돕게 되는 것입니까?"

다해가 고개를 끄덕였다.

"예. 제가 야란님이 말씀하신 불씨를 일으켜 볼까 합니다."

야란이 눈을 빛냈다.

"좋은 수가 있으십니까?"

다해가 생긋 웃었다.

"그야 이제부터 생각해 봐야 할 문제이지요."

야란이 벙찐 얼굴을 했다.

"허, 이런, 제가 던진 돌이 그대로 날아왔군요."

다해가 다시 깔깔 웃음을 터뜨렸다. 무연이 그 모습을 바라보

며 흐뭇한 미소를 지었다. 야란도 빙그레 미소 지었다.

"하면 지금부터 한번 계획을 짜보시겠습니까?"

"예. 우선 려나라 지도부터 준비해 주셨으면 하는데 가능하겠습니까?"

"당연히 가능하죠. 잠시만 기다리십시오. 금방 가져오겠습니다."

꾸벅 예를 취한 야란은 냉큼 밖으로 나갔다.

무연이 걱정스러운 얼굴로 말했다.

"위험하실 겁니다."

"무연님이 함께하실 텐데 무엇이 위험하겠습니까?"

"제가 그리 믿음직하십니까?"

"세상천지에 제 낭군을 믿지 못하면 그 누구를 믿는단 말입니까?"

무연의 눈시울이 붉어졌다. 다해가 팔을 뻗었다.

"오랜만에 만난 정혼자를 이리 홀대하실 참입니까?"

무연이 빙그레 미소 지었다.

"혼전에는 안 된다 하지 않으셨습니까?"

다해가 새침하게 눈을 흘겼다.

"하면 싫으십니까?"

"그럴 리가 있겠습니까?"

무연이 부드럽게 다해에게 입을 맞췄다. 가만히 입맞춤을 음미하던 다해가 갑자기 와락 무연의 목을 끌어안았다.

"다시는 무연님을 보지 못할까 두려웠습니다. 죽음이 목전에 있는데 죽음보다도 그것이 더욱 두려웠습니다."

무연이 나지막하게 다해의 귓가에 속삭였다.

"두려워하실 필요 없습니다. 설령 저승이라 한들, 끝까지 따라가 지킬 겁니다."

말을 마친 무연이 다시 한 번 다해에게 입맞춤했다. 다해는 뜨거운 눈물을 흘리며 온 힘을 다해 무연을 끌어안았다. 다시는 무연을 놓치지 않으리라……. 그러자면 운명의 수레바퀴를 꼭 파괴해야 했다. 다해는 기필코 성공하리라 다짐했다.

잠시 후, 야란이 커다란 지도 한 장을 들고 돌아왔다. 바닥에 지도를 펼친 세 사람은 머리를 맞대고 고민했다. 계획을 생각해낸 것은 다해였다. 무연은 결사반대했다. 병약해진 다해가 할 수 있는 일이 아니라는 이유에서였다. 하지만 다해는 단호했다. 결국 무연의 고집은 다해의 의지 앞에 꺾이고 말았다. 다해가 짜낸 계획을 무연과 야란이 보완했다. 긴 시간 토론을 한 끝에 드디어 계획이 완성되었다. 야란은 기뻐하며 형님인 토의 왕에게 보고를 하기 위해 자리에서 일어났다. 그가 떠나자 무연이 전서옥을 꺼내들었다.

"아……."

다해가 나지막하게 신음했다. 뒤늦게 속은 것을 알고 끌려가지 않기 위해 힘껏 저항하던 그때, 툭 튀어나온 전서옥의 발견하곤 난폭하게 끊어내던 칼바람의 행동은 단지 기억만으로도 충분히 괴로웠다. 그가 바닥에 버린 그 전서옥은 누가 가져갔을까?

"걱정하지 마십시오. 지금 천경이 가지고 있답니다."

다해의 얼굴에 안도가 떠올랐다.

무연이 전서옥을 손에 쥐고 가만히 눈을 감았다. 잠시 후, 저쪽에서 의식이 넘어왔다.

[장군! 대체 왜 이리 늦으신 겁니까!]

무연이 눈살을 찌푸렸다.

[도움이 필요하구나.]

[말씀만 하십시오.]

[당장 토나라에 가장 날렵하고 뛰어난 무사 열댓 명만 보내거라.]

[그거면 충분합니까?]

[그리고 군대를 모아야겠다.]

천경이 깔깔거리고 웃는 것이 느껴졌다. 잠시 후, 천경이 말했다.

[이미 대기 중입…….]

천경의 의식이 뚝 끊어졌다. 그리고 갑작스레 젊은 여인의 의식이 전해졌다.

[대장은요?]

무연이 눈살을 찌푸렸다.

[죽이지는 않았습니다.]

말을 마치기 무섭게 무연은 사무치는 감정의 파도에 놀라 전서옥을 놓치고 말았다.

"왜 그러십니까?"

물끄러미 바라보던 다해가 물었다. 무연은 무어라 답해야 할지 알 수 없는 듯 망설이다 다해에게 구슬을 넘겨주었다. 다해가 가만히 눈을 감았다.

[제발, 대장을 살려주세요. 하라는 것은 뭐든지 하겠습니다. 제

발, 제발, 대장의 목숨만은⋯⋯.]

다해는 사무치게 밀려오는 그리움 속에서 놀라운 소식을 발견했다.

[회임⋯⋯ 하셨습니까?]

아름달이 깜짝 놀라는 게 느껴졌다.

[천손?]

[예, 접니다. 칼바람님의 아이입니까?]

보지 않음에도 왈칵 아름달이 눈물을 쏟아내고 있다는 걸 알 수 있었다. 가슴 저미는 슬픔과 애정 그리고 미안함을 느낀 다해가 부드럽게 답했다.

[개인적인 원한이 있는 것이 아니니 너무 걱정 마세요.]

해일 같은 감사함이 밀려들었다. 다해는 그 마음을 감당할 수 없어 눈을 떴다.

"어찌하셨습니까?"

다해가 힘없이 웃었다.

"어쩌겠습니까? 들어드려야지요."

무연이 눈살을 찌푸렸다.

"하지만 그자가 아씨를 데려가지만 않았더라도⋯⋯."

무연의 눈은 다해의 상처들을 훑고 있었다.

다해가 손을 들어 무연의 눈을 가렸다.

"눈에 보이는 것에 너무 빠져들지 마세요. 이제 무연님이 함께 하시니 저는 무사합니다. 한데 무엇이 걱정이란 말입니까? 아름달님도 그리고 뱃속의 아이도 행복해질 권리가 있지 않겠습니까?"

무연이 한숨을 내쉬었다.

"정말로 아씨를 이길 수가 없습니다."

다해가 생긋 웃었다.

"원래 아내란 그런 것이랍니다."

무연이 씩 웃더니 다해에게 입맞춤했다. 다해는 가만히 눈을 감고 받아들였다. 잠깐의 행복이 지나가고, 무연이 의아한 얼굴로 물었다.

"혼전에는 아니 된다 하시곤 어찌 피하지 않으십니까?"

다해가 생긋 눈웃음쳤다. 푸른 멍이 가득했지만 그래도 무연의 눈에는 무척 아름다운 미소였다.

"이심전심, 제 마음을 알고 하신 것 아닙니까?"

무연이 짧은 한숨을 내쉬었다.

"정말이지 아씨는 이길 수가……."

다해가 무연을 다시 한 번 끌어당겼다. 무연은 말을 이어나갈 수 없었다. 다해의 입술은 너무나 따스하고 너무나 부드러웠다.

11.

당겨진 불씨, 막을 수 없는 불길
대천행도단(大天行道團)

토나라와 인접한 려나라의 최남단 도시 해림.

해림의 관청은 매달 이맘때의 경비가 가장 삼엄했다. 세금을 빙자하여 백성들을 수탈한 돈과 물건들이 창고마다 가득한 탓이었다. 이제 갓 관아의 말단 관리직으로 임명된 젊은 버드내는 덕분에 바짝 군기가 들어 있었다. 처음 맡은 야간 근무였다. 오늘 무슨 일이 벌어진다면 그 책임은 모두 버드내가 져야만 했다. 잠이 오지 않게 해준다는 차를 동이째 장만해 둔 그는 네 번째 순찰을 시작했다. 병사 둘을 대동하고 마당에 내려섰다. 잔뜩 긴장한 그는 제발 오늘 하루 아무 일이 없게 해달라, 기도라도 드릴 양으로 하늘의 달님을 향해 고개를 들었다. 그런데 달님 속으로 그림자가 휙 스쳐 지나갔다.

"저, 저게 뭐지?"

버드내가 팔을 들었다.

"무엇을 말씀하시는 겁니까?"

버드내가 가리킨 곳을 향해 고개를 든 병사가 물었다. 달님은 다시 원래의 모습으로 돌아와 있었다. 버드내가 눈을 비볐다.

"아니, 분명……."

그 순간 또 다른 인영 하나가 달님을 휙, 스쳐 지나갔다. 기다란 머리칼을 휘날리는 날렵한 몸놀림이 예사롭지 않았다. 버드내는 등골이 오싹했다. 설마……. 여기저기 뿔피리 소리가 울려 퍼졌다. 버드내는 사색이 됐다. 하필이면 그가 근무를 맡은 오늘, 도적이라니……. 휙, 그림자가 뛰어들었다. 칼날 같은 광택이 흐르는 은발을 휘날리며 짐승의 얼굴을 한 자가 씩 웃고 있었다. 버드내의 뒤에 서 있던 병사 둘이 잽싸게 창을 겨누었다. 은발을 가진 자들이 몇 명 더 나타나더니 잽싸게 둘을 제압했다.

호리호리한 자, 땅딸막한 자, 여자, 남자, 키 작은 자, 키 큰 자, 각양각색의 특징이 있었으나 하나같이 기다란 은발에 짐승의 얼굴을 하고 있다는 공통점이 있었다. 버드내가 비명을 지르기 시작했다. 공포에 사로잡힌 비명이었다. 그러나 오래가지 않았다. 뒤통수에 둔탁한 충격을 느낀 그는 이내 혼절하고 말았다.

다음날 아침, 일찌감치 일터로 향하던 사람들은 관청 앞 풍경에 모두 발길을 멈추었다. 그간 수탈당한 재물들이 그곳에 널려 있었다. 줄과 열을 맞춰 나란히 모여 있는 곡식 자루는 입구가 열려 있고 귀한 보물이 담긴 궤짝들은 자물쇠가 모두 파손된 채 입을 벌리고 있었다.

관청의 대문 또한 활짝 열려 있었다. 마당엔 병사들과 관리들이 재갈을 문 채 한데 모여 묶여 있었다. 모두 눈을 가린 채였다.

"저기, 저거, 저거 뭐라고 쓴 거지?"

까막눈인 노인네 하나가 물었다. 그 곁에 서 있던 젊은 총각이 큰 소리로 또박또박 읽어주었다.

"하늘을 대신하여 도를 행한다. 대천행도단(代天行道團)."

여기저기 웅성웅성하는 소리가 퍼져 나갔다. 그러나 이내 그게 무엇을 의미하는지 알았다. 그제야 널려 있는 재물이 의미하는 것 또한 무엇인지 깨달은 순간, 사람들이 앞다투어 달려들었다. 그들은 삽시간에 모든 재물과 함께 썰물처럼 사라져 버렸다.

⌖

"대체 일을 어떻게 하는 거야!"

말의 끝맺음과 동시에 와장창 부서지는 소리가 났다. 그리매가 서 있던 바로 옆, 화병 하나가 요란한 소리를 내며 부서졌다. 거기서 튀어 오른 파편이 칼바람의 얼굴에 생채기를 냈지만, 그는 변명 따위 덧붙이지 않고 그저 머리만 조아렸다. 할 수 있는 건 오직 그것뿐이었다. 그리매는 한참을 더 칼바람에게 성질을 부렸다. 그러나 다행히 칼바람의 목숨을 취하지는 않았다. 칼바람보다 천손에 대해 잘 아는 이가 이 청진에 존재하지 않는다는 걸 잘 아는 탓이었다.

"당장 그년을 잡아와!"

명이 떨어졌다. 드디어 칼바람은 폭풍 속에서 빠져나올 수 있었다. 한참 만에 물러 나온 칼바람에게 푸른새가 물었다.

"이제 어찌하실 겁니까?"

칼바람은 묵묵히 상처에서 흐른 피를 닦아내기만 했다. 막막했다. 추적자를 추적한다는 엉뚱한 발상을 해내는 여자였다. 물론 칼바람의 도움이 있었기에 지난번 도망이 수월했던 면은 있었다. 그러나 이번에는 그의 도움이 없었어도 능히 눈에 띄지 않고 도망갈 수 있었을 거라고 칼바람은 확신했다. 더욱이 이제 다해 또한 칼바람에 대해 제법 잘 알고 있었다. 과연 다해는 자신의 움직임을 예상하여 한 번 더 꾀를 내었을까? 아니면 그것을 염두에 둘 것을 고려해 가장 단순한 방법을 선택했을까?

생각하면 할수록 머릿속은 복잡하게 꼬이기만 했다. 결국, 칼바람은 다소 느리지만 확실한 방법을 택하기로 했다.

"달포, 간창, 선창, 토란에 모두 수색대를 보낸다."

푸른새가 의아한 얼굴을 했다. 달포, 간창, 선창, 토란은 각각 청진의 서 남 동 북의 방향에 있었다. 칼바람은 지금 사방을 수색하란 명을 내린 거였다.

"굳이 선창과 간창까지 수색할 필요가 있겠습니까?"

"해로를 이용하지 말란 법이 있나?"

"하오나 배를 이용하기엔 천손의 몸 상태가⋯⋯."

"잔말 말고 하란대로 해. 그리고 신비촌도 한번 뒤져 봐라."

"신비촌은 이미 지난번에 이용한 곳이 아닙니까? 설마 또 같은 곳을 이용하겠습니까?"

"우리가 그리 생각하리란 것까지 이용할 줄 아는 여자다. 대비하는 게 좋아."

푸른새는 묵묵히 고개를 숙여 명령에 복종했다. 그리고 며칠 후, 칼바람은 두 가지 소식을 들었다.

"해림에 의적이 출몰했다 합니다."

"의적?"

"예. 스스로를 대천행도단이라 칭하는 무리가 나타나 관청을 털고 모든 재물을 나누어주었다더군요."

칼바람은 신음했다. 하늘을 대신하여 도를 행한다니……. 입술을 깨문 칼바람은 얼른 생각을 떨쳐 냈다.

"좀 더 상세히 말해봐."

바른 자세로 고개를 꾸벅인 푸른새가 말을 이어나갔다.

"칼날 같은 광택이 도는 은발머리를 한 남녀노소가 열두 명이었답니다. 모두가 하나같이 짐승의 얼굴을 하고 있었다더군요."

"짐승의 얼굴?"

"예. 게다가 어찌나 행동거지가 날렵한지 도저히 인간의 것이라 볼 수 없다고 하더랍니다. 하여 그들이 정말로 하늘의 사자라는 소문이 돌고 있는 판입니다."

"그럴 때가 되긴 했지……."

"예?"

무심결에 중얼거린 칼바람이 푸른새의 되물음에 얼른 정색했다.

"아니다. 그 문제는 내가 따로 폐하께 보고를 올리겠다. 천손에 대한 건 어찌 되었지?"

"희소식입니다. 달포에서 천손과 천룡의 후예가 출몰했다고 합니다."

"천룡의 후예?"

칼바람이 의아한 얼굴을 했다. 무연이 도착하기엔 가람과 청진의 거리가 너무 멀었다. 하여 기껏해야 토나라의 막내 왕자가 끼어들었겠지 싶었던 참이다. 그런데 천룡의 후예라니?

"그가 벌써 청진까지 올 수 있을 리가 없는데……."

슬쩍 신비촌이 스쳐 지나갔다.

'설마 관문?'

칼바람은 이내 생각을 지워냈다. 계나라는 이미 려나라의 영토가 된 지 오래이다. 그러나 칼바람은 토나라에 친려파가 만들어 둔 관문이 있는걸 알지 못했다.

"천룡의 후예이지 않습니까?"

푸른새의 한마디에 칼바람은 그만 수긍하고 말았다.

"목격자는 신뢰할 만한가?"

마지막 한순간까지도 허투루 할 수가 없었다. 푸른새가 단호하게 고개를 끄덕였다.

"한 마리 말을 타고 나타난 푸른 머리칼의 사내가 병든 여자를 안고 여곽에 들어가는 것을 본 백성들이 한두 명이 아닙니다."

칼바람은 여전히 마지막까지 의심을 내려놓을 수 없었다. 왜 하필 여곽인가? 그들이 본 것이 정말로 천룡의 후예가 맞는 걸까? 그저 신비술로 치장한 다른 귀족이라면 어쩌할까? 도망자가 그리 모습을 훤히 드러내 놓고 다닐 수도 있을까? 어쩌면 다해의 몸 상태가 엉망이라 제대로 생각할 수 없을지도 모른다. 그녀를 구해야 한단 일념 하에 무연 또한 이성적으로 생각할 수 없을 수도 있다. 하지만 그 둘이 그렇게 멍청하단 말인가?

혼란스러운 눈빛으로 한참 동안 답이 없는 칼바람을 지켜보던 푸른새가 입을 열었다.

"대장, 생각이 너무 많아 보이십니다."

칼바람이 피식 웃었다.

"천손과 위 장군은 그리 간단한 상대가 아니다."

"하여 그리 혼란스러워 하십니까? 예전의 대장답지 않습니다."

"예전의 나?"

"예. 예전에도 실수는 있으셨습니다. 어차피 하게 될 실수라면 빨리하고 빨리 인정하여 빨리 정정하면 된다고 하셨지요. 한데 이번엔 어찌 그리 어려워하십니까? 혹……"

푸른새가 잠시 말을 끊었다. 칼바람은 그저 바라볼 뿐이었다. 이윽고 용기를 얻은 푸른새가 마저 말을 이었다.

"혹 두 사람과의 긴 여정에서 어떤 감정이라도 생기신 겁니까? 하여 그 감정 때문에 그들을 잡고 싶지 않으신 겁니까?"

칼바람은 자신도 모르게 눈을 감았다. 정말로 두 사람을 걱정하는 마음이 생겨 버려서 망설이고 있었던 걸까? 어쩌면 정말로 그런 걸 수도 있다는데 생각이 미쳤다.

다시 눈을 뜬 칼바람이 피식 웃었다.

"고맙군. 일깨워 줘서."

푸른새가 씩 웃음으로써 화답했다. 칼바람의 얼굴에서 망설임이 사라졌다.

"그래, 그럼 현재 들어온 보고로는 달포에서 푸른 머리칼을 가진 사내가 병든 여자를 안고 여곽으로 들어가는 것이 목격되었다, 이거지?"

"예."

"병든 천손 때문에 가장 빠른 길을 선택했단 소리로군. 당장 발 빠른 자들을 모아라. 내가 직접 달포로 갈 것이다."

푸른새는 머리를 숙여 복종을 표했다. 푸른새가 그렇게 수색을 준비하러 가는 사이, 칼바람은 대천행도단에 대한 보고를 했다. 그러나 돌아온 그리매의 답은 칼바람을 허망하게 했다.

"지금 그깟 도적에 대해 내게 직접 보고를 한단 것이냐?"

"하오나……."

"네 녀석이 해야 할 일은 천손을 찾는 거야! 나머진 다른 녀석들이 알아서 할 테니 신경 꺼!"

그리매가 어찌나 길길이 날뛰는지 칼바람은 더는 목소리를 낼 수 없었다. 조용히 대전에서 물러나 온 칼바람은 한숨을 내쉬며 하늘을 올려다보았다.

"대천행도단이라……."

쓴웃음이 절로 지어졌다.

"려나라는 틀렸습니다."

야란이 했던 말이 떠올랐다. 진나라에서 경험했던 평화로운 모습들이 떠올랐다. 청진의 구석구석 굶주리고 헐벗은 백성들도 떠올랐다.

"대장."

푸른새의 부름에 칼바람은 얼른 생각을 지워냈다. 어쨌든 당장 주어진 임무는 다해를 찾는 것이었다. 칼바람은 주어진 임무에 집중하기로 했다. 그렇게 준비된 용영대원들과 함께 달포로 향했다. 달포에 도착하자 앞서갔던 수색대로부터 소식이 도착했다. 인근 마을에서 또 목격담이 들려온 것이었다. 칼바람은 대원들을 독려해 미친 듯이 말을 달렸다. 그렇게 도착한 마을에서 또 인근 마을의 목격담이 들려왔다.

순간, 이상한 생각이 들었지만 칼바람은 애써 상념을 털어냈다. 그렇게 줄지은 목격담을 따라 미친 듯이 말을 달렸다. 처음엔 며칠 차이였던 목격담이 어느덧 하루 차이까지 줄어들었다. 그만큼 대원들의 체력 소모도 컸다. 딱 죽지 않을 만큼의 휴식만 취하며 말을 탄지 벌써 이십여 일이었다. 용영대원이니 버텼지 보통 사람이었다면 벌써 쓰러지고도 남을 일이었다. 그러나 칼바람은 포기할 수 없었다. 이 속도라면 두 사람이 국경을 넘기 전에 잡을 수 있을 것 같았다. 그래서 대원들을 독려했다. 오직 칼바람에게 충성하는 그의 수하들은 복종했다.

그렇게 국경 인근 미주를 코앞에 두고 수색대는 엉뚱한 소식을 함께 물어왔다.

"대천행도단이 도찬에?"

도찬은 바로 미주 남단, 해림 북쪽에 위치한 도시였다.

"예. 이번엔 다음 목적지까지 남겼다고 합니다."

"그래서 다음 목적지는 어딘데?"

"성경이라고 합니다."

해림을 이어 도찬이었다면 다음은 필히 암읍이나 미주여야 했다. 털 수 있는 관청이 있는 규모이면서 도찬과 가장 가까운 도시였으니까. 그런데 왜 건너뛰고 성경인 걸까? 암읍이야 워낙에 까다로워 그럴 수 있다 한들, 미주는 왜? 칼바람은 불길한 생각이 들었다. 성경을 선택한 이유를 알 수 없음은 차치하더라도 다음 목적지를 남긴 행위라니……. 대체 얼마나 자신이 있으면 그런 짓을 할 수 있단 말인가?

"한데 문제는 다른 곳에 있습니다."

"어떤 것을 말하는가?"

"백성들이 그들을 환영한다는 겁니다."

도찬의 관청 또한 대천행도단에 의해 모든 재물이 털렸다. 그들은 또 그 모두를 백성들에게 나누어주었다. 하여 관원들의 수사에 차질이 많다고 했다. 그 누구도 목격한 것을 제대로 말해주지 않는 탓이었다. 칼바람은 속이 답답해지는 것을 느꼈다. 하지만 그리매를 믿기로 했다. 거침없이 황위를 향해 전진하던 야심찬 사내가 아니었던가? 아직은 그 총기가 남아 있으리라 믿기로 했다. 칼바람은 머릿속에서 대천행도단에 대한 걱정을 털어내고 또 한 번 다해와 무연이 목격되었다는 미주를 향해 달렸다.

도찬과 가까운 미주는 어수선하기 짝이 없었다. 여기저기 모두가 웅성웅성 뭔가에 대해 떠들다가도 용영대원들이 지나가면 고요해졌다. 대천행도단에 대한 이야기를 하는 게 틀림없었다. 목격한 게 있어도 관병들에게는 말하지 않는다더니…….

칼바람은 애써 씁쓸함을 지워냈다.

다음 보고를 기다리며 휴식을 취하고 있던 칼바람이 술잔을 손에 들고 이리저리 흔들었다.

"칼날 같은 광택이 도는 은발머리에 짐승의 얼굴을 한 남녀노소 열두 명이라……."

뭔가가 떠오를 듯 말 듯 했다. 칼바람은 어떻게 해서든 그것을 떠올리기 위해 애썼다. 그러나 아무리 애를 써도 답답함은 커져만 갔다. 덕분에 술맛은 쓰기만 했다.

품속의 전서옥이 작게 웅웅거렸다. 푸른새가 연락을 취하는 모양이었다. 칼바람이 전서옥을 꺼내 손에 쥐고 눈을 감았다.

[무슨 일이지?]

[계속 마음에 걸린 것이 있어서 말입니다.]

[뭔데?]

[신비촌 말입니다. 전에는 중요하지 않은 것 같아 보고하지 않았습니다만 아무리 생각해도 이상해서 말입니다.]

[뭔가 있었어?]

[그것이 성인식을 앞둔 신비술사 몇이 행방불명되었습니다.]

칼바람도 푸른새도 잠시 말을 멈췄다. 천손이 사라진 이 시점에서 신비술사가 행방불명된 것은 과연 관계가 있는 일일까? 칼바람은 문득 등골이 오싹했다. 자신의 생각이 틀리길 바란 그는 푸른새에게 확인받고자 했다.

[칼날 같은 광택이 도는 은빛 머리칼을 가졌으며 짐승의 얼굴을 한 열두 명의 남녀노소. 과연 그런 사람들이 정말로 존재할까?]

[저도 그 점이 의심스럽습니다. 아무래도 신비술을 이용한 것이……]

번쩍 눈을 뜨는 바람에 푸른새의 목소리가 끊어졌다. 칼바람은 황망한 얼굴을 하고 있었다.

"유화란 여자, 너랑 똑같이 생겼다고?"

"예. 다만, 머리칼이 은빛이라는 게 다를 뿐이지요."

뒤통수를 얻어맞은 기분이었다. 칼바람이 다시 눈을 감았다. 의식이 끊어진 후, 계속 부르고 있었던 듯 곧바로 푸른새의 목소리가 느껴졌다.

[……대장? 듣고 계십니까? 대장?]

[당장 암읍의 관문 사용 허가를 받아내라.]

[관문이요? 뜬금없이 관문은 왜…….]

그러나 칼바람은 거기서 다시 눈을 떴다. 어느새 선발대의 소식을 가진 자가 도착해 있었다. 칼바람이 전서옥의 사용을 멈춘 것을 확인한 그가 예를 취했다.

"도찬에서 목격되었다 합니다."

칼바람이 피식 웃었다.

"모든 수색대를 암읍으로 보내라."

"암읍을 수색하실 겁니까? 하지만 도찬에서 발견되었다고…….'

"가짜다. 우리는 이제 암읍의 관문을 타고 청진으로 돌아간다."

틀림없이 대천행도단은 다해의 계략일 것이다. 목격되었다던 천룡의 후예와 병든 여자는 청진의 관심을 돌리려는 가짜였을 터, 그렇다면 한시바삐 청진으로 돌아가야 했다. 말을 타고 되돌아가기엔 이미 너무 멀리 왔다. 차라리 더 가까운 암읍으로 가서 관문을 타고 돌아가는 게 빨랐다. 칼바람은 쓴웃음을 지었다.

암읍이라고 해서 바로 지척에 있는 것은 아니다. 며칠에 걸려 암읍을 거쳐 관문을 타고 청진으로 돌아왔을 때, 성경이 털렸다는 소식이 함께 도착했다.

"다음 목적지는 어디라더냐?"

관문에 도착하기 무섭게 푸른새의 보고를 들은 칼바람은 여독을 풀기도 전에 질문부터 던졌다.

"그것이 이번엔 령화라고 합니다만……."

령화라면 려소산맥 너머 북쪽 해변가이다. 당장 청진이 위험할 일은 없었다.

"또 뭐가 더 있어?"

"이번 성경을 턴 것은 열두 명이 아니라고 합니다."

"은발머리들이 아니라고?"

"그들이 맞습니다만 정확히는 그들을 따르는 백성들과 함께였다고 합니다."

저절로 신음이 뿜어졌다. 백성들의 합류라니……. 칼바람은 스스로가 한심스러웠다. 조금 더 일찍 알아챘어야 했다. 다해와 무연이 그리 쉽게 자취를 남기며 이동했을 리가 없건만……. 그러나 자책만 하고 있을 수는 없었다.

"그래서 몇 명?"

"백여 명 정도 됩니다."

칼바람은 헛웃음을 터뜨렸다. 이것은 틀림없는 민란의 시작이리라. 다해는 지금 려나라를 전복시킬 계략을 꾸미고 있는 게 틀림없었다. 이제야 무연이 그리 빨리 청진에 도착할 수 있었던 게 이해가 갔다. 틀림없이 무연과 다해를 돕고자 하는 청진 내부의 누군가가 신비촌에 약조를 했을 게 틀림없었다.

다해가 단독으로 이런 일을 꾸몄을 리는 없었다. 그 뒤에는 필시 진나라가 있을 터, 운이 없다면 아마 토나라까지 끼어 있을 확률이 높았다. 그렇다면 지체할 수 없었다. 칼바람은 자신이 데리고 다니던 대원들에게 향했다.

"너희는 최대한 쉴 수 있는 만큼 쉬어라. 바로 출발해야 할지도 모르니."

쉬라는 것도 아니고 대기하라는 것도 아닌 이 애매모호한 명령이라니⋯⋯. 그러나 그것은 칼바람이 내릴 수 있는 유일한 명령이었다. 명을 받은 대원들은 고개 숙여 복종을 표했다.

칼바람은 바로 그리매를 찾았다. 집무실 문 앞에 섰을 때까지만 해도 칼바람은 그리매가 대천행도단에 대해 심각하게 생각할 거라고 믿어 의심치 않았다. 그러나⋯⋯.

"관문의 사용을 요청했기에 유화와 함께인 줄 알았더니 빈손이라고?"

칼바람은 대체 왜 자꾸 그리매가 다해를 유화라 부르는지 이해할 수 없었다. 하지만 거기에 이의를 제기할 입장은 아니었다.

"송구하옵게도 현재 천손을 찾는 것보다 더 화급한 일이 있다고 판단되어 돌아왔습니다."

"유화보다 더 화급한 일?"

그리매의 눈썹이 마치 살아 있는 것처럼 꿈틀거렸다. 잔뜩 불쾌할 때나 나오는 특유의 버릇이었다. 칼바람은 바짝 긴장하며 말을 이었다.

"대천행도단이라는 도적들의 배후에 천손이 있나이다."

그리매가 콧방귀를 뀌었다.

"말이 되는 소리를 해라. 한낱 어린 계집일 뿐이다."

"하지만 천손에겐 위 장군이 있습니다. 위 장군의 뒤엔 진나라가 있지요. 필시 진나라를 등에 업었을 겁니다. 진나라가 끼었다면 토나라 또한 틀림없이 함께일 터, 지금 려나라는 두 나라에게 공격을 당하고 있는 것일 수도 있습니다."

"두 나라에게 공격을 당하고 있는 것일 수도 있다라……. 추측성 발언이로군."

칼바람은 그리매를 설득하려 노력했다.

"최근 신비촌에서 신비술사들이 사라졌다고 합니다. 과거 폐하의 명으로 천손과 함께 탈출할 때, 신비촌은 적극적으로 도움을 주겠다는 의사를 표명했었습니다. 그리고 그때 내건 조건이 려나라의 전복이었습니다. 아마 이번에도 천손의 탈출에 신비촌이 관여되어 있을 것이며 그 조건 또한 지난번과 같았을 겁니다. 때문에 천손이 드디어 움직인 것이죠. 신비술사들이 사라진 것은 바로 그것을 증명한다고 생각합니다."

칼바람의 노력은 헛되었다.

"그래서 유화는?"

나지막한 목소리였으나 칼바람은 그 속에 실린 분노를 모를 수가 없었다. 칼바람은 마음을 단단히 먹었다.

"대천행도단과 함께일 것으로 예상됩니다."

역시나, 날벼락이 떨어졌다.

"예상됩니다! 생각합니다! 모두 추측이 아닌가!"

"하오나 폐하!"

"닥쳐라! 황명도 이행하지 못한 주제에 괜한 도적 나부랭이와

엮어 무마해 보려는 네놈의 수작을 내가 모를 줄 아느냐!"

칼바람은 말을 잃었다. 그리매의 눈에는 광기가 서려 있었다. 칼바람의 세상이 흔들리기 시작했다. 그것을 알지 못한 그리매는 한참이나 홀로 씩씩거리다가 명을 내렸다.

"유화를 다시 찾기 전에는 내 앞에 나타날 생각 마라. 당장 물러나!"

황명이 떨어졌다. 칼바람은 고개를 숙이며 예를 취했다. 그러나 자리에서 물러나는 발걸음엔 힘이 없었다. 대전 밖엔 눈부신 햇살이 내리쬐고 있었다. 눈이 시릴 정도였다. 찬란하고 아름다운 청진의 황궁. 그 황궁의 가장 높은 자리, 황위를 갖기 위해 거침없이 전진하던 사내.

"나와 함께하지 않겠나?"

칼바람은 총기가 가득하던 과거 젊은 시절의 그리매가 자꾸만 떠올랐다. 바로 그날의 황제는 어디로 간 것일까…….

"뭐 하십니까?"

푸른새 덕분에 상념에서 깨어난 칼바람은 긴 한숨을 내쉬었다. 어쨌든, 여전히 그리매는 하늘. 이대로 다해의 손에 모든 것을 넘겨줄 수는 없었다. 해림, 도찬, 성경, 령화. 이대로라면 필시 축천을 거쳐 청진까지가 목표일터.

"용영대원을 소집하라. 우리는 축천으로 간다."

푸른새는 절도 있는 동작으로 고개 숙여 복종했다.

축천의 관리는 좌불안석이었다. 커다란 지도를 탁자 위에 펴놓고 고심한지 벌써 며칠째였다. 다음 목적지가 령화라 했다. 아무리 봐도 령화 다음은 축천이었다. 그러나 상부에 보고해 본들 먹힐 리가 없었다. 이미 령화의 관리가 시도해 본 일이었다.

오늘도 식음을 전폐하고 어찌해야 하는가, 고민하고 있던 축천의 관리에게 희소식이 당도했다.

"용영단입니다!"

관리는 벌떡 일어나 밖으로 뛰쳐나갔다. 그곳에 용영대장 칼바람이 있었다. 삼만의 용영대원과 함께였다.

"아이고, 이제 저는 살았습니다!"

축천의 관리는 눈물까지 글썽였다. 삼만 명이나 되는 인원을 먹이고 입히려면 얼마의 돈이 더 필요한지는 중요하지 않았다. 대천행도단을 막지 못한다면 어차피 다 사라질 돈이었다. 칼바람은 축천의 관리로부터 모든 권한을 이양받고 방어에 만전을 기했다. 축천엔 전운이 피어오르고 있었다. 그러나 긴장하는 용영대원들과 달리 백성들은 점점 흥분하고 있었다. 칼바람은 축천의 방어와 더불어 성 내의 민심 단속에도 신경을 써야 할 지경이었다. 하루하루 시간이 흘러갔다. 살얼음 위를 걷는 것 같은 나날이었다. 그렇게 며칠 후, 령화가 털렸다는 소식이 들려왔다.

"이번엔 만 명이랍니다."

푸른새는 믿지 못하겠다는 얼굴로 보고를 했다. 칼바람이 신음했다.

"진나라나 토나라의 군대가 개입하지 않은 것이 확실한가?"

"근방 어디에서도 대규모 이동의 징후는 없었습니다."

"다음 목적지는 남겼는가?"

"축천입니다."

역시나, 칼바람의 예상대로였다. 그러나 곤란했다. 백여 명이 만 명으로 늘었다. 이번엔 과연 몇 명으로 늘어날 것인가? 제아무리 오합지졸이라 한들, 머릿수가 많다면 어쨌든 이쪽의 피해도 불 보듯 빤한 일.

칼바람은 성의 출입을 통제하기에 이르렀다. 축천의 백성들은 이제 허가 없이는 성 밖으로 나갈 수 없었다. 그러나 그 모든 노력이 부질없는 짓이 되고 말았다. 며칠 후, 대천행도단은 산맥 너머 남쪽, 청진의 바로 서쪽, 달포에서 모습을 드러냈다. 그 수는 모두 이만에 달했다고 했다.

"선두에 천룡의 후예와 천녀가 있었다고 합니다!"

"빌어먹을!"

칼바람은 다해에게 크게 한방 먹은 것을 깨닫고 서둘러 용영대원들을 수습해 청진으로 출발했다.

대천행도단이 네 개의 도시를 거쳐 오도록 눈곱만큼도 관심을 두지 않던 청진의 고위 관료들은 달포에서 일이 터지고 나서야 난리법석을 떨어댔다.

"당장 모두 쓸어버려야 합니다!"

"맞습니다! 중앙군을 움직이시옵소서!"

"겨우 이만이라 합니다. 중앙군만으로도 충분합니다!"

서로 어서 그들을 쓸어버리라 목소리들을 높였다. 그러나 그리매의 관심은 그들과 조금 다른 곳에 가 있었다.

"천녀가 나타났다고?"

"예. 대천행도단을 이끄는 이의 우두머리를 두고 사람들이 천녀라 한다 합니다."

"계집이 우두머리라니요? 오합지졸이 틀림없습니다."

"은빛머리칼을 가진 기이한 여인이라면서요? 잡아 가두어 재미나……."

음담패설을 쏟아내려던 자의 말은 끝까지 이어질 수 없었다. 벌떡 자리에서 일어난 그리매가 매서운 얼굴로 소리쳤다.

"유화는 내 것이다!"

그 누구도 유화와 천녀 사이에 무슨 관계가 있는지 알지 못했다. 기껏해야 종종 황제가 천손을 유화라 부르곤 한다는 사실만 알 뿐이었다.

그리매의 눈빛이 이글거리며 불타올랐다.

"그 누구라도 나 이전에 천녀 유화에게 손을 댄다면 바로 목숨을 내놓아야 할 것이다. 알겠느냐!"

왜 황제가 천녀와 천손을 동일시하는지 그 누구도 알지 못했다. 하지만 황제의 명이었다. 맥락이 없다 한들 따르지 않는다면 목숨이 위태로웠다. 하여 모두가 크게 예를 취하며 명을 받들겠노라, 소리쳤다.

대전의 한구석 결문이 소리 없이 열렸다. 칼바람이 기척도 없이 들어왔다. 그의 수하들은 아직 토란에 있었다. 상황이 위중하다 판단한 칼바람과 충심 깊은 몇이 서둘러 도착한 참이었다.

슬쩍 눈길을 던진 그리매가 콧방귀를 뀌었다. 싸늘한 눈빛에 칼바람은 얼른 머리를 조아렸다. 그리매는 휙, 고개를 돌려 칼바람을 무시했다.

"상장군."

"하명하시옵소서."

황제의 부름에 갑옷을 입은 장군이 앞으로 걸어나와 머리를 조아렸다.

"중앙군 오만과 함께 달포로 떠나라. 민란에 가담한 자는 남김없이 목을 베라. 어린 것, 늙은 것, 남자, 여자 가릴 것 없다. 단, 천녀 유화만은 살려서 데려오라."

"명 받드옵니다!"

상장군이 크게 외치며 머리를 조아렸다. 칼바람은 믿을 수 없었다. 오만이면 중앙군 전부를 데리고 가라는 소리였다. 중앙군 오만이 사라지면 청진은 빈집이 된다. 그 빈집을 지키는 것은 평소 용영단이었다. 그러나 지금 그 용영단은 아직도 회군하지 못한 상황이었다. 다해가 의도한 것일 수도 있었다. 다급해진 칼바람은 무엄하게도 황제 앞에 나서며 소리를 높였다.

"폐하! 명을 거두어 주십시오!"

모두의 시선이 일제히 칼바람에게로 쏠렸다. 감히, 황제 앞에 당당히 나선 그 태도가 못내 맘에 들지 않는 얼굴들이었다. 평소 용영단의 권력이 너무 강한 것에 불만을 품고 있던 상장군의 얼굴은 특히나 더욱 그러했다.

그리매라고 다를 리 없었다. 얼음보다 더 차가운 황제의 음성이 울려 퍼졌다.

"천손을 찾지도 못한 주제에 그래, 할 말이 더 있는 것인가?"

그리매는 여전히 다해에게 집착하고 있었다. 그러나 황명을 지키지 못한 것은 사실, 칼바람은 민망함을 무릅쓰고 목소리를 높였다.

"폐하. 이번 민란의 뒤엔 진나라와 토나라가 있습니다. 또한 하늘을 대신해 도를 행한다며 민심을 사로잡아 덩치를 키우고 축천으로 갈 것이라 확신하게 하고는 달포로 향하는 전략을 구사한 사람이 그중에 있습니다. 감히 넘을 수 없다 여겨지던 험난한 산맥을 넘을 수 있도록 따르는 자들을 독려할 능력도 있는 자입니다. 어쩌면 청진을 비우는 것이 그들의 목표일 수도 있습니다. 부디 귀환 중인 용영단이 도착한 후에 중앙군을 움직여 청진의 안전을 도모……."

굳이 그리매가 끊을 필요도 없었다. 상장군이 우렁찬 소리로 외쳤다.

"진나라와 토나라에 있는 우리의 간자들은 허수아비인 줄 아는가!"

칼바람 또한 크게 외쳤다. 황제가 아니라면 목소리를 낮출 필요가 없었다.

"파악해 둔 간자들을 역이용하기 위해 살려두었다가 때가 되면 일시에 제거하는 것은 이미 오래된 전략입니다. 우리 또한 파악한 진나라의 간자들을 살려두고 있지 않습니까!"

"간자들이 제거되었다면 정기적인 연락이 끊어졌겠지!"

"그동안 그들을 억류하고 억압하여 잘못된 정보를 전달하도록 해온 것일 수도 있습니다!"

자신의 권위에도 전혀 주눅 들지 않는 칼바람에게 자존심이 상한 상장군은 몸을 돌려 황제를 보았다.

"폐하! 용영대장의 망상이 지나친 것으로 사료되옵니다!"

칼바람이 불쾌한 얼굴로 소리치려 했다. 그러나 그리매가 더 빨랐다.

"짐도 그리 생각하는 바이오. 아마도 천손을 데려오지 못한 것을 무마해 볼 요량이겠지."

그리매의 눈초리는 싸늘하기 짝이 없었다. 칼바람은 입을 다물어야만 했다.

상장군이 칼바람을 한번 비웃고는 그리매를 향해 크게 예를 취했다.

"기필코 천손을 잡아다 대령하겠나이다."

그 뒤를 따라 대전의 모든 대소신료들이 일제히 허리를 굽히며 황제를 찬양했다. 칼바람도 감히 혼자 꼿꼿이 허리를 세울 수 없는지라 따라 숙였으나 그 머릿속에선 중앙군을 훼방놓을 온갖 계획들을 떠올리고 있었다.

청진의 중앙군이라는 것은 언제나 대기상태로 있는 것이 아니었다. 나라의 녹을 받으며 중앙군을 아예 직업처럼 삼고 있는 자의 숫자는 얼마 되지 않았다. 오만이라는 숫자를 먹이고 입히려면 한두 푼으론 어림도 없었기 때문이다. 하여 전시가 아닐 때는 모두 생업에 종사하다가 부름이 있으면 하던 일을 모두 멈추고 돌아와야 한다.

칼바람은 바로 그것을 이용하기로 했다. 상장군과 황제 몰래 그들이 내리는 포고령 사이로 교묘하게 일을 벌여 용영대원이 돌아올 때까지 시간을 끌기로 했다. 아무도 눈치채지 못하고 그의 계획은 성공했다. 각고의 노력 끝에 간신히 용영대원들이 도착한 후에야 중앙군이 출병했다. 칼바람은 안도의 한숨을 내쉬었다.

하지만, 다해가 좀 더'빨랐다.

간창과 선창이 습격당했다는 소식이 전해진 청진은 소란스러웠
다.

"설마 해나라가 가세한 겁니까?"

해나라는 려나라의 남쪽 바다 건너, 커다란 섬나라였다. 그간
대륙의 정세에 눈길 한번 던진 적이 없었다.

"그건 아니랍니다. 틀림없는 진나라의 깃발이라더군요. 선창에
사만 간창에 사만, 무려 팔만이랍니다."

"세상에! 대천행도단과 합하면 십만 대군이 아닙니까?"

"진나라 것들 미친 게 아닙니까? 땅을 가로질러 와도 몇 달이
걸리는 거리를 부러 돌아 뱃길을 이용할 건 또 뭐랍니까?"

"진짜 그랬다면 큰일이지요. 이미 오래전부터 준비했다는 소리
가 아닙니까?"

"그럴 리가 있겠습니까? 저주 해제에 사활을 걸고 있었는데요.
필시 토나라가 끼어 있는 겁니다. 토나라까지 육로로 이동한 후
그 뒤에 배를 타고 이동했다면……."

"허허, 용영대장의 말이 맞았던 겁니까? 진나라와 토나라가 합
심하여……."

황궁 한구석에서 삼삼오오 모여 떠들던 신료들의 대화는 거기
서 끊어졌다. 칼바람이 매서운 기세로 그들을 지나쳤다. 소식을
듣자마자 바로 대전으로 향하는 참이었다. 이번엔 제발, 그리매가
자신의 충언에 귀를 기울여 주기를 바랐다.

다행히 이번엔 칼바람의 바람이 이루어졌다.

그리매는 이미 출전한 중앙군을 모두 불러들였다. 계나라에 주 둔하고 있는 모든 군사들까지 불러 모으기로 했다. 그들까지 합 한다면 도합 십만. 보급에 있어 진나라가 불리하니 승기는 려나 라에 있었다. 이제야 한숨 돌릴 만한 상황이 되었건만, 칼바람은 여전히 불안했다.

그리매 때문이었다.

"이제 며칠만 있으면 네가 내 것이 되겠구나."

칼바람의 만류에도 한사코 성벽까지 올라온 그리매는 달포 쪽 을 쳐다보며 킬킬거렸다. 본격적으로 진나라와의 전쟁이 개시되었 다. 기습이나 다름이 없는 시작이었다. 그럼에도 그리매의 관심은 여전히 다해에게 향해 있었다. 칼바람은, 그리매가 황제가 아니었 다면 멱살이라도 잡고 묻고 싶었다. 대체 왜 그러느냐고. 하지만 그럴 수 없었다. 그는 아직 칼바람의 하늘이었다.

저 멀리 먼지구름이 일어났다. 달포 쪽이었다.

"동문에 진나라의 군대가 보인다고 합니다!"

"남문에서도 진나라의 군대가……."

여기저기 바쁘게 보고가 들어왔다. 그리매는 콧방귀를 뀌었다. 이미 암읍의 주둔군이 청진에 들어와 있는 상태였다. 관문 하나 를 타고 와야 하는 터라 많은 신비술사들이 고생을 해야 했지만 어쨌든, 이미 청진에는 십만 대군이 주둔하고 있었다. 물자 또한 풍부하니 성문을 닫아걸고 수비만 한다 해도 승리는 따 놓은 당 상이었다.

"저기 있군. 나의 천녀. 은빛 머리칼이 여전히……."

정말로 저 먼 곳이 보이기라도 하는 것인지 흐뭇한 얼굴로 중얼거리던 그리매의 얼굴이 급격히 굳어졌다.

"폐하?"

칼바람은 영문을 몰라 조용히 황제를 불러보았다. 그리매의 얼굴이 포악해졌다.

"나의 천녀가 아니지 않느냐!"

마치 그것이 칼바람의 탓이기라도 한 듯, 홱 몸을 돌린 그리매의 눈빛은 매섭기 짝이 없었다. 그러나 두려워하고만 있을 수는 없었다. 그리매가 어찌 확인했는지 영문을 알 수는 없으나 만약 정말로 다해가 아니라면 큰일이었다.

칼바람은 얼른 품 안에서 작은 거울 하나를 꺼내들었다. 거울을 감싼 테두리의 나무틀엔 신비술사만이 읽을 수 있는 암어가 빼곡하게 새겨져 있었다. 먼 곳을 보게 해주는 원경(遠鏡)이었다. 거울의 등이 먼지구름 쪽을 향하게 한 칼바람이 가장자리를 천천히 훑었다. 거울의 표면이 수면처럼 흔들리더니 이내 저 먼 곳의 풍경을 보여주었다.

은빛머리칼을 휘날리는 여인이 선두에 있었다.

흔들흔들 말에 모든 것을 맡긴 모습이었다. 그 뒤를 마찬가지로 은빛머리칼을 갖고 짐승의 가면을 쓴 각양각색의 남녀노소 열두 명이 따르고 있었다. 그 뒤엔 셀 수 없이 많은 백성들이 형형한 눈빛으로 따르고 있었다. 다 상관없었다. 칼바람에게 중요한 것은 선두에 선 여인이었다. 굳은 의지가 드러나는 눈빛을 하고 있었으나 그녀는 분명 다해가 아니었다. 뒤를 따르는 사람들 사이에 무연도 없었다.

칼바람은 혼란스러웠다. 저들을 이끄는 게 다해가 아니라면 진짜는 어디에…….

"폐하!"

헐레벌떡 투구가 떨어질까 꽉 누른 채 달려온 병사 하나가 넘어지다시피 넙죽 그리매 앞에 엎어졌다.

"큰일입니다! 관문정의 관문이 열렸습니다!"

그리매가 대노했다.

"대체 어느 놈이 황명도 없이 관문을 열었단 말이냐!"

"웅단입니다! 토나라의 웅단에서……."

무엄하게도 칼바람이 끼어들었다.

"설마, 진나라 군대인 것이냐!"

"진나라와 토나라의 군대가 함께이옵니다!"

"해서 숫자는?"

"모르옵니다! 지금도 계속 관문을 타고 넘어오고 있습니다. 이제 청진은 끝장이옵니다!"

병사는 그대로 바닥에 쓰러져 볼썽사납게 울기 시작했다. 칼바람은 심각한 얼굴로 황궁 쪽을 보았다. 도시의 서쪽 끝, 성벽 위인지라 황궁의 모습은 보이지도 않건만…….

"해서 천녀는? 천녀가 함께이더냐?"

칼바람은 경악한 표정을 감추지 못했다.

"폐하! 어찌 그리 천녀에게 집착하시나이까!"

칼바람은 결국엔 참지 못하고 버럭 소리를 지르고 말았다. 휙, 그리매가 고개를 돌렸다. 표독스럽기 짝이 없는 얼굴을 하고 있었다.

"보잘것없는 땅의 짐승이 감히 축복받은 짐승을 어찌 이해하겠는가?"

순간, 칼바람은 그리매의 눈동자가 황금색이었다고 생각했다. 그러나 그것을 깨닫기 무섭게 다시 검은색으로 보여졌다. 어느 순간 평소처럼 근엄한 모습으로 돌아온 그리매가 황명을 내렸다.

"용영대장 칼바람."

칼바람은 자신도 모르게 예를 취했다.

"하명하옵소서."

"목숨 바쳐 황궁을 수비하라."

"명, 받들겠나이다."

하늘의 명에 복종하는 것, 그것은 무사 칼바람의 본능이었다. 칼바람은 황명을 받들기 무섭게 말에 올라 황궁으로 향했다. 달리면서 품 안의 전서옥을 움켜쥐었다. 잠시 후, 웅웅, 전서옥이 반응을 보였다. 칼바람은 모든 것을 말에게 맡긴 채 눈을 감았다.

[황궁을 수비한다. 모든 용영단은 황궁으로 집결하라.]

푸른새가 무어라 답하려는데 칼바람의 말이 휘청거리며 앞으로 고꾸라졌다. 본능적으로 눈을 뜬 칼바람은 잽싸게 몸을 날렸다. 아무것도 없는 대로 한복판에서 멀쩡한 말이 괜히 쓰러질 리 없었다. 안정적으로 착지한 칼바람은 순간적으로 살기를 느끼고 칼을 뽑아들었다. 진의 병사였다. 칼바람은 망설임 없이 상대를 베어버렸다. 붉은 피가 뿌려졌으나 피할 겨를이 없었다. 칼바람은 계속해서 몰려드는 병사들을 인정사정없이 베어 넘겼다.

뿔피리 소리가 희미하게 들려왔다. 아무래도 청진을 포위하고 있던 군사들이 움직인 모양이었다. 만약 관문을 통한 병사들이 성문까지 열어버리면 황제가 위험했다. 칼바람은 달려드는 병사들을 쓰러뜨리며 황제에게 돌아갈 기회를 엿보다 흠칫 몸을 떨었다.

청록색 머리칼을 휘날리며 무연이 날아올랐다. 정확하게 칼바람을 노린 도약이었다. 칼바람은 이를 악물고 자리를 피했다. 간발의 차이로 무연의 칼이 칼바람의 옷자락을 베었다.

"나는 너를 믿었는데……"

무연의 이를 악문 중얼거림에 칼바람이 소리쳤다.

"내게도 섬겨야 할 하늘이 있다!"

칼바람은 말을 마치자마자 무연에게 달려들었다.

무연은 태연한 얼굴로 슬쩍 몸을 피했다. 칼바람은 입술을 깨물었다. 어검술의 도움 없이는 상대조차 되지 못한다는 것을 너무나 잘 알고 있었다. 무연은 칼바람을 비웃기라도 하듯 방어도 공격도 없이 그저 이리저리 몸을 피할 뿐이었다. 그제야 칼바람은 진나라 병사들이 모두 구경만 하고 있다는 것을 알았다.

공격을 멈춘 칼바람이 매섭게 소리쳤다.

"나를 농락하는가!"

칼바람의 외침에 응답한 것은 다해의 목소리였다.

"무연님은 저의 부탁을 들어주고 계신 것뿐입니다."

저 멀리 병사들의 호위를 받으며 다해가 모습을 드러냈다. 안색이 창백하고 바짝 마른 것이 단단히 고생을 한 모양이었다. 다해를 확인한 무연이 칼바람을 향해 적의를 드러냈다.

"당장 네 녀석을 찢어 죽여도 시원치 않다만 아씨가 그것을 원하지 않는구나."

"어째서?"

이번에도 답한 것은 다해였다.

"아름달님의 부탁이 있었습니다."

칼바람의 눈빛이 크게 흔들렸다. 그러나 이내 돌아왔다.

"그깟 천한 신비술사에게 내가 의탁할 성싶으냐!"

칼바람은 다시금 무연을 향해 칼을 휘둘렀다. 어느 순간 황제를 보호하러 가야 한다는 생각은 사라지고 없었다. 천룡의 후예, 그에게서 벗어나는 게 불가능하다는 걸 이제 칼바람은 너무나 잘 알고 있었다. 그렇다면 남은 길은 딱 하나.

칼바람은 또 한 번 무연을 향해 달려들었다. 무연은 이번에도 무심하게 몸을 피했다. 그러나 칼바람은 여태까지와 달리 그대로 앞으로 전진했다. 그 뒤에 다해가 있었다. 칼바람은 온 힘을 다해 칼을 휘둘렀다. 다해는 눈 하나 깜빡이지 않은 채 칼바람을 응시했다. 가슴 깊은 곳에 죄책감이 자라났다. 하지만 이를 악물었다. 그럼에도 그의 공격은 성공할 수 없었다. 뒤늦게 쫓아온 무연의 칼이 칼바람의 공격을 방어했다. 다해의 눈앞에서 시퍼런 칼날 두 개가 매섭게 번뜩였다.

"왜 죽으려 하십니까?"

다해가 물었다. 번뜩이는 칼날 두 개를 앞에 두고도 한 치의 흐트러짐도 없는 목소리였다. 칼바람이 피식 웃었다.

"하늘을 지키지 못한 무사가 어찌 살아남을 수 있단 말이냐?"

"하늘이 잘못되었다면 바른길로 인도하는 것 또한 무사의 의무가 아니었을까요?"

무연의 칼을 온 힘을 다해 버텨내고 있던 칼바람에게 순간 틈이 보였다. 무연은 그 틈을 놓치지 않고 힘껏 밀어냈다. 칼바람은 그대로 주룩, 뒤로 밀려나 버렸다. 칼바람은 이제 그 무엇도 자신의 소원을 들어줄 수 없다는 것을 깨달았다. 그러나 포기할 수 없었다.

"나는 너의 동료가 된 척, 너를 기만했다. 그렇게 다시 청진으로 끌고 왔고 때문에 너는 고초를 겪었지."

다해가 눈을 감았다. 파르르 어깨가 떨렸다. 무연은 매섭게 칼바람을 노려봐 주곤 부드럽게 다해의 어깨를 감싸 안았다. 무언가 다해의 귓가에 속삭이는 모습이 보였지만 칼바람으로선 무어라 했는지 들을 수 있는 방법이 없었다. 무연의 속삭임이 힘이 된 듯 다해가 다시 눈을 떴다. 여전히 파리한 얼굴이었지만 눈빛만큼은 다시 원래대로 돌아와 있었다. 칼바람은 물러서지 않았다.

"나는 네 가족도 죽였다! 네 아비와 두 오라비 말이다!"

다해가 슬픈 미소를 지었다. 칼바람이 발악했다.

"사냥꾼의 덫 어쩌고 말 돌리지 마라! 폐하께서는 너를 데려오라 했지 네 부모를 죽이라 명하신 적 없다! 너를 데려갈 다른 많은 방법들이 있었으나 나는 나의 편의를 위해 네 아비와 오라비를 죽였다!"

칼바람의 말이 끝나기 무섭게 다해가 받아쳤다.

"해서 나더러 당신의 아이에게서 아비를 빼앗으라 하는 겁니까? 내게서 아비와 오라비를 빼앗은 것에 대한 복수로?"

다해의 답과 관계없이 수단 방법 가리지 않고 계속해서 도발하려 했던 칼바람은 멍청한 얼굴을 했다.

"내…… 아이?"

칼바람의 혼인계약서에 따르면 오직 처와의 사이에서 얻은 아이만 본인의 아이로 인정할 수 있었다. 그러나 불행히도 칼바람의 처는 불임이었다. 처가에선 끝까지 그 사실을 인정하지 않았다. 그러다 우연히 장인은 딸이 불임이라는 사실을 처음부터 알고 있었다는 게 밝혀졌다. 장인으로서는 고귀한 가문에 하찮은 무사 집안의 피와 정신을 섞을 수 없었던 모양이다. 동시에 칼바람의 뒤에 있는 그리매와 그가 업고 있는 목단나무가와의 인연은 너무나도 만들고 싶어 했다. 하여 그 사실을 감춘 채 혼사를 진행했던 것이다.

칼바람은 뒤늦게 그것을 모두 알게 되었으나 혼인을 무를 수 없었다. 이미 처가의 덕을 너무 많이 본 후였다. 자신이 불임임을 모르는 아내의 횡포가 나날이 심해지고 있었음에도 칼바람으로서는 어찌할 방도가 없었다. 그리매가 그 이혼을 반기지 않을 터였기 때문이다. 다행한 사실은 아비에게 이용당했단 사실을 밝히기만 하면 아내가 무너지는 것은 불 보듯 뻔한 일이라는 거였다. 언젠가 그 사실을 터뜨리고 말겠다는 생각만 하면 아내의 횡포를 참는 건 쉬운 일이었다.

"뭔가 착각을 하고 있군. 난 아이가 없다."

말을 하면서도 뒤통수가 찌릿했다. 설마…….

"천한 신비술사와의 사이에서 태어날 아이는 자식으로 인정할 수 없다는 말인 건가요?"

아름달과 함께 보냈던 며칠이 한꺼번에 떠올랐다.

몸을 섞은 여인이 많지는 않았지만 청진에 있을 때는 언제나 아이가 생길지도 모른단 생각을 늘 하고 있었다. 그렇게 되면 처가와의 관계에 문제가 생길 수 있었기 때문이다. 그런데 아름달과 함께할 때는 아이가 생기면 안 된다는 생각 따위 애초에 끼어들 틈이 없었다.

대체 왜 그랬을까?

어느덧 칼바람은 다해의 뒤를 훑고 있었다. 분명 아름달도 동행했을 것이다. 진실을 확인해야 했다. 눈치 빠른 다해가 칼바람의 주의를 끌었다.

"아름달님은 오지 않았습니다. 임산부를 전장에 동원할 수는 없으니까요."

어느덧 매섭게 무연을 겨누고 있던 칼바람의 칼끝이 무뎌졌다.

"정말로…… 아이를 가졌단 말인가?"

다해는 목에 걸고 있던 전서옥을 빼서 내밀었다.

"직접 물어보시지요."

칼바람은 뭔가에 홀린 것처럼 뚜벅뚜벅 다가왔다. 무연이 칼을 빼들고 긴장했다. 다해는 무연을 믿기 때문인지 아니면 그럴 필요가 없다고 여긴 건지 칼바람에 대한 두려움은 한 조각도 찾아볼 수 없는 얼굴로 전서옥을 넘겨주었다. 다해의 전서옥을 손에 쥔 칼바람의 심장이 요동쳤다. 잠시 후, 웅웅 하는 움직임이 느껴졌다. 칼바람이 눈을 감았다.

[천손? 끝난 겁니까? 대장은 어찌 되었습니까?]

미친 듯이 요동치던 칼바람의 심장이 덜컹 떨어져 내렸다.

[내가…… 그리 걱정이 되더냐?]

뚝, 아름달의 기운이 끊어지는 게 느껴졌다. 깜짝 놀라 구슬을 떨어뜨렸거나 자신도 모르게 눈을 떴거나 한 모양이었다. 그러나 이내 다시 연결되었다.

[⋯⋯대장?]

전서옥은 목소리가 아닌 의식을 전한다. 그 사실이 평소엔 참으로 거추장스럽다 여겼건만, 지금 이 순간만큼은 너무나 고마웠다. 의식이 곧바로 전해지는 만큼 감정 또한 고스란히 전달되는 탓이었다. 그저 목소리였다면 삭막한 호칭에 불과했을 한마디에는 아름달의 모든 감정이 고스란히 담겨 있었다.

칼바람의 눈시울이 붉어졌다.

[정말로 아이를 가진 것이냐?]

한참을 머뭇거리던 아름달이 답했다.

[예.]

더 따져 볼 것은 없었다. 그거면 족했다.

[됐다. 나중에 보자.]

[저⋯⋯.]

아름달이 무어라 더 말을 전하려 했으나 칼바람은 눈을 떴다. 눈을 마주친 다해가 물었다.

"이제 어찌하실 겁니까? 계속 싸우실 겁니까?"

칼바람은 천천히 고개를 젓더니 칼을 떨어뜨렸다. 무연이 고갯짓을 하자 진나라의 병사들이 달려들었다. 칼바람은 순순히 포박을 받아들였다.

"대장!"

날카롭게 찔러오는 용영대원들의 외침에 칼바람은 두 눈을 질끈 감아버렸다. 차마 뒤를 돌아볼 수 없었다. 푸른새가 그리매와 함께 도착해 있었다. 칼바람이 천천히 몸을 돌렸다. 그리매와 눈이 마주쳤다. 그리매가 매섭게 눈을 부라렸다. 그러나 칼바람은 휙, 시선을 돌려 푸른새를 보았다.

"모두…… 항복하라. 려나라는 끝이다."

"감히! 네 녀석이!"

그리매가 소리쳤다. 칼바람이 쓰게 웃었다.

"예전의 그 영민하시던 모습은 대체 어디로 가신 겁니까!"

칼바람은 드디어 하고 싶었던 말을 할 수 있었다. 그리매가 그런 칼바람을 비웃었다.

"하찮은 미물 따위가 어찌 축복받은 짐승의 사연을 이해할 수 있겠느냐? 네 녀석은 거기까지인 거다. 끝까지 충성했으면 너 또한 하늘 한 조각, 밟아볼 수 있었을 것을……. 지금이라도 늦지 않았다."

그리매가 칼바람의 곁에 서 있는 다해를 턱짓했다.

"유화를 내게 데려온다면 모든 것을 용서하고 여전한 나의 오른팔로 삼아주겠다."

그리매의 시선으로부터 다해를 보호하듯 무연이 앞으로 나섰다.

"내가 있는 한 그 누구도 아씨에게 손댈 수 없다."

그리매가 비릿한 미소를 짓더니 포악하게 소리쳤다.

"네 녀석이 청천이라도 된단 말이더냐! 어찌 감히 나와 유화의 사이에 끼어들어!"

"네가 나와 아씨 사이에 끼어든 거다."

무연의 눈빛은 날카롭기 짝이 없었다. 그리매는 잠시 주눅이 들었는지 입을 다물었다가 이내 자신의 그런 모습을 경멸하며 소리쳤다.

"당장 공격하라! 저자의 목을 베어 바치는 자! 큰 포상이 기다리고 있을 것이다!"

칼바람의 훈련을 받은 자들이었다. 상대가 천룡의 후예인지 아닌지는 상관없었다. 황명이 떨어진 순간 그들은 날카로운 칼날이 되어 앞으로 튀어 나갔다. 가볍게 팔을 들어 진나라와 토나라 병사들을 물린 무연은 홀로 그들과 대적했다. 유려한 춤사위가 펼쳐졌다. 그 어느 칼끝도 무연의 머리칼 하나 건들지 못했다. 칼바람은 눈물을 흘렸다. 하나같이 익숙한 얼굴들이었다. 개중에는 어릴 때부터 직접 가르쳐 온 수하들도 있었다. 푸른새가 쓰러진 순간엔 아예 눈을 감아버렸다. 한순간에 용영대원들은 모두 싸늘한 시체가 되어버렸다.

전투를 마치고 우뚝 멈추어 선 무연의 곁으로 다해가 다가갔다. 무연은 슬픈 얼굴로 눈을 감고 있었다. 살그머니 까치발을 한 다해가 무연의 귓가에 속삭였다.

"무연님의 죄, 제가 함께 나눌 것입니다."

반짝, 무연이 눈을 떴다. 부드러운 미소와 함께였다.

"함께라면 지옥에서도 행복할 겁니다."

다해가 가볍게 무연에게 입맞춤했다. 무연은 다시 눈을 감고 조심스럽게 다해를 받아들였다. 그 모습을 보게 된 그리매의 눈에서 불꽃이 일었다.

"감히……. 감히……. 내 눈앞에서……."

주위를 두리번거린 그리매가 바닥에 떨어져 있는 장검 하나를 주워들더니 달려들었다. 그러나 그 공격은 너무나 허무하게 무연에 의해 막혀 버렸다. 그리매는 포기하지 않았다. 그는 무예라곤 익힌 적도 없는 몸놀림으로 두 번 세 번 계속해서 공격을 시도했다. 무연은 한손으로 다해를 안은 채 오직 한손만을 이용하여 그리매의 공격을 모두 방어했다. 그리매는 결국 칼을 놓치고 바닥에 나뒹굴었다. 스스로의 성질을 이기지 못한 채 비명을 내지르던 그리매가 다시 벌떡 일어났다. 놀랍게도 그리매의 눈동자가 황금색으로 변해 있었다.

금안의 그리매가 애절한 얼굴로 팔을 뻗었다.

"대체 왜 나는 안 되는 거야? 응? 내가 너를 얼마나 사랑하는데……."

다해가 고개를 흔들었다.

"아니, 당신은 유화를 사랑했던 게 아니야. 그저 소유하고 싶었을 뿐이지."

그리매가 팔을 들어 무연을 가리켰다.

"저자는 청천이 아니야. 너야말로 과거에 사로잡혀 뭔가 오해를 하고 있는 거야. 이번 생에 청천은 없어. 오직 나 려사만 존재할 뿐이야. 과거를 이해하고 서로를 이해하는 존재들끼리 서로 의지하며 살아갈 수는 없는 거야?"

"틀렸어."

"뭐가 틀렸다는 거지?"

"이번 생에도 청천은 있어."

"웃기는 소리 하지 마. 청천이 있었다면 내가 못 알아봤을 리가 없잖아?"

"그래. 그랬겠지. 당신은 분명히 알아보았어."

그리매는 얼떨떨한 듯했다. 다해가 제 가슴에 손을 얹었다.

"바로 나. 내가 청천이야. 불쌍한 려사."

그리매가 미친 듯이 웃음을 터뜨렸다. 아군이라곤 하나도 찾아볼 수 없음에도 주눅 든 기색 같은 것은 전혀 없었다.

"그렇게까지 내가 싫다면 차라리 죽어라!"

그리매의 눈동자가 빛을 발했다. 그리매의 몸은 입고 있던 옷을 찢어발기며 거대해졌다. 검은 머리칼이 은빛으로 변하면서 펄럭였다. 아주 잠시 잠깐이었다. 순식간에 은빛머리칼은 사라지고 인간의 형상 또한 사라졌다. 그리매가 서 있던 자리에서 갓 벼려낸 칼날처럼 날카로운 빛을 발하는 검은 비늘에 휩싸인 거대한 뱀 한 마리가 금안을 번뜩이며 똬리를 틀었다. 지켜보던 병사들이 모두 주춤주춤 뒤로 물러났다. 캬악, 날카로운 송곳니를 드러내며 려사가 울부짖었다.

「어디 한번 대적해 보아라!」

사방으로 흩뿌리는 의식 자체가 공격이었는지 모두가 귀를 막고 바닥에 쓰러졌다. 오직 다해와 무연만이 단단히 버티고 있을 뿐이었다. 다해가 부드럽게 무연의 팔을 어루만지며 올려다보았다. 눈이 마주친 무연이 고개를 끄덕였다. 무연이 눈을 감았다. 다해는 한 발 두 발 뒤로 물러났다. 이내 바람이 불어왔다.

무연의 얼굴에서 인간의 모습이 사라지기 시작했다. 얼굴이 길어지더니 이마를 덮고 있던 청록색의 구불거리는 머리칼을 뚫고 두 개의 뿔이 자라났다. 뾰족하진 않지만 늠름한 수사슴의 그것처럼 아름다운 뿔이었다. 무연이 두 눈을 감았다 뜨자 푸른 눈동자는 사라지고 금안이 나타났다. 길게 세로로 찢어진 파충류의 눈동자였다.

환한 빛이 하늘에서 쏟아졌다. 그 빛은 무연을 휘감았다. 새하얀 빛무리가 산처럼 거대해졌다. 쏟아졌던 하얀빛이 나타났을 때처럼 한꺼번에 솟구치듯 사라지자 거대한 용 한 마리가 모습을 드러냈다. 축복받은 뱀, 려사와 견주어도 전혀 손색없는 거대한 용, 천룡이었다.

「청천…… 내가 어찌 너를 몰라보았을까!」

려사는 끝까지 다해가 청천이라는 사실을 인정할 수 없는 듯, 이제는 무연이 청천이라 여기고 있었다.

검은 뱀이 쏜살같이 앞으로 쏘아졌다. 푸른 용이 하늘로 날아올랐다. 검은 뱀이 그 뒤를 따랐다. 허공에서 검은 뱀과 푸른 용이 뒤엉켰다.

청진의 사방 성벽에서 들려오던 소음이 일시에 사라졌다. 모두가 고개를 들어 하늘을 보았다. 검은 뱀 한 마리와 푸른 용 한 마리가 허공에서 격렬하게 뒤엉켜 있었다.

뱀이 날카로운 송곳니를 드러냈다. 청룡은 거대하게 포효하며 뱀의 공격을 물리쳤다. 훅, 하늘 높이 솟아올랐던 청룡이 날쌔게 강하했다. 목표는 뱀이었다. 그러나 검은 뱀은 옆으로 비켜나더니 기습적으로 청룡의 온몸을 휘감았다. 청룡은 거대한 몸부림으로 뱀의 결박을 뿌리쳤다.

공격에서 벗어나 몸을 트는 청룡의 등으로 검은 뱀의 송곳니가 달려들었다. 청룡이 잽싸게 몸을 틀어보았지만 긴 상처를 피할 수 없었다. 붉은 피가 허공으로 뿌려졌다. 청룡은 복수라도 하듯 날카로운 앞발을 휘둘러 검은 뱀의 옆구리를 찢어발겼다. 붉은 선혈이 사방으로 튀어나갔다.

막상막하였다. 모두가 손에 땀을 쥐었다. 오직 다해만이 슬픈 얼굴을 하고 있을 따름이었다.

"려사……."

다해는 진심으로 려사를 걱정하고 있었다. 그리고 다해의 걱정은 적중했다. 치열하게 공격하던 검은 뱀이 갑자기 피를 토했다. 청룡의 공격에 적중당한 적도 없었다. 그런데도 피를 토하고 피눈물을 흘리는가 싶더니 이내 땅으로 추락했다. 사람들이 삽시간에 사방으로 흩어졌다. 쿵, 요란한 소리와 함께 건물이 무너졌다. 우연인지 필연인지 려사의 머리가 다해에게 향해 있었다. 려사의 눈동자는 공포에 휩싸여 있었다.

「이게 어찌…….」

다해가 다가가 려사의 차가운 피부를 어루만졌다.

"말했잖아요. 당신은 황부의 그리매라고……."

「끝까지……. 나를 거부하는…….」

뱀의 입에서 날카로운 소리가 뿜어졌다. 고통의 단말마였다. 검은 뱀의 전신이 찢어지기 시작했다. 붉은 피가 흘러넘쳤다. 마치 그 때문인 것처럼 검은 뱀은 점점 작아지더니 이내 인간의 형상으로 돌아왔다. 피투성이로 찢겨진 처참한 모습이었다. 다해는 눈물 흘리며 다가와 그리매의 머리를 쓰다듬었다.

"불쌍한 사람. 인간은 축복받은 짐승의 영을 담을 수 없습니다. 천룡의 후예들은 모두가 다 아는 사실이거늘……."

죽어가는 그리매의 힘없는 시선이 다해의 뒤로 향했다. 어느덧 다시 인간으로 돌아온 무연이 수하가 건넨 망토를 걸치고 있었다. 슬쩍 뒤를 돌아본 다해는 그리매의 시선에 담긴 질문에 답했다.

"운명도 우리의 악연을 더는 지켜볼 수 없었던 모양입니다. 아니 그렇습니까?"

그리매가 울컥 피를 토했다. 입술을 달싹이려 했으나 그는 한마디도 뱉어내지 못하고 그대로 숨을 거두었다. 다해는 부릅뜬 그리매의 눈을 감겨주었다.

청룡과 검은 뱀의 싸움이 무엇을 의미하는지 그 진실을 아는 이는 별로 없었다. 하지만 모두가 각자의 의미를 부여했다. 진나라를 상징하는 용과 려나라를 상징하는 뱀의 싸움에서 용이 이겼다. 려나라 사람들이 그것을 어찌 받아들였는지는 불 보듯 빤한 일이었다. 려나라의 장수들은 모두 무릎을 꿇었다. 모두가 자진하여 힘들여 지키고 있던 성문을 개방했다.

다해와 무연이 포박당한 칼바람과 함께 관문정에 도착했다. 가장 먼저 두 사람을 반긴 것은 천경이었다. 려나라의 전후 처리를 맡으라는 황명을 받고 이제 막 도착한 참이었다.

무연이 툭툭, 천경의 어깨를 두드리며 말했다.

"내가 남아서 처리해야 할 일임을 알고는 있으나……."

천경이 무연의 말을 잘라먹었다.

"천손이 사라지기 무섭게 황명이고 나발이고 자취를 감추시더니 뜬금없이 보낸 것이 전쟁 준비를 하라는 명이라니요. 너무하단 생각 안 드십니까?"

"미안하구나. 상황이 어쩔 수가 없었느니라."

"그리도 천손이 좋으십니까?"

순간 무연이 얼굴을 붉혔다. 여기저기 피식 웃는 소리들이 들려왔다. 천경이 한숨을 쉬었다.

"돌아가십시오. 두 분을 떼어놨다가 미친 용이라도 나타나면 어쩝니까? 세상을 멸망시킬 수는 없지요. 하니 제가 희생하겠습니다."

무연도 드디어 미소를 머금었다.

"고맙구나. 일을 마치고 돌아오면 꼭 보답을 할 것이다."

"제가 무엇을 청할지 어디 한번 기대해 보시지요."

"오냐, 내가 들어줄 수 있다면 뭐든지 들어줄 것이다."

천경이 크게 예를 취했다. 다해와 무연도 정중히 화답했다. 천경의 뒤를 이어 화려하게 치장한 한 남자가 다해 앞에 나섰다.

"고향에서 가지고 오셨던 것입니다."

내내 땅바닥만 쳐다보고 있던 칼바람이 익숙한 목소리에 고개를 들었다. 너른나무가 다해의 녹의홍상 보따리를 들고 있었다. 다해가 생긋 웃었다.

"까맣게 잊고 있었습니다. 이것이 어찌 아직 남아 있단 말입니까?"

"천손께서 아끼신단 이야기를 들었기에 제가 따로 챙겨두었었습니다."

"어찌 이리 세심하십니까? 그간 수고해 주신 것만 해도 감사한 것을요."

"수고라니요. 모두가 다 백성을 위한 행동이었을 뿐입니다."

대화의 상대는 다해인데 너른나무는 연신 칼바람의 눈치를 보고 있었다. 한참 후에야 모든 것을 이해한 칼바람이 입을 열었다.

"이 녀석이 청진의 상황을 손바닥 보듯 훤했던 게 다 자네 때문이었는가?"

너른나무가 고개를 떨궜다.

"미안하네. 오래전부터 란베르 왕자와 연락을 주고받고 있었네."

"미안하긴. 자네가 나보다 낫군. 난 내가 선택한 하늘이라는 자존심을 버리지 못해 결국, 황제를 죽음으로 몰아넣지 않았는가?"

너른나무가 번쩍 고개를 들고 목소리를 높였다.

"황제가 그리된 것은 자네 탓이 아닐세. 황제 스스로가 자초한 것일 뿐이네."

"됐네. 잘 있게."

칼바람은 그대로 뚜벅뚜벅 관문을 향해 걸었다. 다해와 무연도 너른나무에게 인사를 건네고 그 뒤를 따랐다. 세 사람이 관문에 올랐다. 번쩍 하얀빛이 뿜어졌다. 그 빛에 가장 먼저 적응한 칼바람이 다시 눈을 떴을 때 보인 것은 아름달이었다. 그제야 칼바람의 얼굴에 미소가 떠올랐다. 무심하게 다가온 무연이 칼바람의 포박을 풀어주었다. 아름달이 눈물 흘리며 칼바람에게 달려들었다. 칼바람은 두 팔 벌려 아름달을 힘껏 안아주었다.

12.
그 후의 이야기

　고즈넉함을 미덕으로 삼는 내가람에 평소와 다른 활기가 넘쳐
흘렀다. 모든 조각배에 꽃 장식이 달렸다. 뾰족한 첨탑들도 화려
한 장식을 걸쳤다. 순백의 깨끗함을 자랑으로 삼던 내가람이 울
긋불긋 아름답게 물들었다. 황궁으로 통하는 다리의 천화들이
유독 환하게 만발한 것처럼 보인 것은 어쩌면 착각일지도 몰랐다.

　오늘은 다해와 무연의 혼례식 날이었다.

　분홍 꽃나무가 우거진, 황궁에서 가장 아름답기로 이름난 화
원에 잘 차려입은 수많은 사람들이 운집해 있었다. 인파를 갈라
놓은 것은 길고 긴 푸른 주단이었다. 그 한쪽 끝 높은 자리에 황
제가 위엄 있는 얼굴로 미소를 짓고 있었다. 그 곁에 무연이 긴장
한 얼굴을 하고 있었다.

　평소답지 않게 한껏 치장한 무연은 연신 머리칼을 매만졌다. 드
문드문 찔러놓은 꽃 장식이 자꾸만 거슬리는 모양이었다. 거슬리

는 것은 기다란 소매도 마찬가지였다. 늘 실용적인, 통이 좁은 소매로 된 무사의 옷을 즐겨 입던 그로서는 바닥에 끌릴 듯이 폭 넓은 소매가 부담스러울 수밖에 없었다.

연신 머리와 소매를 만지작거리는 것을 제외한다면 높다란 단상 위에 서 있는 무연의 모습은 늠름했고 동시에 아름다웠다.

오랜 기다림 끝에 푸른 주단의 반대편 끝에서 다해가 등장했다. 웅성웅성하며 무연을 보고 낄낄거리던 소음이 일시에 사라졌다.

모친이 손수 지은 활옷을 입은 다해는 아름다웠다.

붉은 활옷의 앞면엔 장수와 길복 다산을 의미하는 온갖 무늬들이 조화를 이루며 생생하게 수놓아져 있었다. 뒷면엔 부부의 백년해로를 기원하는 글귀가 묵직하게 드리워져 있었다. 다해의 모친이 한땀 한땀 간절함을 담은 자수였다.

활옷의 갈라진 틈으로 그 속에 받쳐 입은 대란치마의 금박장식과 그 아래 겹친 푸른 치마가 언뜻언뜻 비치며 화려함을 더했다.

칠보화관과 이어진 도투락댕기를 길게 늘어뜨리고 여의주를 입에 물고 있는 커다란 용의 머리가 새겨진 용잠으로 머리를 고정한 다해는 연지곤지 곱게 찍은 얼굴로 환한 미소를 짓고는 무연을 향해 한발 한발 나아갔다.

다해가 끝까지 도착하기를 기다리지 못한 무연이 얼른 계단을 뛰어 내려가 그녀를 맞이했다. 여기저기 야유 비슷한 웃음소리들이 경쾌하게 들려왔다. 그러거나 말거나 무연은 무거운 옷을 입은 다해를 살뜰하게 부축해 계단을 올랐다.

조선의 방식대로 차려진 초례상 앞에서 두 사람은 사이좋게 손을 씻고 절을 하고 술을 나누어 마셨다. 그 모든 과정을 주관하는 것은 황제였고 다해를 보필하는 사람은 이제 제법 배가 나온 아름달이었으며 무연을 돕는 건 칼바람이었다.

이윽고 모든 과정을 마친 두 사람이 앞으로 나섰다. 모든 사람들이 숨을 죽이자 황제가 큰소리로 외쳤다.

"이로써, 두 사람이 부부가 되었음을 선포하노라!"

무연과 다해가 마주 보고 생긋 미소 지었다. 무연이 다해를 품에 안고 부드럽게 입을 맞췄다. 환호성이 사방으로 퍼져 나갔다.

그런데 일순, 모든 것이 침묵했다.

의아함을 느낀 다해가 눈을 떴다.

무연은 석상이라도 된 것처럼 가만히 서 있었다. 눈을 깜빡이지도 숨을 쉬지도 않은 채였다. 깜짝 놀란 다해가 사방을 둘러보았다. 모두가 하던 행동 그대로 멈추어 있었다. 심지어 허공에서 흩날리던 천화의 꽃잎마저 그대로였다. 다해가 팔을 뻗어 꽃잎 하나를 움켜쥐었다. 동시에 하늘에서 빛무리가 쏟아져 내렸다.

반짝반짝 빛가루가 하늘에서 쏟아졌다. 일견 반딧불이 무리 같았다. 계단 아래에 쏟아진 빛무리가 다시 하늘로 솟구치고 유화가 모습을 드러냈다.

바람을 따라 살랑이는 기다란 은발 속에서 알알이 맺힌 작은 포도송이 같은 귀걸이가 반짝 빛을 발했다. 전신을 그대로 따라 흐르는 푸른 물엔 은하수가 수놓여 있었고 이따금 그 별빛은 옷에서 빠져나와 허공을 맴돌다 제자리로 돌아가곤 했다. 그 옷은 온몸의 선을 고스란히 드러냈지만 선정적인 느낌은 전혀 없었다. 그저 찬란한 빛무리와 함께 신령한 분위기를 풍길 뿐이었다.

유화가 삽시간에 땅속으로 사라져 버리는 기다란 푸른 물길을 남기며 천천히 계단을 올라왔다. 그녀의 붉은 입술엔 작은 미소가 걸려 있었건만 다해는 눈살을 찌푸리며 싫은 소리를 했다.

"당신은 이게 문제입니다. 당신의 이러한 행동이 또 어떠한 결과를 가져올지 정녕 모르신단 말입니까?"

유화는 슬픈 얼굴로 팔을 뻗었다.

"그리 말하는 것을 보니, 너는 정녕 청천이 아니구나."

"그것을 아직도 모르셨습니까? 제가 비록 과거 청천이었을지 모르나 지금은 조선에서 온 민다해일 뿐입니다."

"어찌 그리 슬픈 말을 하느냐? 내 마음이 아프구나."

유화가 뻗은 팔로 다해의 뺨을 어루만졌다.

"그러나 그 또한 내가 받을 형벌이겠지……."

다해가 한발 뒤로 물러나 유화의 손길에서 빠져나왔다.

"심정은 이해합니다. 연모하는 이를 잃으셨으니 얼마나 슬프시겠습니까? 하오나 이제 저는 청천이 아닙니다. 청천이었을 때의 기억을 단 한 조각도 갖고 있지 않듯 당신에 대한 사랑도 마찬가지입니다. 하니 이제 돌아가십시오. 그리고 더는 인간사에 끼어들지 마십시오."

유화는 묵묵히 다해를 바라보기만 했다. 다해는 그 눈빛을 피하지 않았다. 이윽고 유화의 슬픈 눈이 무연에게로 향했다.

"그를 사랑하느냐?"

"예, 은애합니다."

망설임이라곤 눈곱만큼도 찾아볼 수 없는 대답이었다. 유화의 시선이 다시 다해에게로 돌아왔다. 기이하게도 슬픔을 다 걷어낸 눈빛이었다.

"내가 하늘로 함께 가자면 어찌할 것이냐?"

"가지 않을 것입니다."

유화는 마치 예상했다는 듯, 빙그레 웃었다.

"마지막으로 하나만 더 묻겠다. 지금 행복하다 여기느냐?"

"예. 행복합니다."

"그럼 되었다. 용서를 구했고 진심을 다하였으니 이제 너의 백성들에게 내려진 나의 저주는 풀릴 것이다."

유화가 서서히 하늘로 떠올랐다. 주위를 맴돌던 작은 빛무리들이 환한 빛을 뿜어내며 유화의 발밑에 모여들었다. 유화는 미련 따위 남지 않았다는 듯 하늘을 보며 천천히 떠올랐다. 그녀를 올려다보며 한참을 망설이던 다해가 다급하게 소리쳤다.

"청이 있습니다!"

유화는 이 또한 예상한 듯 크게 미소를 지었다.

「이미 이루어졌느니라.」

천지 사방으로 흩어져 나간 유화의 음성을 끝으로 환한 빛과 함께 유화가 사라졌다. 별안간 끊어졌던 환호성이 사그라들 때만큼이나 갑작스레 다시 이어졌다.

다해를 보고 있던 무연이 눈을 크게 떴다. 어리둥절한 얼굴이었다. 마주 보고 있던 다해가 어느 순간 몸을 돌려 하늘을 응시하고 있었다.

"아씨, 뭐가 어찌 된 겁니까? 어찌 그런 기이한 행동을 하실 수 있는……."

다해를 샅샅이 살피던 무연이 아까보다 더욱 크게 놀란 얼굴을 했다. 아무것도 모르는 다해는 여전히 하늘을 보고 있었다. 무언가가 잔뜩 원망스러운 얼굴이었다.

"대체 뭐가 이루어졌단 말입니까? 아무것도 변한 것이 없지 않습니까!"

이미 사라지고 없는 유화에 대한 원망이었다. 무연은 그 말이 무슨 의미인지 묻지 않았다. 그는 더욱 놀라운 사실에 말조차 제대로 잇지 못했다.

"아씨…… 머리칼이…….."

무연의 말에 다해가 무심코 자신의 머리를 더듬거렸다. 칠보화관이 먼저 만져지고 뒤이어 곱게 빗은 부드러운 머리칼이 느껴졌지만, 뭐가 달라졌단 것인지 알 수 없었다. 그럼에도 무연은 여전히 말을 잇지 못하고 있었다.

"제 얼굴에 뭐라도 묻은 겁니까?"

무연이 하도 빤히 쳐다보니 민망해진 다해가 얼굴을 매만지며 주위를 둘러보았다. 그제야 다른 사람들도 자신을 빤히 보고 있다는 것을 알았다. 칼바람도 아름달도 그리고 황제도 심지어 지켜보던 귀빈들도 다 같은 얼굴이었다. 다해는 점점 얼굴을 붉히기 시작했다. 다해가 자꾸만 무안해하자 가장 먼저 정신을 차린 곁에 서 있던 아름달이 황급히 품에서 거울을 꺼내 보여주었다. 무심코 거울을 쳐다본 다해도 드디어 황망한 얼굴이 되었다.

"대체 이것이……."

다해는 다급한 손놀림으로 거울을 보며 다시 한번 머리를 쓸어보았다. 오색찬란한 칠보화관 따위 눈에 들지도 않았다. 거울 속에 비친 다해의 머리칼은 쪽빛으로 물들어 있었다. 심지어 눈동자도 마찬가지였다.

"어찌 갑자기 천룡이 되신 겁니까?"

가까스로 내뱉은 무연의 말에 그제야 다해는 모든 것을 이해했다.

다해가 미소 지었다.

"천룡이 된 것이 아닙니다."

"하지만 그 머리칼은 천룡의 빛깔이 아닙니까?"

"조금 전, 천녀가 나타났었습니다. 그리고 제 소원을 들어주었습니다."

"무슨 소원을 비셨습니까?"

"제가 떠난 후, 홀로 남겨질 무연님이 얼마나 고통스러워 할지 그것이 걱정되었습니다. 하여 수명을……."

다해의 말을 끊고 누군가의 목소리가 날카롭게 파고들었다.

"폐하! 폐하!"

무척 다급한 목소리에 모두의 눈이 갑작스레 달려든 시녀에게 향했다. 황제는 다해와 무연을 슬쩍 눈짓하며 시녀를 나무랐다.

"두 사람이 주연이 되어야 할 자리에 이 무슨 호들갑이란 말이냐?"

"부군께서…… 부군께서……."

시녀는 차마 말을 잇지 못했다. 그러나 그것만으로도 늘 평온해 보였던 황제의 얼굴에 감정의 소용돌이가 떠올랐다.

"설마…… 그가 죽기라도 한 것이냐?"

"그것이 아니오라……."

어찌나 다급하게 뛰어왔는지 숨을 몰아쉬느라 제대로 말하지도 못하는 시녀의 뒤에서 건장한 그림자가 모습을 드러냈다.

"폐하."

황제는 뇌리를 관통한, 꿈에 그리던 목소리에 번개라도 맞은 얼굴을 하고 시녀의 뒤를 보았다. 푸른 머리칼을 흩날리며 중년의 사내가 천천히 걸어오고 있었다. 그를 발견한 황제의 눈에서 주룩 눈물이 흘러내렸다.

"은원……."

사내가 다가와 황제를 안아주었다. 그는 이미 백년 가까이 갈구병에 시달리던 황제의 반려였다.

"은원!"

황제는 체통도 법도도 모두 잊고 이 자리가 무연과 다해의 혼례식임도 망각한 채 사랑하는 남편을 끌어안고 오열했다.

여기저기 웅성거리는 소리들이 번져 나갔다. 황제를 비난하는 것이 아니었다. 모두가 갈구병에 걸린 친인척 하나씩 갖고 있었다. 그러나 위 장군의 혼례였다. 더구나 태손(太孫)이 된 천손의 혼례였다. 이 자리를 떠나도 되는지 서로들 웅성웅성 의견을 나누기 시작했다. 그러다 이내 누군가가 황급히 황궁 밖으로 내달렸다.

그것을 시작으로 모든 하객들이 앞다투어 황궁을 빠져나갔다. 화려하게 치장한 사람들로 가득 차 있던 대전 앞뜰이 일시에 텅 비어버렸다.

다해가 빙그레 미소 지었다.

"사람들이 하도 많아 첫날밤을 어찌 지내나 고민을 하였는데 덕분에 해결이 되었네요."

그러나 무연은 다해의 말을 듣고 있지 않았다. 그 또한 마치 뭐 마려운 강아지라도 된 것처럼 안절부절못하고 있었다. 다해가 긴 한숨을 내쉬더니 무연의 손을 잡았다.

"아버님께 인사를 드리러 가야겠습니다. 함께 가시겠습니까?"

무연이 화색을 띠더니 번쩍, 다해를 안아 올렸다. 다해가 꺅, 소리를 질렀다. 무연은 그대로 허공으로 솟구쳤다. 멀어지는 무연과 다해를 쳐다보며 칼바람이 긴 한숨을 내쉬었다.

"무슨 혼례식이 이러냐?"

"혼례로 말미암아 저주가 풀린 거지요. 얼마나 기쁘겠습니까?"

"그런 건 관심 없고. 가자. 너무 오래 나와 있었어."

칼바람은 아름달의 불룩 튀어나온 배를 보고 있었다. 잔뜩 불편한 얼굴이었다.

"혼례식이고 나발이고 집에서 쉬자니까."

"천손의 혼례식이잖습니까? 어찌 불참할 수 있단 말입니까?"

"됐고. 계단이나 조심해."

칼바람은 아름달이 이제 막 걸음마를 배우는 어린아이라도 된 것처럼 조바심을 냈다. 아름달은 피식 웃으며 칼바람과 함께 황궁을 빠져나왔다.

천화가 흩날렸다. 마치 함박눈이라도 된 것처럼 하늘에서 쏟아진 새하얀 꽃잎들이 온 사방을 뒤덮었다.

13.
마지막 이야기

　겨우 네다섯 살이 됐을까 말까 한 어린 사내아이가 제 몸뚱이만 한 물뿌리개를 들고 이리저리 바삐 뛰어다녔다. 아이는 품 넓은 새하얀 바지저고리에 고무신 차림이었다. 해맑은 얼굴로 쪼르르 쪼르르 뛰어다니는 모양이 마치 다람쥐 같아 보이기도 했다. 그런 아이를 유화가 흐뭇한 얼굴로 지켜보았다.

　땀을 뻘뻘 흘리며 할당받은 모든 나무에 물 주기를 마친 아이는 다시 쪼르르 정자로 달려왔다.

　"다 마쳤습니다."

　"빠짐없이 주었느냐?"

　"예. 틀림없습니다. 이제 그 나무를 보러 가도 됩니까?"

　"할 일을 마쳤으면 당연히 보러 가야지. 함께 가자꾸나."

　"함께 가주시는 겁니까?"

　아이가 눈을 빛냈다. 유화는 천천히 정자에서 내려와 아이의 손을 꼭 잡아주었다. 아이는 뭐가 그리 좋은지 베베 몸을 꼬았다.

두 사람은 사이좋게 수없이 많은 복숭아나무 중 한 나무 앞에 섰다. 연신 유화를 보며 웃던 아이가 사뭇 진지한 얼굴이 되었다.

"이 나무만 보면 이상한 기분이 듭니다."

"너와는 각별한 인연이 있는 나무니라. 하나 그렇다 하여 너무 편애하면 안 되느니라. 우리는 모든 나무와 모든 과실을 사랑해야 한단다. 알겠느냐?"

아이는 눈을 빛내며 힘차게 고개를 끄덕였다.

"어머니께서 그리하라 하시면 틀림없이 그리할 것입니다."

아이의 반짝이는 눈을 보며 유화는 빙그레 미소를 지었다.

유화가 다시 나무를 보았다. 정확히는 나무의 커다란 과실 하나를 쳐다보고 있었다.

유화가 다시금 미소 지었다.

제법 중후하게 나이 든 다해가 황제의 자리에 오르고 있었다. 그 곁에는 늘 그랬듯, 무연이 함께였다.

〈完〉